CIRCLE OF INEVITABILITY

爱潜水的乌贼

宿命之环

3 逐光者 上

CIRCLE OF INEVITABILITY

爱潜水的乌贼 著

NEWSTAR PRESS
新星出版社

图书在版编目（CIP）数据

宿命之环. 3, 逐光者. 上 / 爱潜水的乌贼著. ——
北京：新星出版社，2024.10（2025.6重印）
ISBN 978-7-5133-5590-2

Ⅰ. ①宿⋯ Ⅱ. ①爱⋯ Ⅲ. ①幻想小说 – 中国 – 当代
Ⅳ. ①I247.5

中国国家版本馆CIP数据核字(2024)第080137号

宿命之环3 逐光者・上

爱潜水的乌贼 著

责任编辑	李文彧	**特约编辑**	刘兆兰 雷桲 方剑虹 岳弯弯
装帧设计	罗智超 江馨华	**责任印制**	李珊珊

出 版 人　马汝军
出版发行　新星出版社
　　　　　（北京市西城区车公庄大街丙3号楼8001　100044）
网　　址　www.newstarpress.com
法律顾问　北京市岳成律师事务所
印　　刷　中华商务联合印刷（广东）有限公司
开　　本　685mm×980mm　1/16
印　　张　19.25
字　　数　308千字
版　　次　2024年10月第1版　2025年6月第3次印刷
书　　号　ISBN 978-7-5133-5590-2
定　　价　49.80元

版权专有，侵权必究。如有印装错误，请与发行公司联系：020-38031253
我们使用了以下版权图片作为本书的设计素材：
1. Job's Sacrifice, Object 20 (Bentley 421.19), Illustrations of the Book of Job created by William Blake
在此感谢THE WILLIAM BLAKE ARCHIVE档案馆提供的资源支持。
2.本书彩页的油画来源于unsplash，在其网站的内容许可下进行使用。

LE VILLE
DE TRÈVES

CONTENTS
目录

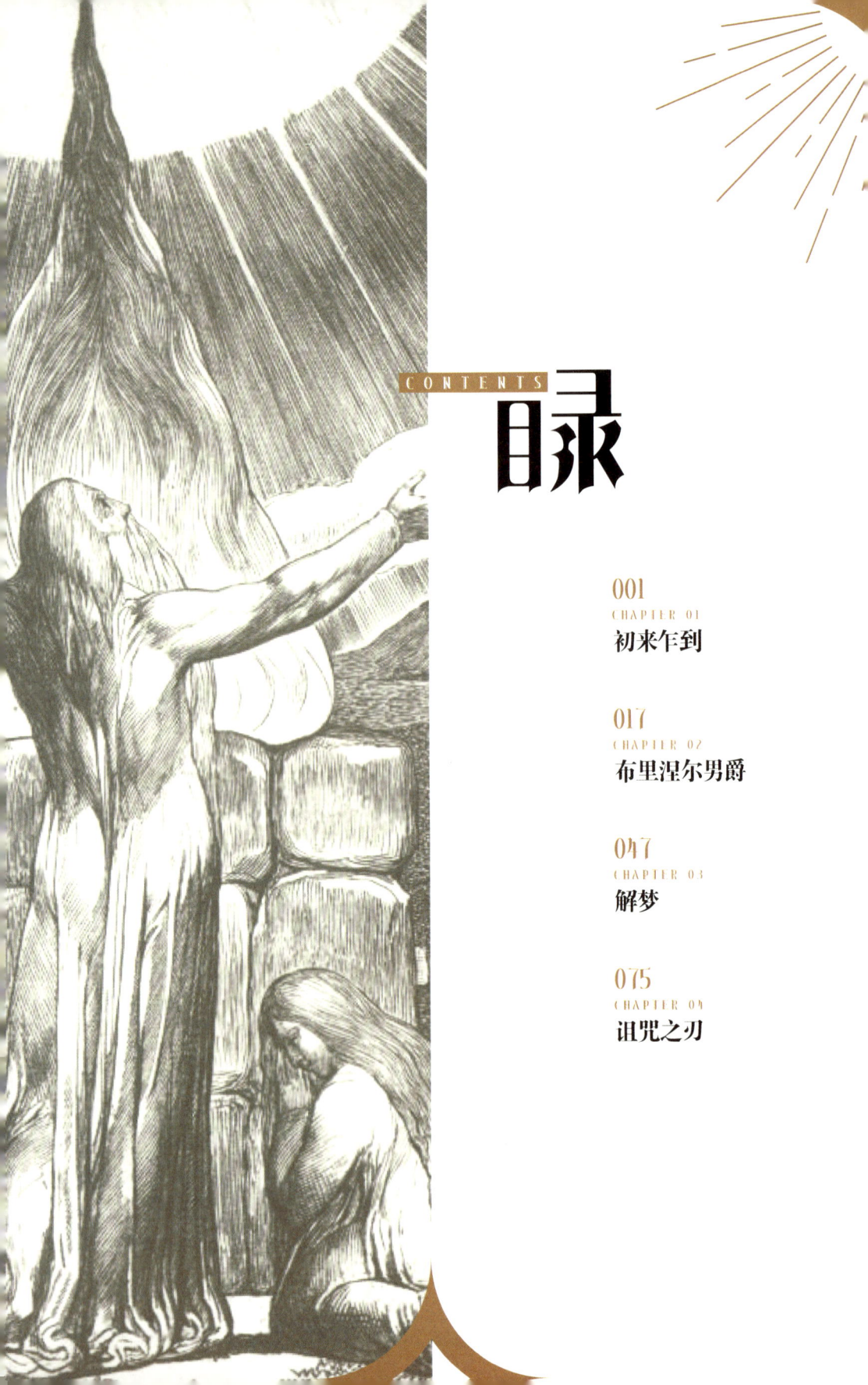

001 CHAPTER 01
初来乍到

017 CHAPTER 02
布里涅尔男爵

047 CHAPTER 03
解梦

075 CHAPTER 04
诅咒之刃

CIRCLE CHASER OF INEVITABILITY

097
CHAPTER 05
K先生的聚会

121
CHAPTER 06
加入萨瓦党

143
CHAPTER 07
一位天使

163
CHAPTER 08
与众不同

183
CHAPTER 09
扑杀水怪

195
CHAPTER 10
预言之术

211
CHAPTER 11
舞间谈话

227
CHAPTER 12
袭杀"铁锤"艾特

245
CHAPTER 13
"红靴子"芙兰卡

261
CHAPTER 14
头目事务

279
CHAPTER 15
另一个角度

295
EPILOGUE
说点事情

AND MY SERVANT SHALL
PRAY FOR YOU

记住，你即尘埃，亦将归于尘埃。
Rappelez - vous, car tu es poussière, et tu retourneras à la poussière.

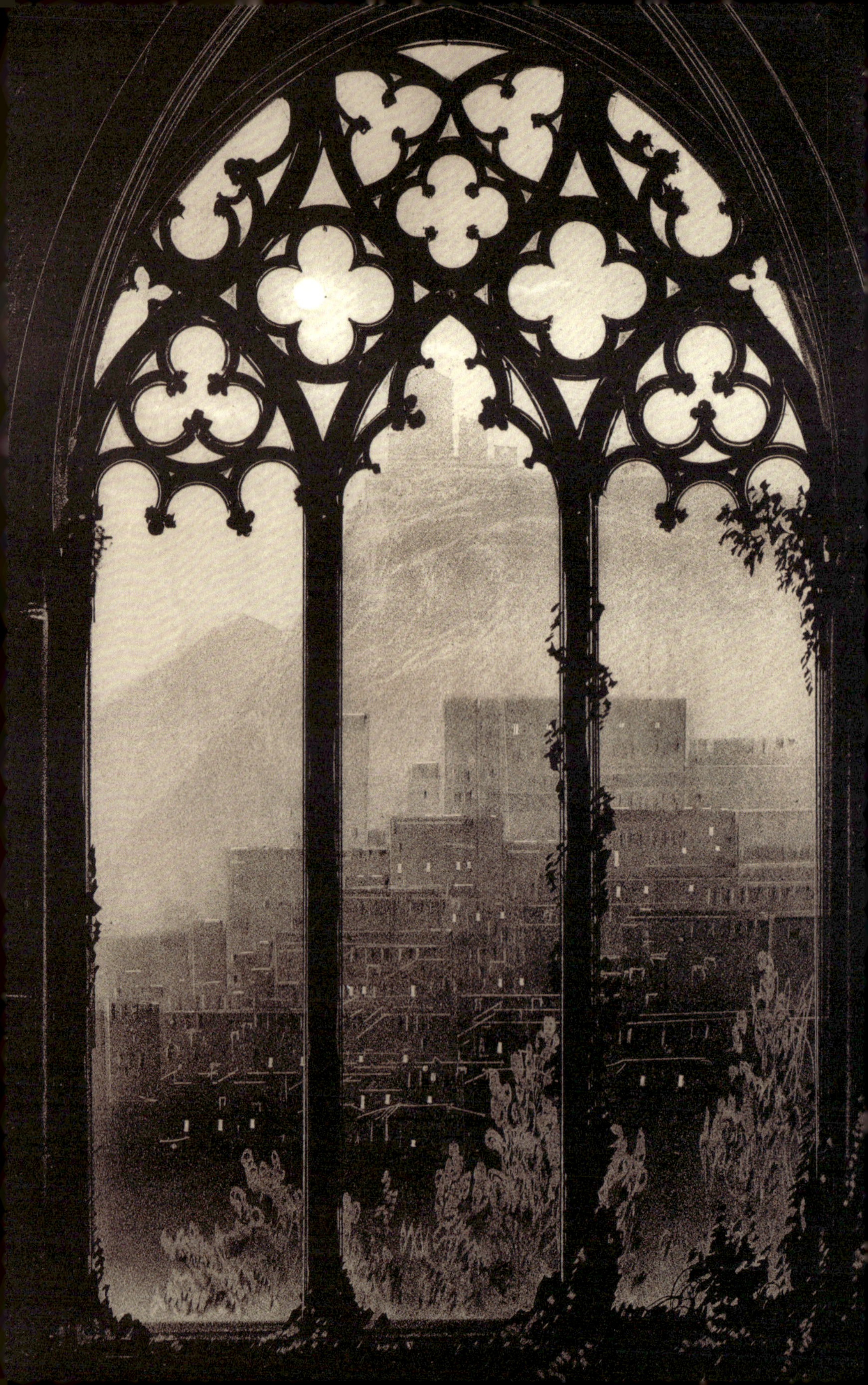

第一章
CHAPTER 01
初来乍到

高约三米的灰白色城墙屹立在前方，向着两侧延伸出去，直至卢米安视线的尽头。不少包厢式马车、四座马车、敞篷马车、串联式马车、拉货马车排成队伍，等待着通过城门。

那里有穿蓝色制服的税官和套白衬衣黑马甲的警察在一辆一辆地检查马车，时不时让路过的行人拿出身份证明文件或者打开手提箱。

提棕色行李箱的卢米安眺望着那里，时不时环顾四周，试图寻找逃避关卡的办法。没多久，注意到他行为的一个男子靠拢了过来。

"怎么了，朋友，我感觉你很烦恼？"

这男子身高比卢米安略矮，但宽度足有他的两倍，脸颊的肉鼓起，把蓝色的眼睛挤得很小。对方刚一靠近，夹杂着汗味和劣质香水味的气息就钻入了卢米安的鼻端，让他忍不住皱了下眉头。

卢米安指了指门口，脸茫然地问道："那是在做什么？找通缉犯？可为什么只查进特里尔的人，不管出城的那些？"

这个黄色头发有些乱糟糟，蓝色短上衣被撑得有些臃肿的男子打量了卢米安两眼。

"我的朋友，你来自小城市或者乡村、小镇？"见卢米安点点头，他叹了口气道，"这是在收税啊！入市税！"

"进入特里尔市场的关税？"卢米安反问道。

男子点了下头："是啊，这圈城墙把整个特里尔都包围了起来，开了五十四扇大门，每扇大门都有税官和警察，顺便还会抓一抓通缉犯。"

"所有商品都会收税？"卢米安好奇地问道。

那男子摸了摸帆布制成的蓝色短上衣道："几乎，只有谷物、面粉这些不用交入市税，过去还要交，但几年前不是有战争嘛，特里尔的面包价格涨疯了，害得好多市民上街抗议、暴动，最终让政府取消了全部食物的入市税。"

"哎，你说酒鬼们怎么就不敢这么做呢？现在烈酒、葡萄酒、香槟酒的税率是最高的，不少人到了周末都会跑到郊外来找小酒馆喝免税的酒，他们管这叫'城关酒'。"

"这样啊……"卢米安若有所思地点了下头。

那男子左右看了一眼，压低嗓音道："你身上要是有什么东西不想交税，我可以带你进城，只需要支付我一点点报酬。"

"你要买通他们？"卢米安用下巴指了指城门处的税官和警察。

那男子顿时嗤笑了一声："他们的胃口比大象还要夸张。我是带你走没有关卡的小路进城。"

"整个特里尔不是都被城墙围起来了吗？"卢米安没有掩饰自己的疑惑。

那男子笑了笑："等会儿你就知道了。"他随即用调侃的口吻，"尊贵的先生，需要我服务吗？"

卢米安想了一下道："多少钱？"

"三费尔金。"那男子热情地笑道，"你要是愿意，我们现在就可以出发，等到了城里，你再支付。"

"好。"卢米安按了下头顶的深色宽檐帽，提着棕色行李箱，跟着那胖子走向远离城门的地方。

一刻钟后，两人来到一处植被和泥土翻开，露出灰白色石头的山丘上。这里有脚手架，有腐烂的枕木，有许多明显的坑洞，似乎是一处废弃许久的矿场。

那名肥胖男子领着卢米安穿过一堆堆凌乱的石头，来到某个矿洞的入口。

"这就是小路？"卢米安面露警惕地问道。

穿着蓝色短上衣的胖子笑了一声："你对特里尔真是没什么了解啊。你难道没听过一句话？地下的特里尔比地上的特里尔更加庞大！"

"没有。"卢米安摇头。

那男子简单解释道："以前的特里尔比现在小多了，周围全是用来修城的采石场，后来，这里的人越来越多，城市不得不往外面发展，就把这些采石场都包了进去，地下全是挖出来的洞窟、矿道。加上第四纪沉到地底的那个特里尔，政府弄的下水道、挖的地铁、埋的瓦斯管道——这不比地上部分庞大？"

卢米安露出恍然大悟的神情："你是带我走地下特里尔进城？"

"对。"那男子转过身体，一边弯腰进入矿洞，一边随口问道，"怎么称呼？"

"夏尔。"卢米安摸了下鬓角的金色头发，"你呢？"

"你叫我拉马耶就行了。"几乎有卢米安两个宽的男子在矿洞角落的石堆里拨弄了几下，翻出了一盏铁黑色的提灯。

这灯明显由金属制成，表面已有锈迹，整体呈圆柱形，上面部分比下面部分窄了略一根手指的宽度，最下方是黑色的橡胶底座。窄圆柱和宽圆柱连接的位置镶嵌着一个喇叭状的金属事物，它被擦拭得很干净，打磨得非常光滑，但依旧有几个地方生了锈。

拉马耶掏出火柴盒，捣鼓了一阵，那金属喇叭处立刻有橘黄带些许蓝色的光焰出现，照亮了矿洞的深处。

"这是什么？"卢米安一脸"不懂就问"的表情。

拉马耶提着那盏铁黑色的灯，向着地底走去，并絮絮叨叨地说道："电石灯。洞穴协会那帮人搞出来的，很多矿场的工人都在用，我也不知道它为什么会发光，反正就是把一些石头和水弄进去，分别装在下面和上面，等到要用的时候，按下这里，再划火柴点燃喇叭口就行了。"

电石和水反应生成乙炔，乙炔燃烧发光？卢米安回想起了几个月前还在复习的化学知识。

他沉默了好一会儿，直到跟着拉马耶进入地底，沿一条遗留的矿道向前走去，才继续问道："洞穴协会？"

"特里尔洞穴协会，一帮喜欢探索洞穴、研究洞穴的人弄出来的，现在好像连矿洞的事也有掺和。"拉马耶侧头看了眼走在旁边的卢米安，笑着问道，"你怎么不直接坐蒸汽列车进特里尔？列车站的关卡一直不怎么严，只是抽查。"

卢米安回忆着说道："我主要是想体验古典时代遗留的最后一点浪漫。"

"驿站马车？"拉马耶笑了，"这可比蒸汽列车贵多了，我听你口音像是利姆、莱斯顿那一带的，从最南边到特里尔，大概得一百二十费尔金吧？还得花费四天半的时间！要是换成蒸汽列车，三等座不到五十费尔金，不超过二十个小时就能到，呵呵，什么'古典时代的最后一点浪漫'，就是骗你们这种……呃，你花了不少钱吧？"

卢米安老老实实回答："是挺多的，身上只剩二百六十七费尔金了。"

拉马耶又侧头看了他一眼，收回视线道："真是浪费啊……"

他提着金属铸就的电石灯，通过喇叭口橘黄带蓝的火焰照明，穿过一处形似拱门的地方，拐入了另外一条道路。

卢米安抬头望了眼上方，看到高处是沉睡在黑暗里的石头，偶有苔藓点缀，有渗出的水珠滴落。他脚下的道路则是坑坑洼洼，两侧一根根石柱耸立，撑住了洞顶。柱子之间堆有石头等事物，宛若平行的墙板，夹出了一条能供六七人并排而行的"街道"。因着电石灯光芒的照耀，一根石柱上显现出钢铁制成的铭牌，上面用因蒂斯文写道：右街。

"这里还有街道名？"卢米安疑惑地开口。

提着电石灯的拉马耶呵呵笑道："我不是告诉过你吗？这叫地下特里尔。

"好吧，其实这是几十年前市政改造的时候弄的，上面那些戴假领子的人觉得地底太乱，就跟迷宫一样，不管是暴动的、杀人的，还是走私的、搞邪教的，都往这里躲，得管一管。而且，不少房子因为地底的采石场空洞倒塌、下陷，需要加固。所以，市政厅用了差不多十年的时间来修柱子，建地基，打通原本独立的采石场、地底遗迹、地下墓穴和下水道。

"为了不让工人们迷路，他们在改造的时候特意和地上做了对应，道路、广场和巷子都在这里被还原了，然后挂上了对应街道的铭牌，标上了名称，以后再要维修，直接报地名就行了。"

"也就是说，"卢米安用没拿手提箱的右手指了指他们头顶，"上面是真正的右街？"

"对。"拉马耶继续前行，"这就是地下特里尔，嗯，前面有防走私墙，那些采石场警察经常过来巡逻。不过不用担心，我会带你走一条小隧道绕过去，呵呵，那些戴假领子满嘴谎话的人还以为自己能像掌握地上一样管理地下的特里尔，但他们知道的出入口、改造过的道路，也就一半多点……"

说话间，他领着卢米安来到一处死路的尽头，找到一个狭小的缝隙，钻了进去，卢米安紧随其后。两三分钟过去，他们从小隧道内钻了出来，前方同样是一根根石柱组成的"墙壁"和它们夹出的"街道"。

此时，有道魁梧的人影正提着电石灯立在石柱旁，对拉马耶问道："这是我们的客人？"

拉马耶转过身体，对卢米安笑道："外乡人，我改主意了，报酬是二百六十五费尔金。怎么样，我是不是很仁慈，还给你留了今天买面包和住旅馆的钱？"

"如果我……我不给呢？"卢米安一脸恐惧，又带着点倔强。

拉马耶笑得脸上肥肉乱抖："你觉得会怎么样？你妈妈没有告诉过你，出门在外不要太容易相信别人吗？"

他和那个魁梧的男子从两个方向一步步向卢米安靠拢。

卢米安跟着笑了起来，弯腰将手提箱放到了一旁。

他迎着拉马耶和他的同伴走了过去。

摇晃的火光里，十几秒时间很快过去，电石灯到了卢米安的手里。

他蹲在满脸青肿、瑟瑟发抖的拉马耶身旁，从对方的皮夹里抽出全部钞票，就着橘红带蓝的光芒，认真点数了一阵。

他随即用这摞钞票拍了拍拉马耶的右脸，笑着说道："现在只剩三百一十九费尔金了。"

说完，卢米安收起钞票，走向一段似乎能通往地上的道路。

路旁的石柱挂着铭牌，上面有两排因蒂斯文：老实人市场区，夜壶街。其中，"夜壶街"又被人用石头划花，在旁边补了一个名称：乱街。

卢米安提着电石灯，沿着一层层石阶往上。没多久，前方出现了光芒，传来了嘈杂的人声。对从寂静的地底走出来的人而言，这就像整个世界一下活了过来。

卢米安加快了脚步，并用拿着行李箱的右手拧动电石灯表面的阀门，让上方圆柱的水珠不再落到下面的电石堆里。随着乙炔气体燃烧殆尽，金属喇叭口的火焰渐渐熄灭了。

这个时候，外面的景象也映入了卢米安的眼帘——一栋栋或高或低的建筑仿佛在快倒塌的那刻凝固了起来，既保持着或倾斜或摇摇欲坠的状态，又顽强地屹立不倒。街上行人的衣物要么陈旧，要么破烂，到处都有人在互相争吵或者单方面怒骂，由此带来的噪音似乎永远没有平息的时候。

卢米安立在地下区域出口位置，左右看了一眼，发现了一栋名为"金鸡旅馆"的五层建筑。这栋米黄色建筑的最上面两层好像是后来才盖上去的，与底下三层偏罗塞尔时期喜欢用柱壁、拱形、大窗户和花纹装饰的风格截然不同，简陋得像是从科尔杜村平移过来的一样。

提着行李箱和电石灯的卢米安从蹲在地上寻找橘子皮的小孩们和大声争吵的成年人之间穿过，走到金鸡旅馆的门口。他抬眼望去，发现这旅馆地上有黄痰，有碎纸片，有洒落的番茄酱，有散发着酒精味道的污迹，大花板和墙壁上时不时有大量的臭虫排队经过。要不是手里拿着东西，卢米安肯定得为这样的场景鼓几下掌——科尔杜村的老酒馆都比这里干净很多！

他寻觅着没什么污秽之物的路线，不快不慢地来到前台。那里坐着一位偏胖的中年妇人，灰白色的长裙沾染着不少油污，棕色的头发简单地盘在脑后。

她抬起脑袋，用蓝色的眼睛扫了卢米安一下，对他表现在脸上的嫌弃和抗拒一点也不意外："在乱街，在市场区，这是最好也最便宜的旅馆，只不过老板是个令人厌恶的吝啬鬼，舍不得请几个固定的清洁女仆，每周才找人来打扫一次。"

"他在你的薪水上也很吝啬？"卢米安用青涩好奇的口吻反问道。

那中年妇人一下子变得愤怒："你究竟要不要住？"

"要。"卢米安仿佛被吓到了，语速很快地表明态度，"我想知道价格。"

那中年妇人缓和了下情绪："看你要什么样的房间，最上面两层是每周三费尔金，二层和三层是每周五费尔金，你要是还觉得贵，可以上去挨个儿敲门，问一问谁愿意把自己的床分一半给你,或者将地上的空位转租给你,一周大概是一到一点五费尔金。"

"给我二层或三层的房间。"卢米安选择的理由是,不管是跳窗,还是走楼梯,这都比上面两层方便逃跑。

那偏胖的妇人打量了卢米安两眼:"你要是选择一次性预付整月的房租,可以只给十五费尔金。"

"为什么能便宜这么多?"卢米安刻意展现出那种乡下农夫第一次到大城市的无知。

那中年妇人嗤笑着说:"因为有太多人只住了一到两周就不得不搬去别的地方,或者离开了特里尔。这里是天堂,也是地狱。"

卢米安拿出刚才那摞纸币,从里面抽了三张浅蓝色钞票出来。它们的面额都是5费尔金,正面是因蒂斯共和国第一任总统勒凡克斯的半身像和劳作的农夫、牧民,背面则是霍纳奇斯山脉。

收到整月的房租后,那偏胖妇人的表情明显舒缓了不少,她拿出穿在一起的两把黄铜色钥匙,向上丢给了卢米安。

"二楼207房间。一楼有小餐厅,地下室是个酒馆,房间桌子的抽屉里有硫黄,能帮你赶走那些该死的虫子。我叫费尔斯,你有什么问题都可以来找我。"

"谢谢你,费尔斯夫人。"

卢米安接过钥匙,提着行李箱和电石灯,沿阶梯走向二楼。途中,他看到墙壁不少地方都贴着报纸和那种很廉价的粉红色纸,糊了一层又一层,但有的纸已经松脱,露出了被它们遮住的裂缝和大量臭虫。

二楼有八个房间加两个盥洗室,每个房间都很狭窄,右边是睡床,靠窗处的桌子一边抵着床沿,一边紧挨着墙壁,前方有张腿部快断折的椅子。除了这些,什么家具都没有,倒是天花板上有成排的臭虫爬来爬去。

跟着奥萝尔已习惯干净和整洁的卢米安放下行李箱和电石灯,拉开抽屉,拿出一些硫黄,用火柴点燃。浓烈而刺鼻的味道里,那些臭虫远离了这个房间,转移到了别的地方。

没几秒,卢米安抽了抽鼻子,闻到隔壁房间传来同样的硫黄味。几乎是同时,部分臭虫回到了他的房间,寻觅着安乐的净土。

卢米安略作思考,大概明白了是怎么回事——他用硫黄将臭虫们熏到了旁边的房间,而那里的租客又试图用硫黄把这些虫子赶回来。

卢米安忍不住笑了笑,弯腰打开行李箱,拿出纸笔。

强烈的硫黄味里,他坐到了木桌前,开始写信:

尊敬的"魔术师"女士：

　　我已按照约定抵达特里尔，不知您是否能告诉我接下来需要做什么，加入哪个组织，以什么样的方式接触他们……

　　那两位心理学家最近是否有空，我什么时候能得到治疗？

　　对于纪尧姆·贝内和普阿利斯夫人，不知道您有什么新的线索……

　　写完这封不长的信，卢米安拿出从姐姐房间找到的一根橙黄色蜡烛。随着他用灵性点燃烛火，混杂着柑橘和薰衣草的香味弥漫开来，这让卢米安本能地闭上了眼睛，神情逐渐宁和。

　　静静站立了一两分钟，他拿出仪式银匕，做起圣化，制造灵性之墙，并往烛火上滴精油。

　　完成前置事项后，卢米安将那张"魔术师"牌放到了祭坛上。这是召唤信使的媒介，可以让指向模糊的咒文变得精确唯一。

　　卢米安退后了一步，望着那略显迷蒙的橘黄色火光，用古赫密斯语沉声念道：

　　"我！"

　　灵性之墙内顿时有无形的风开始打旋，房间内的光芒随之暗淡了一些。

　　紧接着，卢米安改用赫密斯语道：

　　"我以我的名义召唤：

　　"徘徊于虚妄之中的灵，对人类友善的上界生物，独属于'魔术师'的信使。"

　　呜呜的风声里，烛火染上了幽蓝的色泽，周围变得阴森而寒冷。卢米安专注地望着那根蜡烛，等待着"魔术师"女士的信使出现。

　　他等了好几秒，那里都没有任何变化。

　　就在这时，放在祭坛，也就是木桌上的那封信飘了起来，飘向半空。

　　卢米安愕然抬头，看见雕花的窗户顶端，坐着一个成年男子小臂高的"玩偶"。那"玩偶"有金色的长发、浅蓝的眼眸、苍白的皮肤和精致的淡金长裙，五官看起来很像真人，又略显浮夸，相当诡异。

　　下一秒，那封信落到了"玩偶"光滑洁亮又没有皮肤质感的手上。

　　"你是'魔术师'女士的信使？"卢米安寻求确认般问道。

　　那"玩偶"缓慢地低下脑袋，没有焦点和神采的浅蓝眼眸映出卢米安的身影。它嗓音缥缈又愤怒地说道："下次换个干净点的环境！"

　　话音刚落，这"玩偶"就带着信消失了。

　　卢米安愣了两秒，低声自语道："奥萝尔不是说只要保持祭坛整洁干净就行了吗？"

007

几乎同时，他看见地上躺着大量的臭虫尸体，房间内已不再有各种虫豸。

"这比硫黄好用啊……"卢米安摸了摸自己的下巴，结束了召唤仪式。

他习惯性地打扫了下房间，蹲到行李箱旁，从里面取出洗漱物品。

奥萝尔那一本本深色的巫术笔记正静静地躺在箱底。到特里尔的途中，卢米安已将它们大致翻了一遍，没找到什么可疑的地方。毕竟奥萝尔不是一个爱写日记、爱记录心情和各种琐事的人，她的巫术笔记真的只是笔记，充斥着各种神秘学知识，抄录了许多法术的咒文、象征图案和材料挑选原则等等。可能是奥萝尔爱记账，这些法术旁边大多标注了在什么时候从哪里用多少金钱或哪些事物交换而来的信息。

这让卢米安知道了卷毛狒狒研究会下面应该有多个兴趣小组，奥萝尔最常参加"学院"的聚会，不少法术是从"学院"成员那里换来的。另外，她还时不时参加其他小组的交流，比如，她从"愚人节"那里弄到了一些神秘学知识和法术。

鉴于这些笔记看起来没什么问题，卢米安暂时只能先接受心理学家治疗，然后从本堂神甫和普阿利斯夫人这两方面继续追查真相。

当然，他也知道，姐姐绝对不会毫无缘故地在最后关头提到笔记，这里面必然隐藏着她想传递的某个重要信息。

望着那一本本深色的笔记，卢米安决定从今晚开始，以倒序的方式学习姐姐记录的那些东西。

虽然对"猎人"来说，即使真的掌握了某个法术，他也几乎没法应用于实战，但这至少能帮助他鉴别相应的神秘学知识有没有问题，存不存在异常。

简单收拾好行李，卢米安听到了肚子的咕噜声。

他站起身来，望向窗户，借着黄昏的玻璃，隐约看到了自己的模样——头发染成了金色，长了一些，五官没做太多的处理，但配上白色衬衣、黑色马甲、深色正装和冷漠淡然的表情，一下成熟了好几岁，即使本堂神甫纪尧姆·贝内遇到他，应该也只会觉得似曾相识。

卢米安拍了拍脸庞，让笑容一点点呈现，然后，打开房门，走了出去。

金鸡旅馆的地下室内开着一个只能容纳二三十人的小酒吧。

卢米安刚走进去，就看到一个男人跳到小型圆桌上，拿着一支啤酒，对周围四五个客人道："女士们，先生们，听我讲，听我讲！我前天经历了一件不可思议的事情！"

就着墙上几盏汽灯的光芒，卢米安发现那男子很年轻，也就二十二三岁的样子，浅棕色短发，没蓄胡须，脸庞不知是不是喝了酒的缘故，特别红润。

他穿着亚麻色衬衣、黑色长裤和无绑带皮鞋，身高不算矮，有一米七出头，但双臂和两腿都出奇地短，看起来和不到一米六的人差不多。

此时，他挥舞着短短的手臂，唾沫横飞地讲道："那究竟有多么不可思议呢？我告诉你们，那改变了我对信仰的看法，作为蒸汽与机械之神的信徒，我准备改信永恒烈阳了！

"听听，多么神奇是不是？你们能想象到我之前饿了足足五天吗？我失业了，被那个混蛋经理给解雇了，一直到花光积蓄都没有找到工作。我饿了足足五天，只能躺在床上，整个人非常虚弱，只差一点就死了，你们知道快死的时候有什么感觉吗？噢，愿神庇佑你们永远不要知道。

"我当时想的是，我不能这样死掉，我来特里尔是要发财的，我得做点什么，然后，我看到了墙上贴的圣维耶芙画像。

"是的，我艰难地爬起来，跪到地上，向圣维耶芙祈祷求救，那个时候，我还是蒸汽与机械之神的信徒，但一个饿坏了的人什么事情做不出来？而且，不管怎么样，这不会有任何坏处！

"我祈祷完也就五分钟，我一个朋友上门来看望我，发现了我的艰难处境，他也没什么钱，但他提醒我，我之前租了一个煤油灯晚上用，押金是三十五科佩，整整七个里克！

"神啊，我竟然忘了这件事情，赶紧让我的朋友帮我还掉煤油灯，用退的押金买了面包，买了半升劣酒。那面包又冷又湿，就跟撒了油灰在上面一样，那酒都有点发酸了，很淡很淡，但那是我吃过最美味的一餐。女士们，先生们，我又活了过来！

"我今天还找到了新的工作，我明天休息的时候就去最近的圣维耶芙教堂点一支蜡烛！"

圣维耶芙是永恒烈阳教会圣典里提到过的一位女性大使，仅有的一位，也是特里尔这座城市的主保大使之一——另外两位一位属于蒸汽与机械之神教会，一位是因蒂斯历史上的伟大人物。

卢米安一边看着那年轻男子蓝色的小眼睛因兴奋而明亮，一边走向吧台。

正用绒布擦着玻璃杯的酒保抬起脑袋，望了眼踩在圆桌上的"演讲者"，低声笑道："查理真是永远安静不下来，总是说个不停。"

这酒保三十岁左右，嘴边蓄着一圈深棕胡须，但不算浓密，同色的头发颇有艺术家气质地扎成了马尾。

卢米安坐到一张高脚凳上，笑着问道："他讲的是真事？"

"谁知道呢？"酒保耸了下肩膀，"你应该听说过一句谚语，'相信一个利姆人还不如相信一条蛇'。查理是利姆人。"

利姆省和莱斯顿省同属南方，口音接近，但更靠伦堡，是山区省。

卢米安若有所思地说道："这句谚语应该没有说完吧，我感觉后面还有。"

酒保蔚蓝的眼眸带着明显的笑意道："你的感觉是正确的，那句谚语比你想象得还要长，'相信一个鲁恩人还不如相信一个利姆人，相信一个利姆人还不如相信一条蛇，但绝不要相信群岛人'。"

群岛指的是因蒂斯西边的迷雾海群岛，这是共和国的海外殖民地之一，群岛人在特里尔往往充当着打手和诈骗犯等角色。

不等卢米安再问，酒保用嘲笑的目光看了还在滔滔不绝的查理一眼，低声说道："如果那是他真正经历过的事情，那他肯定不知道他房间内贴的根本不是圣维耶芙的画像。"

"那是谁的？"卢米安好笑问道。

酒保努力控制着自己的笑声："查理住在504房间，上一个租客经常去红公主区城墙街，在房间内贴的是前几年特里尔最出名的妓女之一，苏珊娜·马蒂斯。想想，想想，查理以为自己是祈求天使帮助，其实是在向一个妓女祈祷，他还觉得自己因此转了运，摆脱了饥饿，得到了新工作，这是多么讽刺的一件事情啊！"

"是啊。"卢米安深表赞同。

这是他编都编不出来的桥段，现实有时候比故事还要离谱。

他接着又补了一句："有用就好。"

酒保没再多聊，开口问道："你需要什么？"

"一杯茴香苦艾酒。"卢米安用手指轻敲起吧台，表示自己在思考，"你们这里有什么吃的？"

"迪瓦尔肉汤怎么样？三个里克一大勺。"酒保提出建议。

卢米安表现出了饶有兴趣的态度："迪瓦尔肉汤是什么？"

酒保随口解释道："一个叫迪瓦尔的餐厅老板发明的，他将肉、酸菜、芜菁等放在一起煮成浓汤，最后撒上奶酪和面包屑，只要一份就能让你吃饱，而且味道相当不错。所以，迪瓦尔现在是有钱人了，搬到歌剧院区去了。"

卢米安当前所在的老实人市场区，又叫市场区，位于塞伦佐河南岸，有大量的贫民街，而歌剧院区在塞伦佐河北岸，紧靠着共和国核心之一的林荫大道区。

——特里尔城墙内共有二十个区。

"听起来不错。"卢米安笑着点头，"那就来一份。"

虽然到了早上六点，他就能恢复身体状态，不用担心饥饿，但吃东西是少数几件让他感觉自己还活着的事情之一。

酒保点了下头，转而问道："'小木乃伊'还是'筋斗'？"

"什么？"卢米安没有掩饰自己的茫然。

酒保不觉得意外，平静地说道："这是特里尔酒吧、咖啡馆和啤酒屋之间通用的黑话，'小木乃伊'指的是一小份茴香苦艾酒，'筋斗'是双份，'红番茄'是苦艾酒里面加石榴汁，加薄荷是'鹦鹉'，类似的还有很多。朋友，在特里尔，你还有很多需要学习的。"

"那就'小木乃伊'。"卢米安能感觉到酒保对外乡人有隐约的歧视，但他并不在意。

"七个里克。"酒保一边翻开小的高脚杯，一边报了价格。这比科尔杜村老酒馆的苦艾酒要贵，但在有入市税的地方很正常。

没多久，卢米安面前多了一杯泛着迷幻光彩的淡绿色苦艾酒。他端起来，轻轻抿了一口，感受着清爽滋味中那淡而隽永的苦涩弥漫开来，钻入大脑。

等待女侍送迪瓦尔肉汤过来的时候，卢米安打量起四周，发现吧台侧面堆着玻璃罐、软管、阀门、齿轮等物品。

"这是？"他用询问的眼神望向酒保。

酒保边擦拭杯子边随口回答道："之前一个租客留下的，他是蒸汽与机械之神的信徒，总觉得自己有机械方面的天赋，攒了很多类似的东西。"

"他现在呢？"卢米安虽然猜得到结局不会美好，但还是相当配合地问道。

酒保沉默了两秒道："去了工厂，说是做事的时候走神，被卷到机器里，半个人都碎了。"

卢米安没再追问，侧头望向那堆半组装好的零件，陷入了思考。几秒后，他离开高脚凳，蹲到吧台侧面，揭鼓起那堆东西。

酒保看了他一眼，没有阻止，只是在迪瓦尔肉汤从厨房被端过来时说了一声。

忙碌了一阵，卢米安坐回高脚凳，用勺子品尝起那份浓汤。

肉的浓香、奶酪的醇厚、酸菜的清爽、芜菁的甘甜组合在一起，混成了令人难以忘怀的美好滋味，而吸满汁水的面包屑是这份食物皇冠上最珍贵的那颗宝石。

卢米安没想到的是，三里克一盘的浓汤里面竟然有好几块肉，真的能让一个成年人吃饱。

等到餐盘变得干干净净，卢米安拿出一张手帕，擦了擦嘴巴，又蹲回那堆半组装好的零件旁，继续刚才的忙碌。

十分钟后，他将一台机器摆到了吧台上。这机器上面是玻璃罐，下方是复杂的零件，连接着两根橡胶软管。卢米安要了杯清水，把剩余的茴香酒倒了点进去，将透明的无色液体染成淡绿，又将其中一根橡胶软管插入杯子。

扎着马尾，很有艺术家气质的酒保认真看完，疑惑地问道："这是什么？"

"这是我的发明。"卢米安在胸口画起了三角圣徽，"我同样是蒸汽与机械之神的信徒，在机械领域有不少成就。"

紧接着，他伸出戴着黑色手套的左掌，指了指那台机器，说道："它是划时代的机器，它的作用超乎你们想象！"

"它能做什么？"疑似把一名妓女当成主保天使向对方祈祷的查理提着啤酒瓶走到吧台前，一脸好奇。

卢米安又严肃又兴奋地说道："它叫傻瓜仪，可以测试一个人的愚蠢程度，同样的，也能测试聪明程度。"

"是吗？"查理和酒保的脸上写满了不信。

卢米安详细解释道："它的使用方法很简单，往这根管子吹气，直到杯子里的液体上升到玻璃罐内，形成气泡。通过观察气泡，我们就能获得相应的愚蠢指数或者说聪明指数。"

望了卢米安几眼，查理跃跃欲试地说道："很神奇，不愧是蒸汽与机械之神的信徒。"他旋即拿起那根露在外面的橡胶软管，开始吹气。

经过齿轮阀门等零件的联动，杯子内的淡绿色液体被吸到了机器里，升至上方玻璃罐处，形成了一个不大的气泡。

"这代表什么样的结论？"查理很是期待地问道。

卢米安嘴角一点点勾起，露出了灿烂的笑容："我的朋友，这台机器的原理同样简单——如果你相信了我的话，真的使用这台机器吹出一个气泡，就证明你是一个傻得'冒泡'的白痴。"

查理的表情瞬间凝固，眼神变得颇为愤怒。

旁边的酒保则笑出了声音："很棒的恶作剧！"他由衷赞道。

卢米安微笑看着查理，等待着对方的爆发。

过了几秒，查理竟然收起了愤怒，走向之前听他"演讲"的几名客人，高声说道："女士们，先生们，看看我发现了什么？一台划时代的机器！可以测试你们的聪明指数！"

"你这个人真的太有趣了，太有趣了！"

醉醺醺的查理勾着卢米安的肩膀，走出铺着地砖的酒吧。

酒吧里面还有近二十个人在唱歌，赌博，大喊大叫，尽情宣泄着内心的情绪。似乎只有这种时候，他们才不是拿着微薄薪水的穷鬼，而是自己的主宰。

"我还以为你会和他们玩'比利比'。"

卢米安搭着查理的背部，笑着走向通往楼上的阶梯。

比利比是在特里尔流行的一种赌博游戏，卢米安也是刚刚才了解。和特里尔人最喜欢的扑克牌游戏"斗邪恶"不同，比利比只需要一张纸就可以玩——根据人数不同，主持人于纸上画出不同数量的格子，九到六十四个不等，每个格子再编上数字，让参与者自己挑选一个下注。最后，主持人通过抽签、抛硬币、扔骰子等方式确定一个幸运数字，买中的人能拿走所有的赌注。如果没有人买中，则那些钱全部归主持人。

来金鸡旅馆地下酒吧的人要么是这里的住客，要么是附近的贫民，钱包都相当空，主要用酒而不是钱来玩赌博游戏，比如，每局比利比的赢家只是得到大家凑钱买的一杯酒。

查理打了个长长的酒嗝："我还没有拿到这周的薪水，不能太过放纵！"

他随即用兴奋的口吻对卢米安道："你知道吗？我现在在白天鹅酒店当见习侍者，就是温泉区新街那家白天鹅酒店。这意味着什么？意味着我可以穿白色的衬衣、红色的马甲、黑色的正装外套，再给自己打上优雅的蝴蝶结，每个月还能拿六十五费尔金薪水！等到我成了真正的侍者，我听人说，旺季的时候，每天光小费就能得到七费尔金！

"等我发财了，我要开一家自己的旅店，不，大酒店，到时候，我请你当侍者领班——那该死的家伙，什么都不用做，只是穿着燕尾服走来走去，给我们挑毛病，一个月的薪水就有一百五十费尔金！"

见习侍者比苦力的收入还要高一点啊……卢米安身上有酒味，眼中却没有酒意，微不可见地点了下头。

他记得年初在书房看到过一份报纸，上面用欣喜的口吻说特里尔的苦力每年都有约七百费尔金的收入。那个时候，卢米安对此还没有明确的概念，不知道这算多还是少，毕竟，他流浪的时候只关心每天能弄到多少食物，有没有好心人给几个里克，而科尔杜村村民们的收入又以实物为主，这只能让他了解到具体商品的价格和不同钞票的面值，对整体的经济情况缺乏清晰的认知。

当然，这也有奥萝尔收入很高，让他几乎不用操心家里开支的缘故。据卢米安所知，奥萝尔成名之后，随着出版书籍和签约专栏的增多，每年收入都有不小的提升，去年的总稿酬似乎已接近十三万费尔金。

不过，奥萝尔挣得多，花得也多，法术、材料和神秘学相关的开销是她支出的大头。而且，她可能还在帮助卷毛狒狒研究会里一些过得不好的成员，也会长期向政府或者教会组建的慈善机构捐款。

但让卢米安疑惑的是，自己告别科尔杜村的时候，家里竟然没找到一张存单。

他很清楚，奥萝尔一直都有储蓄的习惯，花很多的前提是她已经在苏希特银行等地存了不少钱。

对此，卢米安暂时怀疑是在自己和姐姐被选为祭品或容器，失去人身自由的这段时间里，被本堂神甫纪尧姆·贝内那伙人拿走了。

刚和查理勾肩搭背地走上二楼，卢米安就听到了一声凄厉的哀号："你这个混蛋！"

砰！随着一扇房门被重重关上，哀号被堵了回去，只剩下余音在走廊里回荡。

一道人影穿着整齐的黑色燕尾服，从过道尽头向楼梯口走来。

这是个年轻男子，年纪应该和查理差不多，棕黄色的头发梳理成三七分，深褐色的眼眸看不出任何情绪，略薄的嘴唇紧紧抿着。他长得还算不错，手拿一顶黑色礼帽，就像在参加上流社会的沙龙，与金鸡旅馆的环境格格不入。

伴随这男子的是一个妇人的哭喊声，充满了痛苦和绝望。

目送这名男子的背影消失在通往底层的楼梯口，脸色红润的查理撇了下嘴巴："真是一个混蛋！"

"你认识他？"卢米安对周围邻居还是相当"关心"的，毕竟他可能会在这里住一段时间，越了解环境越安全。

查理用鄙夷的口吻说道："他叫洛朗特，201房间拉卡赞太太的儿子。拉卡赞太太每天要帮人缝补袜子，做各种手工活十六个小时，就为了养活这个混蛋，而他总是穿着体面的衣服，拿钱去那种很贵的咖啡馆，说是能认识上流社会的人，找到发达的机会！呵呵，他觉得自己非常有才华……"

查理还没说完，某个房间内又传出一男一女的激烈争吵声，他们互相辱骂着。

"三楼一对私奔的情侣，钱花得差不多了就每天这样。"查理啧啧笑道，"朋友，你要习惯，这里是市场区，是乱街，是金鸡旅馆，还有生了重病的人，破产的家伙，骗游客买东西的小贩，只是下楼喝酒从来不出旅馆的外乡人，没什么钱的站街女郎，脑袋出了问题偶尔才清醒的疯子，失去工作的石匠，退伍的士兵，装穷的老头，被通缉的罪犯……他们必须感谢埃夫先生是个好人，除了不能拖欠房租，其他方面都很宽容。"

"埃夫先生……旅馆老板？费尔斯夫人说的那个吝啬鬼？"卢米安反问道。

查理顿时笑道："对，一个好心的吝啬鬼，他甚至还向大家提供免费的硫黄！嗝……我有好几天没看到埃夫先生了，我真担心他为了省钱，不去城墙街，不去红公主区别的地方，就在乱街随便找一个女人，染上重病……"

说着，查理挥了挥手："夏尔，嗝，我上去睡觉了，明天早上六点就得出门，七点必须抵达酒店……嗝，你要是找不到工作，可以告诉我，我可以帮你介绍，到我们酒店做杂工，每个月也能拿五十费尔金，做久了甚至能到七十五……而且，每顿都有免费的食物，晚上还会提供一升葡萄酒！"

"好的。"卢米安笑着目送查理往楼上走去。与此同时，他无声自语了一句，"单纯的挑衅对魔药的消化没太大帮助啊……"

他在酒吧内组装"傻瓜仪"就是为了挑衅那里所有的人，结果也很成功，但并没有带来魔药的进一步消化。之前，从达列日到特里尔的旅途中，卢米安也时常挑衅，偶尔会感觉魔药在消化，但大部分时候都没什么收获。

如果不能找到更正确的扮演方法，他怀疑自己至少得一年才能消化完"挑衅者"魔药。

返回207房间的途中，卢米安听到楼上传来剧烈的咳嗽声，听到那个女性在骂自己的情人是"懒鬼""废物"，听到外面有乓乓的枪响和一堆人追逐而过的动静。

这就是金鸡旅馆，这就是乱街。

按照查理的说法，到了夜晚，哪怕警察也不敢独自走入这里，至少得有一个同伴才能让他们鼓起勇气。

掏出黄铜色泽的钥匙，卢米安推开房门，走进屋内。那些臭虫似乎有某种奇妙的感知，竟没再回到这里来。

卢米安嗅着硫黄的味道，抬眼望去，发现靠窗的木桌上静静躺着一封信。他几步靠拢过去，拿起了那折叠成方块的纸张。

"魔术师"女士的回信？卢米安一边嘀咕，一边展开信件，就着照进室内的绯红月光阅读起来。

很高兴你顺利抵达了特里尔，这证明你已经初步掌握了逃避追捕的技巧，重新找回了行走于社会暗面的经验。

本周日下午三点半，植物园区梅森咖啡馆D卡座，一位心理学家将向你提供治疗。

这几天，你的任务是去天文台区地下墓穴附近，找一个叫作奥斯塔·特鲁尔的人，他经常在那里假扮巫师，骗游客和市民们的钱财。

不管你用什么方式，取得奥斯塔·特鲁尔的信任，并在适当的时候展现出你也具备超凡能力。

植物园区和天文台区都在老实人市场区的西边，彼此挨着，前者靠南，后者偏北，枕着塞伦佐河。卢米安反复阅读"魔术师"女士的回信，记住了相应的地点、时间和人名,然后划燃火柴,将写满因蒂斯单词的纸张烧掉。

做完这一切,他到最近的盥洗室简单清理了身体,然后抽出缠着黑布的"堕落水银",脱掉外套,躺到床上。

布满臭虫痕迹的天花板映入他的眼帘,时停时响的咳嗽声、哭泣声、争吵声静静回荡在房间内。

没多久,那对私奔的情侣用激烈的运动和毫不压抑的喘息告诉大家他们已经和好。

外面的街道上,几道粗犷的嗓音唱起了下流的歌曲,又被枪响打断,接着是咒骂声、棍棒交错声和利器入肉的动静。

和科尔杜村相比,这里的夜晚非常吵闹。

第二章
CHAPTER 02
布里涅尔男爵

5月初的清晨六点,天还没有发亮,西降的红月和天边的星辰洒落光辉,让黑暗变得淡薄,析出了近处事物的轮廓。

卢米安早早醒来,略作洗漱,穿上昨天那套偏正装的衣物,戴好帽檐较宽的礼帽,对着充当镜子的玻璃窗努力挤出了笑容。

他沿楼梯缓慢下行时,急促的脚步声从上方传来。没多久,查理的身影出现在了卢米安的眼中。

他依旧穿着亚麻衬衣、黑色长裤和无绑带皮鞋,只是红润的脸庞变得苍白了一点,蓝色的小眼睛透出难以掩饰的疲惫。

"早上好,夏尔。"看到卢米安,查理中气十足地打起招呼。他的精神倒是挺亢奋的。

"你不是应该早就出门了吗?"卢米安笑着问道。

他是听见代表六点的教堂钟响才起床洗漱的,而查理六点就应该出门了。

查理边低头整理着衣物,边咕哝道:"昨晚喝太多了,还做了场美梦,不想醒来……"

说话间,两人已来到一楼,穿过肮脏黑暗的大厅,向映着星辉的大门走去。

开门的是对老夫妻,都已白发苍苍,背部略显佝偻,年龄在八十岁左右。他们个子矮小,男士不超过一米六五,女士未到一米六,无论是深色的夹克还是偏黄的布裙,都破破烂烂,满是油污。

"他们是?"卢米安本以为早上负责开门的会是费尔斯夫人或者那位吝啬的旅馆老板埃夫先生。

查理没有放慢脚步,随口解释道:"鲁尔先生和米歇尔太太,他们就是我昨天说的骗游客买东西的小贩夫妇。他们每天都起得很早,费尔斯太太就委托他们打开旅店的门,报酬是无视他们把房间弄得很脏很臭这件事情。你知道吗?从我搬进来开始,他们就没换过衣服,整整七个月了,七个月了!"

难怪那么脏……卢米安回想起自己流浪时的肮脏状态，但被奥萝尔养成的爱干净的习惯还是让他忍不住皱了下眉头。

查理快步走出了金鸡旅馆的大门，疑惑地问道："夏尔，你为什么也起这么早？"

随着两人来到街上，颇为热闹的景象顿时映入眼帘。不少工人、职员、苦力套着或灰或蓝或黑或棕的衣物匆匆而行，时不时停下来从街头小贩那里买些食物。部分提着木条篮子的妇人相对没那么急切，在不同的小贩间来回走动，比较着价格和品质。那些小贩分散在乱街两侧，将半个街道堵住，只留下仅能供一辆马车通行的空间。他们高声叫喊，尽力招揽着顾客。

"酸酒，苹果酸酒，两个里克一升！"

"邦迪鱼塘的淡水鱼！"

"新鲜的鳕鱼、鲱鱼，快来看看！"

"洋葱面包，一个里克，只要一个里克！"

"咸肉，美味的咸肉！"

"从鲁恩进口的香皂、假发！"

"给孩子们买一瓶鲜艳的汽水吧！"

"辣酱、豆泥，小洋葱头，水芹菜！"

"……"

听着此起彼伏的声音，感受着乱街的清晨活力，卢米安侧头对查理笑道："我刚到特里尔有点睡不着，正好到处转转，看能不能找到合适的工作。"

作为一名"猎人"，熟悉自己经常活动的区域，掌握这里的具体环境，是必须尽快做的功课。等到真有事情发生再摸索，就来不及了。

查理点了点头，表示理解。他热情地说道："你可以去白外套街碰碰运气，就在老实人市场和蒸汽列车站之间。很多旅馆、酒店和餐厅的经理喜欢在那边的咖啡馆聊天，顺便招洗碗工、擦地工、洗手间侍从和见习侍者。你身上如果有钱，记得请咖啡馆的服务生喝酒，他们会把你带到正确的人面前，让你有机会获得一份更好的工作。"

不等卢米安回应，查理就开始传授经验："一定要注意自己的外表，像我这样做。"他一边说一边抬起双手，啪啪拍起自己的脸蛋，就像在抽自己巴掌一样，只是没那么重。很快，查理略显苍白的脸色变得"红润"起来。

"看看，看看。"他得意洋洋地指着自己道，"是不是精神很多了？那些经理都不愿意招一个看起来特别穷困、不够健康的人，那会有很多麻烦。他们要么不给你好的工作，要么压低你的薪水……像我这样，在进咖啡馆前做，让自己像一个有地方睡觉，吃饱了早餐的人，太早不行，这种'红润'会慢慢消退的。"

这种找工作的小技巧对流浪汉出身的卢米安来说相当陌生，感觉很有意思。他笑着点头道："我还有足够的金钱租房和填饱肚子，暂时不需要这么做，但谁知道以后会不会用上呢？"

他故意没有掩饰自己还有不少费尔金的情况，万一有好心人愿意再"捐赠"一笔呢？

查理表示理解，顺手掏出价值五科佩的铜币，从旁边小贩那里买了个夹洋葱的面包。这让卢米安陡然生出一种熟悉感——在流浪的那段时间，如果他得到金钱的施舍，第一选择也是去买洋葱面包。一是便宜，二是洋葱的味道会持续很久，让人一直有刚吃饱的错觉。

卢米安同样买了洋葱面包当早餐，和查理一起从众多小贩间穿过，走出乱街。

"我真是太喜欢这里的早晨了！"查理回头望了一眼，用标志性的热情洋溢的语气感慨道，"那些该下地狱的黑帮恶棍起不了这么早，没法破坏这种令人着迷的活力。"

他随即对卢米安挥了挥手："我去坐地铁了，要不然今天会迟到的，那该死的领班肯定会扣我的薪水！"

告别查理，卢米安绕着乱街，一圈圈向外走，如同一个在用脚丈量这片区域的游客。

老实人市场区位于塞伦佐河南岸，特里尔这座大都市的东南角，又叫市场区，在官方的正式称谓是13区——特里尔各区以数字命名，但依据历史和特点，会有一些约定俗成的通用叫法，有的时候，官方都会这么叫。

这里因老实人市场得名，靠近塞伦佐河的地方还修建有苏希特蒸汽列车站，承载从因蒂斯南方来的人群。围绕着市场和蒸汽列车站的地方住满了穷人，许多街道治安异常混乱，是特里尔几个贫民窟之一。

市场区北面，塞伦佐河南岸是5区，属于老城区，又叫纪念堂区，或者大学区，特里尔高等师范学院、特里尔高等矿业学院、因蒂斯美术学院都在这里。

市场区的东北方向，塞伦佐河北岸是12区，同样偏郊外，叫诺尔区，有荣军院、伤兵院和几家大医院。

市场区的西北面是6区，也就是卢米安等下要去的天文台区，那里有地下墓穴的主要入口。

市场区的西南方是14区，被习惯称为植物园区，等到周日，卢米安将在那里的梅森咖啡馆接受心理学家的治疗。这里又叫无套裤党区，因为植物园往南有大片工厂，工人们是无套裤党的主要构成人员。

卢米安花了近一个上午的时间,把老实人市场区的街道全部逛了一遍。

临近中午,他回到苏希特火车站附近,打算随便找个地方吃午餐,然后去地下墓穴附近找那个名为奥斯塔·特鲁尔的假巫师。

行走间,卢米安看见了同样住在金鸡旅馆的鲁尔和米歇尔夫妇。他们正拿着一沓沓密封在纸制小袋内的事物,向疑似外乡人的群体兜售。

卢米安刚靠拢过去,头发花白、衣衫褴褛、皱纹众多的鲁尔就凑向他,压着嗓音道:"要街头学院派美女的照片吗?"

"什么是街头学院派美女?"卢米安没有掩饰自己的疑惑和对鲁尔身上臭味的抗拒。

鲁尔晃了晃手中薄如信封的纸袋,低声解释道:"在特里尔,那些给画家当人体模特的漂亮女孩被叫作'学院派美女'。后来,有了照相机,有了摄影师,她们也会拍一些,你知道的,那种照片,有的卖给了画家当成作画的参考,有的……"

鲁尔随即露出暧昧的笑容,再次摇晃起手里的纸袋。

"四个里克一封,两张照片!其他人那里可是要卖十个里克以上的!"

卢米安笑了起来:"鲁尔先生,米歇尔太太,这就是你们卖给游客的纪念品?"

听到卢米安喊出自己的名字,鲁尔和米歇尔都脸色大变。他们转过身体,试图逃离,但卢米安的手更快一步,直接按住了鲁尔的肩膀。

挤入人群的米歇尔见丈夫未能跟上,苦着一张脸又返回了这边。

"我也住在金鸡旅馆,我叫夏尔。"卢米安做起自我介绍。

终于明白对方为什么认识自己的鲁尔夫妇稍微松了口气,用祈求的目光望着卢米安道:"你有什么事情吗,夏尔先生?"

"你们卖的究竟是什么照片?"卢米安好奇问道。

鲁尔畏畏缩缩地回答道:"塞伦佐河的风景照,还有特里尔各个城堡、宫殿的照片。"

"没人找你们麻烦?"卢米安笑着问道。

鲁尔吞了口唾液道:"买的人都不敢当场拆,之后也不敢来找我们,他们非常心虚。"

"而且,卖风景照也不会有警察管你们。"卢米安点了点头,"真的有人卖街头学院派美女照片吗?"

"有。"鲁尔回答得非常肯定,"上个月,警察才抓了一批摄影师和版画商,说是收缴了一万多张照片……这要是给我们就好了,不知道能卖多少钱!"

同样脸有皱纹、身体佝偻的米歇尔太太咕哝道:"我们旅店之前就住了一个人体模特,但最近这段时间都没有出现,可能是成了哪个画家的情妇,也可能是当街头学院派美女被抓了……"

金鸡旅馆的住客还真是多种多样啊……卢米安颇感兴趣地问道："你们骗外乡人买照片，一周能赚多少？"

"我们卖得很便宜，差不多十费尔金吧。"鲁尔眼神略显躲闪地回答道。

看来比十费尔金多点，但不会多多少，就算成十二费尔金，也就是一千两百科佩，二百四十里克……每周有六十个傻瓜上当？卢米安环顾了一圈站前广场，对这里人类的平均智商表示鄙夷。

而鲁尔夫妇冒着很大风险骗人，一个月也才收入五十费尔金左右，远远比不上见习侍者，乃至苦力。

看了他们略显佝偻的腰背、瘦削的身体和满是皱纹的脸庞一眼，卢米安大致明白他们可能不是不想做更正当的、报酬也更多的工作，而是没法做。

挥了挥手，他离开苏希特蒸汽列车站，往西北方向的天文台区走去。

地下墓穴的主要入口在因蒂斯天文台附近的炼狱广场，包容入口的建筑由一根根柱子撑起来，高处是布满石刻浮雕的穹顶，就像是缩小的纪念堂或是巨大陵寝的地上部分。

卢米安抵达的时候，已经有二三十个人聚集在向下的阶梯旁，他们衣着各不相同，但都以较为正式的打扮为主，有男有女。

站在这些人最前方的是个套着蓝色马甲、穿着黄色长裤的三十多岁的男子，他褐发微卷，胡须浓密，眼角略微上翘，手里提着还未点亮的铁黑色电石灯。

他嗓音响亮地对那二三十个人道："我是肯达尔，地下墓穴的管理员之一，今天负责带领你们参观那些藏骨堂。是不是每个人都准备好了一根白色的蜡烛？如果没有，请立刻告诉我。"

参观？卢米安将目光投向肯达尔身后的石制阶梯，它一直延伸往下，没入了浓郁的黑暗中，完全看不到尽头。离肯达尔不远的地方，有一扇打开的沉重大门，它由厚厚的木头拼成，一半用金色的颜料画着太阳圣徽，一半绘有填充着蒸汽、杠杆、齿轮等符号的牢固三角。

得到确认的回答后，肯达尔弄亮电石灯，转身往地下走去，那些参观者紧随其后，部分提着马灯。

卢米安落后他们四五米，拿着从拉马耶那里得来的电石灯，不快不慢地沿石制阶梯往下。

以他获得过超凡提升的耳朵，不难听清楚墓穴管理员肯达尔在最前方做的那些介绍："走完一百三十八阶楼梯，在特里尔城市街道之下二十六米的地方，你们将看到近五十代特里尔人的骸骨。这是保守的说法，实际上远不止五十代，地下墓穴某些藏骨堂的历史甚至能追溯到上一纪……

"四十七年前，无罪者公墓、神父公墓这些地方已经没有土地让死者下葬，白色的骨头被扔得到处都是，恶臭的味道让周围的居民每天都上街抗议，想让市政厅把墓园弄到城外去……最终，市政厅选择了地下，他们将第四纪的一些墓葬与附近多个地下采石场打通，形成了一个非常非常非常大的墓穴……你们今天能够参观的仅仅只是其中一部分……"

肯达尔的声音回荡在安静黑暗看不到尽头的楼梯内，让人油然而生对墓穴对地底的恐惧。

一层层台阶往下，卢米安终于看到了一条被石柱和夹墙分隔出来的道路。

和地下世界别的地方不同，这条道路明显有修缮过的痕迹，日常也在维护，完全看不到坑洼的存在，又平坦又宽敞，只是颇为阴森，时不时有一阵阵偏冷的风吹过。

这条路上，每隔一段距离装有一盏煤气灯，它们散发出偏黄的火光，让光明与黑暗不断交错着延伸向远处。

套着蓝色马甲的肯达尔再次提醒起参观者："你们一定要紧紧跟随我，不能独自行动！地下有太多区域我们缺乏了解，一旦你们迷失了方向，会很难被找到。

"进了墓穴同样不能乱走，那里有一些道路会通往更深层的墓葬群，藏在黑暗里的第四纪恶灵们就沉睡在这种地方。赞美太阳赞美光明吧，只有行走在神甫们确认过的路线上，才能避免所有的危险。"

部分参观者张开了双臂，赞美起太阳，部分则在胸口画起三角。

跟随墓穴管理员肯达尔前行了近两百米后，卢米安看到了地下墓穴。

那里耸立着一座天然形成，经后期改造过的巨石门洞，两侧布满骷髅头、白骨手臂、太阳花、蒸汽符号等精致浮雕。

最顶端的门楣上则用因蒂斯语写着两句铭文："站住！前方是死亡帝国！"

墓穴管理员肯达尔又一次转身，对那些参观者道："你们可以熄掉马灯，点燃白色蜡烛了，每个人都必须这么做！

"如果不想进墓穴，可以在这周围逛一逛，但不能离开太远，否则很容易迷路，到时候就麻烦了。

"进了墓穴后，如果不小心脱离了队伍，不要紧张，找路牌，要是没有路牌，往头上看，跟着墓穴顶部画的黑线走，那一直延续到主要的出入口……"

没多久，马灯的光芒熄灭，一朵朵橘黄的烛火在黑暗里跳跃出来。那些参观者同时举起了白色蜡烛，跟随肯达尔走入地下墓穴。

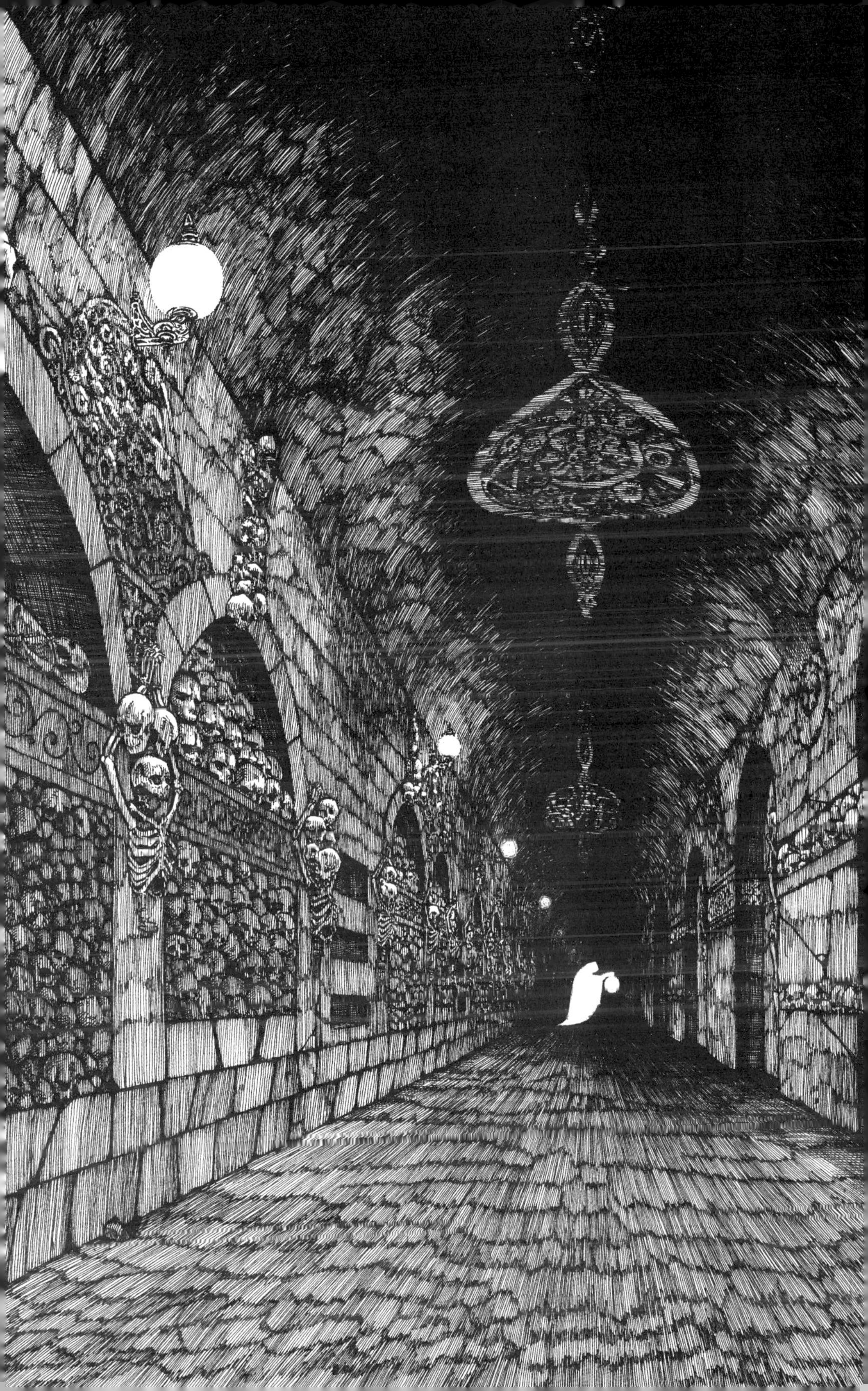

卢米安远远看着，就像看到一点点偏黄的火光汇成溪流，缓缓游向黑暗深处。

他没有进去，而是提着电石灯，绕着墓穴大门寻找起假巫师奥斯塔·特鲁尔。

几分钟后，卢米安看到了一堆篝火。那位于一根柱子旁，上方的石壁长着不少湿漉漉的苔藓。篝火后面一块石头上坐着个男人，他套着带兜帽的黑色长袍，鼻梁高挺，眼眸深棕，下巴长满了亚麻色的胡须，正凝视着火焰的跳动。

卢米安走了过去，直接问道："你是奥斯塔·特鲁尔？"

戴着兜帽的男人抬起脑袋，望向卢米安，用一种刻意压低的、有磁性和深度的嗓音道："迷失了方向的灵魂啊，你为什么来找我？"

火光和黑暗交替着在奥斯塔·特鲁尔的脸上跳跃，让人无法判断他准确的年龄，只能猜测可能不到三十岁，也可能接近四十。

卢米安一脸诚恳地说道："我听人提过你，说你是一个神奇的巫师，可以帮我解决我的问题。"

奥斯塔·特鲁尔用低哑中带着点磁性的嗓音道："巫术是禁忌，巫术是诅咒，我不会随意提供帮助。"

"需要我做什么？"卢米安急声追问。

奥斯塔低沉开口："巫术的原则是等价交换，你先告诉我你想获得什么帮助。"

等价交换，小说看多了吧？卢米安忍住了嘲讽挑衅的冲动，表情一下变得痛苦起来："我失去了所有的亲人，我感觉自己被这个世界抛弃了，我每晚、每晚都睡不着觉，我想忘记这些事情，重新开始自己的人生。"

奥斯塔·特鲁尔观察着卢米安的表情，没发现一点虚假。

他轻轻点了下头："我也失去过很多，那是巫术带来的诅咒，我能理解你的感受和想法。但遗忘痛苦是一件很难的事情。"

"好吧……"卢米安长长地叹了口气，转过身体，准备离开。

奥斯塔赶紧叫住了他："你等一下，很难不代表没有办法。"

"是吗？"卢米安猛地回头，脸上写满了激动。

奥斯塔微微颔首道："你听说过'撒玛利亚妇人泉'吗？"

"没有。"卢米安摇头。

奥斯塔看了眼燃烧的篝火，简单解释道："在地下墓穴的某个藏骨堂内有一片浑浊的泉水，它叫撒玛利亚妇人泉，又被称为遗忘之泉、忘却之泉，只要喝下它，你就能彻底忘记所有的痛苦。"

"当然，那是假的，只不过是修建地下墓穴的过程中因为施工出错留下的一片水洼，被那些管理员包装成了传说。"看着卢米安的眼神由亮到暗，奥斯塔·特鲁尔进一步说道，"但作为巫师，我可以告诉你，在这片地下世界的深处，某个疑似第四纪遗迹的墓葬内,有真正的撒玛利亚妇人泉。那里很多尸骸都在唱歌,唱'喝下幸福的忘却之水,忘记原初的痛苦'。"

"我可以帮你去取,但等价交换的原则不能违背,你需要给我一百费尔金。"

一百费尔金?你的胃口也太小了吧?寻找传说事物这么危险的事情,不收个几千费尔金怎么让人相信是真的?卢米安原本听得很认真,但价格的错位感让他感到滑稽——那么珍贵的泉水还比不上习侍者两个月的薪水?

撒玛利亚妇人泉的传说,他在《通灵》杂志上看到过,奥萝尔当时嘀咕了一个他听不懂的单词,发音大概是"孟婆"。

《通灵》杂志同样认为撒玛利亚妇人泉是墓穴管理员们制造出来的传说,但他们相信,这个传说不会没有源头,北大陆的某个地方可能真的存在"遗忘之泉"。

卢米安瞪大了眼睛,冲到奥斯塔身旁,按住他的肩膀道:"真的?"

奥斯塔拨开了他的手掌,沉稳点头:"这是一个巫师的承诺。"

"好,好!"卢米安激动回答,"但我没带这么多钱,我现在就回去,明天来这里找你?"

奥斯塔满意额首:"没问题。"

卢米安连声道谢,提上电石灯,兴奋地离开了这片区域。

等脱离了奥斯塔的视线,卢米安收敛起笑容,抬起右掌,轻嗅了一下不太明显的香水味道。到天文台区之前,他给自己右手喷了点劣质香水,刚才是故意去挨触奥斯塔的身体的。

一路回到地上,卢米安坐到柱子后,藏好身形,开始耐心等待。天色逐渐暗淡,黄昏即将来临时,他闻到了那股很淡很熟悉的香水味。

卢米安没急着追踪,过了一阵才走出藏身之处,循着奥斯塔遗留的些许气味,远到近乎看不见对方身影地缀在后面。

一辆辆马车从他的身旁经过,时而有夸张的机械造物出现。

上午"逛"老实人市场区的时候,卢米安就注意到特里尔的市民们在服装上相当随意,或者说大胆,这一方面体现在有的女士上衣袖子很短,裸露出了小臂,或者肩膀处镂空,能看见锁骨,另一方面则是有很多奇装异服。

在达列日地区,像奥斯塔这样穿着黑色长袍、戴着兜帽,仿佛古代传说里巫师打扮的人,是不可能光明正大地走在街上的,少不了受到警察的盘问。而在特里尔,路上的行人们对此视若无睹。因为,这实在是太常见了,公共场合中,各种仿古装扮层出不穷。

奥斯塔·特鲁尔明显比较小心,时不时会突然回头望向身后,看看有没有形迹可疑的人，但卢米安距离他很远，远到双方都不在彼此视线范围内。

靠着遗留的、非常淡的劣质香水味道，卢米安一路尾随，跟着奥斯塔走过了一条又一条街道。

两侧煤气路灯相继亮起时，奥斯塔拐入了一条被玻璃拱顶和钢铁支架覆盖着的街道。

这里灯火通明，遍布高档商店，地上铺着光滑的大理石，来往行人熙熙攘攘，与老实人市场区那些破旧的巷子形成了鲜明对比。

这就是奥萝尔提过的拱廊？卢米安见奥斯塔停在了一家商店前，欣赏橱窗内的物品，也放慢了脚步，打量起四周。

他很快注意到了一些行为"反常"的人——他们或男或女，都身着正装，牵着一只只大小不同的乌龟。乌龟们在前面慢慢地爬，握着绳子的他们则在后面慢腾腾地走。

看到一位穿着黑色正装、戴着丝绸礼帽的男士跟着乌龟从自己面前经过，卢米安忍不住开口问道："我的朋友，你这是在做什么？"

那男士侧过脑袋，露出一张扑着粉的脸孔。他微笑着回答道："外乡人，我在闲逛，在遛乌龟。"

"为什么是乌龟？"卢米安没有掩饰自己的不解。

那位精心打扮过的绅士似乎非常乐意分享自己的时尚哲学，笑着说道："大部分特里尔人都喜欢闲逛，但他们不能理解悠闲的含义和优雅的本质，总是走得很快，非常匆忙。真正的闲逛应该比乌龟还慢，所以，我们遛乌龟，让乌龟在前面走，衬托出我们的悠闲。它是一把比较步行速度的尺子，也是优雅的衡量器。"

卢米安不得不承认，特里尔人总是让自己这个科尔杜村的乡下土佬大开眼界——奥萝尔写小说都写不出来遛乌龟的桥段！

"不愧是特里尔人！"卢米安用嘲讽的语气鼓了下掌。

可惜，那位绅士并没有读懂他真正想表达的意思，谦虚地笑了笑，继续跟着乌龟缓慢前行。

没多久，奥斯塔往拱廊另外一头走去。卢米安等了一会儿，才慢悠悠地追了上去。

出了拱廊，奥斯塔站到附近的公共马车站牌下。也就几分钟的工夫，两匹马拉着一辆巨大的马车驶了过来。

这辆马车分为上下两层，漆成黄色的车厢表面用因蒂斯文写着"7号线"等单词，车夫穿着绿色的短外套，头戴一顶宽檐防雨的帽子。

随着马车停住，一个戴着小帽，穿着条纹上衣和难看长裤的售票员出现在敞开的门口,用审视犯人般的目光打量着每一个试图挤入公共马车的乘客。

奥斯塔第三个上车,坐到靠窗的位置,观察起外面的行人和陆续就座的男男女女。

卢米安远远望着,没有靠近。等到7号线马车远离,他才加快脚步,近乎小跑地进行追赶。以这种公共交通工具较为缓慢的速度和每站必停的规则,卢米安根本不怕被甩开。

途中,部分行人好奇地打量这个奔跑者,也有少数人竟跟随卢米安当街小跑,似乎以为这是最近的流行风向。

你们是不是脑子有什么问题啊?卢米安对此啼笑皆非。

追了三站路,他看到奥斯塔·特鲁尔走下公共马车,而这里已经属于老实人市场区。奥斯塔穿过两条街道,拐入查理提过的白外套街,进了一栋门牌号为20号的米白色的陈旧公寓。

卢米安停在街口一个报刊亭前,拿起一份报纸,随意地翻了起来。与此同时,他用眼角余光注意着那栋公寓的出入口。

"十一科佩一份。"报刊亭的主人见卢米安只看不买,遂提醒了一句。

卢米安拿的是一份《小特里尔人报》,也不计较,掏出两个5科佩、一个1科佩的铜币,扔到了其他报纸上。

报刊亭的主人顿时变得安静,卢米安继续看报。

"市政厅正在与供水公司讨论新的价格方案……"

"瓦莱里批评消费主义是一种恋物癖……"

"人类史上最伟大的项目寻求合作……"

最后这条广告让卢米安闻到了熟悉的味道——那是恶作剧或者诈骗犯掩饰不住的气息!

卢米安一边注意着公寓方向,一边颇感兴趣地精读起相应的内容。

人类的未来在星辰大海,人类的历史是勇于探索的历史。

在各种技术疯狂进步的当代,我们缺少的是文明的先驱者,缺少的是拥有卓越洞察力和前瞻性眼光的智者,缺少的是以勇气为魅力的冒险家。

上一次,我们受困于狂暴海,这一次,我们受困于大气层,但人类的文明人类的科技必然会战胜所有的困难和危险,开创真正的未来。

我们想和所有的梦想家合作,修建一座星际大桥,能让我们从地表直接走到红月上的星际大桥。

联系人:比勒 帕蒂尔。

联系方式:2区圣马丁街9号五楼。

卢米安越看越是觉得好笑，并深刻地反省起自己。作为科尔杜村的恶作剧大王，被奥萝尔各种奇妙想法熏陶着长大的人，他竟然从未想到过如此疯狂如此离谱如此荒诞的点子，而且那些家伙还很有自信地登了广告，似乎笃定能骗到一批人。

是我对人类的平均智商还抱有不切实际的幻想吗？卢米安用戴着手套的左掌摸了摸下巴。

就在这时，他看到一群人走向白外套街20号那栋陈旧的公寓。

为首者是个戴着丝绸礼帽、穿着黑色正装的绅士，至少从外表上看是这样，他侧脸线条深刻，嘴里叼着桃木色的烟斗，左手戴有一枚在灯光下闪闪发亮的钻石戒指。簇拥着这位绅士的几个壮汉则凶神恶煞，或穿着帆布上衣，或套着深色夹克，仿佛某个黑帮的成员。

等他们消失在公寓的入口，卢米安也拿着报纸走了过去。

到了楼下，他同时闻到了几种香水的味道。一种很淡很熟悉，是他弄在奥斯塔身上的劣质香水，一种较为馥郁，偏甜，带着略显狂野的些许腥味。

麝香香水？刚才那个叼烟斗的男人身上的？卢米安循着气味，一路往上，来到公寓的五楼。然后，他看见了奥斯塔·特鲁尔。

这位巫师打扮的骗子正被刚才那群人围着，那个戴着钻石戒指的绅士用桃木色的烟斗轻轻敲了敲他的额头，客客气气地笑道："不要以为搬了家就能摆脱我们。在还上所有欠债前，我会像你的影子一样永远跟着你。"

奥斯塔战战兢兢地说道："我马上就有钱了，明天就可以还你们一部分！"

"很好。"那位绅士微笑点头。

随即他掉转烟斗，用还在燃烧的部分往奥斯塔脸上杵了一下。

奥斯塔疼得往后缩了缩身体，又不敢叫出声音。

那位绅士收回了烟斗，温和客气地说道："这是一点利息。明天要是再还不上，我会拿走你一根手指。"说完，他以手按胸，文质彬彬地行了一礼，"明天见，我的朋友。"

楼梯口的卢米安看得撇了下嘴巴，暗自咕哝道："现在是人是狗都在学格尔曼了吗？"

随着佛尔思·沃尔"大冒险家"系列的火爆，南北大陆都出现了一些模仿格尔曼·斯帕罗的人，"这是礼貌""一个恩赐，还是一个诅咒"等话语广为流传。

等到那群人过来，卢米安低下脑袋，让开了道路，如同遇见黑帮成员的普通公寓租客。

杂乱的脚步声一层层往下，很快就没有了动静。

卢米安随即望向奥斯塔·特鲁尔所在，发现他已经回了房间，关上了木门。

略作思索，卢米安活动了下戴着手套的左掌，按了按头顶的帽子，走出楼梯口，来到奥斯塔的门前。砰砰砰，他抬手拍起了门板。

过了片刻，奥斯塔又惊又惧地开门，颤抖地说道："我那笔钱真的要明天才能……"他话未说完就戛然而止，眼中清楚地映出卢米安的身影。

卢米安张开双臂，笑容灿烂地问道："惊喜吗？"

"你，你，你……"奥斯塔就像见了鬼魂一样连连后退。

卢米安跟着走入房间，微笑着对奥斯塔·特鲁尔道："我真的想遗忘掉过去的痛苦，但我也是一个谨慎小心的人，害怕被人骗了钱还被嘲笑是傻瓜。"

奥斯塔努力挤出了笑容："我没有骗你，真的有撒玛利亚妇人泉！"

"是吗？"卢米安一步步靠近奥斯塔，笑着说道，"到时候你先喝一口给我看看，如果有用，你会忘记我还没有支付你报酬，要是没用，我为什么要支付你报酬？"

奥斯塔一时不知道该怎么回答，只能堆笑，点着头道："相信我，相信我……"

突然，他望向卢米安身后，眼神瞬间发直，就像看到了什么恐怖之物。

卢米安"下意识"转身，望向门口，可那里空无一人。趁此机会，奥斯塔身体一矮，从他旁边穿过，狂奔向敞开的房门。

扑通！奥斯塔被卢米安不知什么时候伸过来的右脚绊了一下，直直摔到地上，摔得高挺的鼻梁染上了青色，瘦削的脸庞肿胀了起来。

卢米安慢悠悠地把房门关上，拉过一张椅子坐下，俯视着趴在地面装死的奥斯塔道："你不会想告诉我，你灵感很高，刚才'看'到我的背后有某种怪异的生物，你冲向门口是为了帮我对付它？"

奥斯塔愣了一下，翻身站起，连连点头："对对对，就是这样！"

卢米安笑了笑，将目光投向了靠墙的长方形木桌。那里摆着银制的匕首、白色的蜡烛、几个或装着不同液体或空空荡荡的小瓶、两张仿羊皮纸和散发出草木香味的纸盒。

有一定的神秘学知识……卢米安收回视线，对惴惴不安的奥斯塔道："刚才那个拿烟斗的家伙是谁？"

"布里涅尔男爵！"奥斯塔忙不迭地回答，"他是市场区萨瓦黑帮的头目。"

萨瓦是因蒂斯共和国一个内陆省的名字，紧挨着上霍纳奇斯省和下霍纳奇斯省，矿藏丰富，民风彪悍。

"男爵？现在还有男爵？"卢米安好笑反问。

自从罗塞尔大帝死亡，共和国建立，贵族爵位已消失在了日常生活里。

奥斯塔颇为畏惧地说道："那是他自己取的绰号，可能他祖上有这么一个爵位。"

卢米安后靠住椅背，姿态相当放松地问道："他为什么找你，你欠了他们钱？"

见卢米安一副和朋友闲聊的无害模样，奥斯塔害怕归害怕，内心还是稍微放松了一点。他苦涩地说道："我为了买，买……买一样物品，借了高利贷商人三千费尔金，后来，那个商人把这笔欠款转卖给了布里涅尔男爵。我还了至少有三千费尔金了，他却告诉我还有两千的利息！"

"你再拖两三个月，欠的就不是两千，而是四千了。"卢米安成功看到奥斯塔的表情垮了下去，再不复之前那种神秘莫测的气质。他随即压低嗓音，用蛊惑的口吻道，"如果是我，遇到这种事情，会想个办法把布里涅尔他们骗到地下去，骗到某个采石场空洞里，然后，弄塌上面的石层，让他们永远沉睡在那里。"

他笑了笑："没有了债主，也就没有了债务。"

奥斯塔越听越是恐慌，看卢米安的眼神就像在看一个魔鬼。

他怀疑对方已经在打算这么做，只是方案里的目标姓名不是布里涅尔，而是奥斯塔·特鲁尔！

"这是杀人！这是犯罪！"奥斯塔惊恐喊道。

"小点声，你不想永远失去说话的能力吧？"卢米安笑着提醒了对方一句，"你也知道这是犯罪啊？那警探们有没有告诉过你，诈骗也是犯罪？"

奥斯塔一时竟找不到合适的单词来回应对方。

卢米安站了起来，拍了拍手套上的灰尘，说："开玩笑的，我刚才是在考验你的人品。"

"什么？"奥斯塔一脸茫然。

卢米安当然不会告诉他，刚才说那些话的真正原因是想在他心里树立一个冷酷嗜血的恐怖形象，这将有助于之后的"交流"。

被逼信任也是信任！

"恭喜你，通过了我的考验，这证明你并不是那种毫无底线的犯罪者。"卢米安笑着张了张手臂，霍然把话题拉回了正轨，"你借那么多钱是为了买什么？"他随即环顾了一圈，边打量边补充道，"这里好像没有值钱的东西……"

奥斯塔下意识张开嘴巴，想当场编一个谎言，可瞬间就记起了对方刚才说的那些话语。他哆嗦了一下，问道："你……你知道魔药吗？"

"你还真是非凡者啊？"卢米安笑了起来。

见对方知道非凡者和魔药，奥斯塔暗自松了口气，庆幸刚才没有撒谎。他想编的故事在真正的非凡者面前全是漏洞，一戳就穿，而那样一来，他今晚可能就得"沉睡"在地下特里尔的某个角落了。

奥斯塔深呼吸了两次道："几个月前，我为了购买魔药的主材料，向高利贷商人借了三千费尔金，加上自己攒的四千费尔金，成功从普通人变成了非凡者。"

"你是哪个序列的？怎么连几个黑帮打手都对付不了？"卢米安故意用狐疑的口吻问道。

奥斯塔一脸无奈："我是序列9的'秘祈人'。"

"听起来不弱啊。"卢米安仅从魔药名称做出判断。

奥斯塔又悲愤又懊恼地说道："我也觉得'秘祈人'应该很厉害，卖家还说这能让我洞察到世界的真实。结果，除了提高我的灵感，就只有一些不实用的祭祀知识和仪式魔法，我现在也就能偶尔察觉到神秘事物的存在，把自己吓得半死，连个黑帮成员都打不过！"

"仪式魔法应该很有用啊。"卢米安用过来人的语气说道。

奥斯塔一脸快要哭出来的表情："我是有神秘学常识的，我是永恒烈阳的信徒，怎么能向未知的存在祈求？那很危险的！唉，魔药自带的知识里是有一些尊名，但都属于隐秘存在，一听就很可怕，什么'堕落自性'，什么'真实的眷属'，什么'命运的凝视'，我根本不敢祈求啊！"他偷偷瞄了卢米安一眼，装出咬牙切齿的样子，"但我想过了，要是布里涅尔男爵那些人再来逼我，我就向隐秘存在祈求，获取力量！"

他明指布里涅尔男爵，实际却是在警告卢米安，让他不要把自己逼到绝路。

卢米安看着他惴惴不安的脸庞，赞同道："这是一个不错的选择。布里涅尔男爵他们太轻视一个非凡者了，换作我，根本不会让你有走上绝路的机会。"

说到这里，他对奥斯塔笑了笑："在此之前，你已经死了。"

奥斯塔张了张嘴又闭了起来，表情比哭还要难看。

卢米安走到那张木桌前，抚弄了下或满或空的小瓶，随口说道："你似乎已经搬过几次家，结果都被布里涅尔男爵找到，我怀疑他是非凡者，或者萨瓦黑帮内有真正的非凡者存在。"

奥斯塔听得悚然。

卢米安拿起桌上的银制匕首，边把玩边对奥斯塔道："我可以给你一百费尔金作为报酬。"

"啊？"奥斯塔又一次感觉茫然，他发现自己总是跟不上对方的思路。"你……你还想要撒玛利亚妇人泉的泉水？"他试探着问道。

卢米安笑了："你告诉我，真的有吗？"

看着对方蕴含笑意的眼神，奥斯塔嗫嚅了几秒道："我不确定。"

卢米安满意点头："我想要的是，带我参加你刚才说的那个聚会，你买到魔药士材料的那个聚会，报酬是一百费尔金。"

卢米安之所以提出这个要求，一方面是因为"魔术师"女士的任务可能会与那个涉及非凡材料的聚会有关，另一方面则是由于他自身也需要参加类似的聚会，以搜集武器、材料、封印物和神秘学知识。

奥斯塔艰难地吞了口唾沫，道："我……我可以试试，但必须经过聚会召集人的同意。"

"没有问题。"卢米安掏出一枚金币，示意奥斯塔过来，"这枚金路易是你帮忙询问的报酬，剩下的八十费尔金等我可以参加聚会了再给你。"

奥斯塔没想到被狠揍一顿之后的发展变成了收钱的委托，一时竟有点愣住。隔了几秒，他小心翼翼地来到木桌旁，接过那枚价值二十费尔金的金路易，对卢米安道："我不确定他什么时候会给我答复，但最迟不会超过下周三。我白天都在地下墓穴附近，晚上睡在这里，你随时可以来找我。"

卢米安一边面带笑容地点头，一边抬起手里把玩的银制匕首，唰的一下插在奥斯塔的肩膀上。

汩汩鲜血随之流出，奥斯塔惊恐地连退了两步，靠住墙壁，急声喊道："不要杀我！我没有撒谎！"

卢米安拿起摆放在木桌上的一个玻璃小瓶，笑着走向奥斯塔："放心，我要杀你早就动手了。这叫以血立誓，我很害怕被人骗被人出卖的。"

卢米安边说边将那个空着的玻璃小瓶凑到奥斯塔的伤口旁，让血液一滴滴流进去。

这个过程中，他对奥斯塔笑道："你有足够的神秘学知识，应该知道鲜血在别人手上意味着什么，不要骗我。"

"诅咒……"奥斯塔一时不知该为没当场死亡而庆幸，还是为鲜血落到了这个比布里涅尔男爵还危险的家伙手中而绝望。

卢米安没有多说，拧紧瓶盖，扯过房间内一根布条，丢给奥斯塔道："你自己包扎伤口吧。"

他没有诅咒方面的超凡技巧，但可以试一试过期的血液是否能触发"堕落水银"交换命运的能力。不能也无所谓，反正让奥斯塔相信他会诅咒就行了。

看了眼努力止血的奥斯塔，卢米安随口问道："布里涅尔男爵那边，你打算怎么办？"

"有了这枚金路易，加上我自己攒的一点钱，他们应该能安分一周。"奥斯塔苦笑道，"逼死了欠债的人，他们一个科佩都拿不到。"

卢米安点了点头，转而问道："你说你灵感很高？"

奥斯塔恍惚了一下，逐渐流露出恐惧的表情。

他缓了一会儿才道："这应该是'秘祈人'的一种特性，我能感应到那些隐藏在黑暗深处的未知生物,也能察觉到现实世界被厚厚的帷幕包围着,帷幕后面是一双双望向我们的、没有感情的眼睛……"

说到这里,奥斯塔喘起了粗气。卢米安没有催促,等着这位假冒的巫师自己平复。

过了近一分钟,奥斯塔长长地吐了口气道:"在市场区和天文台区的时候还好,在地下特里尔,我时常能感觉到某些道路的尽头,我眼睛看不见的地方,有某种生物在召唤我,让我过去。我不知道我要是真的走入那些黑暗,最终会变成什么样子。"

很好的神秘学感应器……卢米安一方面自嘲起"猎人"的灵视,另一方面则觉得"秘祈人"不像奥斯塔说得那么没用。

奥斯塔继续说道:"有的时候,看到那些参观者举着一根根白色的蜡烛进入地下墓穴,我会有些近乎妄想的念头,认为这是一种仪式,可能和某位隐秘存在之间有奇妙的联系,以帮助相应的参观者不被黑暗吞噬,不被逝者带走。"

卢米安听得颇为诧异,忍不住在心里感慨了两句:"在神秘学意义上,'秘祈人'很厉害啊……只是不擅长战斗……"

而根据奥斯塔的描述,他怀疑必须举着点燃的白色蜡烛才能进入地下墓穴真的是一种仪式,目的是让参观者们规避掉那里隐藏的各种危险。

墓穴管理员们应该很清楚这一点,但为了赚钱,不仅什么都没说,而且还鼓动上面的人,将参观地下墓穴列为旅游项目。

想到这里,卢米安记起了姐姐奥萝尔经常感叹的一件事情:金钱对人的异化。

也不知道,在较低层次的时候,魔药、恩赐和金钱哪个更能带来人的异化……卢米安以调侃的心态无声咕哝了一句。

他转而问起奥斯塔:"你在市场区有感应到什么地方藏着隐匿于黑暗中的危险吗?"

奥斯塔的表情变幻了几下,嗓音低沉地说道:"我不敢靠近老实人市场内那栋被烧毁的房屋。"

在老实人市场边缘,靠近白外套街的地方,有一栋因火灾被烧到表面焦黑无人居住的房屋,区里的议员一直呼吁拆掉它,将那里改造为商业建筑,但不知为什么,相应的议案始终没有得到市政厅的重视,以至于十几年过去,那栋仿佛城市伤疤的六层楼房依旧屹立在原地。

我上午经过的时候没什么感觉啊……卢米安侧过身体,走向门口:"我会再来拜访你的,希望你不要让我失望。"

已包扎好肩膀伤口的奥斯塔赔笑道:"不管怎么样,我都会给你一个答复。"

出了奥斯塔的房间，卢米安突然加快脚步，身形一闪，蹲到通往天台的楼梯阴影里，无声地注视那扇紧闭的木门。

过了近半个小时，确认对方没什么异动之后，他才拿着《小特里尔人报》，慢悠悠地沿楼梯往下。

此时，他终于听到肚子在咕噜咕噜作响。

望了眼前方由石块、圆木、泥板和杂物等堆起来，但中间已清理出一条道路的街垒，卢米安就近找了家面包店，花费三个里克买了半公斤羊角面包。

他还尝试了特里尔独有的果汁汽水。那液体不断冒着泡，红醋栗糖浆在融入后像云朵一样散开，价值十三科佩。如果还掉汽水瓶，还能退回三科佩。

乱街，金鸡旅馆。

卢米安还没走入位于地下室的酒吧，就听到了嬉闹嘈杂的声音。

九点刚过的夜晚，不大的空间内挤了接近二十个人，他们或坐在吧台前，或围绕几张小圆桌喝酒，但都将目光投向了酒保。

扎着马尾很有艺术家气质的酒保正对一位脸生的男性客人介绍吧台上摆放的机器："这叫傻瓜仪，可以测试你的聪明指数。要不要试一下？"

那位穿着深色夹克的男性客人颇为意动地询问："怎么试？"

酒保表情正经地指着那根裸露在外的橡胶软管道："往这里吹气，一直吹到有泡泡在上面的玻璃罐内冒出来。能不能吹出气泡，能吹得多大，关系到最终的测试结果。"

那位男性客人没有犹豫，拿起橡胶软管，开始吹气。

等到淡绿色的泡泡在机器上方的玻璃罐内冒出，酒吧所有人都站了起来，边疯狂鼓掌边兴高采烈地喊道："欢迎你，傻到冒泡的白痴！"

那男性客人先是愣住，继而想明白了原因，一张脸涨得通红。他恶狠狠地瞪了酒保一眼，又望向那近二十个客人，最终收敛住愤怒，嘟囔着说道："真有意思，这个恶作剧真有意思，明天我要带几个朋友来试试。"

这就是朋友的作用吗？卢米安暗自嗤笑了一声，拉过一个高脚凳坐下，对酒保道："还是给我一杯茴香苦艾酒。"

酒保露出了亲切的笑容："这杯我请你，你这台机器很棒，不少人听说了它的神奇，特意过来喝酒，我的生意比之前好了快一倍。对了，我叫帕瓦尔·尼森，是这家酒吧的老板兼业余画家，你怎么称呼？"

"夏尔。"卢米安没有掩饰自己的笑意。

他再次感觉到了特里尔人和科尔杜村村民的区别。在科尔杜村，谁要是遭遇了这种恶作剧，只会想着找机会揍回来；而特里尔的市民们在暂时无法报复的前提下，喜欢寻找新的受害者，看他们上当，以消除自己被伤害过的痛苦。

"你的头脑很不错，比不少特里尔人还要擅长恶作剧。"这样的夸赞能被在特里尔土生土长的酒保帕瓦尔·尼森说出来，算得上对卢米安的最高评价。

他随即将装着淡绿色迷幻液体的细长高脚杯推给了卢米安。

卢米安接过苦艾酒，轻轻抿了一口，只觉那淡淡的苦味刺激到了某些神经，让自己感觉还活着。

他闭眼感受了一阵，随后问道："我有几个朋友比我更早来到特里尔，但我不知道他们的联络方式，有办法能找到他们吗？"

帕瓦尔·尼森擦拭起酒杯："特别有钱就找《特里尔日报》登寻人广告，钱不多就找赏金猎人或者情报贩子，看他们愿不愿意接这样的委托，没什么钱就回房间睡觉，也许哪一天，你走在街上，就遇到你的朋友们了。"

"有好的介绍吗，值得信任的赏金猎人或者情报贩子？"

卢米安虽然暂时没有金钱的烦恼，还随时可能获得好心人的"捐赠"，但找大报登广告真的不是他能承担的，那至少需要三千费尔金——发行量少的报纸便宜归便宜，却没什么效果。而且，本堂神甫纪尧姆·贝内和普阿利斯夫人又不是不会看报纸，这必然会惊动他们。

帕瓦尔点了点头道："住在旅馆三层5号房间的安东尼·瑞德，你明天可以去拜访他。他原本是一个退役军人，后来成了情报贩子，信用很好。"

卢米安记住了相应的房号和姓名，举起苦艾酒，轻轻晃了一下，向酒保致意。

回到207房间，卢米安没让自己休息。拉好破破烂烂的窗帘后，他在逼仄的环境内跳起了招摄之舞。

他这是想看看在金鸡旅馆，在乱街，能招摄来哪些怪异生物，为之后可能遭遇的攻击、追捕或者自己主动发起突袭做好准备。

按照奥斯塔的说法，市场区除了那栋烧毁的建筑，没什么特别危险的场所，而那里距离乱街相当远，不可能被只相当于序列9的"舞蹈家"影响到。毕竟这里不是科尔杜村废墟，没有遍布每个地方的宿命力量。

排除掉较为危险的那些，排除掉"舞蹈家"位格招摄不来的部分，卢米安相信等下出现的怪异生物，即使实力胜过自己，也几乎不可能强制上自己的身——代表伟大存在的青黑色符号和来自宿命的黑色荆棘图案足以震慑它们，让它们不敢轻举妄动。

时而癫狂时而扭曲的舞蹈里，卢米安的灵性与被撬动的自然之力结合，向四周扩散出去，非常隐蔽。

没多久，他感觉有一道道目光在注视自己，房间四周飘荡起数道或透明或模糊的身影。它们有的像人类，似乎属于死后残存的执念，有的奇形怪状，或如同瓶子，或仿佛层叠的肉球，疑似来自对应的灵界。卢米安一个也不认识，分辨不出它们各自有什么特质和能力。

就在这时，一道身影从破烂的窗帘表面钻了出来。它略显透明，像是位女性，青绿色长发夹杂着一片片绿叶，包裹着身体，遮住了重要部位，而其余地方直接裸露出白皙光洁的皮肤，让人一看到就心跳加速，浮想联翩。

这身影眼眸碧绿，嘴唇红润，面容精致而魅惑，只是扫了卢米安一眼，就让他莫名亢奋。

几乎是同时，卢米安汗毛耸立，背部发冷，产生了明显的危险预感。他下意识地抽出藏于腰间的"堕落水银"，随时准备扯掉包裹在上面的黑色布条。

那被青绿色长发和一片片树叶覆盖住关键部位的半透明身影浮在半空中，打量着房间内的卢米安，碧绿的眼睛时而迷蒙，时而带笑，时而仿佛深邃的漩涡，让人类的灵魂忍不住想沉溺其中。

卢米安一方面有了某种既熟悉又陌生的冲动，被它肆虐于脑海，搅乱了大部分思绪；另一方面则不可遏制地感到恐惧，就像飞虫遇到正在布网的蜘蛛。

他放慢了舞蹈动作，随时准备停下来。

那半透明的女性身影露出了跃跃欲试的表情，但又本能地觉得不对，抗拒着靠近卢米安。它时而探出身体，时而缩回窗帘，最终没有轻举妄动。

等到卢米安跳完招摄之舞，一道道细小微弱的声音传入他的耳中，近得仿佛就在隔壁。徘徊于房间内的怪异生物们一个接一个消失了，最后离开的是被青绿色长发和片片树叶裹住身体的那道女性身影，它既不舍又疑惑。

卢米安舒了口气，闭上眼睛，静静倾听来自体内的嘈杂人声。

他一句都听不清楚，他每句都想听得清楚。

过了片刻，卢米安睁开双眼，望向被破烂帘布遮住的窗户，无声自语道："刚才究竟是什么东西？"

直觉告诉他那半透明的女性身影比招摄来的其他怪异生物强大很多，不是他这种层次的非凡者能够对付的。要不是体内封印的污染和胸口的青黑色图案即便并未激发，也能让灵性生物们下意识不敢靠近，卢米安怀疑自己已经遭遇不测。

这让他产生了一个疑惑："别的'舞蹈家'究竟是怎么活下来的？"

他初步确认过这片区域没太大危险，才敢跳招摄之舞，结果还是差点出了事，别的"舞蹈家"靠什么来规避类似的风险？

"是我的恩赐通过窃取获得，缺少某些神秘学知识，还是别的'舞蹈家'只能引来和本身差不多的怪异生物,加上招摄之舞来自隐秘存在这点,正常情况下不会出什么问题?"卢米安沉思了一阵,越想越觉得异常的可能是自己。

他认为是体内的污染位格很高,即使被封印着,也能让自己偶尔招摄来奇奇怪怪又相当危险的东西。

"还好,污染也是一种保护……"卢米安吐了口气,收起"堕落水银",点燃铁黑色电石灯,坐到木桌前,翻看起奥萝尔的笔记。

从后往前看神秘学笔记是一件非常痛苦的事情,缺少相应知识储备的他时不时就会觉得自己是个文盲,不得不拿出奥萝尔最早的笔记,恶补相应的符号象征和神秘学意义。

但卢米安又没法静下心来从前往后一点点学习,他认为奥萝尔的巫术笔记内要是真藏着重要信息,那肯定在最近一两年的内容里——那是科尔杜村逐渐出现异常,牧羊人们开始"捕猎"的时间节点。

和名为"闪电术"的知识抗争了近两个小时后,卢米安宣告了自己的失败,决定明晚继续。

他略作洗漱,躺到了床上。

想到刚才招摄来的怪异生物,卢米安不放心地将"堕落水银"摆到枕头旁边,防患于未然。

离开科尔杜村前,他已检查过这把银黑色的邪异短刀,确认它从火焰怪物那里交换来的命运是"遭受火焰灼烧之苦"。

黑暗逐渐深重,乱街却没有一刻安于,唱歌的、大喊大叫、怒骂唱歌之人的、斗殴的、追逐的、咳嗽的、哭泣的、运动的,此起彼伏,仿佛在奏一首夜之交响曲。

卢米安已习惯了噪音,甚至觉得这让自己有还活在人世间的感觉。

不知不觉间,他睡了过去。

清晨六点,远处的教堂响起了当当当的钟声,就和科尔杜村一样。

卢米安准时醒来,不愿意睁开眼睛。

过了几分钟,他翻身坐起,将"堕落水银"插回了腰间。

他整夜梦境凌乱,没什么特别的事情发生。

"是我想太多了吗?"卢米安嘀咕了一句。

他随即打开房门,走入最近的盥洗室,借着窗外的晨曦,望向镜中的自己。

和昨天同一时刻相比,他没有任何变化——染到头发上的颜色和接长的部分属于外在的事物,不会跟着他的身体状态重置。

卢米安俯下身体,刷起了牙。

他清洗口腔时，眼角余光看到查理走了进来。

"你不是住五楼吗？"卢米安吐出漱口水，侧头询问起查理。

查理换了件泛黄的白色衬衣，袖口挽到肘部，他打了个哈欠道："你敢相信吗？那群家伙都在六点前起床了，五楼的盥洗室挤满了人！"

他随即笑了笑："我最喜欢的还是二楼这个盥洗室，你知道为什么吗？干净！洛朗特那个混蛋虽然眉毛很高，一点都不知道帮他妈妈，但他还是有优点的，他很爱干净，只要在公寓，每天都会打扫房间，顺便清理这个盥洗室。哈哈，是不是马桶脏了，他会拉不出屎来？"

原来是他在打扫啊……卢米安一时有点意外。

那个叫洛朗特的年轻人给他留下的印象是冷漠、傲慢，衣着得体，自视甚高，不体谅母亲的处境，完全不像是会来打扫盥洗室的人。卢米安之前还以为是二楼别的住客忍受不了房东先生的吝啬，自己打扫了常用区域。

看了查理像是一晚没睡的疲惫脸色，卢米安笑着问道："你昨晚去城墙街了？"

城墙街是特里尔有名的红灯区。

"我哪去得起城墙街？我将来肯定会去一次！"查理咬牙切齿地说道，"我昨晚十点才回旅馆，然后到地下酒吧和那群家伙喝到了十二点，半夜还做了个，嘿嘿，美好的梦……夏尔——我们的名字是一样的，只是口音叫法不同——你能想象得到吗，梦里有多么幸福多么快乐，醒来就有多么失落多么，呃，呃……"

"空虚？"卢米安帮忙想了个形容词。

"对对对！"查理走到马桶前，拉开皮带，一脸舒畅地眯起了本就不大的眼睛。

卢米安抬手捏了下鼻子，嗤笑道："你做的是春梦？"

查理打了个寒战，抖了抖右手，嘿嘿笑道："那是我做过最真实的梦，梦里的女郎比城墙街的那些漂亮多了，而且那么的温柔，那么的热情，我简直不愿意醒过来。"

"很显然，你撑不了那么久，醒来是对你的仁慈。"卢米安开起了玩笑。

查理没有反驳，认真地说道："我原本还打算拿到薪水后，在周日不用工作的时候，去附近的夜莺街，那里有几个歌舞厅，能够找到一些便宜的'小猫咪[1]'，我的同事告诉我，在那里，只需要五十二个科佩就能给自己一份'工作奖'。但现在，我没什么兴趣去了。"

话说到这里，他突然兴奋，压着嗓音对卢米安道："你知道吗？酒店有个富有的住客对我态度很好，点名让我送餐，让我帮忙整理房间。"

---

[1] 原注，"小猫咪"在法国俚语里有双关的意思，代指妓女或者女性生殖器官。

"男的?"卢米安故意这么问。

查理飞快摇头:"不,是一位太太。我怀疑她看上了我,我还在犹豫,要是她真的提出那种要求,我要不要放弃自己的原则。你知道的,在特里尔,这种事情很常见,要是我能从她那里拿到第一桶金,很快就能拥有自己的旅馆。"

"我以为你不会犹豫的。"虽然才认识两天,但卢米安相信查理是一个道德底线非常灵活的人。

查理叹了口气,苦恼地说道:"她已经五十多岁了。"

卢米安长长地"哦"了一声,用表情表达了内心的话语。

他告别查理,回房间换上夹克、长裤等更贴合乱街气质的衣物,到外面的街道花费六科佩买了个胡葱薄饼,用一里克买了半升的苹果酸酒,坐到街边角落里,缓慢地吃起早餐。

两侧房屋的阴影遮住了他的身体,他边品尝着葱香和面粉甜香交错的味道,边观望着叫卖的小贩、买菜的妇人、来去匆匆的劳动者、捡着地上垃圾的小孩和不远处巷子内的街垒。

一直到上午九点,卢米安才站起身,拍了拍衣物,走回金鸡旅馆,上到三楼,敲响了305房间的门。

情报贩子安东尼·瑞德就住在这里。

咚咚咚的声响后,一道沉稳的男声带着间海西岸的口音传了出来:"请进。"

卢米安扭动把手,推门而入,首先闻到了略显刺鼻的、带着点薄荷感的味道,这似乎是用来驱虫的。紧接着,他看到床边坐着一个四十多岁的男子。这男子穿着军绿色上衣和同色长裤,踏着无绑带皮靴,头发剃得很短,只剩薄薄一层。他没有退伍军人那种利落干练的气质,淡黄色的发际线后退了不少,显得额头很宽,脸庞已经发胖,胡须剃得很干净,皮肤泛着些许油光,鼻头毛孔内填着一些黑色的细小事物,看上去竟有点憨厚。

安东尼·瑞德侧过脑袋,望向卢米安,深棕色的眼眸内映出了对方的身影。

不知为什么,卢米安突然有点奇怪的不安。

安东尼·瑞德望着卢米安,平静开口道:"你有什么事情吗?"

"我听帕瓦尔说,你是很有信用的情报贩子。"卢米安直接点明了是谁让自己来的,不将时间浪费在互相试探上。

脸颊偏胖的安东尼·瑞德露出明白的表情,指了指摆放在房间中央的椅子:"你想要什么情报,或者说,你想委托我搜集什么事情的信息?"

面对看起来憨厚可靠的安东尼·瑞德,卢米安始终有点不安,他坐到椅子上,言简意赅地说道:"我想找两个人。"

"姓名，长相，特征。"安东尼·瑞德看了卢米安左腰位置一眼。

卢米安回忆着说道："一个叫纪尧姆·贝内，曾经是永恒烈阳教会的本堂神甫，一个叫普阿利斯·德·罗克福尔，一个多月前，她和她的丈夫贝奥斯特、管家路易斯·隆德、女仆卡茜一起来了特里尔。

"我没有他们的照片，只能告诉你纪尧姆·贝内是黑色短发，蓝色眼睛，为人严肃，欲望强烈，最大的特征是长着鹰钩鼻；普阿利斯的头发很长，褐色，有双明亮的棕色眼睛，眉毛比较淡和稀疏，气质干净但勾人……"

安东尼·瑞德安静听完，站了起来，走到窗口木桌前，拉开抽屉，拿出一沓白纸和一支削好的铅笔。他唰唰唰地开始素描，没多久就完成了两幅肖像。

"你看看像不像。"安东尼·瑞德将那两幅肖像递给了卢米安。

卢米安接过一看，发现不管是本堂神甫，还是普阿利斯夫人，都惟妙惟肖，栩栩如生，除了缺乏颜色，和照片没太大的差距。

他颇为惊讶地抬头望向站在面前的安东尼·瑞德，愕然说道："很像。只凭我的简单描述，你就还原到了这种程度？"

他还以为安东尼·瑞德会画多幅草稿让自己挑选，然后再进一步修正和细化。

安东尼·瑞德少有地笑了笑："我还原的是官方通缉令上的照片，官方也在找他们。"

难怪……卢米安恍然大悟。本堂神甫纪尧姆·贝内和普阿利斯夫人都是获得过恩赐的邪神信徒，莱恩等人汇报上去后，必然会引来相应的重视！

想到这里，他心中的那种不安感瞬间加重了。

"我肯定也被通缉了……安东尼·瑞德有没有看到过我的画像？他有没有认出我？"

卢米安一颗心悬了起来，故作镇定地询问起面前的情报贩子："对此，我并不意外，我想知道他们的悬赏金额有多少？"

"纪尧姆·贝内两万费尔金，每提供一条线索五百费尔金，普阿利斯也一样。"安东尼·瑞德的语气非常平稳。

卢米安笑道："如果你能找到有用的情报，可以拿双份的赏金。"

他的意思是官方那里可以领一份，自己这里还可以再领一份。

安东尼点了点头："我接受你的委托，五百费尔金，预付一百。这是我的规矩，你可以不接受，去找别的情报贩子或者赏金猎人。"

对方话都说到了这个程度，卢米安没办法再讨价还价，只能轻轻颔首道："没问题。"

他正要掏钱，窗外突然传来乓的一声枪响。安东尼·瑞德顿时浑身颤抖，就像遇到天敌一样，缩起身体，嗖地钻到了木桌底下。

卢米安看得有点愣住——反应会不会太夸张了，这不是乱街的日常状态吗？这里时不时就有枪响、斗殴和大规模冲突，住在这里的人应该早就习惯了才对，唯一需要做的是远离窗户，免得被乱枪打到。

很快，嘈杂的声音初步平息。安东尼·瑞德缓了几秒，从木桌底下爬了出来。

他苦笑着对卢米安说道："不好意思，在几年前的那场战争里，我罹患了战场创伤后遗症，不得不退役回到特里尔。"

那你为什么要住在时常有枪响的乱街？卢米安没有追问，他对安东尼·瑞德的心理问题毫无兴趣。

他拿出了一张50费尔金面额的纸币，用手指轻轻滑过了勒凡克斯的半身像和剪影内的商业街、来来往往的商人。感受着残留的质感，卢米安将这灰蓝交错的钞票连同两枚金路易、两枚雕刻着太阳鸟的5费尔金金币递给了安东尼·瑞德。

他的钱包一下轻了三分之一，他不由自主地有了花钱如流水的感慨。

看了看钞票背后的老实人市场图景，安东尼·瑞德屈起手指，弹了弹表面，就着阳光检查了下真伪。确认无误后，他边收起金钱，边询问卢米安："你是固定时间来找我，看有没有情报，还是把地址给我，我有了收获就把相应的信息丢到你房间里？"

"我住在207。"卢米安知道自己住在金鸡旅馆这件事情根本瞒不过安东尼·瑞德，所以直接报了房号。

出了305房间，他的表情逐渐凝重，暗暗心里自语道："接下来几天得加倍注意，预防安东尼·瑞德出卖我……我是不是得找个机会在他面前展现下实力，并让他相信我有仇必报？"

卢米安一边思索，一边走向楼梯口。

忽然，他听到有人在又笑又哭地高喊："我要死了，我要死了！"

卢米安循声望去，看见310房间的门口蹲着一个男人。

那男人套着脏兮兮的亚麻衬衣和黄色长裤，黑发已到肩部，乱糟糟地披着。此时，他正用双手按住脑袋，看着地面，不断自语道："我要死了，我要死了！"

这声音时高时低，时而恐惧时而癫狂。

查理说的那个偶尔清醒的疯子？卢米安打量了几秒，靠近过去，好奇问道："你为什么会觉得自己快要死掉？得了绝症？"

那男子头也没抬，继续嚷嚷："我要死了，我要死了！"

卢米安笑了笑，直接从他身上跨过，走入木门敞开的310房间。

这个房间的格局和他住的207一样，收拾得还算干净，除了那些赶不走的臭虫。

卢米安的目光从煤油灯、大部头书籍、钢笔、行李箱等事物表面一一扫过时，那疯子站了起来，傻傻愣愣地说道："这是我的地盘。"

"我知道。"卢米安笑着回答，"但你不是快要死了吗？我看你也没有孩子和亲戚，遗产不如拿来救助我们这些贫穷的邻居。"

他注意到那疯子也就二十七八岁，黑色的胡须不知有多久没刮，密密麻麻到处都是，让那双蓝色的眼睛就像藏在了丛林深处。

疯子怔了几秒，抓起自己的头发，异常痛苦地低喊道："他们都死了，他们都死了！我看到了'蒙苏里鬼魂'，他们都死了，我也快死了！"

蒙苏里鬼魂？卢米安终于从疯子口里听到了不一样的话语。

他刚才故意挑衅和刺激对方，就是为了试试能否获得不一样的反应。良好的反馈让他骤然有了魔药出现消化迹象的感觉。

"挑衅者"的扮演守则之一是：挑衅只是手段，不是目的？

卢米安若有所思地看着那疯子道："为什么蒙苏里鬼魂能让他们死掉，让你快要死去？"

那疯子低着脑袋喃喃自语道："看到蒙苏里鬼魂的人都会死，他的家人也会死，一年内都会死！"

是疯子的幻觉，还是真有这种事情？如果有，那是一种诅咒？卢米安试探着问道："你是在哪里遇到蒙苏里鬼魂的？"

"地下，地下！就在市场区的地下！"那疯子又一次蹲了下来，背靠墙壁，双手环抱住自己的身体，瑟瑟发抖。

市场区对应的地下世界？这还不找两个教会举报，让他们派人清理一下不干净的东西？卢米安无声咕哝了两句。

见那疯子又回到"我要死了，我要死了"的状态，他放弃追问，走出310房间，沿楼梯往下。

明天就是周日，卢米安决定中午去植物园区梅森咖啡馆周围转一转，掌握那片区域的大致情况，下午则到地下墓园附近，看看奥斯塔有没有收到聚会召集人的回信。

乱街周围的巷子里有不少石块、木头、树枝和各种垃圾堆成的障碍，就连主干道上也时不时能遇到一个，只是中间已开辟出可供两辆马车通行的道路。它们就是街垒，在不少区都能看见，多有烟熏火燎的痕迹，某些还残留着发黑的鲜血，是特里尔独有的风景，和拱廊步行街正好处在天平的两端。

卢米安从一个街垒最边缘的低矮处踩过，走出阴暗的巷子，来到大街上，随即向公共马车的站牌走去——他打算乘坐这种交通工具到植物园区。

途中，卢米安看到不少流浪汉正躺在墙角晒太阳、捉虱子，每个都肮脏消瘦、无精打采。这让他想起了自己以前的流浪生活。

和鲁恩王国不准流浪汉在街边和公园内睡觉不同，因蒂斯共和国未对流浪汉们做任何规定，只是不能进收费的地方和私人场所，他们常常以此嘲笑鲁恩没有人文关怀。

思绪浮沉间，行走的卢米安眼睛突然眯了眯——他感觉有人在跟踪自己！

卢米安没有回头，没有转身，依旧往公共马车的站牌走。他状似随意地打量着左右，目光落在了旁边一个咖啡馆的玻璃窗上。那里映出了他穿着深色夹克的身影，而距离他不算太远的地方，有个套着帆布短上衣戴着鸭舌帽的男子。

卢米安收回视线后，忽然加快了脚步，就像是要追赶那辆即将驶离站台的两层公共马车一样。

他不出意外地感觉到那戴着蓝色鸭舌帽的男子小跑了起来。

那辆公共马车由静转动，向街道的尽头驶去，卢米安"追赶"无望，骤然停在了原地。

借助街边商店的窗户，卢米安不着痕迹地看见戴鸭舌帽的男子颇有点狼狈地急刹住了身体，顺势半转过去，望向对面的歌舞厅。

卢米安微不可见地点了点头，又闲逛般越过公共马车站牌，一路前行，拐入了一条被街垒隔断、僻静无人的小巷。

戴鸭舌帽的男子快步跟上，翻过那不高的残破街垒，却再也看不到卢米安的背影。

他跟踪的目标仿佛凭空消失在了巷子内。

就在戴鸭舌帽的男子试图往前追赶时，缩到街垒角落里的卢米安如猛虎般扑了出来，双手按住对方的肩膀，将他的身体往后扳向自己的膝盖。

砰！卢米安一个膝顶正中鸭舌帽男子的腰部，疼得他脸庞扭曲了起来，双腿再也无法支撑自己。扑通一声，戴鸭舌帽的男子倒在了地上，激起不少尘埃。

卢米安半蹲下来，抓住跟踪者的后脑，低沉着嗓音道："谁让你跟踪我的？"

"我没有！我只是在抄近路！"戴鸭舌帽的男子急声辩白。

卢米安笑了起来，抓住他的脑袋，猛地往地面砸去。

砰的一声动静里，戴鸭舌帽的男子痛得惨叫都卡在了喉咙内，额头又青又肿，染上了血色。

"谁让你跟踪我的？"卢米安重复起刚才的问题。

戴鸭舌帽的男子很是冤枉："我没有跟踪你！我都不认识你！"

"好吧。"卢米安松开了右手。

下一秒,他以掌为刀,重重劈在了跟踪者的耳后。

戴鸭舌帽的男子哼都没哼一声就晕了过去。

卢米安随即将他扶起,体贴地将他的帽子压得更低,遮住了紧闭的双眼。

然后,他就像搀扶一个喝醉的朋友般,脚步沉稳地出了巷子,拐向街角。

那里有通往地下世界的入口。

卢米安之所以在刚才那条巷子"等待"跟踪者,就是想着等下要是有什么事情,可以转移到地底,而且环境足够"安宁"。

鸭舌帽男子醒来的时候,眼前一片黑暗,只有远方透着点微光,让周围事物的轮廓勉强呈现。

哐当哐当的声音隔着层层障碍传入了他的耳朵,由远及近,又迅速远去。作为老实人市场区的原住民,他对这样的声音并不陌生,怀疑自己被带到了地下,隔壁"街道"有蒸汽地铁通行,这里的微弱光芒就来自那边。

卢米安坐在黑暗里,看着戴鸭舌帽的男子,微笑着说道:"你现在有两个选择,一是告诉我是谁让你跟踪我,二是被我带到更深的地下,并被埋在那里。你应该很清楚,特里尔每天都有很多人失踪,不多你这么一个。"

见跟踪者陷入了沉默,没立刻回答,卢米安知道他的心灵防线已经动摇,遂补了一句:"而我,会穿过地下这一条条街道,搬到别的区去。"

见卢米安已经将后路考虑好,摆出了杀人灭口抛尸远逃的姿态,再联想到对方之前询问时的狠辣和果决,戴鸭舌帽的男子终于控制不住内心的恐惧,近乎崩溃般说道:"是……是布里涅尔男爵!"

布里涅尔男爵?萨瓦黑帮的头目,奥斯塔·特鲁尔的债权人?他为什么要追踪我?我就昨晚在白外套街那栋公寓和他碰过一面,连话都没有说过……卢米安听得又疑惑又茫然。

这反而让他确定戴鸭舌帽的男子没有撒谎,毕竟真要撒谎,不可能挑这种卢米安自己都想不到,完全无法理解的幕后主使。

卢米安皱眉问道:"他为什么要跟踪我?"

"不知道。"戴鸭舌帽的男子战战兢兢回答道,"他就是让我跟着你,看你会去哪些地方。"

卢米安思索了几秒道:"布里涅尔男爵现在在什么地方?"

"如果没别的事情,他一般都在市场大道的微风舞厅。"戴鸭舌帽的男子努力地想看清楚卢米安的脸色,但因为光线太过微弱而失败。

微风舞厅?卢米安对老实人市场区那些标志性建筑都有一定的印象,这是他昨天到处"闲逛"的收获。

市场大道指的是老实人市场到苏希特蒸汽列车站的主干道,长约两公里,微风舞厅在靠近市场区域的地方,门口的雕像相当有特色,让人看过就不会忘记。

隔了片刻,卢米安勾起嘴角,对跟踪者道:"带我去那里,我想和布里涅尔男爵聊聊。"

戴鸭舌帽的男子顿时松了口气,感觉自己的命保住了。

至于到了微风舞厅,是谁占上风,又是谁遭遇"意外",和他没有关系。

❖ 第三章 ❖

CHAPTER 03

解梦

微风舞厅位于一栋土黄色建筑的最底下两层，二楼是附带的咖啡馆，一楼是热闹的舞厅，但此时才刚开门，没什么客人。

它的门口立着一座由无数骷髅头组成的白色圆球形雕像，上面用因蒂斯语写道："他们在这里沉睡，等待着幸福和希望的降临[1]。"

卢米安扫了一眼，跟着"带路者"绕过雕像，来到舞厅门口。

那里立着两个穿白衬衣黑外套的黑帮打手，他们同时将右手按到了腰间，询问起戴鸭舌帽的男子："米西里，他是谁？"

"他……他来找布里涅尔男爵。"米西里略显结巴地回答。

接收到两名打手狐疑和审视的目光后，卢米安一脸平静地说道："见不见我由布里涅尔男爵决定，而不是你们。你们想承受他的怒火吗？"

犹豫了片刻，其中一名打手转身进入舞厅。

等待的过程中，卢米安状态相当放松地对名为米西里的跟踪者道："为什么会有那么一个雕像那么一句铭文，这和舞厅一点也不搭配啊？"

当然，那很酷。

米西里看了面带笑容的卢米安一眼，战战兢兢地回答道："这里原本是圣罗伯斯教堂的附属墓地，后来，那些骸骨都弄到地下墓穴去了，这片地就空了出来，再后来，修了这栋房屋。

"那些骸骨虽然都是净化过的，要不然就纯粹是骨灰，但我们萨瓦党买下这里后还是觉得太阴森，只好找人弄了这么个象征死亡的雕像和代表死者的铭文，安抚地底可能存在的、未被挖出来弄走的骸骨。"

按照这个说法，平时在这里跳舞的人岂不是会吵到那些骸骨，约等于在它们的头顶乱蹦？卢米安顿时有些好笑。

---

[1] 原注，引自维多利亚时代巴黎微风舞厅门口的铭文。

这时，刚才那个打手走了出来，对卢米安道："布里涅尔男爵让你到二楼的咖啡馆。"

"好。"卢米安昂着脑袋，挺着胸膛，走入微风舞厅。

首先让他产生印象的是被栏杆围起来的舞池和前方用于演唱的半高木台，其次是周围凌乱的座位和飘荡于空气中的各种香水、脂粉味道。

米西里想了想，还是跟在了卢米安身后。他觉得不管怎么样，自己都得当面向男爵汇报一下，要不然之后可能一样是失踪在地下世界的结局。

上到二楼，卢米安看见了昨晚遇到的那名绅士。他三十多岁，穿着细呢制成的黑色正装，褐发似乎天然微卷，棕眸带着自信的笑意，轮廓线条颇为深刻。

布里涅尔男爵放下咖啡，用戴着钻石戒指的手掌拿起桃木色烟斗道："你要喝点什么？"他表现得相当礼貌和客气。

卢米安望了眼同时将手按到腰间的四名黑帮打手，对布里涅尔男爵道："你为什么派人跟踪我？"

布里涅尔男爵笑了笑，坦然承认："我昨晚在白外套街遇到了你，今天又在乱街附近发现了你，觉得你越看越面熟，所以让米西里跟上去，确认你到市场区想做什么。你昨晚也是去找奥斯塔的吧？"

"他想骗我钱。"卢米安回答了一句，转而问道，"你为什么觉得我面熟？"

布里涅尔男爵吸了口烟斗，微笑说道："在我们这种经验丰富的人眼里，你几乎称不上有伪装。当我们开始怀疑，产生联想后，很自然就能认出你，卢米安·李，价值三千费尔金的通缉犯。"

我的悬赏金额才三千费尔金？卢米安的第一反应是疑惑，作为科尔杜村时间循环事件的源头，他的官方悬赏金额怎么可能比本堂神甫、普阿利斯夫人还低？

"但仅是提供你的线索就可以有五百费尔金。"布里涅尔男爵笑道，"年轻人，你需要的是一本《男士审美》，不要觉得羞耻，在特里尔，男人化妆是一件很正常的事情，这有助于你掩盖自己的真实长相。"

这位绅士同样勾了眼线，扑了粉。

卢米安露出了笑容："你是想把我抓去换赏金？"

布里涅尔男爵没立刻回答卢米安的问题，放下桃木色的烟斗，好整以暇地喝了口咖啡。过了几秒，他才微笑着说："我不是官方的人，没有那个义务帮他们抓通缉犯。如果看到一个背着通缉令的人就把他交出去，那我们萨瓦党将失去大量的优秀人才。最重要的是，你的悬赏金额并不高，远没到让我心动的程度，当然，你要是在市场区做了什么不利于我们的事情，我不介意把你绑起来，找人送到警察局门口，换一笔还算可观的赏金。"

布里涅尔男爵潜藏的意思是：萨瓦党本身就有不少被通缉的人，只要你小子听话，我完全可以当作没看到你。

"你让人跟踪我就是想确认我打算做什么？"卢米安"恍然大悟"。

布里涅尔男爵赞赏地点了下头："很高兴你能理解我的用意。"

卢米安的目光从那几名打手的脸上扫过，平静地说道："你既然看到了我的通缉令，那应该也看到了另外几张。我到特里尔只打算做一件事情，那就是把他们找出来。"

"很好。"布里涅尔男爵明白卢米安这么说就是展现不与萨瓦党敌对的态度，他随即指了指卡座对面的椅子，"要不要喝杯咖啡？"

"不用了。"卢米安拒绝了布里涅尔男爵的邀请，"我只想尽快找到那几个人。"紧接着，他张开双臂道："赞美太阳，让我们都能生活在光明里！"

说完，卢米安转过身体，一步步走向楼梯，完全没在意自己将背部暴露在了那几名打手暗藏的枪口下。

等他的脚步声消失在楼梯内，布里涅尔男爵才望向拘谨的米西里，嗓音温和地说道："你把怎么被他发现，怎么被他逼迫的过程详细讲一遍，不要漏掉任何一个细节。"

吩咐完，布里涅尔男爵叼着桃木色的烟斗，后靠住椅背，闭上了眼睛。

米西里战战兢兢地将自己的遭遇从头到尾讲了出来。

听完他的描述，其中一名打手愤愤不平地说道："男爵，你刚才怎么不教训那小子一下，那么轻松就让他离开了？"

布里涅尔男爵用桃木色的烟斗在桌子上轻轻敲了两声，微笑问道："教训他？你知道他有序列几，具备哪些能力，拥有什么武器吗？"

"不知道。"那名打手老老实实地回答。

布里涅尔男爵在椅子后退的声音里站了起来，右手握着桃木色的烟斗，猛地砸向那名打手的脑袋。

砰的一声，那打手的额头裂开少许，流下了鲜红的血液，而他却不敢惨叫，不敢躲避，只是一脸惊恐，畏畏缩缩地站在那里。

布里涅尔男爵收回烟斗，表情转冷地看着他："什么情报都不知道你就敢教训他？来，我的位置让给你坐，看你能活几天！"

不等打手回应，布里涅尔男爵重新露出了笑容。他一边掏出胸前口袋里折叠好的白色手帕，擦起烟斗，一边状若闲聊般说道："你没发现卢米安·李的通缉令有问题吗？抓到他的赏金和提供线索的赏金之间相差太不寻常了，前者才三千费尔金，后者却有五百。这意味着什么？意味着官方并不想让赏金猎人们直接对付卢米安·李，而是希望有人能提供情报，由他们亲自动手。

"这么做的理由，我现在只能想到两个，一是卢米安·李非常危险，任由赏金猎人们抓捕他，会带来大面积的伤亡，造成不必要的损失；二是卢米安·李身上有相当珍贵的事物，官方不希望它落到赏金猎人的手里。我刚才要是教训卢米安·李，是第二种情况还好，如果是第一种可能，你觉得我们活下来的可能性有多大？"

那名打手频频点头，不敢辩驳。

布里涅尔男爵重新坐了下来，端起咖啡杯道："而且，从他对付米西里的表现，从他敢于直接上门找我这件事情，可以看出他是一个狠辣、果断，对自身实力有一定自信的人。我敢打赌，我刚才要是以威胁为主，想让他彻底屈服，他会立刻动手，他是真的敢杀人……呵呵，这是他的优点，也是他的缺点。在不知道我的实力，不知道这里究竟有多少埋伏的前提下，他就敢抱着杀人灭口的想法过来，迟早会因此吃亏。"

布里涅尔男爵抿了口咖啡，闭上了眼睛："再看看吧，看要不要给他些帮助和庇护，这种背着通缉令又心狠手辣的乡下小子会是一把很好用的刀。"

微风舞厅外，卢米安回头望了眼由一颗颗骷髅头组成的白色圆球形雕像，往最近的公共马车站走去。

到这里来的途中，他其实已经做好了杀人灭口的方案，但最终没有实施。

他预想的是，一旦布里涅尔男爵用通缉令的事情威胁自己，或者表现出了一定的敌意，就先假装害怕，告诉对方自己之所以被通缉，是因为从科尔杜村废墟里拿走了一件相当厉害的非凡武器，自己愿意交出来，换取庇佑。如果布里涅尔男爵实力不弱，有很强的自信心，愿意让卢米安带着武器靠近，那卢米安到了近处，就会暴起发难，假装刺杀，实际却是把"堕落水银"主动塞到对方手里。

那样一来，未戴手套的布里涅尔男爵将成为这把邪异短刀的傀儡。而经过多天的相处，经过隔三差五的"沟通"，"堕落水银"在某种程度上已不敢违背卢米安的话语，只要不违背它寻找持刀人的本能，它将按照卢米安的吩咐做事，哪怕已被其他人掌握。到时候，布里涅尔男爵必定改变态度，化敌为友，等过个几天，没人会怀疑到卢米安身上后，他将带着几名知情的手下神秘消失在地下特里尔的深处，再也不会出现。

要是布里涅尔男爵不让卢米安拿着"堕落水银"靠近，而是让其中一个打手来取这把银黑色的短刀，那卢米安的策略是先将那个打手变成持刀人，接着用话语掩饰他的异常，并对"堕落水银"做出相应的吩咐。之后，再让那个傀儡打手突袭布里涅尔男爵，将"成为持刀人"的命运交换给他。

完成了这件事情，卢米安能突围就突围，不能突围就投降，等着命运交换完成——哪怕那个傀儡打手因不能继续攻击男爵而死亡，只要"堕落水银"本身未受重创，那命运的交换就不会中止。

至于投降后可能遭受的折磨，卢米安一点也不在意，只要没死，到了第二天早晨六点，他就能彻底恢复。

而布里涅尔男爵变成持刀人，活尸化后，出现腐烂迹象等容易被人发现异常的问题，卢米安也想好了解决的办法。

布里涅尔男爵自己说过，在特里尔，男人化妆是很常见的一件事情，而他本人应该就是《男士审美》的忠实读者。

——香水能掩盖尸臭，脂粉可以遮住腐烂的皮肤！

坦白地讲，在微风舞厅二楼的咖啡馆内，卢米安有过一定的挣扎，犹豫着要不要动手。最终让他放弃的理由是，布里涅尔男爵对自己这个通缉犯表现出了一定的善意，而这种恶棍的善意并不单纯，往往意味着对方想利用自己。

"如果布里涅尔男爵真想利用我，那他肯定会主动地帮我遮掩身份，将某些赏金猎人的异动提前告诉我……"思索纷呈间，卢米安笑了起来，这可是一件好事！

至于之后是否会因为被利用陷入非常危险的处境，卢米安已有想法。

那个时候，他和布里涅尔男爵应该已经熟悉了，而熟悉了，才更好下手！

当被对方利用去做相当危险和本身不太愿意做的事情时，卢米安的选择只有一个，那就是干掉布里涅尔男爵。

呼……卢米安吐了口气，考虑起怎么进一步做伪装的事情。

他对自己的伪装原本是有一定信心的，只要不像自己去找安东尼·瑞德的时候那样，主动暴露与本堂神甫、普阿利斯大人的关系，让对方产生相应的联想，不至于被人直接认出。

但布里涅尔男爵之事让他发现自己很可能小瞧了别的非凡者。既然有擅于追踪的"猎人"，那就可能也存在擅长认人的其他序列。

"布里涅尔男爵或者他某个手下应该就有类似的能力……"卢米安微不可见地点了下头，这和奥斯塔搬了几次家还是会被找到互相印证。

想到这里，卢米安停在站牌前，上了一辆漆成褐色的双层马车，花费三十科佩在车厢内挑了一个位置，如果坐车顶，也就是上面那层，只需要十五科佩。

马车缓缓启动，向着天文台区驶去。

卢米安望向窗外，看到了匆匆忙忙衣着各异的路人，看到了丁零零作响的自行车，看到了隶属于不同公司的出租马车，看到了由齿轮、阀门、管道、杠杆等拼成的机械人形，它身后的金属背包正冒着白色的蒸汽，驱动它一步步前行。

"赞美太阳！"

炽烈的阳光洒在了街边张开双臂的行人身上。

当当当，附近教堂钟响，中午十二点到了。

卢米安原本打算的是中午前到梅森咖啡馆熟悉下那边的环境，免得明天接受治疗时出现意外，连逃都不知道该往哪里逃。但布里涅尔男爵之事让他耽搁了不少时间，他只能先去找奥斯塔·特鲁尔，下午再去植物园区。

奥斯塔还是在老地方，挨着地下墓园的边缘，背靠一根石柱，升起了篝火。听到脚步声不快不慢地由远及近，套着带兜帽黑袍的他抬起脑袋，望向访客。

本以为会有一笔收入的他表情瞬间凝固。

他迅速站起身来，挤出笑容，抢在卢米安询问前主动说道："我今天上午就联系了召集人，说我有个朋友是神秘学爱好者，想参加聚会，他还没有回我。"

卢米安点了点头，没问奥斯塔是怎么联络的，走到篝火旁，找了块石头坐下，状似随意地开口："你应该骗过不少人，还总是出现在同一个地方，不怕他们来找你吗？"

奥斯塔嘿嘿笑道："大部分时候其实不算骗，我作为一个'秘祈人'，真正意义上的非凡者，用自身灵性给他们做占卜，根本称不上欺骗啊。我占卜的结果可比神秘学俱乐部里大部分人的准确多了！其他时候嘛，肯定是不同的人用不同的方法，真要被揭穿了，还可以用话术弥补。"

"怎么弥补？"卢米安笑了。

奥斯塔咳嗽了一声："重点是最开始不要把话说得太清楚太绝对，之后才能指责对方理解错了。"

卢米安若有所思地笑道："在撒玛利亚妇人泉这件事情上，你就答应得太轻松，承诺得太明确了。"

奥斯塔的表情顿时垮了下来："是啊，我被布里涅尔男爵逼迫得太急切了，恨不得当场就拿到钱。正确的做法应该是告诉你我有办法，但非常难实现，在你恳求很多次后，才勉强收下你的钱，并说不保证成功……"

很显然，奥斯塔昨晚有检讨过自己犯了哪些错，认真考虑过如果一切重来，该怎么做才能规避掉后续的风险，他越讲越是兴奋，直到看见卢米安似笑非笑的表情，才戛然而止。

怎么能当着这危险家伙的面讲如何成功诈骗他？奥斯塔下意识堆起讪笑，强行解释道："但我相信这同样骗不到你，你是我见过最谨慎的人。"

卢米安笑着摇了摇头："你真的选错了途径。"

奥斯塔不敢接这个话题，转而问道："我昨晚认真想了想，我和你交流的时候好像没提过聚会，只是说买了魔药主材料，你怎么确定是神秘学聚会的？"

卢米安低沉笑道："我的直觉是这么告诉我的。"

与此同时，他忍不住腹诽了一句："不就两种可能吗，要么单对单交易，要么聚会，猜中的概率至少百分之五十，我当时只是随口一说，错了也不损失什么！"

奥斯塔望向卢米安的眼神愈发畏惧。他越来越猜不到这个危险的家伙是哪条途径的序列几，对方看起来不仅能打，而且灵性不弱，有近乎预言般的直觉。

卢米安感受着篝火带来的温暖，闲聊般道："你又是怎么加入那个神秘学聚会的？"

奥斯塔露出了回忆的表情："每个人都是带着希望来到特里尔的，那些画家做梦都想让自己的作品被在世艺术家作品展览会选中，但绝大部分都是失败的落选者，每年都有人受不了这种打击疯掉或是自杀。

"住在廉价公寓的贫困作家们每一个都想重复奥萝尔、梅尼埃这些畅销者的成名神话，可最终只能把作品卖给那些小报纸，还要忍受'庸俗''低劣''桥段重复'等不好的评价，他们之中甚至有不少人沦落到给地下书商写色情小说，随时可能被警探带走。

"十几年前，我带着对发财的渴望，从西第利斯省来到特里尔。我睡过那种一下雨就会漏水的阁楼，爬过脚手架，进过工厂，走私过地下书籍，当过卖汽水的小贩……虽然运气不错，也算攒了一些钱，但我一年比一年清楚，我永远都没法成为有钱人，不可能拥有自己的房屋，不可能悠闲地在家里一边看报纸一边用早餐，等时间差不多了才出门工作。

"后来，我接触到了《通灵》《奥义》这些神秘学方面的杂志，呵呵，可能是还有幻想，觉得能一夜之间获得强大的超凡力量，彻底改变自己的命运，我开始频繁地参加同好者之间的聚会，嗯……那些杂志上会刊登相应的信息。

"今年年初，我在同好会里认识的一个朋友突然找到我，问我要不要参加涉及真正非凡力量的聚会，我没理由拒绝，之后的事情你也知道了。"

卢米安非常安静地听完，没有打断奥斯塔的讲述。等对方停下来，他才问道："你那个朋友就是聚会的召集人？"

"不。"奥斯塔摇了摇头，"召集人自称'K先生'，每次都戴着很大的兜帽，几乎将整张脸都遮住。"

"K先生……"卢米安记住了这个代号，想了下道，"他展现过哪些能力？"

奥斯塔再次摇头："我没有见过。不过，我成为'秘祈人'后，再遇到他时，会有一种面对阴影面对地底深处那些黑暗的感觉，我想，他应该很强。"

听起来是很强，不知道和本堂神甫、普阿利斯夫人比，谁更厉害……卢米安在心里无声自语了一句，好奇询问道："你面对我，有没有特别的感受？"

奥斯塔"呃"了一声，决定实话实说："没有，但你有种危险的气质，比布里涅尔男爵更让我害怕。"

卢米安低头看了眼自己的左胸，笑着说道："挺好的。"

奥斯塔有点愣住，不明白对方究竟想表达什么意思。

卢米安没继续这个话题，转而问道："你听说过蒙苏里鬼魂吗？"

"知道。"作为以诈骗钱财为生的假巫师，奥斯塔掌握了不少涉及地下特里尔的故事，"传说在地底这片又黑暗又广阔的空间里，有个恶灵在不断地徘徊，它总是孤独地走着，似乎永远都抵达不了目的地，谁要是碰到了这鬼魂，要么当场失去生命，要么在当年连同他的直系亲属一起神秘死掉。到目前为止，自称遇到过蒙苏里鬼魂的人都疯了，也都在一年内就死了，我听说两大教会组织过强者到地底寻找那鬼魂，但没有成功。"

感觉有点真实啊……卢米安没再多问，站起身来，对奥斯塔道："我明天晚上或者后天上午再来找你。"

"好的。"奥斯塔虽然不认为对方现在会对自己不利，但能送走这危险的家伙，还是让他忍不住松了口气。

正常人类是不可能习惯和老虎待在一起的！

返回地上的途中，卢米安提着电石灯，路过了地下墓穴的入口，再次看见了那个雕刻着各种白骨和太阳花、蒸汽符号的拱门。

望了眼"站住！前方是死亡帝国！"这句话，卢米安试探着向分隔内外的天然大门走去。

就在这时，一道人影从巨石拱门后转了出来，沉声喝道："站住！"

那人影套着蓝色的马甲，穿着黄色的长裤，是个头发花白皱纹不少的老者。他淡黄色的眼眸已略显浑浊，视线牢牢锁定了卢米安。

"不能进去吗？"卢米安一脸外乡人的无知和淳朴。

那老者打量了他两眼："你得先到上面买票，再带一根白色的蜡烛过来。"

"我有朋友就安葬在里面，还需要买票才能祭奠他吗？"卢米安当场编了个朋友出来。

那老者狐疑地说道："你不会是纪念堂区的大学生吧？那帮混蛋小子总是编各种谎言混进墓穴，在藏骨堂里唱歌，跳舞，开宴会！回去吧，记得和那些家伙一样带上点燃的白色蜡烛，这是我唯一的要求！"

卢米安以前还担心自己如果能考上大学，行事风格会和同学们差异过大，现在看来，这完全是多余的忧虑——那帮学生比他还要疯！

"好吧。"卢米安露出失望的表情，"我下次带上白色蜡烛再来。"

那老者颇为欣慰地点了下头。

卢米安转过身，沿修葺过的道路向通往地面的阶梯走去。走了一百多米后，他眼角余光突然瞄到了一道黑影。

那黑影略微弓着背，缓慢地行走在左侧那排石柱后面。卢米安一眼望去，有种它并非实体，近乎虚幻的感觉。

下意识间，卢米安举起电石灯，让蓝中泛黄的光芒投了过去。

那黑影不见了，就像从未出现过一样。

卢米安迅速环顾了一圈，没任何发现。

"幻觉，还是说地底的阴魂？"卢米安刚做出猜测，霍然有所怀疑，"该不会是蒙苏里鬼魂吧，我碰到蒙苏里鬼魂了？"

他的瞳孔随之放大，表情变得异常凝重。

几秒后，卢米安笑了起来，笑得差点直不起腰，笑得险些流下了眼泪："哈哈，来，尽管来！我倒要看看你怎么让我死掉所有直系亲属，怎么让我也神秘死亡！"

按照预定计划到植物园区梅森咖啡馆周围转了一圈后，卢米安回到乱街金鸡旅馆，直接走上三楼，来到疯子住的310房间。

砰！砰！砰！他拍响了房门。

"我要死了！我要死了！"屋内的呓语一下变得尖利。

"我他妈也要死了！"卢米安没什么表情地骂了一句。

那疯子似乎被他的气势吓到，竟沉默了下来，但也没有给出任何回应。

卢米安没再拍门，掏出随身携带的小截铁丝，钻入锁孔，捣鼓了几下。咔嚓一声，那扇多有污渍的棕色木门"自行"向后打开了。

卢米安随即看见了那个疯子，他依旧穿着那身亚麻衬衣和黄色长裤，正跪坐在地上，密密麻麻的黑色胡须差点连他的眼睛都遮住。

卢米安走了进去，随手关上了房门，然后蹲到疯子面前，压着嗓音道："我也遇到了蒙苏里鬼魂。"

那疯子明显抖了一下，只剩恐惧的蓝色眼睛里出现了某种化冻的迹象。过了几秒，他喘了口气，沉声问道："你确定是蒙苏里鬼魂？"

进入查理说的偶尔清醒的状态了？卢米安笑了笑："我不知道，所以找你确认一下。你遇到的蒙苏里鬼魂长什么样子？"

疯子战栗着回答道:"一道黑影,像个孤独的老头,背有点驼,走得很慢。我注意到它之后,它就消失在了黑暗里,我刚开始不知道它是蒙苏里鬼魂,直到我的家人一个接一个死去……"

和我遇到的那个真的很像……卢米安皱了下眉,怀疑自己确实遇上蒙苏里鬼魂了。他想了下道:"你家人分别是怎么死去的?你本身有遭遇袭击吗?"

疯子飞快摇头:"我……我除了经常感觉黑暗里有什么东西在看着我,没别的遭遇,要不然,我也不可能活到现在。

"我孩子生了重病,死在了医院,我们让他接受了净化,刚把他葬到地下墓穴,我妻子……我妻子就崩溃了,自己吊死在了房间里。直到这个时候,我才想起蒙苏里鬼魂的传说,带着父母去了教堂,请那里的神甫保护我们。

"教会很重视,派了整整三名神职人员住到我家里,那段时间,什么事情都没有发生,我以为噩梦已经过去。过了新年,那几名神职人员撤离了,没多久,我父亲勒死了我的母亲,又用家里的餐刀结束了自己的生命。再后来,我很多事情都不记得了,偶尔醒来才发现自己不知什么时候搬到了这里……"

疯子蓝色的眼眸流露出难以掩饰的痛苦,整个人给卢米安的感觉就如同绷到了极限的弹簧,随时可能断开。

"不是说蒙苏里鬼魂会在当年杀死遇到他的人吗?这已经到了新一年了。"卢米安敏锐地察觉到疯子的讲述和传说有不小的差别。

疯子摇起了脑袋:"我不知道为什么会这样,我当时以为噩梦已经结束了,要不然那三名神职人员也不会离开……"

没有结束时间的诅咒,除非目标全部死亡?卢米安对蒙苏里鬼魂的传说有了新的猜测。

他站了起来,对疯子说:"我遇到的应该也是蒙苏里鬼魂,看我们谁能活得更久吧。要是我找到了解决这个诅咒的办法,你可以付钱请我帮你。"

"办法,办法……"疯子翘起了嘴角,又哭又笑地重复起卢米安的话语。

他旋即抬起双手,抓住头发:"我要死了,我要死了!"

卢米安本想问下这疯子名字叫什么,免得以后将他送去公墓或者地下墓穴时没法铭刻姓名,见状只能摇了摇头,转身开门,走出了310房间。

回到207,卢米安坐至床边,思考起怎么解决蒙苏里鬼魂带来的诅咒。

虽然理论上来说,诅咒可能得到年底才会生效,一时半会儿不用着急,但卢米安不能把希望寄托在蒙苏里鬼魂有拖延症上。而且,他没什么直系亲属,第一个因诅咒死亡的大概率就是他自己,那也许会发生在下半年,也许就在下周,甚至今晚。

"说起来，那个家伙可能还活着，要是蒙苏里鬼魂能帮我把他弄死，我还得说声谢谢……"念头转动间，卢米安忽然自嘲一笑。

他在梦境里对莱恩等人说已经忘记自己原本叫什么，是骗他们的，他只是单纯地不想再提及，不想再回忆。

幼年时期的他家庭情况还算不错，但那个被他叫作父亲的男人是个花花公子，后来还成了赌徒。他的母亲被气到病死，他的爷爷被弄到破产，带着他住到了贫民区，没几年也过世了。

所以，被奥萝尔收养后，他主动问能不能跟着她姓，换一个全新的名字。

卢米安不知道那个对于自己的人生单纯只是贡献了体液的家伙现在是死是活，如果已经死了，那毫无疑问是件好事，要是还没有，他希望蒙苏里鬼魂加把劲。

至于自己，卢米安可不敢仗着体内有邪神污染，身上有伟大存在封印就认为蒙苏里鬼魂不会对自己做什么。

只要不附到他身上，对方什么都能做！

按照"魔术师"女士的说法，卢米安相信很多非凡者和怪物都能轻松杀死自己，只是之后得面对散逸出来的污染。

"还不确定这究竟属不属于诅咒……但我不能就这样坐着等待死亡，必须做点什么……嗯，奥萝尔以前经常说，对弱小的人或者未成年而言，最强的能力是'找家长'……"

想到这里，卢米安眼睛一亮，唰地站起身，走到桌旁翻出纸笔。

他打算现在就向"魔术师"女士汇报任务的进展，顺便捎一句自己遇到了蒙苏里鬼魂，不知道是否已经被诅咒，该怎么解决这个问题。

虽然那位以"魔术师"为代号的女士不是他的家长，但就目前的情况而言，绝对称得上是他的上司，而遇到困难向上司求助，是合情合理的一件事情！

卢米安斟酌了一下，落笔写道：

尊敬的"魔术师"女士：

  我已经按照您的吩咐，取得了奥斯塔·特鲁尔的信任，并让他介绍我加入K先生召集的神秘学聚会……

  从地下墓穴返回的途中，我不幸遇到了传说中的蒙苏里鬼魂，当然，我无法确定。

  具体的传说是这样的……

  我想知道我是否已经遭受了蒙苏里鬼魂的诅咒，或是别的什么影响，该怎么应对？

写到最后，卢米安特意落下了"权杖七"这个代号，以提醒对方不要忘记自己是他们那个神秘组织的外围成员。

——这是卢米安通过那位女士以塔罗牌的"魔术师"为代号，而自己拿到了塔罗牌的"权杖七"推测出来的。

他怀疑那位"魔术师"女士很可能属于一个以塔罗牌为象征，信仰着那位伟大存在的隐秘组织。其中，大阿卡那牌是正式成员，每一位都异常强大，小阿卡那牌是外围成员，承担着不同的任务。

折叠好信纸，卢米安认认真真仔仔细细地打扫起房间，将隔壁钻过来的几只臭虫全部摁死，丢进盥洗室的垃圾桶。做完这些事情，他才点燃蜡烛，制造灵性之墙，以自我的名义召唤起"魔术师"女士的信使。

没多久，烛火染上了幽蓝的色泽。

而这一次，那个小臂高、形似玩偶，穿着淡金色小裙子的信使直接出现在火焰顶端，飘浮在那里。

它没有焦点和神采的淡蓝眼眸环顾了一圈，轻轻点了下头："比上次好多了。"

这声音缥缈虚幻，不像人类能够发出。

"事实上，我也不喜欢那些臭虫。"卢米安顺势搭了句话。

玩偶信使流露出了些许笑意："是吧？没有任何生物会喜欢那些虫子！"

卢米安看得出来，它的态度还算满意，似乎是因为双方讨厌同样的东西。

说完，玩偶信使伸出没有皮肤质感的苍白手掌，让那封信浮起来，飘往上方。

卢米安循着轨迹望去，正好看见拿住信的"玩偶"泡沫一样破碎消失了。

他由衷感慨道："有信使真是方便啊……"

结束仪式，清理好木桌，卢米安又坐回床边，等着信使带来反馈。

时间一分一秒流逝，外面的夜色越来越深，地下酒吧内传来了一阵阵歌声，而卢米安始终没有等到"魔术师"女士的回信。

这让他皱起了眉头："'魔术师'女士有别的事情忙，暂时没空看我的信？不能一直这么等着，得另外想些方法自保……

"'猎人'加'挑衅者'都没有处理诅咒的能力，如果真是诅咒……'舞蹈家'也不行，除非跳完祭舞后，真的向那位隐秘存在祈求，可这和自杀有什么区别？

"呃，向那位隐秘存在祈求不行，我可以找那位伟大存在啊！我身上有祂的封印，窃取恩赐的时候还得到过祂的允许，也不怕再向祂祈求一次！嗯……祈求祂帮我消除身上的诅咒。"

卢米安想到就做，迅速又布置起祭坛。

因为"魔术师"女士未特意提过那位伟大存在所在领域的材料，所以卢米安相信用什么都应该不影响最终的结果，只要不涉及别的神灵。他还是摆上了柑橘和薰衣草制成的橙黄色蜡烛，两根代表神灵，一根代表自己。

完成前置准备后，卢米安退后一步，望着三朵偏黄的烛火，用赫密斯语念道："不属于这个时代的愚者，灰雾之上的神秘主宰，执掌好运的黄黑之王……"

随着那三段式尊名的念出，卢米安四周都浮出淡淡的灰雾，洋溢起令人不安的感觉。

那橘黄的烛火随之染上了偏青的颜色，将整个祭坛照得阴森而幽邃。

这一刻，卢米安的思绪都仿佛变得迟钝，只觉皮肤底下的血肉一阵阵发痒，似乎有什么东西快要钻出。

隐隐约约间，来自无穷高处的注视又出现了。

卢米安定了定神，继续自己的祈求。

他按照"魔术师"女士的讲述，结合奥萝尔巫术笔记里的祭祀相关知识，用赫密斯语念道：

"我向您祈求；

"祈求您除去我身上的诅咒……"

坦白地讲，卢米安很想直接请那位伟大的存在庇佑自己一年，让自己免受任何伤害，但这显然是不可能实现的，而指明应对蒙苏里鬼魂带来的威胁，他又还没有掌握相关的赫密斯语单词，只能较为模糊地以身上的诅咒来代指。

仪式的最后，卢米安开始向祭坛内的草药借取力量。下一秒，他的视线变得模糊，眼前仿佛出现了一个长着十二对光之羽翼的天使。那天使从高处降临，张开双臂，将卢米安拥入了怀中，一对对由光芒凝成的羽翼随之合拢，层层包裹。

卢米安骤然清醒，看见染上青色的烛火不知什么时候已恢复橘黄。

回想起刚才的经历，他似乎做了一场幻梦，忍不住无声自语道："我刚才看见了天使？那位伟大存在让祂身旁的天使给我庇佑，帮我消除诅咒？"

今天之前，卢米安只在永恒烈阳教会的布道里听过天使的相关描述，没想到自己有一天竟然能获得天使的拥抱。

按照"魔术师"女士的说法，这至少是序列2的高位存在，哪怕祂只是隔空降临了一点力量，那也是天使层面的力量……卢米安对那个以塔罗牌为代号的神秘组织，对那位封印了自己体内污染的伟大存在愈发敬畏。

与此同时，他松了口气，放下了一半的心。

如果蒙苏里鬼魂带来的真是诅咒，那现在应该就没有任何问题了，一个只能徘徊在特里尔地底，连永恒烈阳教会神职人员的保护都不敢触动的鬼魂，拿什么和天使比？

当然，卢米安还有一半的心悬着，因为他祈求的是消除诅咒，万一蒙苏里鬼魂不是靠诅咒杀人呢？

他一直等到了零点，还是没有收到"魔术师"的回信。

他不敢睡觉，倚靠在床上，闭目养神。

一夜不睡对他来说根本不是问题，等到清晨六点，他的身体和精神状态会同时重置。

这是一个诅咒，也是一个恩赐。

一直到了后半夜，乱街的各种噪音才平息了下去，卢米安听到了远处的细微虫鸣，听到了更加遥远的汽笛声。

突然之间，他感觉身体变得沉重，呼吸开始困难，就像被人用一床棉被完全包住身体，压在了里面。

不好！卢米安挣扎着想要起身，可能动的只有两条手臂，连眼睛都无法睁开。就算是手臂，也仿佛被人按住，很艰难才能抬起几厘米。

下一秒，卢米安的身体变得寒冷，鼻端有了湿漉漉的感觉，就像是被人装进了麻袋，沉到河水深处。

他的呼吸随之停滞，胸口又闷又痛，思绪跟着迟缓。

竭力反抗无效的卢米安脑海内闪过了一个念头，那就是进入冥想状态，激发胸口的黑色荆棘符号。

转瞬之后，他又放弃了这个想法。

这一是很可能让他本人失控，二是蒙苏里鬼魂与以宿命为名的那位隐秘存在没有任何关系，未必会受到黑色荆棘符号的震慑。

除非已没有别的选择，距离死亡只剩一步，否则卢米安不会尝试这个似乎没什么用又要赌命的办法。

他的嘴唇和鼻子变得一片冰凉，仿佛被人用无形的手强行按住了。再加上溺水般的感受，卢米安彻底没法呼吸，肺部快要炸开。

"猎人""挑衅者""舞蹈家""污染""封印""堕落水银"等单词一个接一个在卢米安脑海内闪过，不断地组合成想法又分散开来。

"堕落水银"……"堕落水银"！终于，卢米安有了灵感，挣扎着让戴着手套的左掌摸向侧方。他刚才已将那把邪异的短刀放到了最方便抓起的位置，以应对可能发生的意外。

几秒后，大张嘴巴试图喘气的卢米安摸到了"堕落水银"的刀柄，将这把银黑色的短刀提了起来。

此时的"堕落水银"没有包裹黑色布条，上面的花纹层层叠叠，让人头晕。

卢米安用出全身的力气，一点点抬起肩膀，弯曲手臂，将"堕落水银"刺向身体上方。

那里空无一物，别说血液了，连划痕都没法制造！

卢米安没有任何犹豫，咬紧牙关，顺着下压的力量，让手臂弯向自己的身体。

噗的一声，他将"堕落水银"插入了左腰。

赤色的血液随之溢出，染红了"堕落水银"的刀身，代表"遭受火焰灼烧之苦"这个命运的虚幻水银液滴进了卢米安的体内。

疼痛刺激得卢米安缺氧的大脑清醒了不少，他眼前一片幽暗，浮现出了那条由无数水银色的复杂符号组成的神秘河流，这代表着他自身的命运。

顾不得精挑细选，卢米安将目光投向了虚幻长河的下游，投向了一条即将吞噬其他支流的河道。紧接着，他将自身灵性灌进"堕落水银"，让它撬动对应的、由小河自我缠绕而成的水银色复杂符号。

下一秒，卢米安看见了自己躺在床上，脸色发紫，接近濒死状态的模样。

那一个个水银色符号猛地收缩，凝固成一滴水珠，渗入了"堕落水银"的刀身。

几乎是同时，卢米安一边感觉整个人变得轻松，再也没有溺水和窒息的感觉，一边又被疼痛包围，不可遏制地低哼出声。

他的体表冒出了丛丛火焰，他的皮肤在一寸寸变得焦黑。

他刚才是用"堕落水银"内存储的"遭受火焰灼烧之苦"的命运交换了自己"被蒙苏里鬼魂袭击"的命运，成功摆脱了连挣扎都略显无力的状态，不再遭受窒息的折磨。

"堕落水银"既可以刺向别人，也能刺向自己，换掉他不想要的部分命运！

他因此被点燃，再次感受到了和火焰怪物战斗时的痛苦。

早有准备的卢米安一个翻身，滚到了床下。扑通的动静里，他来回翻滚，压灭身上的火苗。

过了一阵，不知是卢米安的策略产生了效果，还是通过命运交换带来的火焰自己燃烧到了尽头，或者两者兼而有之，他不再被赤红的火苗包裹。

但他的衣物已被烧得破破烂烂，体表是大块大块的焦黑痕迹，鼻子摇摇欲坠，快要掉下，头发则散发出焦味，少了很多。

对普通人来说，这是连抢救都没有必要，可以等死的伤势，于大部分低序列非凡者而言，同样如此。

卢米安努力地睁着眼睛，凝聚精神，不让自己晕厥过去。

随着时间的推移，他感觉生命力在飞快流逝。他苦苦支撑着，全靠胸中一口气不咽下去。

不知过了多久，卢米安耳畔终于响起了对他而言异常美妙的钟声。

当！当！当！

代表特里尔时间清晨六点的钟声回荡在乱街及周围区域，一缕缕晨曦于天边浮现。

卢米安一下变得清醒，不再有痛苦——他的身体和精神状态完成了重置！

呼……卢米安吐了口气，翻身站起，望向身前，看见昨晚穿的亚麻衬衣、深色长裤被烧到只剩几块破布，而皮肤状态则完全恢复了正常。

本就出现财政危机的他忍不住叹了口气：得补一套衣服了，又是一笔开销！

但不管怎么样，他成功摆脱了蒙苏里鬼魂的第一次袭击，在相关传说里，这可能都是绝无仅有的。

"看来不是诅咒……"卢米安换了身衣物，走出房间，到盥洗室用自来水洗了把脸。

他随即望向镜中，发现自己的一部分头发变短了一些，部分则失去了染在表面的金色。这些外在事物没法重置。

洗漱完，卢米安回到207，愕然看见房间内多了一封信。

那折叠成方块的纸张正静静躺在木桌上。

卢米安难以遏制地无声嘀咕了起来："这个点回信会不会太早了？昨晚又没睡，刚到家？"

甩了甩脑袋，卢米安走了过去，展开"魔术师"的回信。

信上的单词字迹潦草而凌乱，只依稀能看得出来属于那位女士。

> 做得很好，接下来多接触K先生，展现不够理智、容易狂热的一面，直到他向你传教，邀请你加入他所在的那个组织。
>
> 蒙苏里鬼魂不是诅咒，对现在的你来说，解决的办法有三个：
>
> 一、死在它面前，靠你体内的污染干掉它，帮死去的那些人报仇。
>
> 二、用你那把短刀，将"遇到蒙苏里鬼魂"这个命运交换出去。你难道没有想过那把短刀也能对自己用？
>
> 三、住到某个教会的教堂里，不再外出。

卢米安快速将"魔术师"女士的回信浏览了一遍，提炼出需要记住的重点。

很显然，解决蒙苏里鬼魂问题的第一和第三个办法只是对方在开玩笑，真正有用的只有第二个，也就是依靠"堕落水银"，将"遇到蒙苏里鬼魂"这段命运交换出去。

坦白地讲，卢米安之前确实没想到可以用"堕落水银"刺自己，主动地更改命运。直到被蒙苏里鬼魂袭击，被推到了死亡这座悬崖的边缘，他才从纷呈的各种念头里把握住了唯一的生机。碍于时间紧迫，没法精挑细选，卢米安只是交换了"被蒙苏里鬼魂袭击"而不是"遇到蒙苏里鬼魂"的命运，这意味着，他并没有彻底摆脱死亡的阴影，只是逃掉了第一次危难。

当然，之前挑选需要交换的命运时，即使给他足够的分辨和思考空间，卢米安应该也会选"被蒙苏里鬼魂袭击"，而不是"遇到蒙苏里鬼魂"。因为袭击已经真切发生，会不会随着"遇到蒙苏里鬼魂"这个命运交换出去而停止，他没有任何把握，只能先用最确定的方案自保。

简单来说就是，万一蒙苏里鬼魂杀死他才发现并未遇到过他，认错了目标呢？

"嗯，得尽快找一个人，用'堕落水银'里储存的'被蒙苏里鬼魂袭击'命运交换他某段好的命运，然后，做足准备，在状态不错的时候，刺向自己，完成那段较好命运和'遇到蒙苏里鬼魂'的交换，将后者封到'堕落水银'内……"

卢米安结合自身的体验和"魔术师"女士的提醒，迅速有了怎么解决当前困难的思路。

到时候，"堕落水银"又能叫"诅咒之刃"，被它刺伤的人将承担"死全家，包括本人"的命运，缺点是效果得有一段时间才能发挥出来。

卢米安抽出插在腰间的"堕落水银"，望向它被黑布层层包裹的刀身，比以往任何一个时候都更加清晰地感觉到这件非凡武器的好用。

他认真考虑起寻找专业人士修补"堕落水银"的可能，否则这把神奇的短刀顶多用到年底。

而K先生召集的超凡聚会也许能提供这方面的资源。

"我的猜测确实没错，'魔术师'女士让我接触奥斯塔·特鲁尔的目的就是借助他参加K先生的聚会，加入K先生背后那个隐秘组织……"卢米安戴上宽檐圆帽，穿好偏正装式样的黑色上衣，走出207房间，沿楼梯往下。

作为一个"猎人"，他要开始寻找猎物了。

刚出金鸡旅馆的大门，卢米安就看到查理坐在通向街道的三层台阶上，脸色发白、目光忧郁地望着天空，右手夹了根点燃的白色香烟。

"怎么了？"卢米安走了过去，相当随意地坐至查理身旁。

查理没有收回视线，吸了口烟，叹息道："我感觉我失去了灵魂，它堕落了。"

他套着白衬衣和红马甲，左手臂弯处搭着黑色的正装，似乎将酒店的制服穿了回来。

卢米安笑了起来，直指核心地问道："你和那位老太太做那种事情了？"

查理唰地侧过脑袋，望向卢米安，认真强调道："请叫她太太，她才五十多岁。"他随即又吸了口香烟，吐出雾圈，"你知道吗？她送了我一根钻石项链，至少值一千五百费尔金，我没法抗拒，她是那么的闪亮，那么的诱人，直接闯进了我的心里。"

"它。"卢米安纠正了一个单词。

查理讪讪笑道："艾丽斯太太也很诱人，在她那个年纪还能保持那样的风采真的不容易，她说，她会在特里尔住半年，每个月可以给我五百费尔金……"

说着说着，查理的嗓音变得低沉，目光又一次透出忧郁的色彩。

就在卢米安以为他又要感叹自身已失去灵魂时，查理长长地叹了口气："为什么她只能住半年……"

卢米安伸出左掌，拍了拍查理的肩膀，语重心长地说道："保重身体。"

查理眼皮跳了一下道："平时是应该节制了，艾丽斯太太真的太过热情，我昨晚累到连那个美好的梦都没有做。"

卢米安转而笑道："你竟然直接告诉我你得到了一根价值一千五百费尔金的钻石项链，在乱街，这可是能让很多人失去理智的一笔财富，你就不担心我把它抢走吗？"

查理嘿嘿笑道："总得找个人分享啊，要不然，我会很难受的。我观察过了，你表现得一点都不缺钱，甚至可以说非常大方和慷慨，不会因为一两千费尔金就犯罪。"

卢米安笑了："有没有一种可能，我是故意装出不缺钱的样子，以引诱你这样的人放松警惕？"

查理的表情瞬间僵住，差点被快燃烧殆尽的香烟灼到手指。

卢米安没继续这个话题，闲聊般问道："你有没有特别痛恨的人，觉得他该死的那种？"

查理将烟头摁灭在石制的台阶上，疑惑地反问了一句："你问这个做什么？"

他本打算将熄灭的烟头收入衣兜内，可想了想后，扬起手臂，将烟头扔了出去。附近一名流浪汉看见，立刻蹲了过去，把烟头捡了起来，就着余温，深深地嘬了几口。

没等卢米安回答，查理自顾自说道："我现在最痛恨的就是我们的侍者领班，你不知道他有多么的可恶，哈哈，但还没想过让他死，也就希望哪天能蒙住脸孔，揍他一顿。我真感觉该死的人不多，一个是布里涅尔男爵，他是市场区萨瓦黑帮的头目，和很多高利贷商人勾结，弄得不少人破产。我之前认识的一个朋友就是被逼到跳楼自杀,可那又有什么用?他死后,他的儿子神秘失踪,他的女儿被弄到了微风舞厅,说是负责唱歌,实际上嘛,呵呵……"

"是啊,连自杀都敢,为什么不想办法弄死布里涅尔男爵那些人?"卢米安微微点了下头。

查理愕然侧头,看了卢米安一眼:"你的想法有点极端啊。"他接着又道,"第二个该死的是马格特,他是毒刺帮的头目,喜欢找人骗那些刚来特里尔的女性,等榨干了她们的钱,再逼她们做站街女郎。四楼408房间的伊桑丝小姐就是这样在旅馆定居下来的,赚的钱大部分都被马格特拿走了,她好几次想逃,但都没能走出乱街,被打个半死。"

市场区的黑帮还真不少啊,难怪夜里那么乱……卢米安瞥了查理一眼道:"听起来,你对那位伊桑丝小姐很是同情啊。"

查理挺了挺胸膛:"真正的因蒂斯绅士都会同情女士们的悲惨遭遇,并愿意在适当的时候提供一定的帮助。"

卢米安嗯了一声:"你知道马格特住在哪里吗?"

"不知道。"查理摇起了脑袋,"不过他经常在傍晚的时候到旅馆来,从伊桑丝小姐那里拿走钱,你要是听到四楼有女性的哭声喊声咒骂声,就应该是马格特和他的手下来了。"

卢米安轻轻颔首,若有所思地问道:"你还觉得谁该死?"

查理想了想,表情略有点扭曲地回答:"莫尼特,那个群岛人,他骗了我十费尔金!你能相信吗?那个时候,我已经失业一段时间,还没找到新的工作,那是我最后的积蓄,我差点因此饿死!"

"他住哪里?"卢米安随口问道。

"他原本就住在旅馆,骗了我的钱后就搬走了,不知道去了哪里。"查理现在说起这件事情,还是一脸的愤怒,"我一直在等着他给我介绍好的工作……"

平静了一下,查理疑惑地看着卢米安道:"你头发怎么不一样了?"有长有短,金中带黑。

"你不觉得这很时尚吗?"卢米安一脸诚恳地反问。

查理"呃"了一声,露出了怀疑的表情。

傻瓜仪那件事让他本能地怀疑卢米安在类似事情上的目的。

过了几秒,查理望了眼街边叫卖的小贩们,摆了摆手道:"我该去酒店了,晚上见。"

卢米安没有起身,依旧坐在旅馆外面的石制台阶上,向着查理匆忙离开的背影挥了挥手。

下午时分，卢米安乘坐公共马车来到植物园区，然后步行了三百多米，抵达梅森咖啡馆。

咖啡馆就在植物园附近，位于一栋米白色的四层建筑底层。这建筑的外墙缠绕着一条条绿色的植物，底层的店铺并没有直接临街，而是向内缩了近一米，任由一根根柱子撑起供路人行走的外廊。

梅森咖啡馆的墙壁漆成了墨绿色，开着多扇很大的窗户，阳光穿透玻璃，照亮了一路摆到门外的桌椅。

卢米安套着深色正装，戴着宽檐圆帽，走入咖啡馆内。首先映入他眼帘的是墙上极有艺术感的各种植物雕像，其间散落着用因蒂斯语书写的一些句子：

"国家的最高权力由谁来掌控？是总统，还是议会？

"是咖啡馆！

"司法案件的最终上诉由谁来审判？是最高法院吗？

"是咖啡馆！

"文学方面谁是权威？是因蒂斯文学院，还是《辩论报》？

"不，是咖啡馆，还是咖啡馆！"[1]

看到墙上的"标语"，卢米安忍不住笑了笑。

这让他想起了奥萝尔曾经说过的一些话："在特里尔，咖啡馆有着非常特殊的地位，它是暴动的起点，是密谋的圣地，是绯闻的源头。"

在因蒂斯历史上，不知有多少骚乱是从咖啡馆内的交流开始的，也不知有多少的文学作品和政治倾轧发酵于咖啡馆。

和隔壁的鲁恩王国不同，因蒂斯虽然也有一些封闭的俱乐部，但相对专业，或者说高端，能真正参与的人很少。而不管是曾经的贵族，现在的议员，还是政府高官、金融家、银行家、工业家、著名作家、报社总编、军队将领、大学教授等社会上层阶级，都喜欢出没于不同的咖啡馆，享受闲谈的乐趣，也展现亲民的一面，毕竟共和国的政治口号，以及对内对外树立的形象一向是"自由，平等，博爱"。

当然，不同层阶的人喜欢去的咖啡馆完全不同，这往往以地段、价格和风格来划分，所以，当卢米安听查理说洛朗特压榨他母亲拉卡赞太太的钱财，去那种很贵的咖啡馆寻找机会时，并不惊讶和疑惑——不少人都在这么做，甚至成为小说家笔下的人物原型，但能成功的人寥寥无几。

与此同时，整个特里尔非常流行宴会和沙龙，要是哪位上流社会人士一个月

---

[1] 原注，改自《巴黎咖啡馆史话》开篇，原文应引自二十世纪初的一篇文献，作者在此处做了精简。

都没有举行过一次沙龙，会被人怀疑家庭出现变故，或是经济上有了危机，政治上失去了前景。

明明很喜欢这座大都市的奥萝尔不愿意到这里来生活的原因之一就是，在这里，作家、诗人、画家和雕塑家等艺术从事者如同被豢养的蝴蝶，飞舞于不同议员、金融家、政治家和高级官员的沙龙上，似乎只有得到他们的承认，才能实现自身作品的价值。

沙龙和咖啡馆的结合代替了俱乐部的绝大部分功能。在这个体系里，酒馆、啤酒屋、舞厅和咖啡馆的作用接近，但远没有后者重要，更偏向于服务下层社会。

看到有客人进门，穿着灰白色长裙的女性侍者迎了过来，笑着问道："您有喜欢的位置吗，或者，已经约好了朋友？"

卢米安点了点头："D卡座。"

那位女性侍者将他引到一个偏角落的位置。这里紧挨着一扇窗户，能看到绿意盎然，树木林立的植物园。

"喝点什么？"女性侍者放下一份被棕色封皮包住的酒水单。

卢米安拿起展开，看了一眼，被琳琅满目的选择略微惊了一下。

Les Boissons 饮品

酒 Vins	甜酒 Apéritif	无酒精 Sans alcool
夏约酒	完美之恋	水果冰水
淡红酒	蛋族奶油	鸡蛋花水
玫瑰露酒	小玫瑰	龙涎香柠檬水
核桃烧酒	威斯特派洛	"维纳斯暴油"特饮
橘子柠檬酒		
樱桃烧酒		
苦艾酒	咖啡 Cafés	茶 Thés
茴香苦艾酒		
杜松子酒		
苦库拉索	费尔默咖啡	锡伯红茶
苹果白兰地	高原咖啡	侯爵红茶
葡萄渣白兰地	利姆浓缩咖啡	西拜朗红茶

考虑到等会儿要接受心理学家的治疗，无论酒精还是咖啡因都不适合摄入，卢米安想了一会儿道："龙涎香柠檬水。"

"四个里克。"女性侍者又问道，"需要蛋糕、面包或者别的食物吗？"

"暂时不用，等我朋友来了再决定。"

卢米安又打量了梅森咖啡馆各处一眼，发现这个时间点没什么客人。来咖啡馆用午餐的人两点半之前就离开了，而此时距离下午茶时间还有一个多小时。

067

没多久，那位女性侍者端着托盘过来，将一个装着无色液体，飘着几片柠檬的敞口玻璃杯放到桌上。

卢米安望着卡座对面的空位，端起杯子，喝了一口。淡雅清甜的香味传入了他的鼻端，清爽回甘的酸意让他的精神为之一振。

时间一分一秒过去，眼见墙上的壁钟快要走到三点半，卢米安忍不住侧过身体，望向咖啡馆入口。那里摆着一些绿色植物，但没有客人进来。

就在卢米安略显失望地收回视线时，他身后那个卡座传来了一道听不出年龄的温柔女声："我已经到了。下午好，卢米安·李先生。"

卢米安大概猜到对方并不想当面交流，所以没有转身，压着嗓音，礼貌问道："下午好，我该怎么称呼您？我声音这么小，您能听见吗？"

"没问题。"那温柔的女声说道，"你可以叫我苏茜。"

"您好，苏茜女士。"不知为什么，卢米安在面对这位心理学家的时候，情绪变得相当平和，没有了往常喜欢在心里点评的习惯。

下一秒，他莫名有了点熟悉的不安。

"怎么了？"他身后卡座的苏茜柔声问道。

卢米安想了两秒，没有掩饰自己的感觉："我有点不安，是很奇怪又很熟悉的体验。嗯，我应该是昨天见一个情报贩子的时候，出现过类似的感觉。"

苏茜的语速变快了一点，满是歉意地说道："不好意思，我习惯性读取了你的想法，这可能就是你不安的源头。你身体封印着很严重的污染，处在一个非常平衡的状态，稍微有一点扰动就会让你出现一定的反应，也就是说，你对隐蔽无形的影响相当敏感，胜过同序列甚至更高序列的非凡者。"

"这样啊……"卢米安并未生气。

在他看来，心理学家不读取自己的想法，那还怎么治疗，全凭话术吗？

他随即皱了下眉头："安东尼·瑞德当时也在读取我的想法？我说的是那个情报贩子。"

"我知道。"苏茜表示理解，"安东尼·瑞德来自哪里？成为情报贩子前是做什么的？"

"他有间海西岸的口音，是个退役军人。"卢米安回忆着说道。

苏茜沉默了好一会儿才道："如果他真是间海西岸人，确实有可能是'观众'途径的非凡者。"

"观众"途径……卢米安在奥萝尔的巫师笔记里读到过这条神之途径，但奥萝尔只知道它对应的序列9叫"观众"，拥有非常强的观察能力，能解读各种细微表情和肢体语言蕴含的真实想法。

原来"观众"途径往上的某个序列是"心理学家"……卢米安刚闪过这么一个念头,就听到苏茜做出了纠正:"是'心理医生'。"

"这听起来更让人安心。"卢米安笑了笑,"安东尼·瑞德会有序列几?"

知道对方的途径后,他认为安东尼·瑞德当时就应该认出了自己,并察觉到了自己内心的紧张、担忧和试图威慑的想法。

"根据你的描述,他至少有序列8。"苏茜给出了自己的判断。

卢米安笑道:"如果他真是'心理医生'就好玩了,他竟然都没有治好自己的战场创伤后遗症。"

"很正常,'心理医生'真要遭受了严重的心理创伤,仅靠自己是很难治愈的,这往往需要另外一个'心理医生'的帮助,而对'心理医生'的治疗比平常也危险很多,一旦出现疏漏,治疗方很容易感染上对方罹患的同样的精神疾病。"苏茜简单解释了两句。

随着话题的岔开,随着对方摆出闲聊般的姿态,卢米安的内心逐渐平和,再没有不安和紧张的感觉。

他主动说道:"我们开始治疗吧?"

"聊天也是治疗的一部分。"苏茜温柔的嗓音带上了几分笑意。

治疗的第一阶段是纯粹的聊天,为此,卢米安更加放松了。他后靠住卡座隔断,疑惑地说道:"我已经知道那是一场梦,但我有很多细节无法理解。既然是我的梦,那我为什么能知道那三个官方调查员的各种能力,为什么那么清楚本堂神甫和牧羊人他们各自具备哪些独特的能力?"

苏茜语调温和地说道:"那三个官方调查员是被强制拉入你梦境的,就相当于让自身的潜意识靠近了你的潜意识,呈现一种半开放的状态。他们会主动地参与梦境,展示出自己了解的各种信息,而他们哪怕只是在脑海里想了想,你的潜意识也能感应到。"

也就是说,有了莱恩、莉雅和瓦伦泰的加入,梦境某些部分才因"互动"而产生?他们收到的回电就是我的潜意识和他们的潜意识共同制造出来的,所以才完全符合密文的规则?

卢米安一边听一边思索起之前想不明白的一些问题。

苏茜的嗓音没有变化地继续说道:"你为什么了解邪神信徒们的能力,你自己应该已经有一定的猜测了吧?只是不太愿意去面对?"

听到这里,卢米安的眼皮不由自主地跳了一下。

"根据'魔术师'女士给我的情报,纪尧姆·贝内和皮埃尔·贝里的大部分能力都来自'受契之人'这个邪神序列,所以,他们拥有的能力是没法提前预知的,取决于究竟和哪种生物签订了契约。"苏茜帮忙做起分析，嗓音温柔地说道，"也就是说，我们可以排除掉你的潜意识从封印的污染里获得对应知识的可能，而在没有知识基础的情况下，你是无法凭空想象出那些能力的，它们不是虚构的。"

这位女士的语气忽然严肃了一点："很显然，在科尔杜村毁灭之前的某个时间点，你见过纪尧姆·贝内、皮埃尔·贝里等人使用他们的能力，而且你并没有因此受到伤害，留下阴影，否则在梦境中会有对应的呈现。从那个梦境分析，真正让你留下阴影的是普阿利斯那伙人的表现。你认为你是怎么看到那些邪神信徒施展能力的？"

苏茜的话语如同一根根利箭，刺在卢米安的记忆表层，让牢固的屏障出现了一定的动摇。

卢米安的脸庞略微扭曲了起来，难以掩饰的痛苦中，他感觉记忆深处浮起几个画面：行政官城堡的三楼，布满青白色透明脸孔的墙壁，但战斗的不再是莱恩、莉雅和瓦伦泰，而是纪尧姆·贝内、皮埃尔·贝里和西比尔·贝里！

屋顶垂下的一条条漆黑藤蔓开出了血色的花朵，将城堡三楼完完全全封住。纪尧姆·贝内、皮埃尔·贝里、西比尔·贝里一边抵御着"接生婆"等人的攻击，一边向着塔楼冲去。

伴随着这幕场景闪现于卢米安脑海的画面还有好几幅：爬满了鸟爪幼儿的塔楼内，隐身的纪尧姆·贝内在牧羊人皮埃尔·贝里的帮助下，成功让右掌接触到了"接生婆"的肩膀，"接生婆"随之爆开，就像被人在体内安置了一颗炸弹；西比尔·贝里被一名女仆杀死，却在对方体内重生，占据了她的身体；飘浮在半空的视线里，路易斯·隆德在房间内生了一个孩子；路易斯·隆德未受任何影响般与行政官贝奥斯特联手，压制住了"发狂"的牧羊人皮埃尔·贝里；通往深山的荒野里，本堂神甫纪尧姆·贝内被数不清的、套着麻衣的亡灵围住……

卢米安眉头皱起，露出了痛苦的表情，似乎这些记忆是刺入他灵魂的利器，拔出反而会带来更多的伤害，让他本能就抗拒起进一步回想。

很快，那些场景回落，卢米安喘起了粗气。

"怎么样，有什么收获？"苏茜嗓音温和，就像在询问今天的早餐是什么。

卢米安思索着回答："我想起了本堂神甫他们和普阿利斯夫人那些手下战斗的事情，画面很凌乱，很破碎……我，我有时像在现场旁观，有时似乎在很远的地方，通过某些办法看到了相应的画面……"

这让他对自己在这件事情里的定位和角色异常疑惑。

他有时候似乎是两伙人之一，正在深度参与战斗，有时候似乎又是纯粹的旁观者，和任何一方都没有关系。

苏茜诱导般地询问道:"除了这些,你对刚才那部分记忆呈现的情况还有哪些不解?"

卢米安边回想边说道:"我好像没有看见普阿利斯夫人……只有本堂神甫在荒野里被大量亡灵围住这件事情隐约有普阿利斯夫人的影子在里面……本堂神甫他们仅仅只是对付路易斯·隆德、卡茜、贝奥斯特、'接生婆'等普阿利斯夫人的手下就显得没什么余力,如果普阿利斯夫人加入,我不相信他们能获得最终的胜利……普阿利斯夫人为什么会主动放弃,离开科尔杜,不阻止本堂神甫他们?"

"不是主动放弃,是被强行送走。"苏茜纠正了一句,"你梦境里那个送春天精灵离开的仪式,映射的应该就是赶走普阿利斯这件事情,'春天精灵'代表丰收,代表凋敝冬日的结束和旺盛生命的萌芽,与普阿利斯那伙人展现的能力特点非常贴近。"

"那就更不对了……"卢米安的声音逐渐变得痛苦,双手紧紧握起,感觉自己回忆不下去了。

苏茜温和地说道:"不愿意回想就不要回想,唤醒全部记忆原本就不是一次心理治疗能完成的事情,慢慢来,不用着急。"

呼……卢米安缓慢地舒了口气,身体不再那么紧绷。

等他平复了近一分钟,苏茜才说道:"你可以睡一觉,看看能不能在梦境里找到更多的答案。"

卢米安的耳中,这位"心理医生"的声音先是温柔,继而越来越飘忽,仿佛与自己拉远了距离,到了另外一个世界。

他的眼皮随之越来越重,最终垂了下来。

…………

卢米安睁开双眼,看见了熟悉的天花板。

他猛地翻身坐起,将斜放的椅子、靠窗的木桌、侧面的小书架和自带全身镜的衣柜尽数览入眼底。

这是他的卧室,这是他在科尔杜村的家。

卢米安怔怔望了几秒,飞快下了床,噔噔噔奔向房间外面。

他用力推开了奥萝尔卧室的房门,看见书桌上和记忆中一样摆着手稿、纸张、钢笔和墨水瓶等物品,看见那把放着靠枕的椅子空空荡荡,无人就座。

卢米安的视线从那里移到了空无一人的睡床,又缓慢收了回来。

他动作轻柔地一点点关上了房门,转身走向隔壁。

书房内同样没有他熟悉的身影。

卢米安跑了起来,急速下楼。

他一路狂奔着穿过科尔杜村，抵达永恒烈阳的教堂门口。途中，他没遇到一个村民，每栋房屋都安静到死寂。

抬头望了眼形似洋葱的拱顶，卢米安大步走入教堂。

圣坛已被改造，摆满了郁金香、丁香等花朵，铭刻着表面仿佛有液体在流淌的黑色荆棘符号。

这里依旧没有人。

卢米安搜索了本堂神甫的房间，又一次走到了那个地下室。

四周堆的白骨、放的羊皮和之前梦里的状况一模一样，但中间的祭坛未有任何损伤。

卢米安仔细查探了一遍，胸口没出现灼热的感觉。在他知道这是梦境后，那代表"过去""现在"和"未来"的力量似乎也跟着消失不见了。

没什么收获的卢米安站在地底祭坛旁边，思索了一阵，又一次跑了起来，沿阶梯往上，出了侧门，来到附近那个墓园。

根据之前那场梦的记忆，他很快找到了猫头鹰飞入的那个墓穴，俯下身体，推开了封住入口的石板。

没有任何犹豫，卢米安一层层台阶往下，穿过甬道，看见了摆放在幽暗墓室内的黑色棺材。

这里没有猫头鹰，也没有另外那个卢米安，只剩墓室外面渗透进来的光芒，勾勒出所有事物的轮廓。

卢米安收回目光，直愣愣地走向那具黑色棺材。

棺材的盖子早已滑落至旁边，任由内里的场景呈现出来。

想到梦中奥萝尔因窥视棺材内的巫师尸体而差点失控，卢米安犹豫了一下。

两三秒后，他面无表情地前行了数步，靠拢那具黑色棺材，直接将视线投了进去。

他的眸子内迅速映出了一具尸体。

那尸体金发披散在两侧，眼睛紧紧闭着，脸色略显苍白，身上套着轻便的蓝色长裙。

这是奥萝尔！

死去的巫师的棺材内躺着的是奥萝尔！

卢米安的瞳孔瞬间放大，脸庞扭曲到狰狞。

他眼前所见的画面一寸寸破碎了。

…………

卢米安猛地睁开眼睛，表情复杂地怔怔望着前方。

"你看到了什么?"苏茜的嗓音响在了他的耳畔。

卢米安梦呓般回答道:"我看见奥萝尔躺在死去的巫师的棺材内……这怎么可能……"

苏茜安抚般说道:"这更多是一种象征。你想想,现实里并没有巫师传说,而梦境中,你潜意识编出来的故事将你和奥萝尔的家设定在了巫师曾经住的地方。奥萝尔自己不知道这件事情,也未听过那个传说,她还因为想看清楚棺材内的巫师尸体而濒临失控。"

"所以,巫师传说里死去的巫师指的是奥萝尔,那猫头鹰象征什么,整个故事又象征着什么?"越来越多的疑问在卢米安的脑海内冒出,每一个都仿佛利刃,撕裂着他的头部。他忍不住抬起双手,按住了脑袋。

"这可能需要你恢复更多的记忆才能分析,而且,某些情况下,象征不止一层,会以糅合的状态存在。"苏茜柔声说道,"今天的治疗就到这里,你的潜意识已经表现出了明显的抗拒,再继续下去只会带来相反的效果,对你的精神状态非常不利。你是希望两周后,还是一个月后做第二次治疗?"

卢米安几乎没有思考:"两周后。"

苏茜沉默了几秒道:"最后,我要提醒你一句,你现在有很强的自毁倾向。"

"自毁吗……"卢米安低声重复起这个词语,没什么表情的变化。

苏茜的嗓音又一次变得温暖,抚平着卢米安的心灵。

"我能理解你为什么会出现这种情况,也不想强行把它消除,除非你愿意让我抹掉代表问题根源的全部记忆,否则每一次的治疗都只是缓解而不是根治。

"我只想提醒你,我在你记忆里看到的奥萝尔是一位热爱生活、热爱生命的女士。她还有很多心愿没有完成,她想看到你读入学,她想以普通人的身份到特里尔游玩一段时间,她想找到家乡的线索,她想完美处理父母的问题,她想享用所有的特里尔美食,她想听这里的每一场音乐会,看每一场画展。

"她距离彻底死亡只差一步,如果她还有意识,我想她肯定不愿意放弃生命。她现在就像快要坠入深渊、只剩一只手抓住悬崖边缘的人,要是连你都放手,就再也没有人能将她拉起来了。"

卢米安的表情逐渐有了变化,却又没法展现出任何确定的情绪。

他似乎忘记了该怎么笑,也忘记了该怎么哭。

苏茜没逼迫他立刻做出回应,轻轻叹了口气道:"很多时候,把痛苦和绝望完全压在心底不是一件好事,人类是需要宣泄和解压的。好了,今天到此结束,两周后的同一时间,我们在这里做第二次治疗。"

卢米安闭了闭眼睛:"谢谢您,苏茜女士。"

苏茜未再回应，似乎已经离开。

过了十几秒，卢米安才缓慢地吐了口气，睁开了双眼。

他下意识望了眼梅森咖啡馆门外，看见远方有条背着棕色小包的金毛大狗消失在街道拐角处。

那大狗的身旁仿佛还有一道女性的身影。

卢米安又坐了十几分钟，喝完剩下的龙涎香柠檬水，走出梅森咖啡馆，来到最近的公共马车站牌下。

很快，漆成绿色的双层公共马车驶来，等待乘客上去。

卢米安花费三十科佩，找了个靠窗的位置，目光没有焦距地望向外面。

"卖报！卖报！最新的报纸，十一科佩一份！"衣着陈旧的孩童凑到窗前，举起了手中那一沓沓报纸。

自毁……活着……自毁……活着……卢米安满脑子都是"心理医生"的话语，宛若行尸走肉，根本不想搭理报童。

忽然，他看到最上方那份报纸的名称是《小说周报》。

对啊，今天是星期天……卢米安怔了一下，掏出两枚5科佩的铜币和一枚1科佩的铜币，打开窗户，塞给了报童。

拿过那份《小说周报》后，卢米安将它展开，就着窗外照入的明媚阳光阅读起来。

马车缓缓驶动，卢米安的眼里映入了一则消息。

> **讣告**
> 经本报编辑部确认，我们永远的朋友，著名的畅销作家奥萝尔·李，在4月的一场意外里不幸去世……

卢米安的视线凝固了，他的双手渐渐有些颤抖。

突然，他埋下脑袋，抬起那份报纸，用它遮住了自己的脸孔。

午后阳光下，报纸的表面出现了一道湿痕。

湿痕越来越多，连成了一片。

第四章
CHAPTER 04
诅咒之刃

乱街，金鸡旅馆，207房间。

卢米安将手里皱巴巴的报纸扔到了桌上，自己坐至床边。坐了几秒，他干脆躺了下去，有种疲惫从躯体深处涌出，再也难以支撑的感觉。

每天重置的只有身体和精神状态，不包括心灵。

他连衣服都懒得脱，只是蹬掉了皮鞋，就闭上了眼睛。

这一觉，卢米安睡得很沉很好，什么梦都没有做。

他是被硫黄的气味弄醒的，此时窗外还有夕阳在照耀。

侧头望向染着些许金红光泽的玻璃窗，卢米安自嘲地低语了一句："难道已经睡了一天一夜？"

很显然，这是不可能的，因为每到清晨六点，他就会自动清醒。

在看见讣告，难以自控地发泄出内心的悲痛之后，卢米安觉得自己的情绪稳定了不少，只是还有点消沉。

当然，他自己也知道，悲伤不会消失，痛苦更加不会，它们用不了多久又会卷土重来，他只能尽力调整好心态去面对，不让自己再陷入之前那种接近崩溃的状态。至于一点点偏激、疯狂和自毁倾向，他觉得不可避免，只要不严重就好。

"后续还得定期做心理治疗，要不然在完成复仇，找到复活奥萝尔的办法前，我自己先彻底疯掉了。"卢米安叹了口气，翻身下床。

他又一次拿起那份皱巴巴的《小说周报》，望向位于头版的讣告，想让内心熟悉的疼痛彻底唤醒自己。

就在这时，卢米安发现了一个问题。

——这份报纸是上周的。

报童卖给他的是过期报纸！

"不可能啊，报童卖不掉的报纸不可能自己留着……"卢米安皱起眉头，觉得这件事情透着说不出的蹊跷和巧合。

他仔仔细细回想了一下，记起"心理医生"苏茜女士说过的一句话："很多时候，把痛苦和绝望完全压在心底不是一件好事，人类是需要宣泄和解压的……"

骤然间，卢米安有所明悟——这是心理治疗的一部分！

"苏茜女士先是点出我精神状态不对，有强烈的自毁倾向，接着用复活奥萝尔的希望做了初步的开导，最后在我沉溺于这个问题带来的痛苦时，安排报童送来刊发于上周的讣告，用血淋淋的事实打碎了我的防备，让我发泄出压抑于内心深处的痛苦和绝望……"卢米安无声自语了起来。

想明白之后，他颇为庆幸，庆幸遇到的是非常专业非常有能力的"心理医生"，否则他很难从之前的精神泥潭里挣扎着爬出来。

卢米安的目光随意移动间，看到几只臭虫钻到了自己房内。他的嗅觉告诉他，隔壁房间点燃了硫黄，想要驱赶臭虫。但绝大部分虫豸畏惧自己这里，很快又转移到了另外的地方。

想到刚住下来的第一天，自己和隔壁邻居互相"伤害"，都试图用硫黄把臭虫弄到对方的房间里，卢米安就忍不住笑了一声。

他穿上皮鞋，走出房门，来到206房间外面。

——金鸡旅馆二楼，靠乱街背面巷子的是一个盥洗室接201到204房间，204房间对面是另外一个盥洗室，然后反方向是205到208房间，走廊的两侧则各有一个比较大的阳台，占据了两个房间左右的空间。因此，除了二楼，三、四、五楼都是十个房间加两个盥洗室。

"咚咚咚"，卢米安屈起手指，敲响了206的房门。

"谁？"里面传出略显慌张的声音。

"隔壁207的。"卢米安笑着回应，"想认识下邻居。"

过了几秒，房门吱呀一声打开，出现在卢米安面前的是一名瘦削的年轻男子。他不到一米七，穿着洗到发白的亚麻衬衣和黑色的背带长裤，鼻梁上架着较大的黑框眼镜，棕发乱糟糟油腻腻的，像是有好几天没洗过，深褐色的眼眸透着掩饰不住的防备。

"你有什么事吗？"这名男子开口问道。

卢米安笑着伸出了右手："我应该会在这里住很长一段时间，想认识下周围的邻居。怎么称呼？"

那年轻男子犹豫了一下，还是伸出右手和卢米安握了握："加布里埃尔，你呢？"

"夏尔。"卢米安望了眼206房间内部，故作好奇地问道，"为什么现在点硫黄？傍晚了，得出去找吃的了。"

加布里埃尔推了下眼镜，苦涩地笑道："我是一名剧作家，正打算整夜赶稿。"

"作家?"卢米安抬手摸了摸下巴,放弃了给对方一个小恶作剧以化解邻居间陌生感的想法。

加布里埃尔强调道:"剧作家,专门给各个剧场写戏剧剧本的作家。"

"听起来很棒。"卢米安由衷称赞道,"我非常崇拜会写故事的人,我的偶像就是一位作家。"

看到对方真挚的眼神,加布里埃尔被夸得有些不好意思了。他抓了抓本就乱糟糟的棕发,叹了口气道:"这一行没有你想象得那么好,我上个剧本花费了很大的精力,自认为不比那些经典的剧目差多少,却没有一位剧场经理愿意看上一眼。我只能接受一些小报的约稿,写点恶俗低劣的故事,只有这样才能有钱交房租,不至于饿死自己……呵呵,我现在要赶的就是那样一份稿子,编辑需要的只是怎么把女性角色弄到床上,而不是别的,他们报纸的读者就爱看这个……"

或许是触动了内心的创伤,加布里埃尔有了分享的欲望,噼里啪啦说了一堆。

卢米安认真听完,诚恳说道:"我看过不少作家的传记或是采访,大部分都有过不被欣赏,只能住在廉价旅馆或是小阁楼的经历,我相信你总有一天能够找到愿意阅读你剧本的人,最终成为出名的剧作家。"

加布里埃尔摘下眼镜,揉了揉脸:"这么久以来,你是第二个愿意鼓励我的人,其他人只会嘲笑我喜欢幻想,不愿意正视现实。"

要不是你和奥萝尔是类似的职业,我也会这么嘲笑你,而且比他们嘲笑得更加厉害……卢米安腹诽了一句,好奇问道:"第一个鼓励你的人是谁?"

"是住在309房间的萨法利小姐。"加布里埃尔抬头望了眼天花板,"她是一个人体模特,我有好几天没看到她了,她可能搬走了。"

鲁尔夫妇提过的那个人体模特?卢米安点了点头,发出了邀请:"要不要到酒吧喝一杯?"

加布里埃尔很是意动,但最终还是克制住了:"下次吧,我明天就要交稿了。"

"好的。"卢米安挥了挥手,走回自己房间。

于窗口望了一阵嘈杂热闹的乱街景象后,卢米安决定找家餐厅,吃顿好的,品尝下特里尔的美食。

就在这时,他听到楼上有尖利的女声响起:"你这个混蛋!你这个种猪!你妈妈和恶魔生下了你……"

那咒骂声戛然而止,仿佛被人强行打断了。

卢米安心中一动,打开了窗户。

"你那么喜欢女人,怎么不去找你妈妈?……"

这一次,卢米安清楚地听到这声音来自四楼。

那位被逼当非法妓女的伊桑丝小姐？卢米安回忆起查理的介绍，想来是那位毒刺帮的头目马格特又带着手下来收钱了。

——在因蒂斯共和国，妓女分为两种，一种是官方注册过的，分布在城墙街、布雷达街等地方；另一种是非法的，不用交税，会被打击，数量是前者的十倍，甚至二十倍。

略作沉思，卢米安套上深色的正装，来到202和203房间之间，那里有通往上一层的楼梯。他随即掏出那瓶在比戈尔买来的劣质香水，打算倒一些在木制的台阶上，让马格特和他的手下经过时踩到。

蒙苏里鬼魂的下一次袭击不知道什么时候会到来，卢米安希望尽快找到猎物，完成命运的交换。

思索了几秒，他放弃了直接倾倒香水的想法，打算让事情看起来像一场意外，以规避可能的非凡能力侦察。

卢米安稍微拧开盖子，假装手上一滑，没能抓稳厚厚的玻璃瓶身。哐当一声，香水瓶落到了最下面那层台阶上，自然地流了些液体出来，浓郁到近乎刺鼻的香味随之散逸。

卢米安"心疼"地蹲下身，捡起瓶子重新盖好，又用手掌擦了擦流出来的香水，不断地往自己身上抹。

很快，大部分液体都被弄干了，阳台灌入的晚风冲散掉馥郁的气味。卢米安这才退回207房间，紧靠着门框，隐藏好身形，望向楼梯口。

过了十几分钟，楼上有脚步声一层层往下。这个时候，楼道内的香水味已经淡了许多。

很快，那里出现了四名男子。为首者是个瘦高的男人，他黄发剃得很短，每一根都竖了起来，单眼皮、蓝眼睛、高鼻梁、薄嘴唇，脸上有几道淡淡的伤疤。这名疑似马格特的男子套着红色的衬衣和深色的皮坎肩，双手插在船帆色长裤内，一步一步地往下走着。他左侧腰间鼓起了一块，双脚踏着无绑带皮靴。

突然，这名男子皱了下眉头，轻巧一跃，跳过了沾染有香水的两层台阶和二楼的部分楼道。跟随他的三名打手扮相的男子则未察觉异常，踩到了残余的香水痕迹上。

窥探到这一幕的卢米安内心一凛："马格特对气味很敏感，非常抗拒自身染上异常味道？"

马格特这样的表现，卢米安一点也不陌生——换作他自己，也会这么做！

再联系到奥萝尔提过"猎人"途径的非凡者在因蒂斯共和国境内较为常见，卢米安初步怀疑马格特也是非凡者，而且就在"猎人"途径，但不确定是序列几。

"序列太高也不至于来做黑帮头目，除非是扮演需要……如果马格特真是'猎人'途径的非凡者，那他应该不会超过序列7，而且，是'纵火家'的可能性微乎其微。莉雅和瓦伦泰也不过序列7，已经能称得上精英调查员，难道还比不上一个负责巡视地盘拐骗女性欺压妓女的高级打手？"卢米安一边无声咕哝，一边后退了两步，收回视线，不再望向那边。

虽然马格特的位阶达到甚至超过序列7的可能性不大，但卢米安还是不敢大意。万一他的序列名称类似于"恶棍"，需要以这种方式扮演呢？万一毒刺帮不像表面那么简单，其实是哪个隐秘组织或地下邪教伸出来的触手，拥有足够的资源又尽力克制着自身不太过招摇，以免被官方盯上呢？

这些情况的概率是很低，但对缺乏情报和相应神秘学知识的卢米安而言，却不得不防，因为他没法排除选项或者确定可能性究竟有多低。

二楼过道上，穿着红衬衣黑坎肩，疑似马格特的男子保持着双手插兜的姿态，侧身望了三名手下一眼。他眉头微微皱起，对他们染上了不必要的香水味道有些不满和疑惑。

他随即将目光投向地面，抽了抽鼻子。他闻到这股香水味并没有只存于楼梯口，它毫不掩饰地延伸到了207房间，而且，最下面那层台阶上有被不重且尺寸较小的事物砸出来的新鲜痕迹。

瞬息之间，疑似马格特的男子根据自身从环境内搜集到的种种信息，于脑海内还原了先前发生的事情——

207房间的住客或许是去了盥洗室，或许是拜访了邻居，在回自己房间的途中，本打算喷洒香水，却没有拿稳，让瓶子掉到了楼梯口的台阶上。之后，他或者她心疼地将洒出来的香水都抹到了身上，只留下些许痕迹。

这符合金鸡旅馆租客们的心态。

疑似马格特的男子解除了怀疑，对三名手下道："等下回了磨坊舞厅，你们记得把鞋子换掉。"

"好的，头儿。"那三名手下几乎异口同声地回答。他们时常会被要求做类似的事情，一点也不意外。

磨坊舞厅……207房间内的卢米安听到了他们的对话，基本确定那个疑似"猎人"途径非凡者的男人就是马格特。

上午和查理聊过后，他又在老实人市场区转了转，和很多小贩，还有酒吧内的邻居闲扯了几句，知道了位于乱街3号的磨坊舞厅是毒刺帮的据点之一。

等到马格特等人一路下行至底层，卢米安才拿上宽檐圆帽，慢悠悠地走出了房间，循着残留的香水味道，向街道深处走去。

七八分钟后，卢米安抵达磨坊舞厅，那来自外地的劣质香水味证明马格特和他的手下已回到这里。

磨坊舞厅没微风舞厅那让人印象深刻的雕像和铭文，只是占据了部分街边道路，修建了一个金色调的门厅。支撑门厅的四根石柱上，由玻璃罩和黑格栅栏围出来的煤气灯驱散了傍晚的昏暗。

此时，舞厅内已相当热闹，卢米安还没有进去就听到了歌声、吵闹声和乐器演奏的声音。

这里的布局和微风舞厅很像，中间是舞池，环绕它摆放着一张张小圆桌、一把把椅子，最前方则空出了一个半高木台，上面站着一位火热的女郎。那女郎身穿性感撩人的白色短上衣，胸口几乎能让人看见内衣上方那排蝴蝶结，她的唇边有颗黑痣，棕黄的头发盘着，扑着脂粉，蓝色的眼睛被勾勒出的黑色眼线衬托得又大又深，整体既有堕落的魅惑，又有甜美的气质。

她柔美地歌唱着，时不时高踢右腿，带起刚到膝盖的米白色蓬松短裙，勾得不少酒客试图蹲下，窥探隐秘之处。

"主治医生是个迷人的男子，

"他会先卷起衬衫袖子，

"这让我想起了我的第一个情人，

"只是这位医生不同的是，

"他一下就能找对位置，

"我发现，亲爱的，他真的很会用他的手指……"

隐晦又勾人的歌声里，卢米安走到了靠里面的吧台位置，对酒保道："有什么吃的？"

酒保笑着问道："鲁昂肉饼怎么样？或者你喜欢香肠、面包、熏肉这种常见的晚餐？"

早就知道特里尔人喜欢肉饼的卢米安点了点头："那就两个鲁昂肉饼。"

"再配一杯苹果潘趣酒吧？它能化解肉饼的油腻。"酒保见卢米安没问肉饼的价钱，知道这是位慷慨的客人，可以推荐稍微贵一点的酒。

潘趣酒是一种果汁鸡尾酒。卢米安笑了笑："可以。"

他身上还有近两百费尔金，在吃喝上不需要太过节省，反正情报贩子安东尼·瑞德的尾款不是靠攒能够攒出来的。

"鲁昂肉饼每个三里克，苹果潘趣酒十二里克。"酒保快速报了下价格。

卢米安点了点头，拿出表面是小天使浮雕和发散状排线的1费尔金银币，丢给了酒保。收回两个5科佩的铜币后，他开始耐心等待。

这个时候，台上那位女性歌手已经唱完，乐队敲响了略显激烈的鼓点。不少酒客进入舞厅，跟着节律扭起了身体，尽情宣泄着白天积累下来的压力、疲惫和痛苦。

坐在卢米安附近的一名男性酒客对他的同伴笑道："我太喜欢这种氛围了，不知道是谁发明的这种扭扭舞，它比以前的四对舞有魅力多了！你能想象吗？我经常拥着舞伴，却要等很久才能轮到我跳，等得我的热情都冷了。"

四对舞又叫方块舞，四对男女围成一个正方形，按照小提琴手的演奏依次跳舞，最后互相绕走。

另外一名男性酒客则嘿嘿笑道："我还是更喜欢康康舞和脱衣舞。"

康康舞在红公主区非常流行，以高踢腿和落地劈叉为标志性动作，那些女郎穿着短裙和丝袜排成一排，不断高踢腿时，总是能惹来阵阵喝彩，甚至会有人将钱币扔到台上。当然，这也是一种有技术含量的舞蹈，厉害的舞者可以将腿踢到高过鼻尖或者接近耳朵的位置。

卢米安听着周围的各种声音，时不时用眼角余光望向那劣质香水味道消失的楼梯口。

没多久，两个厚实的肉饼连同一杯底部深红色、上方淡红色，漂浮着些许冰块，透明而梦幻的酒精饮料送到了他的面前。

卢米安先是抿了口那杯苹果潘趣酒，只觉清爽的甜、淡淡的酸和酒精的辣、冰块的冷，让精神为之一振。接着，他拿起鲁昂肉饼，咬了一口。未发酵的面团厚实淡甜，加上碎肉的口感、油脂的芬芳、香料的刺激，让卢米安几乎停不下嘴巴。整整吃完了一个肉饼，他才端起苹果潘趣酒，消解口中的油腻。

等用完晚餐，卢米安就着手中的酒精饮料，一边听着女郎的歌声，一边看着舞池内的人群。他自己似乎也被这种热烈狂乱的气氛感染，时不时就在偏暗的吧台位置，跟着节奏摆动身体。每当这么做的时候，卢米安都会顺势望一眼楼梯出入口，观察马格特和他手下的行踪。

一直快到零点，穿着红衬衣、皮坎肩，淡黄短发根根竖起的马格特才带着三名打手下楼，走出磨坊舞厅。

考虑到对方也许是"猎人"途径的非凡者，卢米安没立刻跟上，并且做好了跟丢的心理准备。毕竟那三名黑帮打手沾染了劣质香水味道的皮鞋已经被换掉，他没法再凭借嗅觉远远跟着。

不过，他还是抱有一定的希望，因为他刚才观察过了，舞厅内大部分顾客太过投入太过狂乱，时不时就有人不小心把酒水洒到地上，以至于楼梯口到大门这段路途中有不少湿痕。

随着节拍扭动期间，卢米安眼角余光瞄到马格特总是精准地避开有些湿润的地面，这让他愈发肯定对方是"猎人"途径的非凡者。

而马格特那三名手下虽然得到了提醒，有做规避，但碍于本身观察能力不足，煤气壁灯的照明效果又不是那么好，难免会有半个脚掌或者三分之一个脚后跟蹭到点湿迹。对经常出没酒吧、舞厅的人来说，这是不可避免的情况，马格特对此已然麻木，不觉得有什么问题，认为不需要太过在意。

他们离开了近一分钟，卢米安才从吧台起身，走出磨坊舞厅。

此时，路上的行人已经非常稀少，只剩一些酒鬼时而高歌，时而咒骂。坏掉的煤气路灯下则是大片大片的黑暗，纯靠高空的绯红月光照明。

得益于舞厅门口那四盏煤气壁灯的存在，卢米安找到了不少带着些许湿迹的脚印，它们有的已离去很久，有的才刚刚走过。其中，有三对脚印靠得较近，总是同时出现，而经过卢米安仔细勘察，发现它们的前方有一对淡淡的、非常难以发现的、不存在任何湿迹的脚印。

卢米安笑了起来，低声自语道："总是和蠢猪、虫豸混在一起，只会害了你。"

高空的红月照耀下，间隔很远才有一盏亮起的煤气路灯的光芒里，卢米安分辨着脚印，不快不慢地追踪着。

没多久，湿迹完全干掉，不再具备提示的作用，但卢米安已经记住了那四对脚印的大小、鞋底的花纹图案和各自的走路特点，不会将它们与别的脚印混淆在一起了。

就算这样，他的跟踪依旧颇为艰难，和科尔杜村废墟不同，乱街及周围区域每天来往的人成千上万，留下的脚印不仅数之不清，而且彼此层叠，互相破坏，让人无从锁定真正的目标。同时，还有小贩们留下的各种垃圾，以及糟糕环境带来的某些负面影响，卢米安间或会产生一种自己是在大海里寻找一滴水的感觉。

还好，当前是午夜，路上的行人寥寥无几，且大多数是酒鬼，散发着黑夜中的萤火虫那样鲜明的味道，足迹则或多或少都显得踉跄，卢米安一眼就能排除。加上马格特等人刚走过没多久，不少痕迹尚未遭到破坏，他勉强跟了上去。

有的时候，受限于环境或者马格特的谨慎，脚印会忽然断掉，但卢米安并不沮丧，没就此放弃，他会沉下心来，尝试着向前方、左边和右侧各走一段较远的距离，寻找新的痕迹，而经过反复试错和大量时间的沉淀，他最终找到了想要的那些足迹。

就这样，卢米安一路追踪到市场区夜莺街，停在了远离几个廉价歌舞厅的一栋五层公寓前。

马格特和他手下的脚印进入了里面。

经过仔细辨认，卢米安确定，那三名打手最终又离开了这里，各自往不同的地方走去。也就是说，留在公寓内某个房间里的只有马格特。

"不需要手下的保护，对自身的实力有足够的信心……"卢米安无声自语了一句，更加相信对方是非凡者了。

望了眼漆黑的楼道，思索了下"猎人"在返回真正住处前对相应痕迹可能的处理办法，他认为即使自己拿来电石灯，一层一层台阶地去找，也很难锁定马格特，甚至会掉入对方预设的陷阱。

想了一会儿，卢米安有了初步的方案，收回视线，往隔壁街道走去。没多久，他碰到了一个喝得醉醺醺，走路都已经不稳的二十多岁男子。

等对方抵达一盏坏掉的煤气路灯，开始呕吐时，卢米安按低帽子，走了过去，压着嗓音道："我想买你的上衣，三十里克。"

那醉鬼第一反应是怀疑自己是不是醉到出现幻觉了。

他穿的是灰蓝色的粗呢上衣，在老买人市场的廉价成衣店里头的，仅仅花了二十里克，而现在，居然有人要花一倍半的价钱，来买这么一件穿了整整两年的旧衣服！

是我疯了，还是这家伙疯了？醉鬼努力抬头，望向对面，但碍于没有光照，只能看到藏于黑暗之中的模糊轮廓。

下一秒，醉鬼手里多了两枚冰冷的硬币。他本能地掂量了一下，摸了摸硬币表面的花纹。他嘀了一声道："你为什么，要买？"

"不愿意我就找别人。"卢米安摆出要收回那两枚银币的姿态。

醉鬼小丹询问，嘟嘟囔囔、动作迟缓地脱掉了自己的外套，取走了口袋内的东西。

等到卢米安拿着他的衣物远去，他艰难抬起脑袋，挥了下手："哈哈，疯子，送钱的疯子……呃……"

再次回到夜莺街那栋公寓底下时，卢米安已换了身打扮，头戴深蓝色鸭舌帽，身穿灰蓝色粗呢外套和水洗白的长裤，脚踏一双又旧又脏的皮鞋。加上等会儿要用到的一些东西，他总共花了十二费尔金。

抬头望了眼已熄灯光透出的公寓，卢米安忽然愣了一下：我为什么一定要以马格特这个非凡者为目标？

他那三个手下死了也不冤枉，而且明显很弱，又不懂得掩藏踪迹，对付他们不会比杀一只鸡难多少……

"被蒙苏里鬼魂袭击"的命运又不会挑接下来将承受它的是什么样的人！

我刚才为什么就只想着怎么狩猎马格特？以前的我不是这样，该狠辣时能狠辣，能简单解决时也会尽量简单解决，不背上额外的负担……

念头纷呈间，卢米安逐渐翘起了嘴角。他发现自己本能地选择了更危险的猎物，原因似乎是更具挑战性，并且让他感觉这么做会更舒适更畅快。

低头望向被衣物遮住的左胸，卢米安怀疑这是体内污染带来的一定改变。

沉默了几秒，他压着嗓音，低低笑道："看来多少是有点疯了……"

他不打算更改目标了，他仿佛已经能闻到鲜血的腥味。

这是一个恩赐，也是一个诅咒。

按低鸭舌帽，卢米安抱着一堆东西，绕到了目标公寓的后方。他将饱含油脂的肉块、易燃的沙发填充物等东西放到靠墙角的位置，并在周围弄出了一圈隔火带。然后，划燃火柴，将它扔了出去。

火星在最易燃的材料上飞快蔓延，很快就由小变大，吞噬起周围的事物，黑烟随之腾起。

等浓烟变大了一些，笼罩了周围，卢米安扯开嗓子喊道："着火了！有火灾！"

他一边喊一边跑回公寓正面，缩到了角落的阴影里。

他的计划是，既然我不知道你马格特住在公寓哪个房间，埋了什么陷阱，那我就让你自己出来！

而马格特要是"纵火家"，必然能察觉到下方的火焰和烟雾不可能形成真正的火灾，他的应对会与更低序列的非凡者截然不同。到时候，卢米安能据此判断对方究竟有序列几，以决定是把计划推进下去，还是就此放弃。

随着浓烟的升腾、火光的闪动和卢米安的大喊，那栋公寓连同周围房屋的住客纷纷沿楼梯跑到街上。因为火势不大，公寓内部也未受到烟雾影响，所以并没有人冒险跳楼。

卢米安不再出声，死死盯着公寓的出入口，而别的人开始替他喊起类似的警告的话语，并开始寻找着火点。

两秒后，一道身影从二楼某个窗口跳了下来，稳稳落地。

那正是穿着红色衬衣和船帆色长裤，淡黄寸发根根立起的马格特！

马格特仗着自己是非凡者，住的楼层也低，没像别的租客那样走楼道，而是直接跳窗。落地后，他回望向公寓，发现火情一点也不大，自己跳窗的行为毫无必要，并且显得他很慌很傻。

就在这个时候，他看见旁边角落里蹿出来一道戴着鸭舌帽穿着灰蓝色粗呢上衣的身影。那身影低着脑袋，指着他，哈哈笑道："快看，这个人好蠢！"

轰的一下，马格特的情绪炸开了，他双眼略显赤红地扑向那道嘲笑他的身影。

他快，那身影更快，早已转身，噔噔噔奔向了最近的巷子。马格特只想狠揍那家伙一顿，紧追不舍。

两人一前一后，相继跑入黑暗无人的小巷。

噔噔噔，那身影冲到一处街垒前方，右手一按，翻了过去。马格特没有停顿，双脚用力一踩，整个人腾了起来，直接跳过了街垒。他刚刚落地，就看到那身影停了下来，转过身体。

绯红月光的照耀中，那深蓝色鸭舌帽下的脸孔显露在马格特的眼中。

它缠着一层又一层白色的绑带，只露出鼻孔、眼睛和耳朵。

对方的左手同样如此缠着绑带，并握着一把银黑色的、略显邪异的短刀。

马格特的瞳孔急速放大，内心咯噔了一下。他瞬间清醒过来，明白自己刚才遭遇了类似挑衅的影响。

按住心里泛起的一点点不安，马格特直接拔出了藏在腰间的黑色左轮手枪。他瞄准卢米安，同样发动了挑衅能力："就凭那把刀？蠢货，现在是枪的时代！"

乓！马格特扣动了扳机，一枚子弹激射而出，直奔卢米安的头部。

卢米安突然后倒，仿佛弯成了一座拱桥。紧接着，他腰部一弹，整个人横着平飞了出去，躲过了马格特射出的第二枚子弹。然后，卢米安仿佛弹簧一样回正了身体，并顺势将手里的"堕落水银"扔向了马格特，仿佛那只是一把飞刀。

考虑到敌人拥有类似挑衅的能力，说不定也会在武器上抹毒，马格特不敢硬接，慌忙侧过身体，任由那把银黑色的短刀越过他，插到街垒的石缝里。

刚躲过这一击，马格特就看到卢米安如猛虎一样扑到自己近前。直到此时，他才发现对方耳朵里塞着厚厚的纸团，几乎没怎么受到他刚才挑衅的影响！

——最了解"猎人"的永远是另外一个"猎人"！

这让马格特心里的怒火又冒了出来，似乎被对方的行为无声挑衅了一样。

啪！卢米安右手握拳，砸出脆响，轰向马格特的太阳穴。马格特左臂一架，稳稳挡住。与此同时，他又一次抬起右手，用左轮瞄准了卢米安的脑袋。

这么近的距离，看你怎么躲！

刹那间，卢米安身体前倾，仿佛要以脑袋撞击马格特的胸口，并探左掌抓向他的右腕，而右腿则柔韧性极强地踢向他的脑后。

不，马格特意识到，他踢的不是自己的后脑，而是插在旁边街垒石缝里的"堕落水银"！

那把银黑色的邪异短刀腾空而起，被卢米安的脚弓半带半引着飞向马格特。

乓！马格特急着闪避那把邪异短刀的飞刺，手中的左轮未能跟随卢米安身体的前倾下移，子弹打到了对面的墙上，激得石屑横飞。

085

当啷一声，"堕落水银"再次从马格特的身侧飞过，掉在不远处的地上。

卢米安啪地弹直了身体，右脚敏捷地踩向敌人的脚背，以阻止他提起膝盖撞向自己的腹部。紧接着，他在近乎贴到对方的情况下，双手或劈或砸，双肘或架或挡，双脚或低踢或重踩，双膝或前顶或弹动，压得马格特疲于招架，根本没法瞄准开枪。

这个恶棍只觉对方的攻击如同暴风，源源不断，没有尽头，而且始终贴着他，用的都是近身短打的技巧，不给他拉开距离使用枪械的机会。对马格特而言，这样的格斗术既陌生又危险。

砰！马格特的肘部砸在了墙上，砸得房屋都仿佛有了轻轻的晃动。

啪！马格特的右腕被反架往后，黑色的左轮手枪脱手而出，掉在了地上。

啪啪啪！卢米安手、肘、膝、脚连环使用，打得敌人连连后退，左支右绌。

到了最后，马格特完全是凭本能在格挡，思绪已经跟不上卢米安的动作。不过，他感觉自己已经把握到了对方攻击的规律，摸清楚了相应的套路，仅靠肌肉记忆就能防下所有的攻击。

再等一会儿，他就能反扑了！

依循本能，马格特抬起了右脚，以阻止对方的低踢。

可他什么都没有挡住。

卢米安的左脚以超越人体柔韧性的姿态，斜伸了出去，挑起就静静躺在旁边的银黑色短刀。

——他刚才那轮猛攻为的就是将马格特逼到"堕落水银"附近！

那把银黑色的短刀飞了起来，刺向马格特的大腿。

马格特一方面被卢米安牢牢压制，另一方面又只是单脚站立，很多动作没法去做，只能勉强缩回右脚，微侧身体，以图闪避。"堕落水银"擦着他的大腿飞了过去，划破了船帆色的裤子，留下了一条不深的血痕。

啪啪啪，卢米安再次用奥萝尔教的近身短打技巧疯狂攻击，压迫得马格特无暇处理腿部的伤势。

还好，那伤口很浅，只留了一点点血。

砰！后退的马格特背部撞到了墙上。

整个过程中，他连开口说话的空隙都没有，而对方还塞着耳朵，根本不怕他挑衅。

马格特血气上涌，心里迸发出了一股狠劲，打算以受伤为代价换取战局的主动，摆脱当前的困境。

就在这时，他抬起的双臂什么都没有架住。

他又迷茫又愕然地看到那脸上缠满白色绷带的怪人主动退后，和自己拉开了距离。然后，那怪人转身奔跑起来，途中脚尖一挑，弹起了那把银黑色的短刀，将它抓在左掌。

马格特愣了一秒，就要追赶上去，这时，巷子口传来了噔噔噔的脚步声。

两名巡夜的警察听到枪响，从附近因"火灾"下楼的居民处获悉情况，提着黑色的半自动手枪赶了过来。

"发生了什么，你们毒刺帮又在搞什么事情？"看到是熟人，其中一名警察皱眉问道。

望了穿着白衬衣、黑马甲、黑色制服外套的两名警察一眼，马格特不屑地回答道："是我遇到了袭击，警官，你们来得太迟了！"

他嘴上这么说，心里却庆幸警察来得不算晚，惊走了那个怪人，否则自己真有可能被猎杀。毕竟那怪人应该也是序列8的"挑衅者"，且格斗技巧明显强于他，并层层设计，占据了主动，获得了优势。

问话的警察沉下了一张脸："那你跟我回去录口供，我们会帮你找到袭击者的。"

"还有，这是你的枪？"他指了指掉在地上的左轮手枪。

"靠你们找？哈哈，这是我今年听过最好笑的笑话！"马格特嗤笑道，"那把枪是袭击者的，你们拿走吧。"

说完，他简单检查了下伤口，确认自己没有中毒，然后当着两名警察的面，大摇大摆地离开了这条巷子。

最开始询问的那名警官表情难看，试图拔枪，却被同伴按住了手掌。

回到夜莺街上，马格特的表情沉了下来。他最本能的想法是赶紧回家，借助预设的陷阱，防备可能存在的第二波袭击。

几秒后，马格特放弃了这个计划，他觉得这还不够妥当。他打算现在就去毒刺帮老大"黑蝎"罗杰的家里，将自己遇袭的事情告诉对方，并在那里借住一晚。那是马格特认为最安全的地方。

马格特给右腿的伤口略作包扎后，狂奔起来，一路从夜莺街跑到市场大道，跑到靠近苏希特蒸汽列车站的地方，跑到126号那栋后方带小花园的三层建筑前。

很快，他在书房见到了"黑蝎"罗杰。这是位中年男子，黑发向后竖起，脸庞略微发福，蓝眸冰冷而深邃。

罗杰套着丝绸制的水蓝色睡衣睡裤，没什么表情地望向马格特："你被袭击了？"

"是的。"马格特将事情的经过原原本本讲了一遍。

罗杰蓝色的眼眸忽然变得幽暗，仿佛与望不见底部的深渊或永无光照的地狱连通在一起。过了片刻,他点了下头:"没有遭受诅咒的痕迹。但你要小心,那把刀上有你的血液。"

罗杰一边说一边走到马格特面前:"我先帮你消除掉隐患。"

"谢谢老大。"马格特明显松了口气。

他跟着罗杰出了书房,沿楼梯进入地下室内。

拧动开关,点燃煤气壁灯后,"黑蝎"罗杰指了指摆在中央位置的雕像道:"你把它打开,钻到里面去。"

那尊雕像是个五官柔和的女性,长裙的褶皱雕刻精细,样貌栩栩如生。马格特几步来到雕像前,拉开位于它腹部的暗门,爬了进去。

随着暗门的关闭,地下室内变得异常安静。

"黑蝎"罗杰望着那尊雕像,用古赫密斯语念出了一个单词:"新生!"

雕像表面顿时冒出了虚幻的、模糊的黑色火焰,它们如水流淌,静静燃烧。

过了三十秒,罗杰才对马格特道:"你可以出来了。"

这是一种消除诅咒隐患的方法——用进入女性雕像腹部又出来的行为象征"重新出生",再配合对应的超凡能力,就能和落入敌人手中的事物断开联系了。

"你到书房等我,我找一下袭击者的线索。"罗杰见马格特已没什么事情,遂吩咐了一句。

马格特点了点头,快步出了地下室,回到书房,拉过一张椅子坐下。

时间一分一秒推移,马格特突然感觉身体变得极为沉重,整个人就像沉入了水中,一点点浸湿发冷,呼吸开始变得困难。

马格特的瞳孔瞬间放大,却什么都没看到。他竭力挣扎,仿佛被一根根绳索捆住,只能非常艰难地动下手臂、指头和双脚。

扑通!马格特终于让自己翻到了地上,但那异常并没有消失,他的脸色越来越紫,他的嘴巴大大张开,他的思绪逐渐模糊。

为什么……

带着这样的念头,马格特陷入了永恒的黑暗。

…………

地下室门口,罗杰表情凝重地走了出来。

"有很强的反占卜能力……这件事情不简单啊……"

"黑蝎"罗杰一边思索一边回到了书房,下一秒,他的视线凝固了。

他看到马格特倒在地上,脸色青紫,下身湿润,已没有了呼吸。

这位毒刺帮的头目在举行了消除诅咒隐患的仪式后,在毒刺帮最安全的地方,在"黑蝎"罗杰的面前,诡异地死去了。

金鸡旅馆，207房间，早已换了身衣物的卢米安满意地点了点头。

"堕落水银"用颤动的方式告诉他，命运的交换已经完成，这意味着马格特将立刻遭遇蒙苏里鬼魂的袭击。

——刺伤别人后，需要一段不短的时间来完成命运的交换，这根据想要交换的命运、对方的实力和潜意识的抗拒程度，从五六分钟到二三十分钟不等；而如果目标是卢米安自己，且他敞开了身心，就连潜意识都迫不及待，那就能非常快地交换完命运，几秒或者十几秒。

望着手里的银黑色短刀，卢米安笑道："等有时间，我教你摩斯密码吧，要不然，每次和你沟通，都得根据你的反馈不断排除选项，太麻烦了。"

"堕落水银"颤动的刀身一下静止，似乎有点震惊。

成功狩猎的卢米安心情相当不错，笑着调侃道："你是不是在想，我一把刀为什么要学习？做人要有理想，做刀也是啊，难道你想一生都这样？"他随即问道，"这次交换的是什么命运？"

卢米安一边问一边将灵性延伸到这把铭刻着层层花纹的银黑色短刀上。在"堕落水银"的配合下，他慢慢分辨出了刀内存储的命运水滴代表什么——那是马格特从不同手卜处拿过一摞摞钞票的命运。

"挺会挑的嘛。"卢米安之前忙于战斗，将交换命运的事情全权委托给了"堕落水银"，只是预先告诉它自己最近有点缺钱。

赞了"堕落水银"一句后，卢米安陷入了沉思："这命运交换过来后，会怎么实现？"

想不明白的卢米安没有多想，挽起袖子，露出右臂，用"堕落水银"在上面划拉了一下。短暂的麻木后是他已品尝过多次的疼痛，但他没有皱眉，看着点点鲜血溢出，染红了银黑的刀尖。

几乎是同时，卢米安眼前浮现出了那条由无数复杂符号组成的水银色虚幻长河，而邪异短刀内储存的命运水滴从刀尖渗出，流入了不深的伤口内。

卢米安集中起精神，竭力分辨想要交换的命运。

他看见了接受治疗的自己，看见了发泄完情绪后沉沉睡去的自己，也看见了即将去找奥斯塔·特鲁尔的自己……

这一幕幕场景在卢米安脑海内闪过，就仿佛真的是他亲眼所见一样。

没多久，他在最近几天的命运里找到了行走于地下墓穴外，与蒙苏里鬼魂相遇的自己。他连忙挑起"堕落水银"的刀尖，让它刺向那一个个似乎由水银色小河自我缠绕而成的复杂符号。

那段命运相当沉重，卢米安第一次竟没能撬动。

眼见虚幻长河在逐渐隐去，脑海内的画面越来越模糊，他赶紧将大部分灵性灌注入"堕落水银"的刀身。

终于，随着他的第二次撬动，"遇到蒙苏里鬼魂"的命运脱离了水银色的虚幻长河，内缩为小小的液滴，就像温度计打碎后的汞珠一样。

那滴虚幻的水珠很快就融入了银黑色的短刀。

直到此时，卢米安才真正松了口气，知道自己已经摆脱了蒙苏里鬼魂，而"堕落水银"现在又能被称为"诅咒之刃"了。

他刚简单处理好伤口，忽然有了奇妙的直觉。

循着这种直觉，卢米安又一次走出金鸡旅馆，从时而吼叫时而痛哭的酒鬼与激烈斗殴的两伙人之间穿过，一路返回夜莺街，停在搏杀马格特的那条巷子外。

他皱了下眉头，小心翼翼地进去，翻过了那处街垒。

下一秒，卢米安的视线自然地落到了墙角阴影处。那片被黑暗统治的地方静静躺着一样东西，有所明悟的卢米安快步过去，蹲了下来，用戴手套的左掌拾取起了那件物品。

那是一个鼓胀的棕色皮制钱包。

"马格特掉的？他手下搜刮来上交给他的那些钱？"卢米安大概明白交换来的命运是怎么实现的了。

虽然他不记得马格特和自己激烈搏斗时有没有掉落钱包，但不管是当时就掉了，还是后来才"补"掉的，都不影响卢米安拿到这笔钱。

他抽出那摞厚厚的钞票，倒出零钱袋内的金银铜币，然后，扔下钱包，离开了巷子。

回到金鸡旅馆207房间后，卢米安点燃电石灯，仔细数起战利品。

他共收获了一千二百六十五费尔金十五科佩，大部分为面值10费尔金和低于10费尔金的纸币，只有一张200费尔金、一张100费尔金和两张50费尔金的大额钞票，另外还有几枚金路易。

凝望了这些金钱几秒，卢米安由衷感慨道："接受十次好心人的'捐赠'都比不上杀一个黑帮头目……"

当然，这些钱不全部属于马格特，他只是代表毒刺帮支配它们。

卢米安随即抽出总共价值两百费尔金的一摞小额钞票，拿着它们离开207房间，沿阶梯一层层往上。不到一分钟，他抵达了四楼，站在408房间前。

他记得马格特傍晚到金鸡旅馆，是为了从名为伊桑丝的非法妓女手中拿走她赚的大部分钱。

当时，这件事应该是马格特的某个手下具体负责，但之后，这笔钱肯定也交到了马格特的手中。

卢米安没有敲门，弯下腰，将那摞钞票一部分一部分地从门缝里塞了进去。

他很快直起腰背，转身走向楼梯，消失在黑暗的走廊里。

卢米安一觉睡到六点，听到了当当当的教堂钟响。

他昨晚睡得非常踏实，甚至有"挑衅者"魔药又消化了一点点的感觉。

"上午去找奥斯塔·特鲁尔，看那个K先生有没有回复，顺便在天文台区买些比较好的衣服和化妆品……下午到老实人市场的廉价成衣店看看……"卢米安没急着起床，静静躺在那里，想着今天的安排。

摆脱蒙苏里鬼魂的威胁后，他将重新伪装自己提上了日程。

赖了会儿床，他慢悠悠地出门，到盥洗室清理自己，然后下楼，在小贩们那里买了半升苹果酸酒和一个夹猪肉香肠的面包。等填饱了肚子，他到最近的教堂广场，找了个无人的角落，练起奥萝尔教的那些格斗术。

一直到上午九点半，卢米安才返回金鸡旅馆，打算休息一个小时再去找奥斯塔·特鲁尔。

他刚进旅馆大厅，就有见三位清洁女仆在费尔斯太太的指挥下打扫各个肮脏的地方。旅馆老板是每周一请人打扫啊……卢米安收回视线，往楼梯口走去。

这时，楼上传来噔噔噔的脚步声。不到十秒，穿着亚麻衬衣、深色长裤、无绑带皮鞋的查理出现在了卢米安的眼中。

"你没去酒店？"卢米安略感疑惑地问道。

查理打了个哈欠又略显亢奋地说道："你不知道吗？我今天休息。我们每周可以休一天，自己选择是哪一天。"

卢米安笑了起来："这休息的一天会导致艾丽斯太太给你的'月薪'减少吗？"

查理略显尴尬地笑了笑·"她也有自己的应酬。"

两人闲聊间，门口飘进来一阵臭味，身材矮小、衣衫褴褛、头发花白的鲁尔和米歇尔夫妇走入了旅馆。

"你们没去蒸汽列车站？"查理热情地打了声招呼。

鲁尔先是靠近他们，接着略显拘谨地保持了一段距离："市场今天有点乱，我们打算休息一天。"

"怎么了？"卢米安故作好奇地问道。

鲁尔不自觉压低了嗓音："毒刺帮的马格特死了，好多黑帮成员在找人，其他帮派的人随时可能和他们发生冲突，警察也来了不少。"

"马格特死了？"查理惊愕脱口。他昨天才觉得这家伙该死，今天就死了？

鲁尔郑重点头："我听好几个人在这么说。唉，今天没法出去赚钱了。"

他的妻子米歇尔太太宽慰他："不出去就不用吃午餐，能省一些钱。"

没等卢米安询问外面的具体情况，回过神来的查理唰地转身，奔向楼上。

卢米安眼眸微转，跟了上去。

噔噔噔，查理飞快爬到了四楼，跑至408房间前，喘了口气，砰砰砰拍起木门。

"谁？"里面传出一道略显沙哑的女性嗓音。

查理高声报了自己的名字。

"不是说了我上午休息吗？下午再来吧，记住，十费尔金，这次不会给你打折了！"那女性嗓音一边不耐烦地回应，一边打开了房门。

卢米安第一次看见这位叫作伊桑丝的女性，她亚麻色的长发随意地散落下来，垂在肩上，同色的眼眸带着几分警惕，脸上残留些许紧张。她二十三四岁的样子，容貌并不出众，只能称得上清秀，但脸庞和衣物都收拾得很干净，红色的长裙胸口露出了大片的白皙皮肤。

查理兴奋地对伊桑丝道："你知道吗？马格特死了！他真的死了！"

伊桑丝一下怔住。隔了几秒，她略显沙哑的嗓音变得尖利起来："那个恶魔真的死了？"

"真的。"查理毫不犹豫地点头，"你终于可以摆脱那个恶魔了！你终于可以像个正常人一样活着了！"

伊桑丝呆呆打量起左右，只看见卢米安没什么情绪的眼睛和查理兴奋的表情。

"死了，他死了？"不断低语中，伊桑丝想到了那笔诡异地出现在自己房间内的钱。

她开始相信马格特真的死了，她的视线飞快模糊，眼泪一滴又一滴滑落。她忍不住蹲了下来，将脸庞埋进双臂里。

抽噎声随之响起，越来越大，越来越放肆。

就在这时，楼梯口响起一阵脚步声。

卢米安侧头望去，看见有个内穿白色衬衣、外套黑色夹克的年轻男子走上来。他的背后跟着之前属于马格特的三名打手。

那年轻人褐发微卷，脸有横肉，走到哭泣的伊桑丝面前，俯低身体，微笑说道："我是毒刺帮的威尔逊，从今天开始，我将代替马格特照顾你们。"

查理兴奋的表情一下僵在了脸上。

伊桑丝的哭声戛然而止。她慢慢抬起满是泪珠的脸庞，看到了威尔逊的笑容和他的身体带来的那片阴影。

浓到化不开的阴影。

卢米安静静看着，脑袋微不可见地抬了一下。

走向一楼途中，沉默许久的查理忍不住问道："穷人的苦难真的无穷无尽吗？"

"我很喜欢奥萝尔·李写过的一句话。"卢米安没什么表情地回答道，"有的时候，错的不是我们，而是这个世界。"

他话音刚落，一楼噔噔噔上来三个人，都是套着黑色制服、黑马甲、白衬衣，踏着无绑带皮靴的警察。

为首那位身高足有一米八五的警官扫了查理和卢米安一眼，骤然顿住脚步。他伸手按住腰间的枪支，沉声问道："查理·科伦特？"

查理一下呆住："是我，警官，有什么事情吗？"

那警官对同伴们使了个眼色，拿出了钢铁制成的手铐。

随着两名同伴的迂回包抄，他表情严肃地对查理道："你涉嫌一起谋杀案，我们要逮捕你。"

"谋杀？"查理又惊又惧又一脸的疑惑。

卢米安也颇感愕然地挑了下眉毛。

那警官一边在同伴配合下将查理铐住，一边对他说："艾丽斯太太死了！"

"什么？"查理简直不敢相信自己的耳朵。

卢米安同样诧异，向查理投去同情的目光。

他觉得查理没有谋杀艾丽斯太太的动机，毕竟只要对方活着，查理在之后半年每个月都能拿到五百费尔金，而按照一些杂志和报纸的说法，这接近医生、律师、中层公务员（科长级）、高级中学教师、资深工程师、副警督的月薪。对一个之前差点饿死，现在只能做见习侍者的人而言，这是非常可观的财富。

见两名同伴往楼上走去，铐住查理的警官简单解释道："今天早晨，艾丽斯太太被人发现死在白天鹅酒店的房间里，据很多目击者说，你昨晚就睡在那里，直到接近零点才离开。"

查理又恐惧又迷茫："怎么会，她怎么会死……"喃喃自语着，他猛地望向那名警官，急声说道，"我离开的时候她还活着，真的！我对圣维耶芙发誓！"

那名警官沉声说道："据初步尸检报告显示，艾丽斯太太的死亡时间是昨晚十一点到凌晨一点之间，而除了你和艾丽斯太太，那里没有其他人留下的痕迹。"

也许"其他"的不是人呢？卢米安联想到蒙苏里鬼魂，忍不住腹诽了一句。

要不是他现在缺乏足够的伪装，不愿意引起警探们的注意，他肯定会直接说出口。

"不可能，该死的，这不可能！"查理眼睛瞪大，高声喊道。

就在这个时候，刚才悄悄离开的一名警察从五楼下来，戴着白色手套的左掌抓着一条流转着光彩的钻石项链。

"我找到了这个！"他对为首的警官说道。

那警官点了下头，不再和查理解释，望着他，严肃说道："查理·科伦特，你将因一起谋杀案被逮捕，你有权保持沉默，但你所说的一切都将成为呈堂证供。"

"我没有！你们听到了吗？我没有！"查理凄厉高喊，竭力挣扎。

这没有任何作用，他被两名警察架着离开了金鸡旅馆。

此时，好几名租客已闻声来到楼梯口，看见了这幕场景，这其中包括似乎刚熬完夜赶完稿的加布里埃尔。

"你觉得是查理干的吗？"卢米安望着已没有人影的楼道，若有所思地问起站在身旁的剧作家。

加布里埃尔出来得早，大致听明白了查理究竟遭遇了什么事情。

他摇了摇头道："我不相信是查理干的，他不是一个好人，但也不是一个坏人。"

"为什么这么说？"卢米安侧头问道。

加布里埃尔推了推鼻梁上架着的黑框眼镜："他之前被骗了钱，差点饿死，但始终没想过偷我们这些邻居的物品。这说明他要么有自己的原则和底线，要么非常畏惧法律，而无论哪一种可能，都足以证明他不会去谋杀那位太太。"

卢米安先是点头，接着低笑了一声："但人是会冲动的，是会改变的。"

说完，他沿阶梯一层层往上，到了五楼。

这是金鸡旅馆的顶层，上方的天花板有大片大片被水弄湿又干掉的痕迹，似乎一遇到大雨就会渗点水。

卢米安走到查理住的504房间门口，掏出随身携带的一小截铁丝，打开木门。

查理的行李箱、睡床和木桌都被之前那两位警察翻过，各种物品乱糟糟地摆放着，但它们的数量相当有限。之前和查理在地下室酒吧喝酒闲聊时，卢米安听他提过，他在失业那段时间，去当铺抵押了唯一的一套正装，还抵押了其他不少东西，直到现在都没能力赎回。

一步步入内，视线缓慢移动间，卢米安霍然看到了一幅画像。它贴在睡床对面的墙上，描绘着一位身穿绿色长裙的女性。那女性二十七八岁的样子，头发棕红，眼眸碧绿，嘴唇红润，面容精致，气质高雅。

卢米安看得愣了一下，感觉画上的女人很是面熟。他知道，这应该是被查理误认成圣维耶芙的著名妓女苏珊娜·马蒂斯，但他之前从未见过这个女人，没道理会认为对方面熟。

沉思了一阵，卢米安骤然记起了一件事——他前段时间在207房间内跳招揽之舞时，引来过一个明显强于其他生物的半透明身影。

那身影也是女性，和画像上的苏珊娜·马蒂斯非常像，只是头发一个青绿，一个棕红，一个长到可以包裹住赤裸的身体，一个只能盘出正常的发髻。还有，那身影更加魅惑，仿佛能直接引动每个人心底潜藏的欲望，而苏珊娜·马蒂斯的画像并没有让卢米安变得亢奋。

"胡乱祈求带来了问题？"卢米安微不可见地点了下头。

换作以前的他，完全不会认为查理当时的所作所为有什么问题——真要能避免饿死的命运，别说以为对方是特里尔的主保天使了，就算知道是妓女，他也会虔诚祈求。而现在，通过奥萝尔的巫术笔记，对二十二条神之途径的入门序列、祭祀禁忌和相关神秘学知识有了一定的了解后，卢米安知道，有的时候，胡乱祈求是一件非常危险的事情。

查看了一会儿，他离开504房间，拿上电石灯，去市场大道坐公共马车前往天文台区。

进入地底，前往奥斯塔·特鲁尔惯常出没的区域途中，卢米安时不时打量起石柱后方那一片片黑暗。

对此，他自嘲一笑道："不会又遇上蒙苏里鬼魂吧？"

真要这样，他就得考虑蒙苏里鬼魂和自己身上的某样事物是不是存在特殊的联系，或者那位的污染虽然被封印着，但已间接改变了他的"星座"，让他的运气变得极差。

还好，卢米安的担忧没有变成现实，他顺利找到了那堆篝火，看到了坐在石柱下方的奥斯塔·特鲁尔。

这位戴着兜帽套着黑袍的男子瞄到卢米安后，露出了发自内心的笑容："K先生允许你参加我们那个神秘学聚会，每隔两周的周三晚上九点。"

奥斯塔的眼神异常真挚，仿佛在说"该给钱了吧"。

后天晚上九点……卢米安笑着点了下头："聚会的地点是？"

"你提前一个小时到我住的地方找我，我带你过去。"奥斯塔毫不犹豫地回答。

卢米安嗯了一声："到时候我再付你尾款。"

"好吧。"奥斯塔虽然有点失望，但也还能接受。

卢米安转而问道："参加那个聚会有什么需要注意的？"

"遮住你的脸，掩盖好你的身份。"奥斯塔经验丰富地说道，"你也不想别的参与者被官方抓到后供出你吧？除了K先生能掌握一切，其他人都不行。"

卢米安笑了："你已经看见我的脸，知道我的身份，第一次聚会后，我是不是该考虑把你埋到地下特里尔的哪个角落里？"

奥斯塔本能地就打了个寒战，强行挤出笑容道："你真幽默。可我又不知道你是谁，也不知道你住哪里，是做什么的，而且，你现在的样子应该也不是最真实的状态。"

吓过对方收获愉快后，卢米安找了块石头坐下，边享受篝火带来的温暖，边闲聊般问道："你听说过苏珊娜·马蒂斯吗？"

"知道。"奥斯塔有点兴奋地回答道，"有段时间，她是我的梦中情人，我买了不少印有她照片的海报和明信片。在前些年，她是特里尔最出名的妓女，能参加上流社会晚宴的那种，和很多议员、高官、有钱人都传出过绯闻，每年据说能收入几十万费尔金，但最近两三年，她都没怎么出现过，被娜娜抢走了特里尔著名交际花的地位……哎，她可能是成了哪位的固定情妇。"

几十万费尔金？卢米安有些惊到："一个高级交际花比绝大部分畅销作家赚得都多？"

"这不是很正常吗？"奥斯塔一脸这有什么好奇怪的表情，"高级交际花能睡到议员、银行家、高级官员的床上，畅销作家又不能。"

卢米安又好笑又自嘲地说道："也是啊，诗人波莱尔说过，作家和妓女没什么区别，唯一不同的是，一个出卖思想，一个出卖身体。"

"我更喜欢身体。"奥斯塔相当坦诚。

卢米安又问道："那你有没有听说过一个女性鬼魂的传说，她头发是青绿色的，长到可以包裹住身体，五官非常精致，能魅惑绝大部分男人，引发他们的欲望。"

"没有。"奥斯塔摇了摇头，随即一脸向往地说道，"如果真有这样的女性鬼魂，我很想遇到一次。"

卢米安站了起来，低声笑道："那你要做好一夜之间猝死的准备。"

奥斯塔的表情瞬间凝固在脸上。

第五章
CHAPTER 05
K先生的聚会

下午三点，市场大道27号，老实人市场区警察总局。

花费近三百费尔金购买了三套不同档次的衣物和平价化妆品，以及其他伪装道具的卢米安出现在了人来人往异常嘈杂的警局大厅。

有人被带了进来，有人幸运离开，有人大声争吵、撒泼咒骂，有人拍起桌子、敲打凳子……

金发整齐后梳，鼻梁架着黑框眼镜，嘴上贴着两撇胡须，脸颊明显偏白的卢米安穿着一套黑色止装，提着一个棕色公文包，走向一名负责接待的男性警员。

他停在对方面前，微抬脑袋，非常自信地说道："我是查理·科伦特的公益律师，我要见我的当事人。"

那名男性警员放下报纸，抬头望向卢米安，被他大大方方、坦然自信的态度所慑，指了指面前的笔记本和吸水钢笔道："出示你的律师执照，登记你的姓名和来访事项。"

什么，还要出示执照？假律师卢米安心中一惊。那么多小说桥段里，那么多报纸新闻中，不都是表明律师身份就能见到当事人吗？

卢米安一边俯下身体，拿起那根黑色吸水钢笔，一边心念电转，思考起对策。

这时，他敏锐地发现，对面那位男性警员又将目光投向了刚才放下的《特里尔青年》报，关注的重点是每年一届的环特里尔自行车赛。

他对于看不看律师执照似乎并不是那么在意……卢米安瞬间有了想法，模仿奥萝尔的笔迹写下"自己"的姓名："纪尧姆·皮埃尔，公益律师，见当事人查理·科伦特。"

写完后，卢米安站起身来，故作不经意地望了眼侧面。

他瞬间面露惊喜之色，扬起手臂，高声喊道："我的小卷心菜，好久不见！"

那个方向好些人皆一脸茫然地看向了这边，卢米安顺势回身，对负责登记的男性警员点了点头，低声说道："我看到了一位朋友。"

这句话的潜台词是等下再来出示律师执照。

不等那位男性警员回应，卢米安快步走向大厅一角。

那位男性警员拿起登记册看了一眼，又阅读起《特里尔青年》报。

卢米安抵达大厅角落后，略微侧过身体，扫了负责登记的男性警员一眼，见他完全没注意这边的情况，遂露出尴尬和抱歉的表情，对疑惑望向自己的几个人道："不好意思，我认错人了。"

他随即提着公文包，走向刚才挑选好的一名警察——看到他从登记处过来的一名警察。

"我要见我的当事人查理·科伦特。"卢米安微抬脑袋，略显傲慢地说道。

在因蒂斯共和国，就社会地位而言，律师远胜普通警员。

那名警察望了眼登记处，见没什么异常，点了点头道："我帮你问一问负责那件案子的人。"

一刻钟后，卢米安在紧闭的房间内见到了查理，门外有两名警察看守。

"您是？"查理坐下来，疑惑地望向桌子对面的卢米安。

他脸色很差，不复之前的红润，表情里写满了担惊受怕。

他在酒店里和其他侍者聊天时听说过公益律师，知道这是政府专门机构或者慈善组织特意为没有钱雇用律师的嫌疑人请的辩护者，他没想到的是，自己才被抓进来半天，公益律师就到了。那些戴假领子的人效率有这么高吗？

卢米安笑了起来，摘下黑框眼镜，挤了下右眼，用原本的嗓音道："你不认识我了吗？我是你的公益律师。"

查理怔了一下，仔细辨认了几秒，逐渐露出恍然大悟的表情。

就在他要开口说话时，卢米安戴上眼镜道："安静，听我说。"

"好，是，好的。"查理猛然回神。

卢米安收敛住笑容，严肃说道："我需要知道事情的全部细节，只有这样才能帮你洗脱罪名。"

"真的？"查理急切反问，就像抓住了最后一根稻草的溺水者。

卢米安先装模作样地问道："你和艾丽斯太太在房间里从几点待到了几点？"

查理揉了揉脸庞，又茫然又痛苦地回忆道："艾丽斯太太叫了客房服务，我不到八点就进了她的房间，一直待到她累了，快零点的时候才离开，那个时候，她刚躺下来，还没有睡着，还活着！"

晚上八点到零点？每天？那五百费尔金也不是好挣的啊……卢米安腹诽了几句，像个真正的律师一样说道："你必须对我坦白，任何的隐瞒最终都只会伤害到你自己。"

"我没有撒谎,真的是那样!"被卢米安的话语、动作、姿态和口吻感染,查理也进入了状态,似乎对面真的是自己的辩护律师。

卢米安又确定了几个细节后,转而问道:"你得到艾丽斯太太的青睐后,有没有谁对你表示过嫉妒?"

"很多,不管是见习的,还是正式的侍者,很多都嫉妒我……"查理回忆着说道。

就着这个话题聊了一阵,卢米安拿出一张照片,递给查理:"你看看认不认识这个人?"

查理接过一瞧,愕然脱口:"这不是圣维耶芙吗?"为什么穿的是裸露着胸前皮肤的性感长裙?

"我确认过了,你房间内贴的画像不是圣维耶芙的,而是著名交际花苏珊娜·马蒂斯的。"卢米安体贴地用"交际花"这个词代替了"妓女",免得查理受到过大的刺激。

"啊?"查理一脸茫然。

我祈求的是一个交际花,不是天使?可为什么我的运气好转了?不,真的好转不会被抓到警察局来……

卢米安又掏出了一张照片,上面依旧是苏珊娜·马蒂斯,但他已经提前用颜料涂绿了那位交际花的头发,做了少许的"修正"。

"你再看看认不认识这个人。"

查理仔细看了几秒,表情逐渐震惊:"这……她!怎么会?"

"认识吧?"卢米安笑了。

查理抬起脑袋,失去了灵魂般说道:"她,她是……她是我那些美梦的女主角。我不是告诉过你吗?我那段时间连做了几天美梦,梦里都是在和她做那种事情,她是那么的热情,那么的温柔……你,你怎么知道我梦到的是她?我没跟任何人说过她的样子!为什么你会有她的照片?"

查理再看卢米安时,眼神已完全不一样。

这还是我认识的那个南方小子吗?他除了擅长搞恶作剧,长得还可以,没什么特别啊!

卢米安勾起嘴角,微笑看着查理道:"你再仔细看看照片上的是谁。"

查理茫然低头,望向那张绿头发的照片。看着看着,他的表情变得异常惊悚,忍不住向后缩起身体,弄得椅子吱嘎作响。

"不,不可能!苏珊娜,苏珊娜……她是那个妓女!"查理难以遏制自己情绪地喊出了声。

这个发现让他有种遇到恶灵的感觉。

他向一个妓女的画像祈祷后，不仅立刻摆脱了困境，找到了新的工作，而且还连续梦到她，和她上床！

这，这不就是撞鬼了吗？

卢米安满意地点了点头："祝贺你，至少你的眼睛还没有瞎。"

他打算帮一下查理和他用恶作剧的方式提供情报来惊吓查理这两件事情互不相干。

吱呀一声，交谈室的门被打开了，守在外面的一名警员异常戒备地问道："发生了什么事情，怎么大喊大叫？"

"我帮他回忆起了一些关键细节。"卢米安平静地解释。

查理猛然回神："是的，我记起了很重要的事情。"

——确实非常重要！

那名警察没再多问，重新关上了房门。

查理见状，前倾身体，按住桌子边缘，急切问道："我是遇到了女性恶灵吗？"

"不一定是冤魂或者恶灵。"卢米安先是看到查理的表情缓和了一点，旋即补充道，"可能比这更麻烦。"

他的眼中，查理的脸色瞬间灰白。

短暂的静默后，查理关切地问道："你，你的意思是，艾丽斯太太是被那个恶灵杀死的？"

"还不确定。"卢米安站起身来，"我需要去看看艾丽斯太太的尸体。"

"你还会检查尸体，找出真正的死因？"查理愈发不认识这位邻居了。

卢米安笑了笑，未作回答。

作为查理的辩护律师，他有权在警察陪同下检查尸体，甚至还能请独立的法医帮忙，所以，在用"纪尧姆·皮埃尔"这个名字签署了两份文件后，卢米安被带到市场区警察总局地底，进入存放尸体的冷藏室。

带领他的警察拉出柜子，打开藏尸袋，指着那具女性尸体道："这就是艾丽斯太太。"

艾丽斯生前保养得还算不错，仅眼角和嘴边有淡淡的皱纹，棕色的眉毛很浓，脸颊肌肉略微下垂，皮肤已一片死白。

卢米安随意看了看就对警察道："我没问题了。"

他又不是法医，哪能真的检查尸体，他的目的是确认艾丽斯太太的尸体大概在冷藏室的哪个位置。

出了冷藏室，卢米安侧头对陪同自己的警察道："最近的盥洗室在哪里？"

"走廊到底右拐就是。"那名警察虽然有些不耐烦，但还是作出了回答。

卢米安加快脚步，进了地下一层的盥洗室。然后，他反锁木门，在这不大的空间内跳起招摄之舞。

时而癫狂时而扭曲的舞蹈里，盥洗室内刮起阴冷的风，一道又一道模糊的身影出现在这里，一张又一张或苍白或发青的脸孔瞪着空洞的眼睛望向卢米安。

这些都是逝者残余的执念。

卢米安还未真正经历过这样大的场面，一时竟有了被亡魂幽灵包围的感觉。

他定了定神，一边跳着后半段舞蹈，一边寻找艾丽斯太太。没多久，他发现了那位棕眉很浓、脸有凶相的女士。

卢米安旋即抽出仪式银匕，往手上刺出一个伤口，用命令的方式让艾丽斯太太附到自己身上。艾丽斯太太吞食了那滴血液，进入卢米安的身体。

卢米安顿时浑身发冷，胸口似乎变得沉甸甸的，呼吸也随之出现了一定程度的困难。

没有犹豫，卢米安放大了艾丽斯太太的执念，而不是选择她的某个特质或是能力。

几乎是瞬间，卢米安眼前一黑，看到艾丽斯太太躺在床上，被塞满羽毛的枕头捂住了嘴鼻，可她的视线内，并没有什么东西压着那枕头！

被艾丽斯太太的执念占据脑海的卢米安呼吸越来越困难，身体越来越痛苦，有种又遭遇蒙苏里鬼魂，进入濒死状态的感觉。

——这是真实的死亡体验。

担心因此被诱发出失控的卢米安没再坚持，直接用命令的方式让艾丽斯太太残存的灵离开了自己的身体。

喘了口气，抹了把额头的冷汗，他又变回了那个略显傲慢的新手律师。

在警察陪同下，卢米安一路回到交谈室。查理唰地站了起来，前倾身体，用手撑住桌子，脸上写满了紧张和期待。

他不需要开口，卢米安就仿佛听到了他在问"结果怎么样"。

卢米安点了点头，做了个安抚的动作——他的意思是尸检结果和预料之中的差不多。

查理脸上的紧张瞬间消退，整个人似乎在刚才用尽了全部的力气，虚弱地坐了下去，靠住椅背。

卢米安当着门口两位警员的面，郑重地对查理说道："其他事情不需要你操心，我来处理。你只用做一件事情，那就是在下次审问里，将事情原原本本不遗漏一个细节地告诉这里的先生们，哪怕那非常荒谬，哪怕那让人难以相信。当然，只讲到你被逮捕就可以了，不需要讲我们交谈的内容。"

律师和当事人的交谈可能涉及辩论策略和上庭技巧，别人无权知晓，所以，门口两名警官对卢米安后面这句话没有一点怀疑，毕竟查理·科伦特是个穷小子，又是第一次遇到需要请律师的严重刑事案件，很可能不知道这方面的规则，需要特别交代一句。

　　而查理则听明白了卢米安想表达的真正意思：不要告诉警察是我发现的那幅画像有问题！

　　"好。"比起刚被抓入警局时，现在的查理不再那么愤怒、惶恐和慌张，但依旧不像往常那么健谈。

　　出了市场区警察总局，卢米安绕了两圈，找了个被街垒隔断的巷子，换了衣物，取了眼镜，改变了化妆的风格。

　　"现在有足够的钱，可以按照奥萝尔小说里描述的内容，准备一处安全屋和一个用来更换伪装的地方了。"卢米安回忆着姐姐写的东西，为当前的处理方式查漏补缺。

　　同时，他打算去买一本《男士审美》。化妆这种事情，没法无师自通，他刚才主要是靠发型、眼镜和衣服来做的伪装。

　　往金鸡旅馆返回的途中，卢米安思考起接下来该怎么帮查理摆脱困境。

　　"苏珊娜·马蒂斯或者说她变成的那个怪异生物究竟是什么东西，她为什么要杀死艾丽斯太太？她之前为什么要帮查理，又和他在梦里做那种事情？

　　"要不写封信问'魔术师'女士，这究竟是什么生物，有什么特别之处？只有真正了解了苏珊娜·马蒂斯，我才能想到解决她的办法，毕竟，她明显比我强啊……"

　　想到给"魔术师"女士写信，卢米安忽然有点为难。

　　从上次的回信速度和信的内容，流浪儿出身的他隐约察觉到了"魔术师"女士没有直接说出口的态度："不是特别重要的事情不要烦我！"

　　如果是卢米安自己遭遇苏珊娜·马蒂斯相关的问题，那写信问问肯定没什么，可这事和他本人没什么关系，影响的只是他的邻居。那位神秘强大又讨厌麻烦的女士大概率不会回信，而这还可能影响她对卢米安的态度。

　　"不找'魔术师'女士，到K先生召集的神秘学聚会上问一问？不过参加聚会的人如果都是奥斯塔·特鲁尔那个层次的非凡者，未必知道答案……"卢米安一边想，一边沿楼梯往上，进入自己的房间。

　　望了眼藏着奥萝尔巫术笔记的行李箱，他骤然醒悟："我为什么要调查苏珊娜·马蒂斯的情报，靠自己解决她？我的目的只是把查理救出来啊！即使我真能找到苏珊娜·马蒂斯的弱点，将她击败，难道还能逼着她这个怪异生物去警察局自首？她真敢去，警察们也不敢接待啊，以她表现出来的特质，怕不是当场来一个放纵派对？"

卢米安迅速厘清了目的和手段的区别。

要让查理洗清嫌疑，走出警察总局，根本不需要那么麻烦！让第八局、永恒烈阳教会和蒸汽与机械之神教会的人知道查理之事涉及超凡因素，介入这起案件的调查就行了！

"我一个没情报网没什么神秘学能力的底层非凡者，都能查出苏珊娜·马蒂斯有问题，发现艾丽斯太太死于无形之力，官方调查员没道理不行啊，到时候，他们不仅会确认查理是清白的，而且还会帮他摆脱苏珊娜·马蒂斯的纠缠，甚至彻底解决这个怪异生物。"

卢米安结合楼上那个疯子遭遇蒙苏里鬼魂后去教堂寻求保护的行为，对后续的发展有了完整的推测。

他在市场区警察总局里让查理将事情从头到尾原原本本讲出来，其实也是想引起官方非凡者的注意。但他觉得自己还是得做点什么，不能将希望完全寄托在那些普通警察身上。

万一他们认为查理是在编故事嘲讽他们的智商，用暴力手段逼得查理当场认罪呢？

卢米安的目光扫过木桌上摆放的那份皱巴巴的报纸，记起了自己或者姐姐剪下小蓝书的单词，拼凑成信件问官方求助的事情。

"把查理遭遇的事情写成信件，'投递'到附近的教堂内？"卢米安点了点头，决定就这么做。

求助信加上查理的招供，双管齐下，应该能引起官方非凡者的重视。

正要从那份《小说周报》上寻找合适的单词，卢米安霍然皱起眉头："相同的求助手法会不会让官方联想到科尔杜村的事情，联想到我这个通缉犯与查理有什么关系？"

他不知道莱恩等人的调查结果有没有被完整地通报给全国各地的官方非凡者，但他不想冒这个险。

"模仿奥萝尔的笔迹？和不引人怀疑的律师签名不同，按照莱恩他们的说法，那封信大概率会被送去用各种手段做检查，包括占卜……"

"做好伪装，找人代写？"思绪纷呈间，卢米安突发奇想，"我可以召唤一个灵界生物来帮我代写啊！到时候，就算官方发现了问题，在不知道我召唤咒文的情况下，也没法让那个灵界生物出面指认我！"

卢米安越想越觉得这个办法不错，他拉开椅子，坐了下来，开始思考和设计召唤咒文。

第一句毫无疑问是"徘徊于虚无之中的灵"。略作沉吟，卢米安写下了第二句，"可供驱使的友善生物"。

召唤来的灵界生物必须能被卢米安驱使才有可能帮他写信，友善则是对召唤者必要的保护。

至于第三句，卢米安要求不高，只需要包括"弱小"和"会写因蒂斯文"这两个要素就行了。经过几十秒的脑内排列组合，第三句描述出现在纸上："精通因蒂斯文的弱小者"。

呼……写完之后，卢米安吐了口气，随即翻阅奥萝尔的巫术笔记，将自身还没掌握的部分单词翻译成了赫密斯语。

紧接着，他布置祭坛，进行召唤。

很快，他完成了仪式，看见烛火染上了阴绿的色泽，膨胀到足有人头大小。

一道模糊透明的身影钻了出来，头部像牛，其余似狗。

"帮我代写一封信。"卢米安望着那灵界生物，用赫密斯语说道。

"牛头狗"呆呆的，未作回应。

"我命令你帮我写一封信。"卢米安加重了语气，用的还是赫密斯语。

"牛头狗"傻傻愣愣，仿佛没有听懂。

卢米安又做了几次尝试，"牛头狗"还是毫无反应。不得已，为了节约灵性，他提前结束了这次召唤。

他开始思考问题出在哪里："那家伙没法沟通啊……可供驱使不表示可以沟通……"

想到这里，卢米安将第二句召唤咒文改成了"可以沟通的友善生物"。

能够沟通就代表能够请求！

这一次，阴绿的火焰里爬出来的是个巨型"蜗牛"。

"你好。"卢米安尝试着打起招呼，用的是因蒂斯语。

那"蜗牛"发出了虚幻的声音："你好，有什么事情吗？"它用的也是因蒂斯语。

"可以帮我写一封信吗？"卢米安心中一喜。

那"蜗牛"用为难的语气道："可我没有手啊。"

"……好吧。"卢米安只好结束了这次召唤。

思前想后，他把"精通因蒂斯文的弱小者"改成"能书写因蒂斯文的弱小者"。

"书写"既包含了知识层面的要求，也囊括了必需的硬件需求。

没多久，卢米安完成了第三次召唤，他看到了一只形似兔子的透明生物。

"能帮我写信吗?"卢米安抱着强烈的期待问道。

那"兔子"点了点头,拿起桌上的笔,在纸上写了一个因蒂斯语单词:"信。"

卢米安的嘴角抽动了一下,这家伙智商不太高啊。

卢米安念头一转,拿过纸笔,唰唰唰写了封求助信,包括苏珊娜·马蒂斯画像、春梦、艾丽斯太太死亡、查理被捕等关键点的求助信。然后,他对那"兔子"道:"抄写它!"

"兔子"接过钢笔,认真誊写起来,很快,它完成了工作。

卢米安接过一看,满意点头。下一秒,他的笑容僵硬在脸上。

这个弱智不仅抄写了信的全部内容,而且还复刻了笔迹。也就是说,它用的是卢米安的笔迹!

卢米安吸了口气,又缓缓吐出,指着桌上那份《小说周报》道:"用那种字体抄写。"

"兔子"缓慢点头,任劳任怨地重新誊写。

几分钟过去,卢米安得到了一份仿佛印刷出来的求助信。

卢米安戴着手套检查了下信纸,总算松了口气。

这次没什么问题了!

连续举行了三次召唤灵界生物的仪式让他感觉自己都有点疲惫了。

想了想,卢米安对那个形似兔子的灵界生物道:"你能再帮我一个忙吗?"

那"兔子"认真思考了几秒,缓慢地点了下头。

卢米安拉开了灰蓝色工人制服的口袋:"那你先跟着我。"

虚幻透明的"兔子"于半空跳跃着来到卢米安的身旁,摆出跟随的姿态。

卢米安无声叹了口气道:"我是说,你可以先躲到我兜里,免得被哪位灵感高的非凡者看到。"

"兔子"保持着呆呆的表情,蹦入卢米安的衣兜,缩起了身体。

因为它本身并没有真正意义上的厚度和重量,所以衣服口袋迅速合拢,未留下任何痕迹。

将那封信放入同一个衣兜后,卢米安打开灵性之墙,取下手套,走出了207房间。

他一路转悠至市场大道,靠近苏希特蒸汽列车站。

此时,刚五点出头,许多人还没有结束工作,路上行人不多,但也不算少。

出站的人们成群结队地经过,或去公共马车站牌处,或寻找着地铁入口,或提着行李,纯靠双脚往附近的街道走去,寻找今晚的临时住处。

卢米安拍了拍右边衣兜,指着几十米外的邮筒,压着嗓音道:"看到那个绿色的金属筒了吗?"

他旋即感受到了衣服口袋的振动——那"兔子"用这种方式做出了回答。

卢米安舒了口气道:"把你旁边的信放进那个金属筒里。"

说完,卢米安捏了捏两侧太阳穴,打开灵视。他看到"兔子"飘浮出来,包裹着那封信,穿过来往的人群,抵达那个绿色的金属筒。

就在卢米安以为"兔子"会将信投入邮筒,顺利完成任务时,这家伙带着信一起钻了进去。

过了片刻,它脱离邮筒,飞向卢米安,而那封信留在了里面。

卢米安闭了下眼睛,自我安慰道:"也算放进去了……"

他随即带着"兔子"离开市场大道,找了条无人的巷子,用赫密斯语告诉对方召唤结束了。

这玩意儿每时每刻都在消耗他的灵性。

等到"兔子"回归灵界,卢米安终于安心。

对查理的帮助,他打算到此为止,接下来就看官方非凡者怎么处理了。

"要不是这事足够有趣,我都懒得帮他,难道还要为他和苏珊娜·马蒂斯那个一看就很强的怪异生物打一场?"卢米安无声咕哝了一句。

他随即有点失笑。

在科尔杜村,那帮粗俗的家伙如果知道了苏珊娜·马蒂斯表现出来的特质,肯定会暧昧地询问是在床上打一场,还是干草堆里?

当然,面对他们时,卢米安也能同样粗俗。

返回乱街的途中,卢米安找了家肉饼店,买了份红鱼热牛肉饼当晚餐。配上街边小贩兜售的汽水,他一边吃,一边在人群里穿梭,时不时避开几只悄悄伸向自己钱包的手。

和鲁昂肉饼相比,红鱼热牛肉饼没那么油腻,鱼肉的清爽细腻、牛肉的醇香酥烂、面团的淡甜嚼劲、香料和油脂混杂而出的芬芳,以非常富有层次的口感让卢米安的味蕾一个接一个打开。

他吃饱喝足后,提着还有三分之一淡红液体的玻璃瓶,由衷感慨道:"难怪特里尔人喜欢肉饼……过段时间有机会,去图书馆区的黎塞留街试试第一家做红鱼热牛肉饼的店……"

根据以前看过的报纸和杂志,他纯凭印象都还能说出好几种出名的肉饼:德冈肉饼、佩里格肉饼、图丹腰果馅饼、肉酱馅饼……

喝着石榴味的汽水，卢米安转入乱街。

映入他眼帘的是乱糟糟的场景，那些疑似黑帮成员的家伙或举着刀斧，或拿着棍棒，对峙于街头。

行人们纷纷远离，小贩们一个接一个撤出了街道，两侧房屋内的住客哐当哐当关上了窗户。

卢米安不再深入，退后几步，找了根壁柱遮挡，饶有兴致地观察前方的情况。他怀疑是毒刺帮的马格特被自己杀死后，引发了市场区几个帮派的互相猜忌，最终发展成火并。

等了又等，近一刻钟过去，卢米安还是没等到那些黑帮爆发大规模的冲突。这让想看热闹的他有点失望，小声骂道："你们是不是都不行啊，占着大街不动手，在那里罚站，嫌自己时间太多了是不是？"

念头一转间，卢米安望向旁边那栋五层高的灰白色建筑。他认真考虑起要不要随便找个房间，将喝完的汽水瓶丢到那两伙人中间，让他们都误以为是对方头目发出了开打信号。

那样一来，卢米安就有热闹可以看了。

就在他准备将想法付诸实践时，乱街两头出现了大量套着黑色制服的警察。前面几排骑着或棕或黑的高大马匹，拿着盾牌和棍棒，压着马的步子，向黑帮成员一步一步靠近。

这带来了极大的压迫感，不少黑帮成员开始动摇。

等到骑警们发动冲锋，聚集在乱街的黑帮成员们一哄而散，有的逃了出去，有的被打倒在地。

卢米安看得只想啪啪鼓掌，一颗寻求热闹的心得到了极大满足。

这样的场景，他只在小说和新闻里见过，后者往往还是一笔带过！

没多久，乱街恢复了往常的喧嚣。

卢米安喝掉最后一口石榴汽水，散步一般回到全鸡旅馆，进了207房间。

坐至床边，他回想了下写信寄信的全部过程，看有没有疏漏之处，免得被官方非凡者盯上。

过了一会儿，卢米安低声感叹道："我要是有信使就好了，根本不需要这么麻烦。"

可惜，信使不是那么好获取的，就连他姐姐奥萝尔都没有。

到目前为止，卢米安只知道两个人有信使，一位是"魔术帅"女士，一位是奥萝尔提过的卷毛狒狒研究会副会长"海拉"。

"'海拉'……"卢米安的表情逐渐沉凝。

如果他梦中的奥萝尔真的有灵魂碎片的部分影响，那可以看出奥萝尔对"海拉"这位副会长还是相当信赖的，遇到问题第一时间想到的是召唤对方的信使，寻求帮助。

"不知道'海拉'清不清楚奥萝尔的现实身份，有没有通过那份……那份讣告得知奥萝尔已经过世……"卢米安无声自语起来。

他沉思之中，忽然想到一件事情——其实他有可能召唤出"海拉"的信使！

召唤咒文只有三句，最后一句卢米安可以确定是"独属于'海拉'的信使"，而前面两句有固定的格式和要求，他只要多试几次总能找到正确的组合！而且，这样的情况下，即使前面几个组合出现了错误，卢米安也不会遇到什么危险，因为"独属于海拉的信使"这句描述就排除掉了其他可能。

也就是说，要么召唤不出来，要么召唤出来的必然是"海拉"的信使。

"要不要给'海拉'写封信，告诉她奥萝尔的遭遇？"卢米安一时有点为难。

考虑到姐姐推开自己时说的是"我的笔记"，而她的笔记里不少神秘学知识来自卷毛狒狒研究会，如果能和这个组织建立起联系，说不定将有助于自己找出巫师笔记内隐藏的重要信息，卢米安很快做出决定——他打算现在就召唤"海拉"的信使！

虽然他还不太信任这位卷毛狒狒研究会的副会长，但他不觉得自己有值得对方觊觎的价值，而且奥萝尔生前还是挺相信"海拉"的。

卢米安走到木桌前，坐了下来，开始书写。

尊敬的"海拉"女士：

很冒昧给您写了这封信，我是"麻瓜"的弟弟，我很不愿意地告诉您，她遭遇不幸，已经离开了人世。

这涉及一场信仰邪神带来的灾难，只有我和少数几个人逃脱。

我不确定您对这件事情的来龙去脉感不感兴趣，就不详细展开说明了，以免浪费您的时间。

我想知道的是，最近这一年里，"麻瓜"是否对您说过什么值得怀疑的话语？……

凝望了自己写出来的信件几秒，卢米安缓慢吐了口气，将纸张折叠起来。

接着，他打扫房间，重新布置祭坛，尝试起第一种组合："徘徊于虚妄之中的灵，可供驱使的友善生物，独属于'海拉'的信使"。

念完咒文，卢米安看着染上了阴绿的烛火，耐心等待着信使出现。

时间一分一秒流逝，祭坛内无事发生。

卢米安没有失望，再次开口：

"我！

"以我的名义召唤：

"遨游于上界的灵，可供驱使的友善生物，独属于'海拉'的信使……"

阴绿的烛火骤然摇晃，变大了不少。

此时，它的上方不仅没被照亮，反而越来越黑暗。

黑暗之中，有样事物迅速勾勒而出。

那是一个形似人类头骨的骷髅脑袋，仿佛由纯银打造而成，自带柔和的光芒，驱散了四周的黑暗。骷髅脑袋的眼窝内燃烧着苍白的火焰，让卢米安霍然产生了对方很危险的感觉。

凝视了卢米安几秒，那个纯银的骷髅脑袋张开嘴巴，咬住飞过来的信纸。

它随即回归于重新聚拢的黑暗。

第二次就尝试成功的卢米安结束仪式，收拾好木桌，拿出奥萝尔的巫术笔记，就着电石灯的光芒，翻阅起相应部分。

不到一刻钟，他忽然有所预感，抬起脑袋，将目光投向靠窗户的位置。

那里静静躺着一张折叠起来的信纸。

"这么快？"卢米安愕然探手，拿过那封信。

卷毛狒狒研究会副会长"海拉"的回信比他预想中更早到来。

卢米安展开信纸，浏览起那一个个装饰性很强的单词。

很遗憾听到这个消息，自从"麻瓜"缺席了上个月的聚会之后，我就有了不好的预感。

这个世界有太多的危险，有的时候，不是我们想避开就能避开，除非我们能控制周围所有的人。

如果你愿意，可以将"麻瓜"遭遇的不幸告诉我，不需要非常详细，只用讲出大致的情况……

从你能召唤我的信使看，你应该也踏入了超凡之路，我不清楚你姐姐是否有告诉你这意味着你将永远与危险和疯狂为伴，但有必要提醒你一句，克制和谨慎是我们最好的朋友。

之后，你在神秘学上有什么疑惑都可以写信问我，我虽然不以知识渊博著称，但也能解答很多问题。

我和"麻瓜"最近一年只见过两次，主要是讨论超凡领域的各种事情。

让我印象深刻的是，她提过她某个朋友被一场怪异的梦境影响，希望能找到解决的办法，如果有必要，她想请真正的"心理医生"给予治疗……

卢米安静静看完了"海拉"的回信，脸庞肌肉似舒展似扭曲。

——奥萝尔真的在寻求解决自己那场怪梦的办法！

卢米安缓和了下情绪，考虑起怎么回信，但就在这时，他突然怔住。

他的眉头逐渐皱起，低声自语道："奥萝尔对'海拉'说的是请'真正的心理医生'……结合'苏茜'女士的描述，真正的心理医生应该指的是'观众'途径的某个序列……也只有擅长这个领域的非凡者才有可能让我不再梦到那片弥漫着灰雾的世界……"

这件事情本身没什么问题，有问题的是，奥萝尔的巫术笔记上对该条途径的记录只有序列9"观众"！而她明显是知道"心理医生"的存在的！

卢米安旋即想起了梦中的两段对话，一是奥萝尔说要为他找真正的催眠师；二是奥萝尔提过，她知道全部途径的序列9和序列8，且对它们有一定的了解。

"心理医生往往和催眠联系在一起，'催眠师'大概率也是'观众'途径的某个序列，甚至可能高过'心理医生'……奥萝尔在巫术笔记上没有记载'观众'途径对应的序列8、序列7……"卢米安的表情变得相当凝重，又带着点扭曲的兴奋。

时隔多日，他终于从奥萝尔的巫术笔记里发现了一点问题！

之前，他对这件事情其实就有一定的怀疑，但不确定是否真的藏着某种异常，毕竟他梦中的奥萝尔属于由他本身记忆和印象在灵魂碎片影响下糅合出来的人物，讲的每一句话都不一定真实或者说完善，没特意提到例外情况实属正常。

而现在，"海拉"的回信从侧面证实了奥萝尔是真的知道"观众"途径后面的某个或某几个序列，且对相应的能力有一定的了解。

"奥萝尔为什么没在巫术笔记里写下这些知识？这反常现象的背后藏着什么秘密？"卢米安抽出一张白纸，既悲伤又亢奋地斟酌起语句。

不到一分钟，他落笔写道：

尊敬的"海拉"女士：

事情是这样的……

真正的情况我无从知晓，因为我在那场灾难里失去了部分记忆。

如果您能帮我留意纪尧姆·贝内、普阿利斯·德·罗克福尔等人的行踪，我将万分感激，他们的长相特征可以直接从官方通缉令上获悉。

最后还有个问题，不知道"麻瓜"当时想请哪位真正的"心理医生"？

卢米安在信里将科尔杜村的事情略略提了提，没讲梦境，也没说循环，更未提自己是怎么获救的，只是以猜测的口吻说本堂神甫纪尧姆·贝内在某位引导下，信仰了邪神，驱逐了追随另一位邪神的普阿利斯夫人，然后试图举行一场以全村为祭品的仪式。关键时刻，被挑选为容器的"麻瓜"推开了另一个重要祭品，也就是卢米安自己，导致仪式失败，科尔杜村变为废墟，最后则是收到求助信的官方非凡者进行了相应的清理。

卢米安又一次布置祭坛，召唤出那个银色头骨，将信交给了它。

同样的，没到一刻钟，他就收到了"海拉"的第二封回信。

顾不得比较"魔术师"女士和"海拉"女士回信的积极程度，卢米安快速阅读起信上的内容。

我能感觉到你的悲伤，也能理解你对于调查真相，找出凶手完成复仇的渴望。我和"麻瓜"是朋友，我会在我的能力范围内向你提供帮助，包括但不限于找出那些人。

在这件事情上，我还可以向你提供一个调查的新思路。

据我所知，"麻瓜"的父母和其他家人应该还活在这个世界上，她基于某些原因远离了他们，不敢返回特里尔，我不确定他们是否有什么问题，是否接触过邪神的信徒。

我也不清楚"麻瓜"当时想找哪位"心理医生"，在我们组织内部，有多位真正的"心理医生"，而我和"麻瓜"参加的聚会很多并不重合，我会帮你问一问与她有过交集的成员们，看能否得到你想要的答案……

在这件事情调查清楚前，我会替你隐瞒"麻瓜"已经过世的消息……

你之后要是搬了家，记得再召唤一次我的信使，以免我获得相应的情报后联络不上你……

卢米安看完之后，沉默许久，缓慢地吐了口气。

他最开始还幻想"海拉"女士会邀请他加入卷毛狒狒研究会，顶替奥萝尔的位置，那样一来，他就能更好地调查谁是奥萝尔想请的"心理医生"。

但现在看来，那个组织对招收新成员是非常谨慎的，甚至可能得符合某种特质才有资格成为考核对象，比如奥萝尔提的"回不去故乡"。

"也许'海拉'女士现在是在观察我，考核我……"卢米安自我安慰了一句，重新坐了下来，继续学习奥萝尔的巫术笔记。

至于奥萝尔原本的家人，他毫无头绪。

周三晚上七点五十分，白外套街20号。

卢米安穿着灰蓝色的工人制服，戴着一顶深蓝近黑的鸭舌帽，敲响奥斯塔·特鲁尔的房门。

套着黑袍，戴着兜帽的奥斯塔打开木门，左右看了一眼，笑着说道："你比我想象的更加准时。"

"我也比你想象的更遵守承诺。"卢米安走入房间，拿出价值八十费尔金的钞票和硬币，递给了奥斯塔。

奥斯塔接过之后，点数了两遍，笑得更加开心了。

他一边领着卢米安往公寓楼下走去，一边絮絮叨叨地说道："这几天市场区有点乱啊，布里涅尔男爵竟然都没来找我要钱。"

"死了个黑帮头目。"卢米安随口说了一句。

奥斯塔先是恍然大悟，继而又颇为惋惜地说道："死的为什么不是布里涅尔男爵？"

"死了布里涅尔男爵，还有纪尧姆男爵，皮埃尔男爵，只要萨瓦黑帮还在，你欠的高利贷就得还。"卢米安用嘲弄的语气说道。

奥斯塔的表情顿时垮了下去。

没多久，他带着卢米安上了一辆公共马车，各自花费三十科佩，于车厢内找了个位置。

用了近一个小时，公共马车从塞伦佐河南岸的老实人市场区抵达塞伦佐河北岸的林荫大道区，也就是8区。

这里是整个因蒂斯共和国的心脏，总统办公的博爱宫和罗塞尔大帝以前居住的大皇宫都在这里，周围是一幢幢高档住宅。

卢米安之前在报纸上看到过，这个区的平均租金是每年四千费尔金，约合每周七十四费尔金，年租金贵的甚至能达到几万费尔金。

"K先生在林荫大道区召集大家聚会？"见公共马车上已没什么人，卢米安压着嗓音询问起奥斯塔。

奥斯塔笑道："一直如此。《通灵》《奥义》这些杂志的总部也在林荫大道区。"

你们是懂隐藏的……卢米安将目光投向了窗外宽敞平整的大道、街边整齐排列的因蒂斯梧桐树和后方一栋栋造型典雅色泽浅淡的建筑。

快到八点五十分的时候，奥斯塔带着卢米安进了舍尔街19号那栋足有六层高的米白色奢华房屋。

"这里是《通灵》杂志社的总部，但他们只拥有上面三层。"奥斯塔没有上楼，拐向了底层右侧走廊，直到这个时候，他才对卢米安说，"K先生要提前见见你。"

"好。"卢米安低着头,压着帽,不知道在忙碌着什么。

奥斯塔随即拿出一张铁色面具,笑着说道:"该做伪装了,不能让大家看到你真正的样子。"

下一秒,卢米安抬起了脑袋,他的脸上缠着一层又一层白色的绷带,只露出眼睛、鼻孔和耳朵。

看到这一幕,奥斯塔的心脏差点停止跳动。缓了一秒,本想抱怨的奥斯塔强迫自己笑道:"你这样看起来真的很恐怖。"

"这可是文学作品里的经典形象。"卢米安故意用沾沾自喜的语气说道。

奥斯塔未作回应,选择戴上自己那张铁面具,掩盖住脸上的表情。往前走了几步,他停了下来,敲响了右侧的房间。

"两次长的停顿,加一次短的停顿,再有一次长的停顿……"卢米安以"猎人"的眼光观察着奥斯塔·特鲁尔的行动。

也就是两次呼吸的时间,那扇漆成暗红色的木门缓慢向后打开了。

首先映入卢米安眼帘的是厚厚的淡黄色地毯,接着是偏古典风格的桌椅、沙发和陈列架。

此时,一道人影正站在落地窗边被煤气壁灯制造出来的阴影里,跟奥斯塔·特鲁尔一样,穿着古代坐帅那种黑色长袍,戴着很大的兜帽。以至于卢米安忍不住腹诽了一句:穿成这种鬼样子,你还看得清楚站在面前的人吗?

"K先生,夏尔来了。"奥斯塔走了进去,恭恭敬敬地对那道接近一米八的身影道。

卢米安紧随其后。

哐当一声,他背后的房门自行关闭了。

K先生回过身体,望向卢米安道:"你为什么想参加我们的聚会?"他的嗓音低沉而嘶哑。

"为了魔药配方,为了非凡特性,为了神奇物品,为了神秘学知识,总不能是为了爱情或者信仰吧?"卢米安刻意用愤世嫉俗的口吻作出回答,紧接着,他又低笑了一声,"我知道,你想听的不是这个,不过没关系,我不介意说一说我的事情。"

卢米安的声音随即变得低沉:"在一场超凡力量带来的灾难里,我失去了我全部的亲人。

"这不仅让我饱受痛苦的折磨,而且让我明白了一件事情——那些所谓正神没法拯救我们!从那天起,我开始追寻非凡力量,追寻遗忘掉所有痛苦的办法,我想变得足够强大,我想让那些给予我不幸的人品尝这全部的折磨。"

戴着大大兜帽的K先生仿佛在凝视卢米安，没有打断他的讲述，而奥斯塔·特鲁尔听得极为震惊——夏尔的话语里透着难以掩饰的痛苦，他对撒玛利亚妇人泉的渴望不是虚假的！

等到卢米安说完，K先生状似肯定般道："参加我们的聚会需要遵守两条规则：一，无论发生了什么事情，都不能在聚会时直接动手；二，不要试图跟踪其他参与者。"

只有这两条？卢米安没想到约束这么少。

他不用认真思考都能当场找出好几个漏洞："不直接动手，那可以用挑衅能力气死对方吗？不试图跟踪不表示我不能对目标做别的什么事情……卖假材料、假配方、假非凡特性、假神奇物品，是不是也属于允许事项？"

卢米安控制住反驳的冲动，点了点头道："没有问题。"

他回答的同时，有种K先生的视线在自己身上移动，似乎正检查着每一块血肉每一寸皮肤的感觉，仿佛被毒蛇盯上了。

过了几秒，K先生才继续说道："你如果不想暴露自己拥有什么，希望获得什么，可以预先把自身寻求的交易内容写在纸上，由我的侍者抄写到移动黑板上，展示给所有参与者看。你要是觉得没有关系，也可以现场提出需求。同样的，聚会的时候，你可以通过我的侍者来完成交易，也可以直接出面。

"你还需要记住的是，交易有风险，我不能保证所有物品、所有材料和所有回答都是真实的，当然，你可以选择花钱请我公证，这能有效降低风险。"

"公证人"的能力？卢米安记起了奥萝尔巫术笔记里的内容。这是"太阳"途径的序列6，而这条途径的大部分非凡者都属于永恒烈阳教会。基于这个前提，卢米安怀疑K先生本身未必是"公证人"，他更大可能是拥有相应的神奇物品。

卢米安迅速收敛住思绪，对K先生道："我现在就可以把需求写下来吗？"

K先生嗯了一声，指了指房间右侧的书桌："就在那里写吧，我的侍者会来收取的。"

卢米安走向那张摆放着《通灵》《莲花》《奥义》等杂志的棕色书桌，摊开散发出淡淡香味的信纸，拿起深红色的圆腹钢笔，斟酌着写下："一，我有一把非凡武器出现了损伤，寻找可以修复的人，价格面议；二，购买一种怪异生物的情报，该生物疑似灵体，外表呈女性，有很长的青绿色头发包裹身体，充满魅惑之力，能让人做以她为主角的春梦，其余不详，报酬视提供的情报价值决定，在十费尔金到一百费尔金不等。"

卢米安本想再写下"三，扮演'挑衅者'的经验总结"，可思忖了几秒后，最终放弃了这个想法。

他记得那个噩梦里，奥萝尔说过，"扮演法"、非凡特性守恒定律等神秘学知识异常宝贵，不是一般非凡者能够知晓的，而他现在假扮的正是一个刚因灾难踏入超凡世界，正尝试获取更多知识和资源的新人。这样的人要是写出"扮演"这个单词，必然会被K先生怀疑。

当然，卢米安不觉得自己是在假扮，他真的就是一个刚因灾难踏入超凡世界，正尝试获取更多知识和资源的新人。只不过原本那场灾难涉及的层次非常高，让他能接触到"魔术师"女士这种厉害人物，以至于他高端知识丰富，基本常识欠缺，正在靠奥萝尔的巫术笔记弥补。

放好信纸和钢笔，卢米安跟着奥斯塔离开这里，转入这条走廊最尽头的房间。

这房间仿佛是用来举办沙龙的，沙发、椅子、圆桌、茶几、高脚凳等随意地摆放着，营造出悠闲放松的气氛。

此时，已有好几位聚会者到场，他们有的套着黑袍，戴着近乎能遮住脸孔的兜帽，有的化装成了小丑、恶魔等形象，有的用或粗糙或精致或半截或全副的面具盖在脸上。

有那么一瞬间，卢米安还以为自己是在参加一场化装舞会。

他和奥斯塔·特鲁尔分开，一前一后进入，各自找了个位子坐下。

卢米安选择的是高脚凳，就差拿一杯苦艾酒了。

没多久，K先生入内，坐到代表召集者的那张单人沙发上，他那几名戴着面具和手套的侍者则搬进来一块移动黑板，上面写满了交易需求。

卢米安一眼望去，最先看到的是一条对非凡特性的求购：

"求'战士'途径序列8'格斗家'的非凡特性，1.5万费尔金，可议价。"

序列8的非凡特性能卖一万五千费尔金，甚至更高？

卢米安先是一愣，旋即感受到了什么叫痛彻心扉，什么叫后悔到恨不得喝遗忘之泉。

——刚被他猎杀的马格特正是"猎人"途径的序列8"挑衅者"！

保险起见，卢米安并没有纠缠马格特到对方被蒙苏里鬼魂袭击，而是提前离开了战斗之地，也就没有拿到后者身上析出的非凡特性。虽然后续他借助命运的交换，拿到了马格特身上那一千多费尔金，但这和"挑衅者"非凡特性的价值相比，差的实在是有点远。

用了几秒，卢米安勉强调节好了心态。他当时做的是最好的选择，真要纠缠下去，没准会出什么意外，或是被官方盯上，那样的话，马格特是肯定会死，他自己则可能陷入别的危机。

卢米安随即望向别的交易信息。

"精灵暗叶一片，180费尔金。"

"罗塞尔大帝原版日记两页，300费尔金。"

"需要序列6'腐化男爵'魔药配方，6.5万费尔金。"

"……"

卢米安大致浏览了一遍，深刻体会到了姐姐奥萝尔为什么会花钱如流水。

"可以开始了。"K先生环顾了一圈，嘶哑着说道。

他的侍者们依次喊出那些需求，有的无人响应，有的通过侍者隐蔽地完成了交易。卢米安静静旁观着，以熟悉这种场合和搜集情报为主。

聚会接近尾声时，移动黑板旁的侍者终于念出了卢米安的第一条需求。

现场一片沉默。

过了十几秒，坐在长沙发一角的男性低沉地笑道："擅长修复神奇物品和非凡武器的人大部分都在蒸汽与机械之神教会，可以去那里找。"他脸上涂满了油彩，仿佛在假扮南大陆丛林内的原始人。

没人理睬这个并不好笑的笑话，K先生的侍者开始念卢米安的第二个需求。

参加聚会的人你看我我看你，似乎第一次知道有这么一种怪异生物。

果然都是些没什么见识的低序列非凡者……卢米安略感失望地在心里嘲讽了一句。

这时，刚才开玩笑的那名男性颇有分享欲地说道："这让我想起了一件事情，呵呵，不收情报费。在塞伦佐河下游，和莱恩河交汇的地方，有个小镇叫欧内特，特里尔不少中产阶级喜欢到那里划帆船和游泳。去年年初或者更迟一点，那里连续发生了三起女性死亡案件，死因都是太过放纵而导致的虚弱，而她们无论明面上还是暗地里都没有伴侣，唯一的线索是，她们生前都对朋友描述过自己最近常做一个美好的春梦。"

卢米安从那位脸涂油彩的男士分享的事情里联想到很多，有了一定的推测。

"听起来和查理的遭遇差不多，唯一不同的是，那些是女性，查理是男的……疑似苏珊娜·马蒂斯的怪异生物不挑性别，或者，有类似的，但性别为男的另一个怪异生物？更大概率是后面那种可能，因为欧内特小镇的三个受害者都是女性，没有男的……

"嗯，那三个女性和查理还存在一个不同点，她们明面上或暗地里都没有伴侣，而查理向苏珊娜·马蒂斯祈求后没多久，成了艾丽斯太太的情人……如果没有这件事情，查理会不会像那三个受害者一样，最终因太过放纵，导致虚弱猝死？

"艾丽斯太太代替他成了牺牲品，或者，这只是一个开始？"

他现在只希望官方能重视这起案件，直到将苏珊娜·马蒂斯彻底净化掉为止。

至于官方会不会因为那封求助信怀疑查理身边的朋友里藏着非凡者，卢米安倒是不太担心——他写信的时候刻意模糊了查理本人的信息和情况，甚至在某个不起眼的细节里犯了点小小的错误，这样一来，写信者看起来更像是和苏珊娜·马蒂斯有深仇大恨，追踪了她很久，想借查理之事引官方帮自己完成报复，所以，才更在意苏珊娜·马蒂斯的问题，对查理缺乏足够的了解。

聚会的参与者们就着欧内特小镇的奇怪案件交流了一阵后，K先生的侍者拿起一个蒙着黑布的东西。

另一名侍者做起介绍："这是一幅画，来自某位参与者的朋友。他本人也是非凡者，在两个月前奇怪死去，而他逝世前画了这幅画。"

这时，拿着画的侍者扯掉了蒙在表面的黑布，展示起那位非凡者的遗作。

这是一幅油画，上面用各种艳丽浓烈的色彩涂抹出了光怪陆离、仿佛幻觉中才能看见的场景，有一直长到天上去的绿色杂草，有藏在井中的金黄色太阳，有从高空倾泻而下的血色河流，有围在一起形似在跳舞的黑色人影，有白色头骨拼出的一朵朵云彩……

仅仅只是看了这幅画几秒，卢米安就有了头晕目眩的感觉。

刚才做介绍的另一名侍者继续说道："这幅画带有强烈的精神烙印，会让每一位观赏者遭受心灵影响，出现不同程度的混乱和头晕，如果长期注视它，甚至可能诱发某些精神疾病。

"据画作主人留下的书信和日记显示，这幅画很可能蕴藏着某种'真实'，指向世界本质和神秘学源头的'真实'。这也可能是让他奇怪死亡的真正原因。

"如果有哪位参与者想要研究，价格可以商量。"

这种东西还想卖钱？送给我都不要！卢米安腹诽了一句，收回了视线。

那些藏着真实、本质、源头的事物，他一件都不想碰，按照奥萝尔的说法就是，不该看的不看，不该研究的不要研究。

卢米安只对实实在在的非凡特性、魔药配方、神奇物品、非凡武器或具备使用价值的神秘学知识感兴趣。

很显然，绝大部分聚会参与者也不想花钱买这么一幅不知道藏着什么秘密的不祥画作，最终，K先生的侍者将它收了起来，重新盖上黑布。

之后，聚会进入自由交流的阶段，大家随意闲扯了些流言和传说，但都尽力掩盖着，不透露涉及自己真实身份的信息。

十点一刻，K先生宣布本次聚会到此结束，大家分批离开。

出门时，卢米安明显感觉到那位召集人在打量自己，带着某种审视的意味。

"他会不会派人跟踪我，调查我？"卢米安忽然产生了这么一个想法。

对此，他不仅不在意，甚至有点期待。

现在的他除了偶尔会召唤信使，没别的异常，经得起任何调查！

只要控制住自己不去联络"魔术师"女士，卢米安相信K先生很快就能得到一份基本属实的报告：夏尔确实是野生非凡者，在许多事情上缺乏必要的常识，他疑似来自科尔杜村，正在追寻纪尧姆·贝内等人的下落，本身也被通缉着。

那样一来，卢米安再展现下自己的能力和偏激的态度，用不了多久也许就能收到K先生的邀请，成为他的手下，成为他背后那个组织的一员。

有的时候，"不经意"间暴露出来的自身弱点和真实情况是取信于他人的有效手段。

就这样，卢米安和奥斯塔在舍尔街19号那栋房屋内找了个隐蔽的角落换掉了伪装，一路回到老实人市场区。

走向乱街的过程中，卢米安略感疑惑地皱了下眉头——他没有发现谁在跟踪自己。

"是K先生还没打算调查我，还是跟踪我的人水平很高，能力独特，让我没有丝毫察觉？"卢米安念头一转，将这事抛到了脑后。

反正他不怕调查，除非K先生和毒刺帮是一伙的。

进了金鸡旅馆，卢米安见时间还早，便穿过变得干净的大厅，拐入了地下室酒吧。

他还未来得及打量这里的情况，就听到了查理中气十足的声音："你们敢相信吗？三个小时前我还在警察总局，被指控杀人，而三个小时后，我就在这里和你们一起喝酒唱歌！女士们，先生们，我又经历了多么不可思议的一件事情，我敢打赌，在场没有谁能像我一样……"

这位见习侍者又一次提着啤酒瓶，跳到了小圆桌上，向周围的酒客做起"演讲"。他浅棕色的短发乱糟糟的，像是有好几天没整理了，嘴巴旁边长出了明显的胡茬。

"这么快？"卢米安本以为查理还得有个两三天才能放出来。

小圆桌上的查理瞄到了卢米安，挥了下短短的手臂，大声对周围的人说道："我等会儿再和你们分享那个比故事更离奇的遭遇！"

穿着亚麻衬衣、黑色长裤的查理跳下桌子，提着啤酒瓶，小跑到吧台位置，坐到卢米安身旁，对扎着马尾的酒保帕瓦尔·尼森道："一杯苦艾酒！谢谢。"他旋即侧过脑袋，对卢米安道，"这杯我请你。"

卢米安坦然接受，笑着说道："你状态还不错嘛。"

"当然,至少不用担心会被绞死了,我可不想活着的时候没得到什么关注,快死的时候却被成千上万的人围观。"查理一脸庆幸地说道。

特里尔市民有围观处决死刑犯的爱好,每当有人被送上绞刑台或是枪毙点,街头巷尾都挤满了人。在罗塞尔大帝之前的古典时代,甚至基于这种爱好产生了一种风俗——死刑犯从监狱走到绞刑台的途中,围观的市民里要是有谁愿意嫁给他,那他将获得改判,减轻刑罚乃至无罪释放。

"没什么事了?"卢米安进一步问道。

查理喝了口啤酒,左右看了一眼,压着嗓音道:"具体的过程我不能讲,我签了承诺书,被'公证'过的承诺书,你不知道,噢,那是多么的神奇……"他及时闭嘴,转而说道,"唯一不好的是我又失业了,我的工作没了,那该死的领班认为我影响了酒店的形象……没关系,我明天就去抵押那条钻石项链,警官们已经还给我了,有了那笔钱,我能坚持很久,能去白外套街的咖啡馆请那些服务生喝酒,肯定能找到更好的工作!"

他本想再补一句"到时候一起",可回想起夏尔展现出来的胆量和能力,又默默放弃了这个想法。

卢米安喝了口酒保推来的苦艾酒,示意查理到无人的角落就座。

确认环境嘈杂,没谁旁听后,他才问道:"苏珊娜·马蒂斯的问题解决了?"

"我不知道。"查理摇起了脑袋,"他们做了很多事情,但我不能讲。"

"他们有承诺提供一段时间的保护吗?"卢米安若有所思地问道。

查理为难地回答道:"我不能讲。"

卢米安笑了:"看来是有。"

如果没承诺提供保护,那就不会存在相应的话语,不会被保密承诺书限制。

"呃……"查理没想到夏尔竟然能这么准确地猜到。

卢米安转而问道:"他们有叮嘱你什么吗?讲能讲的部分。"

查理回想了一下道:"他们告诉我,如果再做那个梦,不要慌张,天亮之后到最近的教堂去,就是永恒烈阳的教堂。你不知道吧?我现在是真正的永恒烈阳信徒了!"

卢米安面无表情地抬起右手,在胸口画了个三角。

查理一下沉默。

…………

和查理喝完酒,卢米安回到207房间,继续学习起奥萝尔的巫术笔记。

他按部就班地在零点前洗漱完毕,躺到床上,进入沉眠。

砰砰砰!砰砰砰!

卢米安被激烈的敲门声惊醒。

谁啊?他皱起眉头,反手握住"堕落水银",走到自己房门边,小心翼翼地打开木门。

门外是查理。他依旧穿着亚麻衬衣、黑色长裤和无绑带皮鞋,此时表情煞白,满脸恐惧。

看到卢米安后,他就像找到了主心骨,几乎快控制不住嗓音地惶恐说道:"我又梦到那个女人了!"

第六章
CHAPTER 06
加入萨瓦党

只有绯红月光照耀的幽暗走廊内，查理的声音层层回荡，令人头皮发麻。

又梦到苏珊娜·马蒂斯了？卢米安先是一惊，旋即涌起愤怒的情绪：你是不是蠢啊，既然又做了那个梦，那就去最近的永恒烈阳教堂找神职人员啊！我又不是你爸爸，做个春梦都要向我汇报！

看了脸上写满慌张与恐惧的查理一眼，卢米安按捺住内心的波澜，沉声说道："不用太紧张，这是预料之中的事情，你现在需要做的就是回去睡觉，等天亮之后到最近的教堂寻求帮助。"

查理一副快要哭出来的表情："可是，可是，她在梦里说，如果我敢找教会的人帮忙，她就会在我去教堂的途中杀了我！"

"你们在梦里有过交流了？"卢米安略感愕然。

查理慌乱点头："对，之前她在梦里从来不说话，只是很热情很温柔地满足我，而这次，她警告我了，她警告我了！"

难道苏珊娜·马蒂斯还没有完全变成怪异生物，具有一定的智慧？卢米安心念电转间，有点替查理感到悲哀。

要是不能获得官方非凡者的帮助，那查理大概率就会与欧内特小镇那二名女性受害者一样，日复一日在梦中放纵，直至虚弱猝死。

等一下，官方非凡者就这么简单地处理查理可能遭遇的后续问题吗？他们就没想过查理被苏珊娜·马蒂斯直接杀死这种可能吗？

卢米安瞬间记起了莱恩、莉雅和瓦伦泰，他们之中无论哪一位，在面对类似异常情况时，都不会这么轻描淡写地宣布结案，只告诉受害者之后再遇到问题就去教堂求助。

联想到楼上的疯子在遇到蒙苏里鬼魂后，教会的神职人员甚至住到他家里，保护了他很长一段时间，卢米安逐渐有了某种怀疑——负责处理查理案件的官方非凡者故意淡化了苏珊娜·马蒂斯带来的异常，放任查理返回旅馆，告诉他事情已经基本解决，后续再有问题就去教堂寻求帮助，以此麻痹苏珊娜·马蒂斯，引诱她再次现身！

想到这里，卢米安望着查理，沉稳地开口："如果你相信我，现在就走回自己的房间，躺到床上，闭好眼睛，睡到天亮——放心，事情会得到解决的。"

卢米安表面稳重，内心却在怒骂：混蛋，赶紧回五楼！算算时间，在附近监控的官方非凡者应该也发现异常，即将采取行动了，你现在站我门前是干什么？通知他们来抓我吗？

"我，我……"查理一脸的犹豫和惶恐。要是什么都不做，问题真的会得到解决吗？

卢米安悄然吐了口气，挤出笑容道："你是不是傻了？苏珊娜·马蒂斯只是警告你不要去找教会的人帮忙，没说我不行啊，我可以帮你去最近的教堂！"

卢米安现在是能哄就哄，能骗就骗，只求把查理送离二楼。

查理露出了恍然大悟的表情，异常激动地说道："谢谢，谢谢！"

他话音刚落，卢米安忽然嗅到了草木的清香，染着怪异味道的清香。下一秒，他看到墙上、天花板上、地板上蔓延出一根根或青绿或棕褐的藤蔓与树枝，它们封住了窗口，封住了其他房间的门。

楼梯口位置，一道仿佛轻轻挠着耳膜的女性声音响了起来："查理，你真的要背叛我吗？"

查理惊愕地侧身，瞳孔急剧放大。

他看见了那个在梦里和自己缠绵的女人，她青绿色的头发从脑后一直披散往下，落到地板表面，朝周围延伸到墙壁和上方天花板处，与那些藤蔓、树枝连在了一起。

而没有了青绿色长发的包裹，苏珊娜·马蒂斯的身体完全呈现了出来，大部分赤裸着，展现出女性优美的曲线，小部分则长着花骨朵或树瘤般的东西，或红或白，或青或棕。

那些鲜艳的花骨朵和棕青色的树瘤随着苏珊娜·马蒂斯的话语不断地张开又合拢，流淌出散发着淡淡腥味的黏稠液体。

这扭曲恶心的一幕让查理如坠噩梦，整个人都愣在那里，只剩下本能的颤抖。

苏珊娜·马蒂斯望着查理，眼含深情地说道："你忘了我们在梦中的快乐吗？查理，我是你的妻子啊。"

查理如梦初醒，接近崩溃地大喊道："没有！没有！"

你是不是傻啊？先敷衍两句，安抚下苏珊娜的情绪啊！卢米安只恨自己的动作不够快，没能捂住查理的嘴巴。

苏珊娜的表情一下变冷："那你就和我永远在一起吧。"

随着这句话说完，查理眼中的恐惧消失了。他脸上浮现出痴迷爱恋的表情，跃跃欲试地想走向那个怪异生物。

而苏珊娜·马蒂斯下腹部的一个花骨朵湿淋淋地张开了，张得异常大，并且没有像其他花骨朵和树瘤一样缓慢合拢，似乎正等着查理的到来。

与此同时，苏珊娜望向卢米安，异常痛恨地说道："都是你的错，都是你唆使查理背叛了我！"

"你也不照照镜子，看看你现在的样子有多么恐怖多么恶心，换作我是查理，一开始就会把你蹬出我的梦境！"

卢米安的直觉告诉他现在求饶应该没什么作用，所以他选择回骂过去，用挑衅能力激怒对方，看能不能让苏珊娜主动暴露出弱点。

这个怪异生物仅仅只是站在这里，就让卢米安既亢奋又恐惧，既渴望又抗拒，像是陷入了各种欲望编织出的旋涡，产生了一种难以对抗的无力感。

这证明对方的实力比他强很多！

卢米安一边骂一边心念电转，寻找着拖延时间的办法。

他相信官方非凡者用不了多久就会到来！

"这怪物到底是个什么玩意？她为什么会认为自己是查理的妻子？妻子……"

卢米安瞬间产生了一个灵感，而苏珊娜·马蒂斯被他的话语激怒，发出了一声尖叫。

伴随这声尖叫，那些藤蔓和树枝疯狂涌向了卢米安，伴随这声尖叫，卢米安心底潜藏的恐惧情绪一下被放大到了某种程度，整个人害怕到差点晕厥过去。

他的双腿变得无力，他的身体出现了明显的颤抖。

靠着一股狠劲，卢米安勉强伸出右手，抓住了试图奔向那个怪物的查理。他的左掌则握着"堕落水银"，将这把邪异短刀抵到查理喉咙处。

这样的情形让苏珊娜·马蒂斯有些茫然，愤怒问道："你想做什么？"

卢米安恶狠狠地笑道："忘了告诉你，我这把非凡武器叫'诅咒之刃'。谁要是被它割出一个口子，流下了鲜血，全家都将因诅咒而死亡，包括他的妻子。而你，就是查理的妻子！"

根据楼上那个疯子的遭遇，卢米安怀疑蒙苏里鬼魂杀死的不仅是直系亲属，还包括丈夫或者妻子。

虽然他不清楚神秘学上怎么确定两个人是夫妻，但既然苏珊娜·马蒂斯自己说是查理的妻子，那就当她是！

当然，卢米安很清楚，即使自己真让"堕落水银"将"遇到蒙苏里鬼魂"的命运交换给查理，蒙苏里鬼魂也得过一段时间才会对查理的"妻子"苏珊娜·马蒂斯发动袭击，根本影响不了当前的局面。

他赌的是苏珊娜·马蒂斯不知道这点，赌的是苏珊娜·马蒂斯能看得出来"堕落水银"内蕴藏的危险。

这是诈唬！

身上长着许多花骨朵和树瘤的苏珊娜·马蒂斯表情凝固了，那些疯狂涌向卢米安的藤蔓和树枝也停在了半空。

她碧绿色的眼眸随之洋溢出危险的感觉。

卢米安眼中所见霍然有了变化，他看到了长着鹰钩鼻、套着镶金线白袍的本堂神甫，纪尧姆·贝内。

他压抑在心底的仇恨瞬间如同火山爆发般喷涌了出来。

卢米安放开查理，走向被他锁定的"纪尧姆·贝内"，可真正在他面前的仅仅是苏珊娜·马蒂斯。

这时，满脸痴迷与爱恋的查理看到卢米安拿着短刀走向自己的"妻子"，忙伸手要抓住这个恶人，大声喊道："不要伤害她！"

卢米安骤然清醒，发现眼前的纪尧姆·贝内变了，变成了身上的花骨朵和树瘤一个接一个张开的苏珊娜·马蒂斯！

被她操纵了情绪？卢米安惊愕之余，强行扭转身体，又一次紧箍住了查理，将"堕落水银"抵在他的喉咙上。

苏珊娜·马蒂斯没有掩饰自己的失望，她沉吟两秒，张开了红润的嘴唇。

突然，这怪异生物停了下来，凝重地望向金鸡旅馆靠近乱街那面的墙壁。

下一秒，她青绿色的长发飞快回收，那些藤蔓和树枝瞬间瓦解，不知去向。

这……官方非凡者来了？卢米安看到苏珊娜·马蒂斯的身影钻入墙壁，消失在了走廊内。

他立刻放开查理，边摇晃他，试图让他清醒，边语速极快地说道："躺到二楼楼梯口，不要睁开眼睛，直到有人弄醒你！"

说完，卢米安推了查理一把，回到自己房间，关上木门，躺至床上，假装和其他租客一样，正在沉睡。

…………

随着苏珊娜的离去，查理眼中的痴迷也消退了，他被剧烈地摇晃，直到终于找回理智。

紧急情况下，什么都不懂的他只能依循刚才听见的夏尔的叮嘱，小跑两步，来到通往底层的楼梯口，躺了下去，闭上眼睛，状似昏迷。

几乎是同时，查理和卢米安视界内的黑暗染上了一片红色，就像太阳提前升起，带来了白昼。

几分钟后，一把既有实体又仿佛光芒凝聚的金黄长剑插在了乱街的地上，它的剑尖扎着一团飞快扭动的青绿色粗壮藤蔓。

"解决了吗？"一位胸口别着太阳圣徽的年轻男子询问起持剑之人。

那是位金发、金眉、金色胡须的粗犷男子，穿着有两排黄金纽扣的棕色大衣。他吐了口气道："这次是解决了，但要是找不到这个恶灵诞生的地方，过不了多久，她又能在那里重新凝聚。"

"恶灵还会重新凝聚？"胸口别着太阳圣徽的年轻男子颇为愕然地反问道。

以他的神秘学知识和翻阅案件卷宗得来的经验，除非恶灵本身具备独特的能力，否则被净化就意味着彻底消亡。

这种魂类生物要么是实力较强的非凡者死亡后的产物，要么是借助种种机会突破了限制的冤魂，其中最强大的那些甚至会具备一定的神性，但复活和重生从来不是它们的特质。

穿着双排扣棕色大衣的金发男子直起身体，望着逐渐消散的扭曲藤蔓，斟酌着说道："恶灵和恶灵之间也是不同的，在某种特殊情况下，恶灵诞生时会依凭于某样事物，那样事物往往位于它领地的核心位置。只要这事物不被摧毁，恶灵哪怕被彻底净化，也会重新在相应区域缓慢凝聚出来。"

恶灵会同化自己诞生的地方，让它与灵界、冥界交融，从而获取能维持自身存在的力量，否则它们将逐渐弱化，直至完全消逝。也就是说，恶灵会有固定的活动范围，没法离开诞生之处太远，这被称之为它们的"领地"。

戴着太阳圣徽，套着镶金线白袍的年轻男子大概明白了为什么，皱着眉说道："可我们已经找了好几天，都没有发现苏珊娜·马蒂斯这个恶灵的诞生之地。"

正常来说，苏珊娜·马蒂斯不可能远离它的领地活动，官方非凡者们只要仔细搜索乱街及周围区域，必然能找出那恶灵的诞生之地，摧毁它的依凭之物。

但这里是特里尔，不仅有地上部分，还有地下世界，有对应的另一条乱街和另一个老实人市场区，而那里有不少鲜为人知的小路和空洞。更为重要的是，在更深的地底，还有第四纪那个特里尔，即使对官方非凡者来说，那也是一个缺乏足够了解，藏匿着许多危险的地方。

作为老实人市场区的裁判所执事，昂古莱姆·德·弗朗索瓦一直不能理解第四纪晚期重建特里尔的时候为什么一定要选择原址，直接修在了沉到地底的那个特里尔正上面。

虽然这里的地理条件确实是最好的，但那样的决定也为后面这一千多年带来了不少麻烦。

有的超凡事件不是净化者们不想彻底解决，而是办不到，那些问题的根源藏在第四纪那个特里尔内，藏在地底废墟里。据说哪怕是半神半人的存在，也有不敢或者不愿意冒险进入的地下区域。

昂古莱姆收起了那把既有实体又仿佛光芒凝聚的黄金长剑，将它插进一个由蒸汽驱动的灰白色人形机械造物的头顶，没入了对应的脊椎位置。

那里面仿佛填充着某种深色液体。

这时，一位身穿白色正装、黄色马甲、浅色衬衣，同样别着"太阳圣徽"的男子从金鸡旅馆走了出来。

他淡黄的头发梳理得整整齐齐，鼻梁中间贴着一块肤色的胶布，嘴唇偏厚，皮肤略棕，似乎有某些南大陆原住民的血统。

"执事，我询问过查理·科伦特了。"他对昂古莱姆·德·弗朗索瓦道。

昂古莱姆摸了摸棕色大衣的黄金纽扣道："他没什么事吧？"

那名肤色略棕的男子摇头说道："我们赶到得很及时，他没有受到实质性伤害。据他所说，他再次梦到苏珊娜·马蒂斯后，虽然被对方警告，但还是选择出门求助，结果在旅馆二楼被苏珊娜·马蒂斯堵住，差点和对方永远地融为一体……嗯，后面那半句是苏珊娜·马蒂斯的说法。之后，查理倒在楼梯口，差点昏迷过去，这个时候，他看到了太阳升起般的光芒。"

这是正常又合理的发展，和昂古莱姆率领的净化者精英小队采取行动的各种细节完全吻合，所以，不管是昂古莱姆，还是另外两名净化者，都对此没有任何怀疑。

在他们的理解里，查理的"出门求助"肯定是遵循之前的叮嘱，到最近的永恒烈阳教堂去。

昂古莱姆环顾了难得安静的乱街一圈，轻轻颔首道："查理·科伦特这边暂时放一放，但要是两周内，我们还没有找到苏珊娜·马蒂斯的诞生之地，就得考虑在内部安排一个文职工作给他，并将真实情况告诉他。"

这是官方非凡者惯常的做法，以最大程度上保护还未彻底摆脱超凡事件影响的普通人。当然，也有很多时候，他们明明已经将问题解决，告诉受影响的人可以安心生活，结果几周，几个月，或者几年后，那位普通人却诡异地死去了。

昂古莱姆继续说道："我们现在的重心有两个，一是排查这片区域，包括地下，找出苏珊娜·马蒂斯的诞生之地；二是寻找那个写信提醒我们的人，他对苏珊娜·马蒂斯似乎有很深的了解。"

在查理被释放之前，昂古莱姆和他的队员们就已经悄悄排查过金鸡旅馆，但没找到疑似恶灵诞生地的特殊区域。

另外，他们也用超凡手段审核了查理的遭遇和口供，确认这位受害者从向苏珊娜·马蒂斯祈求开始到被警察抓捕，接触的人都足够正常，所以昂古莱姆才会说暂时不用管查理这边的情况。

至于那位寄信者，手段高明，有丰富的反占卜反追查经验，竟然选择用灵界生物写信和寄信。

要知道，即使让同一位非凡者用同样的描述性咒文召唤灵界生物，每次出来的也大概率是不同的东西。因为只靠三段式描述，符合条件的灵界生物数以十万百万计，甚至更多，每次能召唤出什么纯凭运气。

除非有对应的媒介和指向对方某种独一无二的特质的描述，否则想靠还原咒文来锁定"嫌疑灵"，几乎是一件不可能的事情，而绝大部分灵界生物都没有能称得上独一无二的地方。

昂古莱姆之前试图找擅长这方面事务的同僚帮忙，以那封信为媒介，召唤对应的那个灵界生物，看能不能从它那里获得点线索，结果不管是召唤信的"书写者""撰写者"，还是"寄送者"，都没有召唤出任何东西。

这有可能是描述性语句出现了一定错误，也有可能是相应的灵界生物察觉到这边不怀好意，选择拒绝被召唤。

——召唤仪式哪怕全部流程都没有问题，最终也可能失败于符合描述的灵界生物不愿意响应召唤上，只有那些擅长召唤的序列才能极大地提升概率，乃至强制进行召唤。

当然，大部分时候，非凡者不会遇到这种情况，他们的三段式描述指向的灵界生物太多，总有几个愿意到现实来转一圈，带走点灵性的。

卢米安假装睡着，时刻准备逃跑。

一直到附近教堂钟响，清晨六点到来，他才悄然松了口气。

官方非凡者和苏珊娜·马蒂斯的战斗看来应该已经结束了，并且没有发现我和苏珊娜·马蒂斯对峙过很短的一段时间……

卢米安翻身下床，揉了揉脸庞。

他不知道苏珊娜·马蒂斯有没有被官方非凡者彻底解决，也不清楚这件事情是否到此为止。

想起苏珊娜·马蒂斯对自己表现出了强烈的愤恨情绪，卢米安觉得不能抱着侥幸之心等待。

他打算现在就给"魔术师"女士写信，汇报自己和K先生有了接触，顺便再问一问现在的苏珊娜·马蒂斯究竟是什么生物，有没有弱点。

保险起见，卢米安还准备问一问卷毛狒狒研究会的副会长"海拉"，毕竟"魔术师"女士并非无所不知。

分别写了两封信，打扫好房间，卢米安间隔十分钟依次召唤了两位信使，确保它们都拿走了正确的那封。

等到他洗漱完，从盥洗室返回207房间，木桌上已静静躺了两封回信。

"呃……'魔术师'女士也这么快？两位信使有没有撞上？要是碰上了，它们会聊点什么吗？"卢米安一边嘀咕一边拿起了其中一封回信。

那封信来自"海拉"。

在南北大陆都有类似的事情发生，一些男女频繁地梦到异性，和他们缠绵，最终因太过虚弱而死亡。

如果受害者本身还有伴侣或者情人，那这些无辜的人会被类似苏珊娜·马蒂斯的生物相继杀死，原因似乎是这类生物自认为是春梦者的妻子或者丈夫。

据说，这类生物有强大的能力，不会比中序列非凡者差。

从一些细节可以看出，苏珊娜可能已经死去，变成了冤魂或者恶灵……

确实很强……卢米安回想昨晚的遭遇，自觉要不是有"堕落水银"威慑，有查理这个"人质"在手，有苏珊娜自认为是查理妻子的事实，他很可能在一分钟内就被对方解决。

摩擦灵性，点燃火焰，烧掉"海拉"的回信后，卢米安展开了"魔术师"女士那封信。

我不知道该祝贺你还是同情你，你遭遇邪神眷者的概率似乎比正常非凡者高不少，这也许是你体内封印的污染带来的。这很难用非凡特性聚合定律来解释，更像是被这个世界排斥的那些力量，因被排斥而互相吸引。

以上是我的猜测，不保证真实，如果错了，你记得知会我一声，把正确答案告诉我。

根据你的描述，我怀疑苏珊娜原本是一位邪神的信徒，并且得到祂的恩赐，拥有了相当于序列5的力量。

那位邪神在这个世界的假称是"欲望母树"，你不要试图去了解祂，更不要猜测祂完整的、真实的尊名。

苏珊娜应该是"堕落树精",这又叫"情欲之灵",在某些地方,又被称为"小爱神"。他们有男有女,喜欢与人梦交,吸取受害者的精力,随着时间的推移,他们会基于占有欲自认为是受害者的妻子或丈夫,并因强烈的嫉妒心杀死对方的另一半,包括情人。

不过,苏珊娜还表现出了魂类生物的特质,她很可能已经因意外或承受不住恩赐而死亡,转变成了恶灵,更偏执,更依循本能。

在大概讲了下恶灵的特点和领地性后,那位被称为"魔术师"的女士继续写道:

虽然苏珊娜·马蒂斯的实力相当于序列5,但你想解决她也不是没有办法,你可以用那把刀给查理来一下,把"遇到蒙苏里鬼魂"的命运交换给他,等苏珊娜·马蒂斯被蒙苏里鬼魂干掉后,你再把"遇到蒙苏里鬼魂"的命运换回来,重新存储在刀内。

好吧,以上是在开玩笑。这个方案有太多太多的不确定性,几乎不可能成功。

其一,蒙苏里鬼魂有可能只会杀死遇到他的人;

其二,即使蒙苏里鬼魂干掉了苏珊娜·马蒂斯,你也没法知道,也就不能及时将命运换回来,不影响到查理;

其三,查理应该不是孤儿,父母兄弟姐妹可能还健在,蒙苏里鬼魂会不会离开特里尔杀人,目前无人知晓;

其四,蒙苏里鬼魂未必能真正地杀死苏珊娜·马蒂斯;

其五,必须查理自己也承认过,苏珊娜和他才能在神秘学上具备夫妻关系。

我说这么多,主要是告诉你,不要这么想,也不要这么做,从你拿查理当"人质"这点可以看出你有相应的倾向。

其实,这既是危机,也是机会。对你而言,最好的解决办法是找K先生求助,请他帮忙应对苏珊娜·马蒂斯的威胁。

记住,求助是拉近人与人之间关系,获得对方信任的有效办法,当然,前提是对方愿意,且有相应的能力。

你可以适当展现出自身的潜质,让K先生觉得你有利用价值。

祝你一切顺利,祝你尽快获得K先生初步的信任,成为那个组织的一员。

卢米安看完手中信件的第一反应是,"魔术师"女士喜欢絮叨,爱把话题扯得很远再拉回来,并找一个冠冕堂皇的理由当借口,而且,她总是会有一些荒诞的、近乎开玩笑的想法，这和"海拉"女士精练、简洁的回信形成了鲜明对比。

这种写信风格应该是"魔术师"女士的习惯……卢米安抿了下嘴巴，摩擦灵性，点燃火焰，烧掉了手中的纸张。

看完这两封信后，他也放弃了用"堕落水银"解决苏珊娜·马蒂斯之事的想法，毕竟他和苏珊娜不是只在一段很短的命运里有交集，不像剥离"遇到蒙苏里鬼魂"这个命运那样简单。

相比较而言，找K先生帮忙确实是一个卢米安之前完全没想到的有效办法。这还能迅速拉近他和K先生之间的关系，以完成"魔术师"女士的任务。

略作思索，推敲了下该怎么和K先生讲述这件事情，怎么展现自身价值后，卢米安换上灰蓝色工人制服，戴上深蓝近黑的鸭舌帽，出了207房间。

来到一楼，卢米安看见查理穿着亚麻衬衣和黑色长裤，在大门处徘徊。

"你在做什么？"他笑着打了声招呼。

查理堆起了笑容："夏尔，你能不能陪我去一下当铺？我请你吃早餐和午餐！"

当铺的官方称呼是典当行或者典当公司。

"去当铺？"卢米安靠近查理，压着嗓音问出后面的问题，"没什么事了吗？"

查理左右看了一眼，苦涩笑道："他们跟我说这次没问题了，苏珊娜那个恶灵已经被净化……不管到底还有没有问题，生活总要继续，哈哈，这句话是我听酒店一位客人说的，是不是显得很有文化？

"总之，对我们这种人来说，一天不工作就意味着走到了破产的边缘，用不了多久，可能又要重新尝到饥饿的味道……我得赶紧把那条钻石项链抵押出去，换成现金。你知道吗？只有现金才能给人安全感，那不是衣服和首饰能够替代的，食物都要差一点！"

说到这里，查理逐渐兴奋："艾丽斯太太说那条项链价值一千五百费尔金，抵押出去应该能拿到一千……噢，神啊，我活到现在还没有见过整整一千费尔金摆在面前，我就算成为侍者领班，也得几年，甚至十几年才有可能攒下这么一笔钱！到时候，我们去白外套街咖啡馆吃午餐，我要来一份迪瓦尔肉汤、一份粗盐红酒牛肉、一份苹果里脊肉！"

在白天鹅酒店别的没学会，学会报菜名了？卢米安腹诽了一句，若有所思地问道："你想请我保护你？"

查理嘿嘿笑道："这么大一笔钱，我一个人带着会害怕，夏尔，你可能还没有那种体验：走在路上，怀疑每一个人都是小偷，都会来抢我。之前我带着那条项链回来的时候就有这种感觉，紧张到差点晕过去，是不是很难想象？"

"是。"卢米安笑了起来，"我应该不会有这样的体验，现在不会有，将来也不会有，因为我只会让别人觉得我想抢他。"

比如马格特，刚贡献了一千多费尔金，几乎能买下那条钻石项链了！

查理的笑容瞬间冻在了脸上。隔了好几秒，他才勉强笑道："所以我才希望你能和我一起去当铺。"

他刚才真的怀疑起夏尔来钱的路子，这位邻居明明有能力有头脑，却一直没急着找工作，天天到处闲逛，一副不缺钱的样子，可他又住在金鸡旅馆而不是"白天鹅酒店"。

想到夏尔假扮律师混进警局给自己提供重要消息，想到对方帮自己在苏珊娜·马蒂斯的威胁中活了下来，查理又觉得这不算什么——夏尔就算真是小偷、强盗、诈骗犯，那也是冒险帮过我的小偷、强盗、诈骗犯！

卢米安满意于查理被吓到的表情，笑着问道："你打算去哪个当铺？"

"我听说天文台区的几个当铺价格更公道。"查理早有想法。

卢米安点了点头："我正好要去天文台区。"他打算找奥斯塔·特鲁尔问K先生的联络方式。

查理异常欣喜，花费一费尔金巨资请卢米安吃了烤肉馅饼和奶油小圈饼配梅子酸酒，当然，这也包含他自己那部分。

卢米安坦然接受，一点也没客气。

走出乱街，查理见卢米安直奔公共马车站牌，略感心疼地跟了上去。

他看了下四周，见没什么人，好奇地低声问道："你昨晚说你那把刀叫'诅咒之刃'，被它割伤的人真的会全家死掉吗？"

遇到苏珊娜·马蒂斯之前，查理完全不相信这种事情，即使听说了，也是作为吹牛的谈资和演讲的素材，但现在，他怀疑夏尔真的拥有一把神奇的武器。

卢米安侧过脑袋，微笑看着查理："想试一下吗？"

查理打了个寒颤，讪讪笑道："我相信你。"

"是吗？可我昨晚只是诈唬苏珊娜·马蒂斯啊，我一个普通人，不这样说巳经死了！"卢米安笑着说道，"我编的'诅咒之刃'故事你不觉得耳熟吗？你没在那个疯子清醒的时候听过蒙苏里鬼魂的传说吗？"

查理听得眼睛逐渐睁大，一脸的愕然——对啊，那不就是把蒙苏里鬼魂的传说改了一下吗？

夏尔真是太会骗人了，一个普通人竟然靠诈唬骗过了苏珊娜·马蒂斯那个恶灵，让我和他都活了下来！

我也就是在酒吧内吹吹牛，偶尔骗骗人，和他完全没法比。

胆子大，有头脑，这样的人肯定会发财！

见查理真的相信了自己刚编出来的谎话，卢米安努力控制着没让自己笑出声音。他一本正经地问道："你的父亲和母亲还活着吗？你有兄弟和姐妹吗？"

查理愣了一下，受惊的兔子般往旁边跳了一步："你问这个做什么？"

难道真有"诅咒之刃"，他现在是想先弄清楚我还有哪些家人？

卢米安顿时哈哈大笑："你不会真被吓到了吧，你也太容易被恶作剧了吧？"

想到傻瓜仪那件事情，查理懊恼地拍了拍脑门。他都快分不清楚夏尔哪句话是假的哪句话是真的了。

不过，被恶作剧之后，他更加笃定"诅咒之刃"是假的，改编自蒙苏里鬼魂的传说。夏尔就喜欢用这种假的东西骗人，就像傻瓜仪一样。

嗯，"诅咒之刃"……这个故事很好，现在属于我了，晚上就到酒吧用它吓人！

两人乘坐公共马车抵达天文台区，查理问了好几次路，总算找到了那家名为"菲尔典当行"的当铺。

它位于一栋七层高的米白色建筑内，外部壁柱、拱券、浮雕、大窗户等结构物件一个不少。雄伟的大门处，菲尔典当行的招牌上面，则刻着三个单词：自由，平等，博爱。

自由地抵押每一件物品，平等地歧视每一个前来抵押东西的人，博爱任何一个能压低价格的机会？卢米安忍不住腹诽了一句。

一个当铺竟然把共和国的政治口号刻在了门上，这是多么的滑稽啊！

当铺大厅内有几个柜台，前方摆放着一排排长凳。此时，已有几十个人坐在那里，等着办事员鉴定完物品价值并叫号。

查理熟练地找到一个空着的柜台，将钻石项链递了进去，收到了一张写有待鉴定物品名称和相应号码的纸条。

过了一阵，负责给钱给当票的柜台喊到了查理的号码。

查理满是期待地过去，又丢失了灵魂一般回来。

"怎么了？"翻阅着大厅内摆放的那些报纸的卢米安疑惑问道。

查理又茫然又失落地说道："那条项链……那条项链是假的，只值十二费尔金……"

假的？卢米安动了下右边眉毛，仿佛听到了命运对查理无情的嘲弄。

查理放弃本就脆弱的原则，陪艾丽斯太太睡了几天，惹上一场人命官司，还丢掉了见习侍者的工作，换来的只是一条假的钻石项链？

不知为什么，卢米安突然产生了不能就这么向命运屈服的冲动。

虽然这并不是他的事情，却让他有点感同身受。

——我去你的宿命！你嘲弄了我，我就要讥讽回来，挑衅回来！

这个瞬间，卢米安隐约把握到了"挑衅者"的另一个扮演法则，但还失之于粗陋，不够准确。

他看着查理，思索着问道："你认为是艾丽斯太太欺骗了你，还是当铺的人看你落魄，没能力鉴定项链的真假，故意找这么一个理由将价格压到最低？"

"我，我不知道。"查理无比茫然和痛苦，停顿了一下，他艰难补充道，"我怀疑是艾丽斯太太，你看，来这里抵押的人那么多，鉴定师每天经手的东西有几十上百件，多的是贵重物品，不可能只骗我一个吧？"

"她，她怎么能……"查理说不下去了。

就不允许当铺平等地骗每一个人，能压多少价格是多少，越贵的物品压得越多吗？卢米安腹诽了一句，呵呵笑道："为什么不能？很多有钱人可不是靠善良和勤劳发财的，能用假的骗到你，为什么要给真的？也许艾丽斯太太就是这样的有钱人，甚至不那么有钱，靠住在白天鹅酒店骗你这种年轻人。"

卢米安并没有否定全部有钱人，因为在那个群体之中，有很大一部分人确实是靠天赋、靠才华、靠勤劳、靠机会发财的，比如奥萝尔。

被他调侃了两句后，查理的脸庞肌肉明显扭曲了起来。他回忆了一番，愤恨地自语道："是啊，这段时间，艾丽斯太太都没有请我吃过一次大餐，都是晚上七八点让我去客房服务……"

你可真好骗啊，你真的是个利姆人吗？卢米安忍不住抬手捂了下脸。

他随即站起身道："把那条项链要回来，我们换别的当铺看看。万一是真的呢？"

查理愣了一下道："好，好的！"他也不是很甘心。

卢米安又叮嘱了一句："注意检查，不能让他们把项链换掉。"

"嗯。"查理努力振奋起精神，"我前段时间每天都在看那条项链，记住了它的每一个细节！"

拿回钻石项链后，卢米安陪着查理在天文台区另外找了两家典当行，鉴定结果都和之前一样，项链是假的，只能当十一到十五费尔金。

查理越来越沮丧，越来越崩溃。

卢米安看了他一眼，宽慰道："至少还能当个十几费尔金，足够你撑一周多，并且有闲钱去白外套街的咖啡馆请服务生喝酒，让他们介绍新的工作。"

查理算上房租，每天大概花一费尔金，如果不去地下酒吧喝一杯，则会更少一点。

"是啊……"查理叹了口气。

失落到极点，接受了现实后，被这么一说，他反而觉得生活还是有希望的。

卢米安想了下道:"还不能排除别的可能性,比如,这里的当铺私下里有联络和沟通,专门骗你这种穿得不好又抵押贵重物品还没相应发票的人,你要不要把项链拿去专门的珠宝店鉴定?"

"那会支付一笔费用。"查理露出为难的表情。

鉴定出来是真的还好,如果是假的,那他本就不多的资产可能得缩水三分之一到一半。

卢米安叹了口气道:"你把钻石项链给我,我帮你找个朋友鉴定,不收费的那种。你身上应该还有点钱,可以撑完今天吧?"

"我还有两费尔金六十科佩。"查理带着期待的眼神将钻石项链交给了卢米安。

卢米安一边收起项链,一边笑着说道:"你不担心鉴定出来是真的,我却还你一条假的,告诉你那些当铺没有问题吗?"

查理的表情又一次僵硬。过了一秒,他吐了口气道:"我相信你,而且,我已经当它是假的了。"

卢米安挥了挥手,告别查理,往炼狱广场走去。

地下墓穴附近,奥斯塔·特鲁尔穿着戴兜帽的黑袍,面对篝火,坐在老位置。

"你都不换个地方吗?"卢米安走了过去,好笑地问道。

奥斯塔嘿嘿笑道:"我的占卜和解读有一定的准确性,已经有不少人介绍朋友过来,要是换个地方,那岂不是会失去积累下来的顾客?那都是费尔金啊!"

"什么叫积累下来的顾客?明明是积累下来的傻子。"卢米安半开玩笑半嘲讽地说道。

奥斯塔不敢反驳。

卢米安旋即问道:"我有事情找K先生,该怎么联络他?"

原来不是来找我的……奥斯塔悄然松了口气,语速颇快地说道:"参加过聚会的人可以直接到《通灵》杂志的总部,也就是我们聚会的那栋楼,舍尔街19号,按照三长两短一长的节奏敲响103房间的门,之后会有人带你去见K先生。如果不想亲自去,可以寄信,地址是林荫大道区舍尔街19号103房间,收信人是纪尧姆·皮埃尔。"

好假的假名……平时敲门的节奏和聚会前敲门的节奏不一样啊……K先生竟然都没有告诉过我这些,他是觉得奥斯塔会讲?卢米安点了下头,告别奥斯塔,往地上返回。

途经地下墓穴入口时,他又看到一群参观者举着点燃的白色蜡烛,跟随管理员穿过那扇天然形成的拱门,进入了"死亡帝国"。

收回视线，卢米安一路往外，乘坐公共马车抵达了林荫大道区舍尔街19号。

他压低鸭舌帽，按三长两短一长的节奏敲起103房间的门。

吱呀一声，暗红色的木门打开了。

出现在卢米安眼前的是一位面容清秀，褐发披散，如同艺术家的年轻人。他用深棕色的眼眸打量了卢米安两秒："你找谁？"

"我是夏尔，有点事情找K先生。"卢米安直截了当地说道。

那位年轻人微侧脑袋，仿佛在倾听细小的声音。很快，他对卢米安道："你跟着我。"

这年轻人一路走到风格相当古典的房间一侧，打开藏在更衣间内的暗门。门后有通往地底的阶梯，两侧的墙上镶嵌着黑色栅格围出的煤气壁灯。

卢米安进了地下室，穿过一条不长的走廊，来到一个相当空荡的房间。

他怀疑这里还有别的出口，甚至连通着地卜特里尔的某个区域。

此时，K先生正坐在一张红色靠背椅上，脸庞藏入人人兜帽带来的阴影里。

这位聚会的召集者看着卢米安，没有说话，带来恐怖的压迫感。

卢米安按了按鸭舌帽，笑着说道："上午好，K先生，我有事情想找你帮忙，我需要付出什么代价由你决定。"

K先生沉默了几秒，用低沉嘶哑的嗓音问道："毒刺帮知道是你杀死马格特了？"

果然……卢米安一点也不意外K先生掌握了自己的部分情报。

他参加聚会时，故意用绑带遮掩脸孔，还原了击杀马格特时的状态，为的就是让K先生知道那件事情，从而展现自身具备的价值和较为冲动偏激的性格。而这同样能取信于K先生。

卢米安摇了摇头；"是另外的问题……"

他随即将自己怎么认识查理，怎么帮他摆脱困境却被苏珊娜·马蒂斯恨上，怎么差点被那个怪异生物杀死，幸好官方非凡者及时赶到等事情原原本本讲了一遍，没有一句假话，只是未提许多细节。这与他在聚会上想要购买的情报彼此印证。

"你想寻求庇佑？"K先生安静听完，低沉问道。

庇佑？你会不会太高看自己了？更准确的词语应该是保护啊！卢米安无声咕哝了几句，郑重点头道："是的。"

K先生嗓音嘶哑地说道："那应该是一个魂类生物，很像恶灵，正常情况下，你只要搬出市场区，它就没法再影响你。但官方非凡者明显已经盯上了这件事情，你要是现在搬走，很可能被怀疑，而且，如果苏珊娜·马蒂斯记住了你，甚至标记了你，那你在哪里都可能遭遇袭击，很多能力是可以超越距离限制的，不需要它真正离开领地。"

"难怪那两位女士都没建议我搬走……卢米安若有所思地点了点头："那我该怎么办？"

K先生语速缓慢地说道："我可以提供一定的保护，但你需要为我做一件事情。"

"什么事情？"卢米安故作急迫地问道。

K先生双手交握于身前道："加入市场区任意一个黑帮，成为头目。"

难道K先生背后的组织想间接控制市场区？卢米安毫不犹豫地回答道："没有问题！"

K先生缓慢点头，用右掌握住了左手食指。紧接着，他用力一扯，硬生生将那根手指扯了下来，血淋淋的伤口中露出白森森的骨头。

卢米安仅是看到，就有种很痛的感觉。

令人惊奇的是，血液并没有渗出伤口，只是在边缘徘徊着，扭曲着，内缩着，然后，那伤口逐渐愈合。

"带上它，关键时候能够帮助你。"K先生将那根断指扔给卢米安。

他缺少了一根手指的左手伤口处，血肉正剧烈蠕动，仿佛要长出一根新的。

卢米安伸出右手，准确接住了那根断指。感受到手指的重量和还未来得及消退的温度，他内心又诧异又震惊——他事前预想过K先生可能提供怎样的保护，但完全没料到对方会直接扯断一根手指，丢给自己，说关键时刻能给予帮助！

这也太离谱了吧？先不说一根断指能发挥什么作用，K先生就不怕我利用他的血肉做点什么吗？

神秘学中，本身的血肉可是相当重要的，一旦落到不怀好意的人手里，很可能会带来非常严重的后果。

没有谁希望莫名其妙就遭遇恐怖的诅咒！

考虑到K先生实力强大，不是神秘学文盲，甚至能充当"公证人"，卢米安怀疑他有办法规避离体血肉带来的种种影响，所以才敢扯断手指，交给他人。而且，这断指还明显有神异之处。

也不知道用"堕落水银"给这根手指一刀，弄出鲜血，能不能把"遇到蒙苏里鬼魂"的命运交换给K先生……作为科尔杜村的恶作剧大王，卢米安总是会有些奇思妙想。

他忍住冲动，将目光从断指上收回，重新投向K先生。

这个时候，K先生的左手已长出了一根略显湿漉漉的新手指，皮肤很嫩，色泽偏白。

"谢谢。"卢米安低沉开口，将断指放入灰蓝色工人制服的衣兜内。

K先生轻轻颔首道："你可以离开了，不要忘记我们的约定。"

"还有件事情。"卢米安拿出那条钻石项链,"你能帮我看下它是真的还是假的吗?我需要用它换一笔钱。"

已经欠下K先生人情的他根本不在乎再多欠一点。

还不上怎么办?还不上就卖身给K先生背后的那个组织!

这也正是卢米安的目的。

K先生让引卢米安进入地下的那名侍者将那条钻石项链拿过去,于手中翻看了起来。隐隐约约间,卢米安看到K先生的兜帽阴影里有些许金黄的光芒渗出。

过了几秒,K先生将钻石项链放回侍者掌中:"假的,做工还算精细,能值五十费尔金。"

"好吧。"卢米安没有掩饰自己无奈的神色,转而说道,"还有,我需要一套身份证明。"

他一直在金鸡旅馆居住的一个重要原因就是那里不看身份证明。

得到K先生肯定的答复后,出了舍尔街19号,乘坐公共马车返回老实人市场区的途中,卢米安时而思索该怎么不引人怀疑地加入某个黑帮,时而猜测那根断指能发挥什么作用,时而想想有什么办法可以让那些当铺为这条假的钻石项链出更多的钱,至少给到二十费尔金……

各种念头纷呈间,卢米安逐渐有了一个想法。

与此同时,他打算下午前在老实人市场区和植物园区分别找一处安全屋,不要身份证明的那种。

"我现在身上还有八百五十费尔金二十四科佩,扣掉情报贩子安东尼·瑞德那里还没给的尾款,剩下四百五十费尔金,租两三个安全屋足够了……"卢米安认真算了下自己还有多少资产。

他抿了抿嘴巴,觉得有必要先将K先生那根断指放在金鸡旅馆再去租房。

下午三点之前,卢米安分别在老实人市场区白外套街和植物园区石板街各找到了一个不需要身份证明的房间。当然,租金都有一定的溢价。

前者不比金鸡旅馆207房间好多少,却要每周六费尔金,后者和奥斯塔·特鲁尔租住的公寓比较像,周围的邻居都是南边工厂里的工人,每周十费尔金。

卢米安给两个房间都一次性交了四周的租金,但未得到任何优惠。

回到金鸡旅馆,他看了一阵《男士审美》,用化妆品柔和了自身的棱角,增加了部分地方的阴影,又修了修眉毛。

经过一阵忙碌,卢米安完成了初步的伪装,现在他看起来像是二十四五岁带着点危险气质的普通男子。

他梳理了下金中带黑的头发，戴好深蓝色鸭舌帽，拿上K先生的断指，一路走到市场大道的微风舞厅前。

他没像别的客人那样直接进入，而是停在那栋土黄色建筑和无数骷髅头组成的白色圆球形雕像之间，对守门的两名黑帮成员道："我要见布里涅尔男爵。"不等那两名黑帮成员骂回来，他抢先补充道，"你们告诉男爵，是上次见过面的夏尔，他应该很高兴再见到我。"

两名黑帮成员你看我我看你，终究是不敢耽误布里涅尔男爵的正事，分出一个人，进了舞厅。

不到五分钟，那名黑帮成员出来对卢米安道："男爵让你去上次见面的地方。"

二楼咖啡馆？卢米安笑了笑，双手插兜，缓步走入微风舞厅，沿楼梯往上，看到了拿着桃木色烟斗的布里涅尔男爵。

这位绅士穿着细呢制成的黑色正装，手边放着半高丝绸礼帽，左掌戴着一枚闪闪发亮的戒指，身后有整整四名黑帮打手保护。

"坐。"布里涅尔男爵棕眸一扫，微笑着指了指桌子对面的位置。

卢米安大大方方地走过去，坐了下来，望着布里涅尔男爵线条深刻的脸庞和天然微卷的褐发道："下午好，我们又见面了。"

布里涅尔男爵敲了敲桃木色烟斗的底部，笑着问道："有什么事情吗？"

卢米安拿出了查理那条假的钻石项链，平静说道："我最近有点缺钱，想把这条项链抵押给你，它价值一千五百费尔金，你给我一千就行了。"

布里涅尔男爵侧头对手下道："找人鉴定一下。"

"是，男爵。"额头残余着明显青肿痕迹的一名黑帮打手走出了咖啡馆。

布里涅尔重新望向卢米安，满意地点了点头："不错，化妆技术有了明显的进步，虽然还是有很多瑕疵，但和之前相比，你已经不那么容易被人一眼认出来了。"

"感谢你的建议。"卢米安笑了起来，"《男士审美》是本好杂志。"

两人闲聊着没有价值的话题，直到刚才离开咖啡馆的黑帮打手带着一名穿着正装、打着领结、提着工具箱的四十多岁男子上来。

经过一番鉴定，那男子走到布里涅尔男爵身旁，将项链放至桌上，压着嗓音道："是假的。"

唰的一下，在场的黑帮打手都拔出了左轮。

布里涅尔男爵勾起嘴角，望向卢米安，发现这小子一脸平静，就像没听到珠宝鉴定师的话语，没看到几名打手的动作一样。

布里涅尔男爵笑容不变，对鉴定师点了点头："你先回去。"

"是，男爵。"那名珠宝鉴定师紧张到慌乱地离开了咖啡馆。

布里涅尔男爵这才放下桃木色烟斗，摩挲起左手那枚钻石戒指，笑着询问卢米安："你知道这条项链是假的吗？"

卢米安也浮出了笑容："知道。"

他话音未落，那一把把左轮就瞄准了他。

布里涅尔男爵见卢米安不为所动，又好奇地问了一句："那你知道我能找人鉴定钻石的真假吗？"

卢米安笑容不变地回答："知道。"

布里涅尔男爵的眼睛微微眯了一下："既然都知道，那你为什么还敢拿一条假项链来借一千费尔金？你凭什么觉得我会给你？"

卢米安缓慢地站了起来，无视那一把把对准他的、蓄势待发的手枪，将双手撑在桌子边缘。

他略微俯低身体，俯视着对面的布里涅尔男爵，勾起嘴角道："毒刺帮的马格特是我杀的。"

布里涅尔男爵脸上的笑容一下僵住。他的瞳孔本能放大，似乎想更进一步看清楚面前这个人的模样。

用手枪指着卢米安的四名黑帮打手亦是愕然，全部睁大了眼睛。

作为毒刺帮的对头，他们比任何人都清楚马格特的实力有多么强！

这时，卢米安抬起脑袋，不含任何情绪的目光缓慢地从那些打手的脸上扫过。每一个被他注视的黑帮成员都下意识产生了避开他目光的冲动，以至于手臂有所反应，枪口相继从他的身上移了开来。

布里涅尔男爵迅速恢复了正常，回头对四名打手道："收起你们的手枪！我难道没教过你们怎么对待客人吗？"

教训完手下，他才略作好奇地询问起卢米安："你是怎么杀死马格特的？"

"我给了他一刀，有毒的那种，但我不知道他究竟逃到哪里才死掉的。"卢米安轻描淡写地回答道。

这和布里涅尔男爵收到的情报初步吻合。他眼睛微眯，笑着问道："你知道拿了我的一千费尔金意味着什么吗？"

卢米安浑不在意地笑了："知道。"

金鸡旅馆，504房间。

查理看到门外的卢米安，颇为激动地问道："鉴定出真假了吗？"

"假的，最多值五十费尔金。"卢米安边走入房间，边随口说道。

他发现查理已经将苏珊娜·马蒂斯的画像扯掉，墙上只留下了粘贴过的纸痕。

查理早有心理准备，虽然失望，但不算太失望，自嘲一笑道："至少还值五十费尔金，找个好心的当铺应该能抵押到二十。"

卢米安看了他一眼，笑了起来："但我把那条假项链卖了一千费尔金。"

"啊？"查理几乎呆住。

卢米安拿出那摞厚厚的钞票，笑着说道："假项链是你的，价值五十费尔金，所以，只能给你这么多，剩下的是我的劳务费，没问题吧？"

查理很茫然，下意识地回答道："没问题。"

等卢米安点数出价值五十费尔金的钞票，查理才猛然惊醒，又害怕又警惕地抬头望向门外。

当前是傍晚，五楼又不像二楼那样，两侧都有大阳台，所以光照很差，一片昏暗，仿佛已然入夜。

见走廊上没什么人来往，查理稍微松了口气，压着嗓音对卢米安道："你欺骗别人，把假项链当真项链卖了一千费尔金？"

"你有两个地方说错了。"卢米安笑着将那摞零碎的五十费尔金钞票递到查理面前，"一，不是别人。"

"那是谁？"查理一边本能地接过那些1费尔金、5费尔金面额的纸币，一边疑惑地反问。

卢米安的笑容瞬间变得灿烂："是萨瓦党。"

听到这个答案，查理险些将手里的钞票扔出去。他满脸恐惧地看着卢米安道："你疯了吗？他们会杀人的，乱街经常有人失踪！"

卢米安笑了笑道："二，不是欺骗。"

"啊？"查理完全跟不上卢米安的思路。

卢米安微笑着解释："他们知道那条项链是假的，但还是愿意付一千费尔金。"

怎么可能？查理第一反应是"开什么玩笑"。萨瓦党的人只是凶恶了一点，又不是傻子，怎么可能为一条只值五十费尔金的假项链付一千费尔金？

霍然间，查理产生了一个想法："你不会抢了萨瓦党的头目吧？"

那更疯狂好不好！

卢米安笑道："放轻松，我和布里涅尔男爵是在友好交谈中达成协议的，后续不会有问题。诶，你到底要不要那五十费尔金？"

和布里涅尔男爵友好交谈……查理又一次产生了好像不认识面前这位邻居的感觉。考虑到自己真的没什么钱了，他还是收下了那五十费尔金，喃喃自语般道："谢谢。"

卢米安笑着点了下头，转身走向门外。

就在这时，查理隐约间明白了整件事情，脱口而出道："你加入萨瓦党了？"

卢米安没有回身，挥了下手道："是啊。"

查理张开嘴巴，想说点什么，却一个单词都没有吐出，只能看着卢米安的身影一步步走入外面的昏暗里，消失在无光的楼梯口。

回到207房间，刚卸掉部分伪装，准备外出寻觅美食的卢米安听到四楼传来熟悉的咒骂声。

"你们要是觉得这些钱来得很轻松，可以自己躺下来赚！

"窝囊废，没有下面那根东西的胆小鬼，只敢欺负女人！

"有本事把你妈妈也送到我这里来！

"……"

卢米安听了几秒，大概明白是毒刺帮的威尔逊又带着手下来找伊桑丝收"保护费"了。

他嘴角一点点翘起，露出了笑容。

下一秒，卢米安戴上深蓝色的鸭舌帽，走出207房间，一路上到四楼。

还未等靠近408房间，他就听到了啪的一声耳光，以及伊桑丝更激烈的咒骂和挣扎声。

这一层的租客们紧闭着木门，没谁敢出来走动。

卢米安单手插兜，来到了408房间外面。

首先映入他眼帘的是两名打手的身影，他们穿着深色夹克，正双双侧身堵在门口。

这时，伊桑丝的咒骂开始逐渐夹杂哭声和嘶喊声："你们这群母猪养的！我诅咒你们！我要剪掉你下面那根东西！"

卢米安挑了下眉毛，靠近门口那两名打手。

"你干什么？"其中一名打手厉声问道。

卢米安没有回答，霍然一个跨步，欺到他们身前，探手抓了过去。

他的动作是如此迅猛，以至于两名打手还没反应过来就被他抓住了后脑勺。

卢米安一个用力，让他们的脑袋狠狠相撞。咚的一声，那两名打手额头青肿，眼睛翻白，软软地倒了下去。

随着他们"让"开道路，卢米安看到了房间内的场景。

披着亚麻色长发，容貌清秀的伊桑丝躺在床上，衣裙凌乱，面部有明显的红肿痕迹，而褐发微卷、满脸横肉的威尔逊正收起一摞钞票，皮带处于解开状态，另一个打手则负责按住伊桑丝。

察觉到门口的动静，这位毒刺帮的头目边动作敏捷地将手伸向皮带两端，边望向外面。

　　随即他看见了跨过自己两名手下的身体，还轻轻擦了擦手的卢米安。

　　没给威尔逊提问的机会，卢米安露出一抹笑容道："没人告诉你，金鸡旅馆现在归我们萨瓦党保护吗……？"

❖ 第七章 ❖

★ CHAPTER 07 ★

一位天使

卢米安话音未落，趁着威尔逊还未系好皮带，已是跨步向前，一记炮拳轰了过去。威尔逊慌忙闪避，抓紧时间扣起皮带。与此同时，他眼睛微眯，视线锁定了卢米安。

卢米安骤然感觉到某种恐惧，那是普通人遇上恶棍，遇上黑帮成员时难以遏制的胆怯和害怕——威尔逊让类似的情绪实质化了！

但卢米安还是普通人的时候就不会被恶棍吓到不敢还手，流浪儿出身的他向来秉持着能逃避投降就逃避投降，要是不能，那就拖着对方一起死的理念，而他现在都是序列8的非凡者了，更加不会怕。

又一个非凡者？卢米安靠着恐惧带来的狠劲，贴住威尔逊，再次使出那套近身短打的格斗技巧。他的手、肘、膝、脚等纷纷化为武器，狂风暴雨般压制住了刚勉强弄好皮带的威尔逊。

啪啪啪的碰撞声里，另外一名打手反应过来，抄起房间内的椅子，就要砸向卢米安的后背。

可卢米安如蛇一般扭曲了上半身，绕到威尔逊的身后。

砰！那张椅子砸中了威尔逊的脑袋，砸得他眼冒金星、身体摇晃。

哗啦一声，本就不牢固的椅子支离破碎了。

卢米安弹簧一样回正了身体，向后撩起右腿。

他的脚后跟准确命中了那名打手的下腹部，制造出一声闷响。

那打手眼睛一下瞪出，双手捂住胯部，倒了下去，来回翻滚，却又叫不出声音，如同被捏住脖子的公鸡。

卢米安右脚后撩的同时，手臂顺势往前抽出，仿佛鞭子般打在威尔逊的胸口。

惨遭自己人痛击的威尔逊无从躲避，听到了肋骨断掉的声音。

他还没来得及从疼痛中挣脱，卢米安已抓住了他的双臂，将他拉向自己。

噗！迎接他的是膝盖的顶撞。

威尔逊脸色一下发白，整个弯曲起身体。

卢米安旋即双手紧握，挥舞巨锤般砸向威尔逊的后背。

扑通！威尔逊倒在了地上。

卢米安趁机扑了过去，反剪住他的双臂，将膝盖压在他的背部。

"我还以为你很强。"卢米安嗤笑起来，"结果，连十秒钟都没有撑到。"

据他判断，威尔逊也就序列9，属于更偏格斗，加强身体的类型，但不确定究竟是哪条途径的。

遭遇挑衅的威尔逊竭力挣扎，却怎么都摆脱不了对方的控制。

卢米安抬头望了眼明显傻住的伊桑丝，低笑着对威尔逊和还未恢复战斗能力的打手们道："回去告诉你们上面的人，这里是我夏尔的地盘，有什么事情尽管找我们萨瓦党！"

"你死定了！"威尔逊恶狠狠地说道。

卢米安笑了："我死不死还不确定，但你现在就会死。"

"你敢当着这么多人的面杀我？"威尔逊嘲笑道。

卢米安没有说话，双手用力，扳出了咔嚓的声音。威尔逊顿时发出惨叫，额头沁出豆子大小的冷汗——他的手臂被直接折断了！

卢米安旋即提起他，跳上伊桑丝的木桌，推开窗户，将他吊在了外墙上。

看了眼下方没什么人行走的巷子，卢米安笑着对威尔逊道："你猜，我敢不敢把你扔下去？"

威尔逊望着超过十米的高度，望着下方的石板，想到对方折断自己手臂时的狠辣，一时竟不敢回答。

就在这时，卢米安松开了手。

我还没有回答！威尔逊惊愕地感觉到自己的身体在急速下坠。不得已，他只好尽力调整姿态，以避开要害。砰！他重重坠落在地，很多地方瞬间血肉模糊。

卢米安观察了两秒，隔空笑了一声："生命力还挺顽强嘛，这都没有死，你的绰号是'乱街蟑螂'吗？"

他不再关注威尔逊，跳下木桌，对挣扎站起的三名打手道："我刚才的话你们听见了吗？"

那三名打手战战兢兢地点了下头，转过身体，准备逃跑。

"等一下。"卢米安喊住了他们。

那三名打手僵在了原地，身体隐约有点颤抖。

卢米安指了指碎掉的椅子，微笑说道："弄坏的东西你们都不赔吗？"

那三名打手疯狂掏出身上的钞票，丢到地面上。

得到卢米安首肯后，他们跌跌撞撞地跑出了408房间。

伊桑丝全程都相当茫然地看着，只记住了这里被萨瓦党接管的话语。然后，她发现那位萨瓦党的夏尔并没有和自己打招呼，交代将来该交多少钱，多久交一次等事情，甚至未看她一眼，径直走出了门。

伊桑丝下意识张开嘴巴，试图问点什么，可想到毒刺帮还可能卷土重来，又沉默了下去，看着卢米安的身影消失在门外的黑暗里。

卢米安刚回到二楼，就看见查理在自己的门外徘徊。

"哟，不会又梦到什么了吧？你这样突然到我门口来，我很紧张好不好？"卢米安半开玩笑半嘲讽地打了声招呼，他对查理不去永恒烈阳教堂而是跑来找自己的事情依旧耿耿于怀。

查理望了眼楼梯口，压着嗓音道："四楼好像有什么动静。"

"耳朵还算正常。"卢米安赞了一句，"确实有动静，我把威尔逊从楼上扔下去了。"

"啊？哪个威尔逊……"查理又是一脸的茫然。过了两秒，他才反应过来，"毒刺帮那个，找伊桑丝小姐收钱的那个？"

"对。"卢米安坦然点头。

查理先是一脸"原来是这样"的表情，接着愕然脱口道."你把他从楼上扔下去了？几楼？"

"四楼。"卢米安笑着回答。

查理的嘴巴一点点张开，忘记了合拢。"你不会是在开玩笑吧？"几次呼吸后，他终于找回了思绪，非常紧张地问道。

卢米安指了指对面的房间："你要是不信，可以去后面那条巷子看看，那家伙就跟蟑螂一样，这样都没有摔死他。"

查理再次用第一次认识般的目光打量起卢米安，发现这个爱恶作剧、胆子大、有头脑的朋友竟然还有自己完全不了解的一面。

他的眼睛里似乎没有法律，他的骨子里透着冷漠，他的脑海里缺少"畏惧"这个单词，竟然把一个活生生的人从四楼扔了下去，而且，那还是毒刺帮的头目！

他不怕死吗？他不怕毒刺帮的报复吗？

这让查理回想起了夏尔被苏珊娜·马蒂斯威胁时，用他那把短刀抵住自己喉咙的所作所为。查理之前一直觉得这主要是要挟，是一种恐吓，但他现在怀疑，要是苏珊娜·马蒂斯不愿意妥协，夏尔真的会给自己一刀。当然，他那把肯定不是什么"诅咒之刃"。

下一秒，查理左右看了一眼，重新压住嗓音道："你，你疯了吗？毒刺帮可不是那么好惹的！……要不你赶紧换个地方吧，搬出市场区应该就没事了。"

他觉得不管夏尔再怎么疯狂，再怎么法律意识淡薄，都是真正帮助过自己的人，必须提醒他现在处境危险，得赶紧逃跑。

卢米安笑了："我们萨瓦党也不是好惹的。"

"呃……"查理忽然觉得事情可能和自己想的不太一样。

卢米安打开207房间的门，一边进屋一边说道："从现在开始，金鸡旅馆就是我们萨瓦党的地盘了，毒刺帮那些家伙来一个我扔一个。"

是萨瓦党让夏尔对付威尔逊的？查理恍然大悟，放下了一半的心。

既然是萨瓦党主动挑衅，那肯定有应对毒刺帮反扑的办法，不需要他这个失业的穷人操心。

卢米安将装着几套换洗衣物和奥萝尔巫术笔记的行李箱关上，推到床铺底下，用被单做了初步的遮掩，然后直起身体对查理道："要是有人来找我，就说我去了微风舞厅。"

"好，好的。"查理目送卢米安消失在楼梯口后，猛然想起了一件事情。

伊桑丝小姐之后怎么办？是归属萨瓦党，还是有可能赎买自己？

市场大道，微风舞厅。

卢米安坐到吧台位置，敲了敲桌面道："一杯'情人'，一份土豆泥，一份猪油小牛肉片，一根猪肉香肠，一个可颂。"

"情人"指的用甘蔗糖浆酿造成的糖酒加冰加水，属于因蒂斯各个酒吧通用的黑话。

没多久，卢米安喝上了琥珀色的甘甜酒液，吃上了浓香诱人的猪油小牛肉片。他边品尝着美食，边听着舞池那边的歌声，时不时摇摆身体。

这时，跟随布里涅尔男爵的一名黑帮打手坐到他的旁边。卢米安侧过脑袋，望了对方有明显血瘀痕迹的额头一眼，笑着说道："第三次见面了吧？怎么称呼？"

那打手略显拘谨地回答道："叫我路易斯就行了。"

又一个路易斯……卢米安暗自笑了一声。

在因蒂斯共和国，路易斯和皮埃尔、纪尧姆一样常见，而卢米安认识的上一个路易斯以男人的身体生下了孩子。

路易斯看着卢米安拿起可颂面包咬了一口，故意拉近关系般道："我请你吧，这还是你第一次到我们微风舞厅玩。"

"好啊。"卢米安很少假装客气。

路易斯要了一杯黑话是"魔鬼"的糖浆柠檬汽水酒，抿了口道："你住在金鸡旅馆对吧？"

"是啊。"卢米安叉了块切好的香肠放入口中。

路易斯想了下道："那里是毒刺帮的地盘，你要不要搬到白外套街？"

"不用。"卢米安喝了口散发着焦糖甜味的冰凉"情人"，笑着说道，"它现在是我们萨瓦党的地盘了。"

"什么？"路易斯差点被口中的酒液呛到。

卢米安侧过脑袋，微笑说道："我把毒刺帮的威尔逊从四楼扔了下去，金鸡旅馆现在是我们萨瓦党的地盘了。"

听着对方的描述，路易斯脸上的表情一点点变得僵硬起来。过了几秒，他挤出笑容，站起身道："我得向男爵汇报这件事情。"

这家伙怎么比男爵还狠还疯？

"好啊。"卢米安一点也不介意。

路易斯快走几步，又回过身来，凑至卢米安旁边，低声问道："威尔逊死了吗？"

"没有。"卢米安露出遗憾的表情。

你遗憾什么？路易斯望着卢米安的脸庞，心底霍然升起一个念头：我们究竟是找了一把刀，还是找了一个大麻烦？

市场大道，126号，罗杰那幢带小花园的三层建筑内。

看着被抬到自己面前，遍体鳞伤的威尔逊，罗杰用冰冷的蓝色眼眸望向那三名战战兢兢的打手道："谁干的？"

"萨瓦党的人！"身体微弓的一名打手语速飞快地回答道，"他自称夏尔，说金鸡旅馆现在归萨瓦党了！"

夏尔……"黑蝎"罗杰略微发福的脸庞上流露出了疑惑和戒备交织的神情。他自言自语道："萨瓦党排得上号的头目里没有夏尔这个人……他竟然能把威尔逊打成这个样子？"

要知道，威尔逊可是相当于序列9非凡者的"恶棍"，最擅长的就是格斗！

这时，另外一名打手以猜测的口吻道："头儿，我想起一件事情，马格特死的那天傍晚，我们去过金鸡旅馆。"

罗杰的表情逐渐变得严肃，带着点狰狞和愤恨："也是那个夏尔干的？他是怎么做到的？萨瓦党暗地里招揽了这么一个厉害人物，想把我们赶出市场区？"

站在"黑蝎"罗杰旁边的一名男子恨声说道："第一次是暗杀，第二次就光明正大地挑衅了，我们要是不做出点回应，第三次都不知道会怎么样！"

这男子头发剃得干干净净，五官却相当不错，湖水色的眼眸、高挺的鼻梁、硬朗的褐眉和弧度刚好的嘴唇让他即使顶着一个光头，也依旧能称得上英俊。他套着黑色衬衫、深色马裤和无绑带皮靴，没穿外套，身高接近一米八。

罗杰沉思了几秒，对身旁这名男子道："哈曼，你去找布里涅尔男爵，问问这究竟是怎么回事，问问他们萨瓦党是不是想和我们毒刺帮全面开战。要是他愿意和解，我们可以适当让步。

"记住，时机还没有到，要学会忍耐。"

微风舞厅三楼，某个房间的阳台上。布里涅尔男爵叼着桃木色的烟斗，悠闲地俯视着进出舞厅的客人们。忽然，他侧过身体，望向门口，两秒后，路易斯推门进来，穿过其他几名打手，进入阳台。

"脚步有点重，有点急，出了什么事情吗？"布里涅尔男爵微笑问道。

路易斯略感紧张地回答道："男爵，那个夏尔把威尔逊从金鸡旅馆的四楼扔下去了！"

"毒刺帮的威尔逊？"布里涅尔男爵回想了一下道。

"对，他受了重伤，没有死。"路易斯赶紧补上情报。

布里涅尔男爵拿着烟斗，思索了一阵道："夏尔有说他为什么那么做吗？"

"他说金鸡旅馆现在是我们萨瓦党的地盘了。"路易斯重复起卢米安的话语。

布里涅尔男爵哑然失笑，他抽了口烟斗，意味深长地说道："一把锋利的刀要是握得不好，是很容易伤到自己的。得找机会提点他一下了。"

"毒刺帮那边怎么办，要不要告诉老大？"路易斯颇为担心地问道。

布里涅尔男爵想了想道："暂时不用。夏尔这次其实也算做了一件好事，我想看看毒刺帮会有什么反应。"

见手下露出疑惑的表情，向来喜欢教导他们以彰显自身智慧的布里涅尔男爵笑道："自从毒刺帮成立，不到两年时间，他们内部拥有超凡力量的人的数量就膨胀到了只比我们少一点的程度，抢下了大量的地盘，你们不觉得这里面有很大的问题吗？再给他们两年的时间，我们怕是会被他们完全赶出市场区。

"他们要是想把这事闹大，我很乐意，正好让官方的人注意到，查一查他们背后究竟是谁。"

晚上十点，从市场大道返回金鸡旅馆的途中。

先前跟随布里涅尔男爵的黑帮打手路易斯陪着卢米安，从偏黄光芒一团接一团的大路转入了黑暗占据主流的小街。

他望了眼不知什么原因坏掉,长期没有修理的几盏路灯,状似无意地说道:"男爵和毒刺帮的人谈过了,从现在开始,金鸡旅馆真正归我们萨瓦党了。"

卢米安嗤笑了一声:"毒刺帮这么好说话?"

你这话什么意思?难道你还盼着双方打起来?路易斯愈发觉得夏尔是个危险的家伙,身体内流淌着喜爱纷争的血液。他认为以夏尔表现出来的性格特点和行事风格,将来少不了给萨瓦党惹麻烦,一次又一次。到时候,本就因毒刺帮快速崛起而形势紧张的市场区肯定会愈发动乱。

作为一名资深的黑帮成员,路易斯向来秉持着能欺负普通人就不要打打杀杀的信念,毕竟每个人的生命只有一次,他目睹过好几位同伴死在帮派斗争和警方追捕里,他们的家人刚开始还能得到点照顾,随着时间流逝,处境是越来越惨。

当然,真要逃不过,他也不会缺少那股狠劲,能跟在布里涅尔男爵身旁的黑帮打手每一个都是从街头斗殴、小巷拼杀里成长起来的,脑袋不一定灵活,身手和胆子绝对不弱。

路易斯缓慢地吐了口气:"你展现出了足够保护金鸡旅馆的实力,而毒刺帮也不想把事情闹大,被警察们盯上,所以,男爵支付了威尔逊的医疗费用后,这事就算结束了。这段时间,你也要稳一稳,真要引起了警察们的注意,你可经不起深入的调查。"

我倒是无所谓,大不了抢在官方非凡者围捕前换个地方藏身,你们萨瓦党跑得了神甫可跑不了教堂……卢米安在心里用奥萝尔某本书里的台词嘀咕了一句。

路易斯继续说道:"男爵让我告诉你,既然你住在金鸡旅馆,那它就归你管。而有了自己地盘的成员,我们一向是不再给日常开销的。"

他的潜台词就是,那一千费尔金之外,萨瓦党平时应该不会再给你钱了,你自己想办法从自己的地盘获取必要的收入。

卢米安愣了一下,颇感好笑地回答道:"好。"

说话间,两人到了金鸡旅馆门外,抬头望了眼那栋米黄色的陈旧建筑,卢米安忽然有种奇妙又荒诞的感觉——这就是我的地盘?

住这种破地方的,有一个算一个都是穷鬼,拿什么来交保护费?算了吧,他们不像查理那样给我惹麻烦就是好事了,靠他们是赚不了钱的!

无声嘀咕中,卢米安告别路易斯,走入旅馆,已喝过两杯的他不打算再去地下室酒吧,一路回到了207房间。

这里没人来过。

看了一阵奥萝尔的巫术笔记,卢米安听到了熟悉的脚步声,紧接着是咚咚咚的敲门声。他打开房门,不出意外地看见了查理。

查理的脸庞因喝酒而红润,他笑着说道:"你敢相信吗?我快有新工作了!我晚上去了白外套街,请那些服务生喝了酒,他们介绍了一个酒店经理给我——他告诉我,他们正缺几名侍者,正式的侍者!"

"那个经理要是打听到你和原本酒店的女住客成为情人,牵涉入一桩谋杀案,刚被释放,还会考虑你吗?"卢米安打击了对方一句。

查理的笑容顿时变得僵硬,他揉了揉脸庞肌肉道:"他应该会给我一个机会吧……夏尔,我找你不是为了这件事情,我想问问,你打算怎么处理伊桑丝小姐?"

"什么怎么处理?"卢米安含笑反问。

查理堆起笑容道:"你会阻止她离开乱街吗?你要是让她继续做站街女郎,每次该交多少钱给你,多久交一次?"

卢米安呵呵笑道:"她爱做什么做什么,和我没任何关系,我有的是办法赚钱。"

"我就知道!赞美太阳,赞美圣维耶芙!"查理兴奋起来,"我在酒吧里看到你的第一眼,就知道你是一个有头脑有能力的绅士!"

"靠傻瓜仪做出的判断吗?"卢米安嘲讽了一句。

"这是一方面。"查理讪笑一声,旋即挥了挥手,"我去把这个消息告诉伊桑丝小姐!"

跑了几步,查理停下来,转过身体,异常谨慎地问道:"毒刺帮还会再来吗?"

"布里涅尔男爵和他们谈妥了,金鸡旅馆真的是萨瓦党的地盘了。"卢米安随口回道,"而负责这里的就是我。"

查理的高兴溢于言表,他热情地张开双臂道:"赞美太阳,赞美圣维耶芙,赞美夏尔你!"说完,他噔噔噔跑进了楼梯口。

把我和永恒烈阳、圣维耶芙并列在一起……你是怕我死得不够快吗?卢米安呵了一声,摇了摇头,回到房间,继续学习起奥萝尔的巫术笔记。

408房间外面,查理敲响了木门。一侧脸颊明显红肿的伊桑丝开门看到他,平淡地说道:"我今天不舒服,你找别人吧。"

查理迫不及待地说出了好消息:"你知道吗?旅馆现在不属于毒刺帮了,归萨瓦党了!"

伊桑丝骤然想起了傍晚的事情,犹豫了下道:"你确定吗?"

"确定!"查理用标志性的热情洋溢的口吻道,"你肯定不敢相信,我是从萨瓦党的头目那里知道的——夏尔,住在207的夏尔,他已经成为萨瓦党的头目,金鸡旅馆现在是他的地盘了!他亲口给我说,噢,毒刺帮那些母猪养的都滚了,不会再回来了!他还说,萨瓦党和毒刺帮都谈好了!"

夏尔……那个把威尔逊扔到楼下的男人？伊桑丝眼眸转动，像是从人偶状态活了过来："毒刺帮真的被赶走了？"

"真的！"查理用力点头。

伊桑丝怔了几秒，咬牙切齿地骂道："那帮婊子养的，烂屁股的窝囊废，终于滚了！"

查理随即补充道："我问过夏尔了，他说你爱做什么做什么，和他没任何关系。他是个很有能力的人，能力强到竟然能改变我对他这种爱恶作剧的人的看法，不可思议吧？他每一分钟都能想到一个赚钱的方案！"

伊桑丝完全傻住了。在她的认知里，黑帮成员没一个好人，都是该下地狱的混蛋！

查理絮絮叨叨又说了一堆，但伊桑丝一句都没听，她脑海内回荡的都是"爱做什么做什么"这句话。

等到查理离开，她回到房间，飞快换上了女士衬衣和浅色长裤。接着，她掀开睡床的垫子，从里面拿出了那摞足有两百费尔金的钞票。

伊桑丝将这些纸币全部塞入口袋后，沉吟了几秒，又取出大半，重新藏回原本的地方。她带着剩余的四十费尔金，关上房门，沿楼梯一路往下。很快，她走出了金鸡旅馆的大门，进入乱街。

这条街隔很远才有一盏亮着的煤气路灯，染着绯红月光的夜色下，不少喝醉的人行走于路上，时而大喊，时而唱歌，时而爆发一场冲突。

伊桑丝躲着这些酒鬼，畏畏缩缩地沿街边阴影向乱街出口走去。这个过程中，她脑海内浮现出了上次试图逃跑，被毒刺帮的人当街抓住的画面。那场毒打让她到现在回想起都忍不住浑身哆嗦。

伊桑丝越走越慢，仿佛毒刺帮的人就埋伏在前面。终于，她抵达了乱街出口，看到了外面宽阔的主干道。

伊桑丝怔怔望着之前可望而不可即的场景，有种自己在做梦，不够真实的感觉。她下意识又迈开了步伐，她越走越快，在黑暗的夜里，在绯红的月光下。没多久，她走到了最近的那个公共马车站牌旁。

她还记得，自己来特里尔的第一天，就是在这里走下公共马车的。现在，她终于又回到了这里。

深夜已没有公共马车运营，但伊桑丝一点也不在乎，她望着前方的大街，望着黑暗里的邮筒，望着写有马车线路的牌子，眼眶逐渐发红。

霍然，伊桑丝转过身体，跑了起来。

她要回金鸡旅馆收拾行李，等到天亮真正离开！

伊桑丝越跑越快，只觉那风拍在脸上，凉凉的，湿湿的。

她的视线变得有点模糊，眼中似乎看见了过去的那个自己。

那个带着梦想和热情来到特里尔的伊桑丝正站在前方的路灯下，轻轻招着手道：快追上来！

金鸡旅馆，207房间前。伊桑丝擦了擦眼角，敲响了房门。

卢米安打开木门，瞄了她一眼："有什么事吗？"

伊桑丝嗓音略显沙哑地问道："你为什么要帮我？"

卢米安笑了，说："我为什么要帮你，你有什么值得我帮的？又不漂亮，又没什么钱。"

伊桑丝满肚子的感激话语瞬间被堵了回去。她都不知道自己是怎么离开二楼的，收拾行李的时候还仿佛在做梦。

望着她消失在楼梯口的背影，卢米安低笑了一声："我不是在帮你，我只是看不惯命运的嘲弄。"

我们都是被命运嘲弄的人，但我不自量力地想要挑衅，想要反抗，直到死亡来结束这一切！

这个刹那，卢米安感觉自己的"挑衅者"魔药又消化了一点。

虽然距离彻底消化，他还有很长一段路要走，还需要时间来打磨，但这意味着他已适应了"挑衅者"魔药，状态稳定了下来，可以考虑抽取体内封印的力量，获得"托钵僧侣"的恩赐了。

从名字看来，这应该能弥补他没什么神秘学手段的缺陷。

卢米安没急着现在就举行仪式，一是忙碌了一整天，自身状态不是那么好，需要休息或者等到早晨六点状态重置，二是那个仪式涉及两位隐秘存在和能让一个村落陷入循环的污染，过程中要是出点什么问题，别说金鸡旅馆了，整条乱街都未必能够保住，不知道会死多少人。

所以，卢米安打算天亮之后，进入地底，找一个位于深处的采石场空洞作为仪式之地。

至于材料，他在科尔杜村使用过的那些都带来了。

乱街的夜晚总是不够安静，但卢米安睡得很好，几乎没有做梦，一觉到了清晨，听见了当当当的教堂钟响。

他慢悠悠地起床，做了洗漱，到白外套街一家咖啡馆以李子派、萨伐仑松饼和加了大量牛奶的欧蕾咖啡作为自己的早餐。

美食总是让人心情愉悦，金鸡旅馆又不再被毒刺帮控制，卢米安的状态逐渐调整到了最佳。于是，他返回207房间，打算带上相应材料和电石灯到地下那个特里尔去。

卢米安刚完成准备，还未来得及出门，就听到了轻缓的敲门声。他略感疑惑地开了门，发现外面站着的是一身军绿色衣物配无绑带皮靴的安东尼·瑞德。

这位四十多岁的情报贩子摸了下自己短短的黄发，对卢米安说道："我有了点收获。"

本堂神甫，还是普阿利斯夫人和她的手下？卢米安侧过身体，让安东尼·瑞德走入房间。

安东尼环顾了一圈，深棕色的眼眸内映出卢米安的身影。几乎是同时，卢米安产生了那熟悉的、轻微的不安，他控制住自己不去乱想，开口问道："什么收获？"

安东尼·瑞德轻轻点头道："有人在市场人道碰到过疑似路易斯·隆德的人，也就是你说的普阿利斯夫人的管家。"

就在市场大道？卢米安忽然兴奋。我和路易斯·隆德，和普阿利斯夫人，隔得竟然这么近？

"确定吗？"他语速颇快地问道。

安东尼·瑞德摇了摇头："不确定，我只是来告诉你一声，让你知道我没有忘记你的事情，等我确定了那真是路易斯·隆德，再找你要尾款。"

"我的钱迫不及待地想要离开我。"卢米安完全没有掩饰自己的急切。

送走安东尼·瑞德后，他获取"托钵僧侣"恩赐的信念更加坚定了。

电石灯染着些许蓝色的光芒推开了周围的黑暗，让夹于根根石柱之间的街道呈现在卢米安的眼前。微冷的风不知从何处刮来，上方的石壁隐隐有湿润的痕迹。

卢米安穿行于这些对应着地面街巷的隧道之间，找到了通往更深处的入口。他依靠猎人对环境的记忆能力，不断下行着，终于抵达了一处足有两三个金鸡旅馆规模的采石场空洞。

这里的石头缝隙里长着一些白色的蘑菇，稀稀拉拉，数量不多。据查理说，乱街以及周围区域有不少人在地底找类似的空洞种蘑菇，以填补家用，增加食材，很多年前，"特甲尔蘑菇"就已成为这类种植物的代名词，但这里的蘑菇一看就是天然生成的。

卢米安绕着空洞转了两圈，仔细做了检查。确认没有问题后，他找了一块半米高的石头，将融合了自己血液的麝香蜡烛摆在上面，而另外一根置于更靠近他自己的位置。

清理了下环境，卢米安按照先上后下先神后人的顺序，用摩擦灵性的方式点燃了那两根灰白色的蜡烛。紧接着，他抽出仪式银匕，快速做了圣化，制造出灵性之墙。

和上一次祈求"舞蹈家"力量时不同，卢米安完成这些事情后，灵性依旧充沛，轻松就进入了那种较为空灵可以举行仪式的状态，无需再借助熏香的帮忙。

他缓慢地吐了口气，拿起祭坛上的灰琥珀香水，滴入了代表神灵的那根蜡烛。嗞嗞的声音里，淡雅、清甜的香味传入了他的鼻端，让他整个人愈发平静。

灰琥珀香水之后是郁金香粉末，等到奇异的香味弥漫于灵性之墙内，卢米安往后退了两步，望着燃烧的烛火，用低沉的嗓音和古赫密斯语喊道：

"宿命的力量啊！"

呜呜的风声刮起，代表神灵的橘黄色烛火被吹得摇摇晃晃，只剩小小一点，似乎随时会熄灭。

暗淡下来的光线里，卢米安左胸变得灼热，脑袋产生了一定的眩晕。他又一次听到了那熟悉的仿佛来自无穷远处又近在身旁的神秘声音，但这还不算清晰，还不足以让他被痛苦吞噬。

卢米安继续用古赫密斯语诵念起后续的咒文：

"您是过去，是现在，也是未来；

"您是原因，是结果，也是过程。"

灵性之墙内，无形的风全部染上了黑色，周围弥漫起淡淡的灰雾。那些石头，那些瓶子，像是变成了柔性物体，一个接一个扭曲了起来。

无声无息间，代表神灵的烛火膨胀开来，足有拳头大小，银白带黑。

卢米安的皮肤表面，以及那些石头之上，一个颗粒接一个颗粒冒了出来，蠕动着，延伸着，像是随时可能钻出来。

他的耳朵完全被那恐怖的声音填满了，再也察觉不到别的动静，他的脑袋眩晕得快要呕吐出来。他的思绪时而发散，时而混乱，勉强念完了后续的咒文。

卢米安话音刚落，银白带黑的烛火就瞬间凝聚成一道光柱，落到他的左胸。

那里飞快流出许多银黑色的虚幻液体，仿佛有自己的生命和意志般将卢米安的身体包裹了起来。

卢米安早已做好准备，在不可遏制的烦躁里等来了浑身如同针刺般的疼痛，等来了拉锯自己头部的清晰呓语，等来了从体内爆发的灼烧感。

他倒下去，蜷缩起身体，熟门熟路地进入苦苦忍耐的状态。

他唯一能做的就是在这狂风暴雨掀起的"海浪"里，艰难维持代表自身理智的那条"小船"。

这个过程中，他好几次想要放开自我，任由内心的邪念主导，和痛苦合二为一，不再遭受这样的折磨，但那淡雅清甜的香味始终萦绕于他的鼻端，让他的暴戾和烦躁一次次涌起，又一次次退去。

到了最后，卢米安甚至有种身体和大脑不复存在，只剩一点带着理智的灵性载沉载浮的感觉。

疼痛开始消退，呓语逐渐平息，他知道自己活下来了。

卢米安静静躺在冰凉的地上，许久都不愿意动一下。

过了几十秒，他勉强找回了一点精力，赶紧结束了仪式，清理好祭坛，免得发生什么意外。

等处理好这些事情，卢米安一屁股坐到刚才充当祭坛的那块石头上，认真审视起自身的变化。

很快，他无声自语道："我对各种较极端环境的忍受能力变强了一点……呵呵，这好处是不用买冬装和夏装？"

除了这个，卢米安还发现自己有了另外一种直觉——是对运势的直觉！

现在的他能粗略地感应到别人最近拥有哪些运势，比如好运、厄运、血光之灾、桃花运等，但看不到具体的情况。也就是说，卢米安能发现别人处在霉运状态里，但无法知道对方会怎么倒霉，倒霉多久。

"不愧是祭祀宿命力量的僧侣……"卢米安忍不住感慨了一声，觉得自己完全能够取代奥斯塔·特鲁尔去给别人占卜。

虽然他完全不懂占卜，但在能看到粗略运势的情况下，相应的话语还不是任由他编造？

另外，卢米安脑海内还多了不少祭祀知识和五个仪式魔法。前者弥补了他在神秘学领域的许多不足，后者则增加了他的神秘学手段。

那五个仪式魔法分别是"造畜之术""预言之术""转运之术""替代之术"和"驱鬼之术"。

"造畜之术"是通过仪式魔法，利用羊皮、牛皮等动物皮毛，让祭坛内的目标变成对应的动物。这也能对自己使用，只要掌握了提前设定好的解除咒文，或者等到仪式效果结束，就能变回人类身体；而变成动物时，基本无法说话，也不能使用绝大部分超凡能力。

"预言之术"和卢米安想象的完全不一样，它的全过程是：搜集蛇的毒囊、鹰巢里的石头等材料，利用仪式魔法制造出一种奇怪的药水，然后找到一具死亡不到七天，还未被烧成骨灰也未接受过净化的尸体，将药水灌入他的口中，三十秒后，这尸体会短暂"复活"，回答施术者关于未来的三个问题。

"转运之术"是利用仪式魔法制造关联自身霉运的某种物品，然后将那物品送出去，借助他人打开、食用、踩到、佩戴该物品的某种行为，将霉运转移到他那里，实现自身的转运。

"替代之术"更加复杂，卢米安怀疑这是"猎命师"能力在低序列的某种反映。比方说自己如果想逃避苏珊娜·马蒂斯的威胁，就可以先找一个流浪汉，让他以夏尔的名义生活一段时光——其间，他必须住在207房间，使用卢米安的钱财，并得到查理等熟人的认可，建立起足够的神秘学联系，然后再举行仪式完成替代。等到仪式结束，苏珊娜·马蒂斯之后报复的就是那个流浪汉，而不是卢米安。

当然，以序列8的层次使用替代之术，卢米安不确定能不能瞒得过接近半神的苏珊娜·马蒂斯，他甚至怀疑那个仪式魔法会直接失败。

刚获得这些神秘学知识时，卢米安最期待的是"驱鬼之术"，这似乎能完美地解决苏珊娜·马蒂斯的问题，如果她还没有被官方非凡者彻底清除的话。等真正浏览了一遍"驱鬼之术"，卢米安才发现自己高兴得太早了。

这个仪式魔法确实能驱走怨魂乃至恶灵，并让它们不再纠缠，但有两个前提，一是知晓鬼魂的真名，拿到她生前长期携带的某样物品；二是具备足够的、用来举行仪式的时间。

第二个前提就决定了驱鬼之术没办法在激烈的战斗中使用，更适合查理之前屡次梦到苏珊娜·马蒂斯的那种情况——受怨魂或恶灵纠缠，但一时半会儿还死不了。

而卢米安现在并未实质性地受到苏珊娜·马蒂斯的危害，顶多算是被她盯上，驱鬼之术缺乏对应的目标，驱无可驱。

等到苏珊娜·马蒂斯再次来袭，她又肯定不会温柔地对待卢米安，通过一次次春梦来吸取他的精力，引导他一步步走向死亡——以她之前展现出来的恨意和偏执看，必然是直接动手，使用各种超凡能力，务求将目标击杀于当场。那样一来，卢米安根本没有使用驱鬼之术的时间，除非有人帮他挡个两三分钟。

"难道要利用官方非凡者？但那也意味着我被官方知道了，后续麻烦很大……或者，让查理牺牲下自己，用动人的情话安抚苏珊娜·马蒂斯，陪她于现实做那件事情？他撑得越久，我完成驱鬼之术的希望就越大……呵呵，这个办法怪怪的，有种地下文学的既视感……"卢米安无声咕哝了起来。

当前的因蒂斯共和国，虽然以"自由"为口号，但实际上并不那么自由。一方面是为了防止罗塞尔崇拜者寻求复辟，烧炭党人颠覆当前政权，反对派动摇执政党的威信；另一方面也是受到相对保守的蒸汽与机械之神教会和永恒烈阳教会的压力，总之，因蒂斯共和国一直有颇为严格的出版审核政策。

他们甚至会安排密探或者发展某些作家为密探，监控那些活跃的创作者，务求让他们不做出影响执政党形象的事情，不让过于色情或者过于批判教权的内容呈现于广大读者眼前。

有禁止就有违抗，特里尔发展出了一个蓬勃的地下文学市场，并外溢到了其他省份。奥萝尔曾经因好奇买过几本这种地下文学，并禁止弟弟翻阅，将它们藏在了书柜最隐秘的角落里——但有禁止就有违抗，卢米安偷偷看过其中一本，大受震撼。那本书集批判教权、批判神职人员的奢侈堕落和传播情色内容于一体，书名叫《追逐狗的僧侣》。

卢米安刚才所想的那种用查理色诱苏珊娜·马蒂斯的方案，就很有某些地下文学的风采。

"而且，还没有苏珊娜·马蒂斯生前长期携带的物品作为媒介，这几天可以试着查一查她遗留的东西在哪里，不管最终能不能用上，有准备才不怕祸患……"卢米安拉回思绪，评估起另外四种仪式魔法能发挥什么作用，对自己有什么价值。

在他看来，造畜之术既神奇，又邪恶、诡异、令人恐惧。如果用得恰当，这能发挥不可思议的作用，比如，把俘虏变成羊、牛、马等动物，光明正大地带走，或者，能让自身以动物的身份混入原本没法混入的地方。但大部分时候，尤其是激烈的战斗里，这个仪式魔法几乎派不上用场。

根据灌入卢米安脑袋内的那些神秘学知识，造畜之术的祈求对象既可以是那位以宿命为名的隐秘存在，也可以是这次"附赠"的那些不知道指向谁的尊名，还能是自己。当然，前提是自身有足够的灵性和相应的位格，并且仪式成功的概率远低于前面两种方式，效果能维持的时间同样如此。

在造畜之术里，对位格的最低要求是达到序列7"受契之人"，位格越高，仪式就越可能成功，效果也越好。有体内封印的污染在，卢米安倒是不担心位格够不够的问题，只是不确定自身的灵性能不能支持造畜之术的消耗，如果能，又可以承受几次。

除了造畜之术，剩下的四个仪式魔法也能以自身为祈求对象，至于成功的概率、效果的好坏，那又是另外一回事。

基于这一点，卢米安怀疑这五个仪式魔法在更高序列能够简化，能初步应用于实战，比如，只要用羊皮裹住敌人，念出预先设定好的咒文，就能直接将对方变成一只羊。

"相当于序列7的'受契之人'看起来没法做到，序列4的'环中人'位格又太高了，和这种简陋的法术不匹配……所以，是序列5的'猎命帅'附带类似的简化，还是我目前不知道名称的序列6？"卢米安下意识地做了会儿分析。

至于转运之术，他觉得目前只能以"帮助"别人为主，应该没法对自身使用，因为他的命运被体内封印的污染以及封印该污染的那位伟大存在深刻地影响了，除非直接向宿命的力量祈求，否则不可能转运，也就是到了"猎命师"阶段，才可以有选择地挑一段不涉及那些高位格存在的命运交换出去。

替代之术则太过复杂，又会严重影响到卢米安的日常生活和别的任务，不是没有其他办法，他不会考虑使用。

相比较而言，预言之术是一个完成难度不算太高且颇为有用的仪式魔法。

卢米安已经打算搜集相应的资料，找那么一具尸体，通过询问查理的未来分析苏珊娜·马蒂斯再次袭击的大概时间范围，以及，借询问路易斯·隆德的未来寻找普阿利斯夫人他们的下落。

"狗的唾液、猞猁的内脏、鬣狗的舌头、牡鹿的骨髓、海怪或者水怪的肉块、蜥蜴的眼睛、鹰巢里的石头、蛇的毒囊和致命的草药，这些材料要找到都不算太难，唯一麻烦点的是海怪或者水怪的肉块，但仪式要求里也没说必须什么层次……理论上，最弱的水怪也是水怪，只是效果没那么好？"卢米安思索了一阵，见精力恢复了不少，准备离开这处地下采石场空洞，返回金鸡旅馆。

他刚刚起身，霍然皱起了眉头，他听到了某个细微的声音，那声音正回荡在他的耳朵内！

卢米安强迫自己平静下来，仔细倾听起那声音的内容。

渐渐地，在他的感知里，那声音越来越清晰，越来越雄浑和恢宏："卢米安·李！卢米安·李！……"

知道我的名字？提着电石灯的卢米安本能地环顾了一圈，没找到一道身影，没发现一点异常。

"卢米安·李！卢米安·李！……"

那声音一阵阵响起，仿佛来自卢米安的脑海深处，来自他的身体内部，被血肉、脏腑和骨头阻挡，形成了回音，层层叠叠。

身体内部……卢米安一产生这样的认知，心底就有了某个猜测。他压着嗓音，低声问道："你是谁？"

那浑厚恢宏又虚幻层叠的声音不再重复呼喊，庄严地说道："我是主的天使，忒尔弥波洛斯。"

"主，哪个主？"卢米安眼睛微虚，勾起了嘴角。

他怀疑说话的这位就是被封印在自己体内的"污染"，在他获得"托钵僧侣"恩赐，更进一步靠近那位以宿命为名的存在之后，对方借助力量之间的联系，勉强将不具备污染的声音传递了出来。

那层层叠叠回荡于卢米安耳中的虚幻声音虔诚地说道:"主是旧日的支配者,序列之上的本源,伟大的宿命之环……"

这些话语仅仅只是浮现于卢米安的脑海,就让他莫名恐惧,仿佛有目光穿透了星空,穿透了云层,穿透了地面上的那个特里尔,穿透了层层泥土,落在他的身上。

骤然之间,卢米安不断地转身,不断地看向身旁,仿佛周围的黑暗里有一个又一个无形之人正盯着他。

这让他惶恐,这让他不安,这让他近乎疯狂。

就在这个时候,淡淡的灰雾不知从何处而来,笼罩了这片区域,卢米安的精神状态随之得到极大平复。

他嗤笑起那个自称天使的忒尔弥波洛斯:"你就是那个被封印在我体内的家伙?"

也不知道是有非凡特性的真正天使,还是只有恩赐的天使级仆从……这样挑衅的想法让卢米安体内的魔药似乎又消化了一点。

忒尔弥波洛斯没有愤怒,没有生气,依旧庄严而肃穆地说道:"只要你遵循我的吩咐,让我从封印中出来,我就会帮你复活奥萝尔·李。

"你应该很清楚,我主的力量涉及过去、现在和未来,能让命运构成一个循环。到时候,我会让奥萝尔·李的灵魂碎片回到降临仪式开始前的状态,而你只需要给她准备一具有生命活性的身体。"

卢米安沉默了下来,过了一会儿才声音低哑地问道:"降临仪式……那个仪式是制造一具身体,让你降临?"

忒尔弥波洛斯雄浑恢宏的声音在卢米安的耳朵内层层回荡:"是的。"

卢米安顿时就笑了。

他用讥讽的口吻道:"也就是说,奥萝尔和村里所有人的死都是为了让你降临到大地之上?

"那我为什么要帮你摆脱封印?如果你是通过恩赐成为的天使,我完全可以通过刚才那个仪式,在那位伟大存在的注视下,一次次窃取你的力量,直到我也拥有'宿命'途径的天使位格,然后我自己来复活奥萝尔,让大家都回到科尔杜村被毁灭前的状态,到时候,你会弱小到什么程度?

"要是你拥有对应的非凡特性,那我可以等到自己也成为'猎人'途径的天使,并掌握了略等于你的宿命力量,准备好足够的帮手,再把你放出来,打败你,制伏你,强迫你复活奥萝尔,不,我自己应该就可以了,我会让你承受永恒的折磨,直到时间的尽头。"

"我原本对获取'宿命'途径的恩赐不太感兴趣,但现在知道那个仪式是为了让你降临后,我开始期待你所有的力量和骄傲都转移到我身上的场景。"

卢米安越说越是亢奋,"挑衅者"魔药似乎又消化了一点。

忒尔弥波洛斯语气未变,仿佛未受影响:"我在星空见过很多非凡者,也见过数不清的、被主眷顾得到恩赐的族群,他们之中绝大部分都进入不了神性的大门,因为再前进一步,他们的身体和精神都会彻底崩溃。

"而在追寻神性力量的途中,还有无数的危险,你确定自己真的能成为天使?你应该知道,这已经不是百分之几千分之几的问题,百万分之几千万分之几都不足以形容获得天使位格之困难。

"你如果死在了超凡之路上,奥萝尔·李也会跟着完全死亡,而基于你身体的封印将自然解除,我同样能够摆脱困境。"

卢米安微仰脑袋,哈哈笑了一声。这笑声回荡于采石场空洞内,衬托出地底的寂静和压抑。

"既然如此,你为什么不耐心等着我死掉?"卢米安提着电石灯,向这处采石场空洞的外面走去,他一边走一边露出难以言喻的笑容,"我不管你们究竟想做什么事情,希望达到什么目的,是好人,还是坏人,我只知道奥萝尔和科尔杜村的大家都因你们而死。"

他顿了一下,略显扭曲和疯狂地笑道:"在这件事情上,总得有谁为此付出代价,纪尧姆·贝内,你,乃至你口中的主!"

忒尔弥波洛斯没再说话,回荡于卢米安心脏、大脑、血管、骨髓和腔体空洞中的恢宏嗓音彻底消失不见。

呼……提着电石灯行于黑暗地底的卢米安喘起粗气。

刚才那番对话虽然只持续了短短几分钟,却让他有耗尽了全身力气的感觉。

在他之前的认知里,污染就是污染,顶多再等于邪神恩赐的力量,从来没想过自己体内竟然封印着一个天使!

科尔杜村废墟内,血色山峰顶部,那让人看到就会濒临失控的三头六臂巨人身体仅仅是为了承载降临的天使而制造出来的东西,和真正的天使不知道还有多远的距离,而它就已经让卢米安产生了不敢直视、无法反抗,永远都战胜不了的感觉。

卢米安不得不承认,忒尔弥波洛斯的提议很有诱惑力,如果不是他牢记着这一切都是那些家伙造成的,很可能会选择试一试。

在他看来,信永恒烈阳,信蒸汽与机械之神,和信那位以宿命为名的隐秘存在没有本质上的区别,最多也就是失去自我。

刚抚平了气息的卢米安突然有所警觉，闪入旁边一道缝隙，用碎石掩盖住了电石灯。

几秒后，三道急促的脚步声从隔壁隧道经过，消失在黑暗的深处。

"地下特里尔也是人来人往啊……"卢米安耐心等待了两分钟，扒出电石灯，回到通往上一层的隧道里。

被这么一打岔后，他的情绪平复了不少，想到一个问题——既然他体内的污染是活的，是宿命领域的天使忒尔弥波洛斯，那他祈求恩赐的仪式为什么能成功？

忒尔弥波洛斯又不是没有自我意识的纯粹力量，会自动响应"正确"的仪式，祂完全可以拒绝给予恩赐。

"难道祂连不响应仪式都办不到，被封印到了这种程度？"想到这里，卢米安突然有些明白忒尔弥波洛斯为什么急着脱困了。

按照"魔术师"女士的说法，自己每获得一份恩赐，忒尔弥波洛斯的力量就会被削弱一点，相应的污染也会随之降低。而与此同时，那位伟大存在的封印不会减弱，随着忒尔弥波洛斯实力的下降，祂会被限制得越来越死，到了一定程度，说不定连祂的意识都会被抹去。

卢米安心中笃定了一些，开始回味忒尔弥波洛斯那些话语："旧日，序列之上，祂说了旧日和序列之上……"

一记起这些，卢米安的头部就一阵阵抽痛，仿佛有什么东西快要从他的大脑内部钻出来。

他连忙停止了回想，心有余悸地无声自语道："有些知识仅仅只是知道，就会带来严重的危害？要不是我有那位伟大存在的封印，刚才已经死了，或者发生了异变？

"我刚才还在想，要不要抓住忒尔弥波洛斯急于脱困的心态，榨取一下祂的价值，让祂来回应那几个仪式魔法，提升成功的概率和最终的效果，但现在看来，天使有的是办法玩死我，哪怕祂还被封印着……

"类似的事情一定要谨慎小心，真要利用忒尔弥波洛斯之前，必须让'魔术师'女士审核一下我的方案有没有问题。"

在这件事情上，卢米安觉得卷毛狒狒研究会的副会长"海拉"都未必能提供有效建议，只有那位能自由出入循环，轻松解决掉血色山峰顶部巨人，位格似乎很高的"魔术师"女士是他目前能够信赖的。

念头转动间，卢米安依靠"猎人"对环境的观察和记忆能力，提着电石灯，回到了标有街道名称的那一层。

他尝试着低喊道："忒尔弥波洛斯……"

没有回应。

卢米安是想问问被封印在自己体内的那位天使知不知道科尔杜村究竟发生了什么事情，但认真分析后，他又觉得忒尔弥波洛斯应该也不知道真相。祂是仪式快结束时才降临到科尔杜村的，旋即就被封印，根本无从了解之前的种种细节。

"呼……"卢米安吐了口气，审视起自己当前的状态。

他的"挑衅者"魔药进一步消化了，几乎相当于新总结出一条扮演守则。

"难道挑衅高位者能加速'挑衅者'魔药的消化？啊对，这还是宿命领域的高位者，某种程度上也算是命运的一角，和我的扮演守则还有点配呢……"卢米安笑了一声。

要不是忒尔弥波洛斯未作回应，他都打算按照一日三餐的节奏挑衅祂！

推测到这里，卢米安又觉得挑衅一位天使才消化了这么点魔药，性价比似乎有点低。

他怀疑有两个原因，一是忒尔弥波洛斯被封印着，危险性低到不正常，二是忒尔弥波洛斯并没有真的被他挑衅到。

摇了摇头，卢米安收敛住思绪，不再去想这种自己根本琢磨不出正确答案的事情。

他转回了地下那条乱街，沿通往光明的石梯一层层往上。

❖ 第八章 ❖
CHAPTER 08
与众不同

　　熄灭电石灯，回到金鸡旅馆门口，卢米安一眼就看到了正坐在外面台阶上的查理。后者抽着一个烟蒂，仰望着染上些许灰白雾气的天空，神情略显忧郁。

　　"怎么了？"卢米安一屁股坐到了查理旁边。

　　查理叹了口气道："伊桑丝小姐搬走了。"

　　"这不是好事吗？"卢米安笑着反问。

　　查理涌到嘴边的话语为之一滞，隔了几秒才道："确实是好事，这里有太多认识她，知道她做过什么的人，唉……"

　　卢米安啧了一声，站起身来，走到卖酸酒的小贩前，掏出了价值五十科佩的铜币："给我来半升苹果酸酒。"

　　小贩顿时堆起了笑容："好的。"这一次，他给卢米安的酒足有大半升。

　　卢米安动了下眉毛，没有询问，走回查理身旁，坐了下来，状似随意地说道："卖酸酒的那个家伙好像认识我？"

　　查理露出了笑容："他可能知道你是萨瓦黑帮，不，萨瓦党的人。"

　　"他为什么会知道？"卢米安喝了口酸酒道。

　　查理咳了一声："我昨晚将那个好消息告诉伊桑丝小姐后，又到地下酒吧喝了一杯，把你成为萨瓦党的人，接管金鸡旅馆的事给大家讲了讲。"

　　这个瞬间，卢米安的脑海内浮现出了一个画面——

　　查理拿着一支啤酒，跳到小圆桌上，挥舞着短短的手臂道："女士们，先生们，过来，听我说，今天旅馆发生了一件不可思议的事情！你们肯定没法相信，住在207房间的夏尔成了萨瓦党的头目，把毒刺帮的人赶出了旅馆！"

　　从这样的场景中收回思绪，卢米安缓缓叹了口气，对查理道："你只怕警察不来找我，对吧？"

　　听到卢米安的话语，查理的身体颤了一下："你，你不希望别人知道你加入萨瓦党的事情？"

163

在他的认知里，不管是萨瓦党，还是毒刺帮，或者别的什么黑帮，头目都有一定的名气，在乱街或者市场区可以用他们的名头来吓唬他人，也没见警察去找他们。

卢米安喝了口酸酒，重新露出笑容："那倒是没什么关系，我只是提醒你一句，不该讲的事情不要讲。"

他现在是混入了萨瓦党，但应该还算不上头目，毕竟他还未真正地参与到萨瓦党的核心事务中，没有打手跟随，只是管理着一个又穷又破的金鸡旅馆。所以，卢米安也希望尽快获得更大的名声，快速提高自己在萨瓦党的地位，以完成K先生的任务。

而完成K先生的任务是为了进一步获得他的信任和青睐，加入他背后那个组织，以完成"魔术师"女士的任务。

怎么感觉怪怪的……卢米安抬起左手摸了摸下巴。

旁边的查理小心翼翼地问道："哪些事情不该讲？"

他是有一些猜测，但又怕自己猜得不够全面，毫无所觉就触怒这位眼睛里毫无法律的朋友。

卢米安笑着侧过脑袋，望向查理："和苏珊娜·马蒂斯有关的事情不能讲，包括我怎么威胁她，怎么假扮律师进警察局和你沟通。"

他早就想这么叮嘱查理几句，但一直没找到机会。

"明白了。"查理放松下来，颇为期待地说道，"我要给酒吧里的人讲一讲，我和你是怎么打翻威尔逊，把他赶出旅馆的……"

以演讲的方式吹牛是他的一大爱好。

这个时候，卢米安的眼眸变得深邃了一点。他的直觉告诉他，查理最近会有点倒霉，但又不是太严重。

理论上来说，这应该和苏珊娜·马蒂斯没什么关系，否则就不只是一点点倒霉，而是灾祸了……看来最近不用担心苏珊娜·马蒂斯的问题，但"最近"是几天？卢米安分析起自己感应到的运势。

他刚才还发现，除非对方特别倒霉，或者非常好运，或者最近将有危害到对方生命的事情发生，否则他都必须集中精神，耐心感应，才能通过直觉把握到目标的大概运势，和"猎人"的危险直觉不同，不完全是被动激发。

查理越说声音越小，他回望向卢米安道："你……看着我做什么？"

他严重怀疑夏尔又想以恶作剧的方式捉弄自己了！

卢米安笑了："你该去最近的永恒烈阳教堂祈求下好运了，要不然你最近会遭遇一些不好的事情。"他说这话的口吻就和奥斯塔·特鲁尔骗人时一模一样。

"什么不好的事情?"查理脱口而出,下一秒他才反应过来,"你怎么知道的?"

"我猜的。"卢米安微笑回答。

果然是在开玩笑……查理略微松了口气:"那我希望你猜得不准。"

"不,肯定很准。"卢米安说着真得不能再真的真话。

查理用狐疑的眼神望向了他,脸上写满了不相信。

卢米安嘿嘿一笑:"要是不准,我就把你揍一顿,这样你也算是遭遇了不好的事情,证明了我猜得很准。"

查理一时找不到语言来回应。还能这样?不过,这思路还挺不错的,改一改就能用来恶作剧别的人……

卢米安正要起身,忽然看到一条瘦得骨头都支棱出来的土黄色流浪狗正沿着街边阴影靠近金鸡旅馆,试图到卖烂水果的那个小贩旁叼走他扔掉的垃圾。

流浪狗前行得非常谨慎,因为这里多的是想把它抓住,吃它肉的穷人。

就在这时,卢米安一个箭步跨了过去,伸手抓住了流浪狗的脖子,将它按在地上。

流浪狗猝不及防,未能做出有效反应,四肢疯狂挣扎起来,嘴巴凶恶地张开,它想要咬人,但脑袋又转动不了。

卢米安另外一只手拿出原本装着郁金香粉末的小瓶,将里面的东西直接倒在了衣兜内。接着,他把那个空掉的小瓶凑到流浪狗的脑袋旁边,接住它因为大张嘴巴嗷呜乱叫而滴落的唾液。

没多久,卢米安看接了有五毫升的样子,于是松开按住流浪狗脖子的右掌,站了起来。

那流浪狗条件反射地想咬他一口,但被他看了一眼后,呜咽了一声,夹住尾巴,飞快逃走了。

旁边的查理看得整个人都呆住了,他脑海内迅速浮现出以前听人讲过的一个故事。那故事里的主角喜欢用畅销作家奥萝尔·李写过的一句话来形容反派的凶恶:"路过的狗都要被他踢两脚!"

卢米安咕噜咕噜喝完酸酒,进了旅馆。他路过前台的时候,那位总是没什么好脸色的费尔斯夫人站起来,挤出笑容:"上午好,夏尔,夏尔先生。"

卢米安望了偏胖的费尔斯夫人一眼,若有所思地问道:"埃夫先生今天也没来?"

埃夫先生是金鸡旅馆的老板,吝啬的名声在乱街广为流传。

作为金鸡旅馆的新晋"保护者",卢米安觉得有必要和埃夫先生聊一聊,免得他担心萨瓦党会找他要更多的钱,直接跑去报警。

165

费尔斯夫人悄然撇了下嘴巴："他虽然很吝啬，每周才请人打扫旅馆一次，但他自己，啧，很爱干净，不太愿意到旅馆来。"

"他家里谁打扫？"卢米安好笑地问道。

"他是个鳏夫，自己和两个孩子动手打扫。"费尔斯夫人一脸瞧不起的样子。要是她有那么多钱，有一个旅馆，肯定会请人做这些事情，自己只负责享受。

卢米安点了点头，笑了一声："周一刚打扫完也没见他过来，他还活着吗？"

费尔斯夫人略有些害怕地说道："我每周会去他家三次，把旅馆赚的钱和各种账单给他，我会告诉他你想见见他。"

她误解了卢米安的意思，以为他是在威胁埃夫先生——要是不尽快来见一见金鸡旅馆的新任保护者，那就得考虑自己是否还能活着的问题了。

卢米安没有解释，上了二楼，进了房间，将藏在枕头底下的K先生的手指重新放回衣物口袋内。

处理好口袋里的郁金香粉末，他正要去买些盒子瓶子用来装后续搜集到的材料，突然听到了咚咚咚的敲门声。

卢米安略感疑惑地打开房门，因为那脚步声他一点也不熟悉。

站在门外的是一个四十岁左右的男子，他身穿深色的夹克和洗到发白的棕色长裤，头戴一顶脏棉帽，堆着笑容道："是夏尔先生吗？"

"难道是女士？"卢米安嗤笑了一句。

与此同时，他已观察完对方的长相、表情和肢体动作：偏褐色的头发有些油腻，但梳理得还算整齐，深棕的眼眸透着明显的讨好，嘴边有些许笑纹，整个人的形象还算不错，属于那种比较有亲和力但又难掩油滑的类型。

"对对对。"那人附和起卢米安的话语。

卢米安动了下眉毛："你是？"

"我是住在401的菲兹，一个破产的商人。"那略显油滑又颇有亲和力的中年男子笑道。

不等卢米安进一步询问，他主动说起自己的目的："是这样的，我破产是因为被人骗了十万费尔金，我在特里尔和苏希特之间来回奔波了十几年，好不容易攒下了一笔财富，打算结婚生孩子了，结果，遇到了那个骗子，蒂蒙斯，他以合资经商为借口，骗走了我所有的积蓄。你要是能帮我把那笔钱拿回来，我愿意分你百分之三十，不，百分之五十！"

卢米安没让菲兹进入房间内，抱着双臂立在门口，笑着反问道："你之前为什么不找马格特或者威尔逊帮你要那笔钱？"

这又不需要提前付出什么。

菲兹没有隐瞒:"我找过马格特,他也答应了,但后来有一天,他直接跟我说,那笔钱要不回来了。"

毒刺帮都要不回来?是那个骗子也破产了,还是他背后的势力让毒刺帮都有所畏惧?原本没当回事的卢米安精神一下集中:"马格特有说为什么吗?"

菲兹摇起了脑袋:"没有,但肯定不是因为蒂蒙斯变成了穷人——他在天文台区开的那家'与众不同歌舞厅'很赚钱!"

蒂蒙斯……卢米安怀疑那个骗子的背后可能存在什么组织,或者他得到了哪位大人物或实权人物的庇护,以至于毒刺帮都不敢强迫他还钱。当然,也不排除蒂蒙斯本身就很厉害的可能。

"那你为什么觉得我能帮你要回来?"卢米安微笑地看着菲兹道。

菲兹想了几秒,实话实说:"你比马格特更狠,而且,就算你调查之后不敢去要,我也不会损失什么。拿不回那笔钱,我什么都付不出来。"

"很诚实嘛。"卢米安点了下头,"我回头会打听下事情的真相,但你不要抱太大的期待。"

如果蒂蒙斯是靠诈唬吓退的毒刺帮,那轻松赚取五万费尔金的事情,谁不爱?

破产商人菲兹本来只是试一试,得到肯定答复后,连声感激,离开了二楼。

这个时候,卢米安发现自己的灵性已恢复了不少,而仅仅是恢复的这部分就比他原本的灵性要多。

"'托钵僧侣'还带来了灵性的大幅增长,至少在序列8这个层次,我不会比其他途径的灵性差多了……"卢米安无声咕哝道。

与此同时,他记起了刚才喝酸酒时的一点微妙感受:如果他能守贫、节制、不喝酒、不浪费、寻求施舍并传教,以苦行僧侣的姿态要求自身,那他在对运势的直觉感应,以及五个仪式魔法的成功概率与最终效果上,都会得到一定的提升。但卢米安不打算那么做,他认为这会导致自己越来越像那位"恩赐者",逐渐被祂同化。

收敛住思绪,卢米安走出房门,打算去微风舞厅找萨瓦党的人帮自己搜集预言之术需要的其他材料和对应的容器。

物尽其用!

微风舞厅,那个由无数骷髅头构成的白色圆球雕像前。

卢米安驻足在此,看了那句因蒂斯语书写的铭文几秒——"他们在这里沉睡,等待着幸福和希望的降临。"

他收回视线,走向了门口。

两位穿着白衬衣、黑外套的打手同时侧过身体，颇为尊敬地对他打招呼："上午好，夏尔。"

他们已听说了这位年轻人于短短几天内击杀马格特、重创威尔逊的传闻，也知道他加入了萨瓦党。

"上午好，我的卷心菜们。"卢米安笑着用达列日地区的"爱称"回应。

微风舞厅内还没什么人，服务生们整理着座椅，打扫着地面，不慌不忙。

卢米安正要寻找之前认识的路易斯，毕竟那么点小事不需要惊动布里涅尔男爵，却看到吧台位置坐着当初跟踪自己的米西里。

米西里还是戴着那顶鸭舌帽，正喝着一杯黑麦啤酒。

卢米安笑着走过去。米西里察觉到有人靠近，习惯性地用眼角余光扫了一下。霍然之间，他整个人都僵住了，仿佛被冻在了那里。下一秒，他跳下高脚凳，转向卢米安，脸上堆起了讨好的笑容："上午好，夏尔。"

米西里同样听说了夏尔干掉马格特，将威尔逊从金鸡旅馆四楼直接扔下去的事情。这让他分外庆幸之前跟踪夏尔被抓住后，没有硬撑到底，否则以对方的行事风格，他百分之百已经被埋在地下特里尔的某个角落里了。

这是一个真正的狠人，说杀人就杀人，说把你扔下楼就把你扔下楼，不会有一点犹豫！

卢米安笑了："只叫夏尔，似乎不够尊重啊？"成功看到米西里脸色变白后，卢米安补了一句，"不知道什么时候，我才能被称为夏尔爵士。"

这既是在开玩笑，也是在隐晦地表明他想"努力做事""奋发向上"，尽快成为萨瓦党的头目。

"很快，很快。"米西里赔笑道。他心里的真实想法是，只要你愿意，我现在就可以叫你爵士，就像男爵也不是真正的男爵一样，那更多是绰号和自称。

卢米安坐到吧台前，拍了拍旁边的高脚凳："坐吧，有点事情想问你。"

米西里赶紧坐下，指着面前的黑麦啤酒道："要来一杯吗？"

"来一杯'游骑兵'。"卢米安完全没有客气。

"游骑兵"指的是橘子石榴味的啤酒，比黑麦啤酒贵了整整两个里克。

米西里略感心疼，但还是对酒保喊道："一杯'游骑兵'。"接着，他侧过脑袋，对卢米安笑道，"你想问什么？"

卢米安等到那一大杯偏橘色的啤酒推到了自己面前，才开口问道："你是怎么加入我们萨瓦党的？"

"我是萨瓦人。"米西里指了指自己已染上些许风霜的脸庞，"我到特里尔本来是想找份工作，但给我提供住处的那位同乡早就加入了萨瓦党。"

萨瓦党最初是由老实人市场区做苦力、侍者、小贩的萨瓦人建立起来的，他们为人剽悍，敢打敢拼，不惧牺牲，很快就有了一块地盘。后来，随着萨瓦党发展壮大，他们也招揽了其他省份的人和特里尔本地人，但骨干们大部分还是来自萨瓦省。

轻轻点了下头，卢米安继续问道："布里涅尔男爵是整个萨瓦党的老大？"

"不是。"米西里用愕然的目光望向卢米安。

他连我们萨瓦党的基本情况都不了解就选择加入？而且，还为了我们萨瓦党杀了马格特，重创了威尔逊！

卢米安喝了口橘子石榴味的啤酒，笑着说道："我一直以为布里涅尔男爵是我们的老大，以他的气派，以他的风格，以他的实力，怎么可能不是老大？"

米西里听得胆战心惊，只想伸手捂住夏尔的嘴巴。

这些话是能在这种公共场合说出来的吗？要是被邢位听说了，他对男爵的态度肯定会有变化！

米西里赶紧解释道："男爵主要是负责微风舞厅、市场大道和高利贷方面的事情，和他差不多的还有管着走私生意的'老鼠'克里斯托，管着夜莺街那几个舞厅的'巨人'西蒙，管着白外套街的'红靴子'芙兰卡，管着半个老实人市场的'血手掌'布莱克。在他们的上面，还有一位真正的老大，但我不知道是谁，也没见过。"说到这里，米西里压低了嗓音，"我只听说他是一位正经商人，是萨瓦商会的成员，生意做得不小。"

萨瓦商会的一员？听起来像是萨瓦商会扶持了这么一个黑帮，方便处理一些见不得光的事情，并防备竞争对手的打击……卢米安结合自己流浪时的见闻、奥萝尔的只言片语和家里的书籍、杂志、报纸，有了一定的猜测。

这个时候，听说夏尔到了微风舞厅，原本跟随在布里涅尔男爵身旁的路易斯匆匆下楼，直奔吧台。

他真担心那个胆子极大的乡下小子又惹出什么麻烦来！

见卢米安在和米西里聊天，他于另外一边坐下，故作不经意地试探道："这么早就到微风舞厅来？"

"有点事情想找你帮忙。"卢米安露出了笑容。

额头还残留着青肿痕迹的路易斯被他笑得心头一颤，"什么事？"

见他们似乎要谈正经事，米西里找了个借口，端着那杯黑麦啤酒，离开吧台，走到了更靠近舞池的地方。

卢米安收回视线，语速缓慢地说道："帮我弄到蜥蜴的眼睛、鹰巢里的石头和蛇的毒囊。"

他没有把预言之术需要的全部材料说出来，打算分几个地方获取。

"你要这些东西做什么？"路易斯一听就觉得那三样物品偏邪恶和诡异。

卢米安笑了起来："你还记得马格特是怎么死的吗？"

路易斯瞬间头皮发麻，感觉对方在威胁自己，而且很成功！

这次我真没有想吓你……卢米安暗笑了一声道："我给了他一刀，刀上涂抹着毒药。"

"对。"路易斯记起了夏尔和布里涅尔男爵当时的对话。

卢米安见这家伙依旧没懂自己想表达的真正意思，忍不住在心里骂了一句："你怎么比查理还蠢啊？"

他叹了口气道："那些东西是用来制作另外一种毒药的。"

"你想干什么？"路易斯差点站了起来，他怀疑这家伙又要惹麻烦了。

"防身。"卢米安言简意赅。

路易斯找不到可供指责的地方，只好吸了口气道："我会让人帮你搜集那三种东西的。"

他随即重复了一遍材料的名称，免得出现错误。

卢米安确认完毕，喝了口"游骑兵"，转而又问道："你听说过与众不同歌舞厅吗？"

路易斯拿提防的眼光望向卢米安，道："你最好不要惹他们，那个歌舞厅的老板蒂蒙斯和天文台区的警务委员好像是朋友，背后似乎还有一个神神秘秘的组织，之前想敲诈他们的几个人最后都遭遇了很诡异很可怕的事情，有的人甚至失踪不见了。"

特里尔每个区都有一个警察总局，由一名警务委员负责。警务委员的全称是特里尔警察事务委员会委员，由特里尔警务部部长领导。

难怪毒刺帮没敢找蒂蒙斯讨要欠款……卢米安若有所思地点了下头。

他见路易斯总是担心自己想惹事，故意又问了一句："毒刺帮内部和马格特一个层次的头目还有哪些，他们的老大又是谁？"

你想做什么？路易斯险些脱口而出。难道想把毒刺帮的强者都干掉？这也太痴心妄想了吧？

路易斯努力平复了下心态道："你暂时不用了解。"

卢米安笑了笑，没再多问，喝起那杯"游骑兵"。

天文台区，地下墓穴附近，卢米安找到了坐在篝火后面的奥斯塔·特鲁尔。

他嘲讽地笑道："你是我见过最敬业的人。"

一周七天，每天都会到这里来骗人。

"我也想去海边泡海水浴，但还欠了那么多钱。"奥斯塔不是没考虑过坐蒸汽列车离开特里尔，不再偿还剩下的债务，但之前他刚到蒸汽列车站，就被布里涅尔男爵派人堵住，狠揍了一顿。

这让他对布里涅尔男爵的能力相当畏惧，不敢再做类似的尝试。

"帮我搜集点东西。"卢米安坐了下来，直接说道，"有报酬的，每样额外给你五费尔金。"

奥斯塔·特鲁尔的眼睛一下亮起："要什么？"

"猞猁的内脏、鬣狗的舌头、牡鹿的骨髓，还有随便一种致命的草药。"卢米安看着篝火道。

"都比较难获得啊。"奥斯塔试图讲价，尽管他已经想好去天文台区做野味的餐厅问一问。

卢米安根本没有理他，转移了话题："在特里尔什么地方能找到水怪？"

奥斯塔想了下道："地下墓穴靠近塞伦佐河那边，有条地下河，时不时就有人说遇到水怪；塞伦佐河沿岸偶尔也有，但似乎很快就被净化者或者机械之心的人解决了。"

卢米安点了下头："你知道与众不同歌舞厅吗？"

"知道。"奥斯塔指了指上方，"就在炼狱广场旁边的旧街。"

"一费尔金，带我过去。"卢米安站了起来。

他打算实地再看一看，了解一下，不行就算了。

没多久，奥斯塔领着卢米安回到地面，转入广场附近的旧街，停在了一栋很有年代感的建筑前。那建筑偏灰蓝，保留着罗塞尔时代前的风格：三角楣饰、人字屋顶和带铅条框架的窗户。与众不同歌舞厅位于那栋建筑的底层，大门塑造得如同一张巨大的嘴巴。

此时已是下午，一辆马车停在路旁，走下来三男一女。他们都穿着深色的短西装，一步步靠近着与众不同歌舞厅。快到门口的时候，那三男一女同时掏出了一块单片眼镜，将它戴在自己的右眼位置。

看到这一幕，卢米安疑惑地侧过脑袋，望向奥斯塔。

奥斯塔笑着解释道："这是与众不同歌舞厅的规定，想进去的人必须穿短西装，戴单片眼镜。"

听完奥斯塔的解释，卢米安略感好笑地想道："这是什么奇怪的规定？"

联想到遛乌龟、星际大桥、举着蜡烛参观地下墓穴、跟风跑步等事情，他又觉得这好像也没什么，或许特里尔的市民就喜欢这种与众不同的体验。

望着陆续有人戴上单片眼镜走进歌舞厅，卢米安随口问道："要是新来的客人之前不知道这个规定怎么办？"

奥斯塔指了指旧街尽头："那里有卖单片眼镜和短西装的商店。我怀疑是与众不同歌舞厅的老板自己开的。"

不用怀疑……卢米安咕哝了一句。他甚至认为蒂蒙斯给与众不同歌舞厅定下这种规矩，就是为了多赚一份卖短西装和单片眼镜的钱。

当然，也是针对特里尔市民们追逐新潮、追逐时尚的风气。

"这开了有多少年了？"卢米安用下巴朝对面的与众不同歌舞厅扬了扬。

"二十年以上吧，我刚到特里尔的时候，它就在这里了，据说是特里尔刚开始流行歌舞厅的时候开的。"奥斯塔望了眼炼狱广场方向，"没别的事情了吧？我得回地下了。"

他一门心思只想着挣钱，害怕错过了找自己占卜和"帮忙"的人。

卢米安侧过脑袋，专注地凝视起他。这看得奥斯塔一颗心提了起来，仿佛被猛兽盯住了一样。

"怎么了？"他下意识又堆起笑容。

卢米安收回视线，漫不经心地说道："这两天小心一点。"

"什么？"奥斯塔一脸茫然，又惊又惧。夏尔应该不是在威胁我吧？我们刚才合作得很愉快啊，他还委托我帮他找材料！

卢米安笑了笑："字面意思，但和我没有关系。对了，再帮我搜集点水怪的消息，越详细越好，报酬和之前说的一样。"

他是说，我最近可能会倒霉，会被人揍？奥斯塔尝试解读卢米安真正想表达的意思。

与此同时，他总觉得对方刚才那句话的风格和语气很是熟悉，但一时又想不起来在哪里听过。

返回炼狱广场的途中，奥斯塔决定自己给自己做个占卜，看是不是真的要走霉运了。

作为一名"秘祈人"，他占卜成功的概率和相应的准确性都比普通人高不少。

这个时候，奥斯塔霍然醒悟，想明白了自己之前为什么会有熟悉感。

这不就是自己平时对那些"顾客"说话的风格和口吻吗？

那栋古代建筑对面，卢米安犹豫着要不要去买一套短西装和一个单片眼镜，混进与众不同歌舞厅，实地观察下环境，搜集更多的情报。

"可要是蒂蒙斯真属于哪个神秘组织，又和警务委员是朋友，为了几万费尔金绑架他不是一件明智的事情，会影响到我做正事，那样一来，买短西装和单片眼镜的钱不就浪费了吗？这可不便宜。"

卢米安该花钱的时候向来不吝啬，毕竟特里尔有众多的"好心人"，但不该花钱的时候，他还是相当有节约精神的。

考虑中，他环顾四周，发现与众不同歌舞厅的斜对面有一家"独自一人酒吧"。

"歌舞厅的顾客和酒吧的顾客有很大程度的重叠，他们应该是竞争对手……"卢米安豁然开朗。

最了解一个人的往往是他的仇人，那么最了解一家歌舞厅的则多半是它的竞争对手！

即使对方的说辞大概率会存在夸大之处，但也能在某种程度上反映一些事实。

卢米安转过身体，走入那家独自一人酒吧。

旧街的建筑都相当古老，大部分能追溯到罗塞尔时代前，它们窗户窄小，哪怕白天也光照不佳，昏暗成了这里的主旋律。

在煤气壁灯还没有点燃的情况下，卢米安穿过只有几名客人的暗色调大厅，来到吧台前方，坐了下来。

"一杯杜松子酒加冰。"卢米安摘下鸭舌帽道。

吧台在酒馆最里面，光照最为不好，瘦高的酒保整个人仿佛被黑暗笼罩着，只呈现出相应的轮廓。以卢米安的视力也仅能勉强看到对方有一头微卷的黑发，眼睛似乎更偏蓝色，鼻梁不够高挺。

等待杜松子酒时，卢米安状似无意地笑道："你们这里生意不太好啊，我看对面那个什么与众不同歌舞厅就有很多客人。"

酒保将插了片柠檬，放了不少冰块的杜松子酒推到卢米安的面前。

他望了眼门口道："我们的生意也不差，只是大部分人都在地窖里等着看戏剧表演。怎么样，要不要去看？点过酒的客人再付五个里克就能进地窖了，呃，你的杜松子酒八个里克。"

"戏剧表演？"卢米安没有掩饰自己的诧异，这是乱街几家酒吧都没有的元素。

酒保叹了口气道："对面能跳舞，能唱歌，能打牌，能玩桌球，我们总得有点和他们不一样的地方，才能吸引顾客啊。北岸很多家酒吧和咖啡馆现在都有小剧场了。"

卢米安不知道该怎么形容这种行为，只能感慨道："酒吧生意的竞争激烈到这种程度了啊？"

他随即拿出三个雕刻着齿轮元素的银币和一个铜币递给酒保，这总计六十五科佩，也就是十三个里克，包含去小剧场看表演的门票钱。

酒保立刻指了指位于吧台侧面，通往下方的楼梯："你随时可以去地窖，端上你的酒。"

不需要给张门票？卢米安没急着离开吧台，笑着继续道："对面那家与众不同歌舞厅似乎很独特啊？"

"是很独特。"酒保压低了嗓音，"你是不是被那里的人骗过钱，所以才一直问他们的事情？"

"是啊。"卢米安坦然点头，他根本没想掩饰。

酒保笑了一声："每天都有被骗的人找过来，但没有一个人成功，我曾经看到过天文台区的警务委员孔代进那个歌舞厅，同样穿着短西装，戴着单片眼镜。"

蒂蒙斯确实不简单……卢米安打消了找与众不同歌舞厅老板要钱的想法。

他端着那杯杜松子酒，离开吧台，沿楼梯向地窖走去。

还未靠近下方那扇对开的木门，卢米安就听到酒保在上面喊道："有一个客人过来！"

吱呀一声，那木门打开了。

卢米安放慢脚步，一边观察环境一边走进去。

这里已被改造成了一个小剧场，最里面是半高的木台，两盏煤气壁灯在上方提供着最基本的照明。光线暗淡或无法触及的地方，以较为稀疏的方式摆放着一张张凳子或椅子。

此时，已有二十多个客人坐在这里，观赏着上方的戏剧表演。

他们没一个人说话，安静到只有喝酒的动静时不时响起，将阴暗的地窖衬托得近乎死寂。

卢米安于靠近出口的地方找了张椅子坐下，将目光投向舞台。

正在表演的不是真人，而是半人高的木偶。它们不分男女皆涂着黄白红三色油彩，嘴角高高翘起，勾勒出一个浮夸的笑容。

这些木偶在细微到卢米安都几乎看不出来的丝线操纵下，或抬手，或张嘴，或转身，或奔跑，表演着一幕幕不同的戏剧。

低沉的男声与略尖的女音不知从何处交替传出，说着不同的台词。

煤气壁灯偏黄的光芒下，周围蔓延开来的昏暗中，那些涂着油彩的小丑木偶显得颇为阴森。

卢米安本能地就不太喜欢这样的环境。

因着不想浪费门票钱，他又看了一会儿，直到这一幕戏剧结束。

整个过程中，周围都没有一点声音，那些顾客的脸庞或映着偏黄的光芒，或藏于黑暗之中，专注得超乎卢米安想象。

卢米安喝完最后一口杜松子酒，径直离开了这个只有两盏煤气壁灯照亮的小剧场。

返回老实人市场区的途中，卢米安坐在公共马车靠窗边的位置，望着不断退后的街边商店和路上行人，思考起之后要做的事情："一是想办法弄到水怪的肉块，把材料集齐，完成预言之术的前置准备。二是得做点事情提升我在萨瓦党的地位，争取尽快成为真正的头目……做什么呢……"

念头纷呈间，卢米安的目光忽然扫到了一道熟悉的身影。那是穿着白色衬衣、黑色夹克、脸有横肉，褐发微卷的威尔逊，毒刺帮的威尔逊。

威尔逊正带着两名打手穿过市场大道，进了侧面一条巷子，步伐沉稳，体态正常。

"他被我摔成了那个样子，这就没事了？"卢米安一阵愕然。

要知道，那可是从四楼掉下去啊！这是什么恢复能力？蟑螂都没法和他比！

卢米安飞快地做起推测："毒刺帮有涉及超凡的治疗能力？……'耕种者'途径的'医师'？"

推测到这里，卢米安突然想起了一件事情：在他那个梦中，普阿利斯夫人拥有瞬间治愈别人伤势的能力！

虽然这可能有梦境夸大或者扭曲的成分在内，但普阿利斯夫人对应的那条不正常的途径确实包含生命领域。

疑似路易斯·隆德的人之前也出现在市场人道……毒刺帮背后的势力和普阿利斯夫人信仰的那位邪神有关？

思索之际，卢米安的嘴角一点点勾了起来。

虽然威尔逊在这么短的时间内奇迹般地被治好还有多种可能，比如卢米安自己猜的"耕种者"途径的序列8"医师"，或者"药师"途径的序列9"药师"，但既然存在能找到普阿利斯夫人和她手下的可能，那卢米安就不会放过。

要不是产生联想的时间太晚，威尔逊等人已然走远，卢米安肯定会直接打开行驶中的公共马车的车门，跳下去追赶，然后想办法将威尔逊活着弄到地下某个采石场空洞内，拷问他为什么能好得那么快。

这件事情真要和普阿利斯夫人信仰的那位邪神没有关系，卢米安八不了给威尔逊道一声歉，而威尔逊还得感谢他没狠下心来，直接灭口。

当然，灭口也是一种处理方案，选哪个全看卢米安的心情。

等公共马车停下，卢米安第一个走出车厢门，往回走到威尔逊等人消失的那条巷子外。

这里没有街垒，平时来往之人众多，威尔逊等人又未踩到明显的标记物，卢米安花费了近一刻钟的时间仔细分辨，最终还是宣告失败。

他没有气馁，抓不住威尔逊，还有威尔，还有威廉森，总之，毒刺帮比威尔逊高一层次的头目不少，每个都有自己负责的生意和地盘，跑得了神甫跑不了教堂，卢米安只要耐心蹲守，总能蹲到一两个，而他们必然比威尔逊更靠近毒刺帮背后的那个隐秘势力，知道得更多！

呼……卢米安按捺住内心的急切，打算多观察一段时间再设计狩猎的方案。

毒刺帮要是真和普阿利斯夫人信仰的邪神有关，那和马格特同一层次的头目们，应该不是有非凡特性的序列8，就是获得了恩赐、相当于序列8非凡者的邪神眷属，甚至可能更强一点。卢米安要是没搜集到足够的情报，未挖好相应的陷阱，就直接莽撞上去，下场大概率不会太好。

"不能因为已经是'挑衅者'，就不再把自己当成'猎人'。"在心里告诫了自身一句后，卢米安沿着市场大道走去微风舞厅。

因为才下午三点多，里面的客人很少，也没人唱歌和跳舞，卢米安一眼就看到了坐在吧台位置喝着石榴汁汽水的黑帮打手路易斯。

"汽水？"卢米安笑着走了过去，"能喝点成年人该喝的东西吗？"

路易斯侧过脑袋，看到夏尔笑容满面、态度亲和地靠向吧台，让他隐约有些恍惚，似乎不太认识面前这位年轻人了。

这还是那个虽然总是带着笑容，但非常疯非常狠，一言不合就想杀人的夏尔吗？这明明就是一个刚进入萨瓦党还残留着乡下淳朴气质的青涩小子。

路易斯晃了晃手中的汽水，略带苦涩地笑道："我等下还得跟在男爵旁边，不能喝酒。"

卢米安望了眼他额头还未完全消去的青肿痕迹，笑了一声，指了指自己的脑门道："还没好，这都多少天了？我刚才看到威尔逊了，他被我弄断胳膊，从四楼扔下去，现在也没什么事了。"

路易斯愣了一下："你的意思是，威尔逊痊愈了？"

"表面上看是这样，我本来想和他打声招呼，但他走得太快了。"卢米安一脸的遗憾。

打招呼？你是想让威尔逊再次重伤，甚至不给他治疗的机会吧？路易斯没敢把心里的话语说出口。

他表情颇为严肃地低语道："之前我们和毒刺帮发生冲突的时候，他们被打伤的人也是几天就好了，男爵怀疑他们有擅长治疗的非凡者……但像威尔逊一样，受了那么重的伤还能很快痊愈的，从来没有。"

"是因为你们一直没把毒刺帮哪个成员打成那样的重伤吧？"卢米安用嘲讽的语气开了句玩笑。

路易斯回忆着说道："有，但很少，而且，我们都是很久之后才重新见到他们，那个时候他们肯定都已经完全好了。"

这么看来，威尔逊接受的治疗比"医师"和"药师"的非凡能力更强？卢米安从路易斯的话语里提取出了一个相当重要的信息。虽然那也许是对应途径的更高序列者，但至少帮他排除了一些可能。

卢米安正想询问药水材料搜集得怎么样了，门口走进来一道靓丽的身影。

那是位衣着非常引人瞩目的女郎，她将棕黄的长发盘了起来，又让多缕发丝从耳旁、腮边、脑后垂往下方。她脸上扑着脂粉，蔚蓝的眼睛四周是勾勒出来的黑色眼线，这让她的眼窝看起来很深，带着点堕落的魅惑。

此时，这女郎穿着大胆露出胸口的红色长裙，裙身不同位置镶嵌着不同数目的亮片。

这不是在毒刺帮磨坊舞厅唱低俗歌曲的女歌手吗？卢米安看得怔了一下。

这里可是萨瓦党的微风舞厅！

不过，卢米安暂时还不确定两者是同一个人，因为那名女歌手的黑痣在唇边，而这名女郎的黑痣在左边眼角。

"怎么，看上那个'小婊子'了？"路易斯循着卢米安的视线望过去。

卢米安笑了一声："怎么能这样称呼那位女士？做人要有礼貌。"

"有的时候，你和男爵真的很像。"路易斯感慨了一句，"她的绰号就是'小婊子'，'小婊子'简娜，一个'浮夸女'。"

"什么是'浮夸女'？"卢米安没有掩饰自己的无知，毕竟他真的是刚从科尔杜村这种乡下地方来到特里尔的土佬。

路易斯认真回想了下男爵的描述，不太流畅地说道："就是表演……表演风格，还有衣着打扮，都很浮夸的女歌手。"

也是女歌手？卢米安试探着问道："她也在磨坊舞厅唱歌？"

"对，只要付钱，她会在乱街任何一家舞厅唱歌。"

路易斯说话的同时，"小婊子"简娜走了过来。她蔚蓝的眼睛一扫，流转的眸光从卢米安的脸上移向路易斯："十首歌，四费尔金，抛上舞台的钱我拿三分之一。"

"没问题。"路易斯早就得到男爵的吩咐。

唱一晚上才四费尔金？卢米安忽然产生了一个疑问：自己给奥斯塔·特鲁尔开的报酬会不会太高了？

他在自己不了解的领域，缺乏对物价的直观认识。

留意到卢米安的目光,简娜侧过脑袋,笑嘻嘻地望着他道:"你可以看得更低一点。"她指的是自己较为暴露的胸口。

社会经验只来自小说的卢米安第一次遇到类似的情况,但他表面却没有显出任何异状,笑着说道:"我只是好奇,我上次在别的地方看见你的时候,你的痣在嘴巴旁边,现在却到了眼睛侧面。"

简娜又妩媚又甜美地笑了起来,笑得身体微微晃动,这看得路易斯忍不住吞了口唾沫。

"你是外乡人?"简娜反问起卢米安。

卢米安诚实点头。

简娜勾住笑容,前倾身体,指着自己的脸颊,轻声解释道:"这是特里尔的时尚,很多女士都会有一颗假痣,贴在脸颊中间代表优雅,贴在鼻子正中代表放肆,贴在眼角代表热情,贴在唇边代表妩媚,贴在扣子上方代表秘密……"

她边讲边对卢米安抛了个媚眼,仿佛在说"今天的我热情似火"。

"不愧是特里尔……"卢米安只能这么感慨了一句。

因为距离的拉近,简娜说话时芬芳的气息和身上仿佛能勾动人类欲望的香水味道同时钻入了他的鼻端,这让卢米安下意识揉了揉自己的鼻子。

简娜顿时"哎哟"了一声:"你不会还保留着童贞吧?我不是站街女郎,但如果是你,我没有问题。"她打量着卢米安的脸庞,对他的长相似乎颇为满意。

童贞?每天早上六点都能重新拥有的东西吗?卢米安腹诽了一句,浑不在意地笑道:"现在吗?我怕你赶不上今晚的演唱。"

在科尔杜村老酒馆,当大家都开始言语粗俗的时候,卢米安往往是最粗俗的那个,要不然很容易被那些家伙取笑。

简娜忍不住笑了两声,顺势挥了下手:"那等我今晚唱完再找你。"

说完,她走向舞池前方的半高木台,提前熟悉起环境。

太敷衍了吧,都不约定下时间和地点?卢米安在心里嗤笑起简娜。这女人刚才就是单纯的调戏而已!

路易斯颇感嫉妒地提醒起卢米安:"不要相信她的话,她只是喜欢捉弄长得好看的男人,并不会真的和你上床。我怀疑她和芙兰卡有些关系。"

"芙兰卡,'红靴子'芙兰卡?"卢米安略感诧异。

"红靴子"芙兰卡是负责白外套街的萨瓦党头目,疑似女性。

"对。"路易斯点了下头,"芙兰卡好像是老大的情妇,但'小婊子'和她走得也很近。"

情人和情人啊……卢米安再次感慨起特里尔的风气。

路易斯凝望着在台上活动身体的简娜，略显痴迷地说道："她刚到市场区的时候还没这么诱人，这两年越来越会打扮，越来越有女人味了，可惜啊……"

"你要是能成为'红靴子'一个级别的人，说不定有机会。"卢米安随口挑动了下路易斯的野心，转而问道，"我要的三种材料有线索了吗？"

路易斯收回视线道："我正想告诉你，都找齐了。"

"这么快？"卢米安被萨瓦党的工作效率震惊了。你们不如去开个工厂，还做什么黑帮？

路易斯解释道："'老鼠'克里斯托养了很多动物，有的很宝贵，有的随便我们拿走，只要付出等价的钱，蜥蜴的眼睛和蛇的毒囊就是这么来的，鹰巢里的石头是他送的。"

负责走私生意的"老鼠"克里斯托？卢米安若有所思地点了下头。

路易斯继续说道："那三样东西，我晚点会让人送到金鸡旅馆。"

"多少钱？"卢米安打算额外再给路易斯一点辛苦费。

路易斯摇了摇头："男爵说不用你出钱，你提升实力，就是我们萨瓦党提升实力。"

不用布里涅尔男爵特别解释，路易斯都能看出来他这是在收买人心，反正不到卜费尔金的事情。

按照男爵这个说法，我之后买晋升"纵火家"需要的材料，也能找他报销？卢米安腹诽了一句。

路易斯喝了口石榴汁汽水，看到微风舞厅的大门处走进来一群人。

为首者非常高大，超过一米九，看着二十多岁，淡黄的头发短而柔软，紧贴着脑袋，如同高档绒布的表层。他鼻子偏大，眼眸浅蓝，脸上坑坑洼洼，皮肤极为粗糙，身穿一套绷得较紧的黑色正装，头戴一顶宽檐圆帽。

路易斯的表情逐渐变得严肃，放下手中的汽水瓶，对卢米安道："我得到男爵那里去了。"

这个时候，那高大健壮的男子领着几名疑似黑帮打手的随从，进了楼梯口，往咖啡馆而去。

"那个是？"卢米安没有掩饰自己的好奇和疑惑。

路易斯站了起来，随口解释道："管着夜莺街几个舞厅的'巨人'西蒙。"

"他不也是我们萨瓦党的吗？"卢米安追问道。

路易斯点了点头："但他和男爵的关系不是太好，他一直说，既然男爵管着高利贷生意，那就应该把微风舞厅交出来……我上去了，也不知道他是来干什么的。"

路易斯走了两步，用眼角余光看到卢米安坐在吧台原位一动不动。

他忍不住在心里感叹起来："一点也不懂得抓机会啊，这个时候不是应该主动跟着我上去，站在男爵旁边吗？'巨人'西蒙真要说了什么不好听的话，就瞪他，拿枪指着他，这样男爵才会慢慢信任你……嗯，虽然够狠，够疯，实力也很强，但始终还是个什么都不懂的乡下小子。"

当然，就算卢米安真要上二楼，到咖啡馆给布里涅尔男爵撑排场，路易斯也会拒绝他，毕竟男爵和"巨人"西蒙很可能会聊一些萨瓦党内部较为机密的事情，不适合一个刚加入的人旁听。

卢米安此时则是在想："萨瓦党内部也有不少矛盾啊……如果布里涅尔男爵和'巨人'西蒙爆发冲突，死掉一个，幕后那位老大想找个有足够实力震住场面的人来继承他们的位置，那我岂不是就有机会了？到时候，只要能通过考验，我就算完成K先生的任务了。

"除了那几个头目，萨瓦党内部能单杀马格特的应该没别的人了……现在的问题是，怎么让布里涅尔男爵和'巨人'西蒙发生火并又不让人怀疑我……"

念头转动间，卢米安要了一杯苦艾酒。

他还没喝完那杯充满梦幻感的绿色液体，就看见那个"巨人"西蒙带着自己的手下从楼梯口出来，一张脸绷得很紧。

心情看起来不是很愉快啊……卢米安点了下头，收回视线。

他没急于将想法付诸实践，因为他对萨瓦党的了解还是太少了。

傍晚时分，卢米安刚回到金鸡旅馆，坐在前台的费尔斯夫人就站了起来，对他说道："埃夫先生来了，在一楼餐厅里等你，靠窗那个位置。"

不错，来得挺快的嘛……卢米安轻轻颔首，走入了大堂另外一侧的小餐厅。

埃夫先生早听人描述过夏尔奇特而时尚的发色，一看到他走入餐厅，就堆着满脸笑容站了起来："夏尔先生，这里。"

他是位年近五十的男子，金发已有部分染上了白色，梳理得还算整齐，他穿着洗到发白的深色正装和一条栗色粗呢长裤，眼眸蔚蓝，没有浑浊之色，脸上留着比较稀疏的胡须。

看了靠在餐桌旁边的手杖一眼，卢米安笑着走了过去："晚上好，埃夫先生。"

双方分别就座后，埃夫示意服务生可以上餐了。

"不好意思，我最近太忙，直到今天才来拜访你。"埃夫满是歉意地说道。

他的口音是标准的特里尔本地口音。

卢米安故意反问："你名下不止这一栋旅馆？"要不然忙什么？

埃夫一时语塞，没想到对方听不出来自己说的是客套之话。他支吾着道："还有点别的生意，但不多，也不怎么样。"

两人闲聊间，服务生端来了晚餐，一人一份：豆子浓汤、猪肉香肠、费内波特米饭和浇了五分之一个餐盘的稀薄酱汁。

"这是他们的特色肉酱。"埃夫颇为热情地介绍道。

就点了这些？卢米安对房东的吝啬有了全新的认知。不过他不是太在意这个，就着那带着些许肉香、胡椒味和一定醋感的酱汁，吃起了费内波特米饭。

过了几十秒，卢米安抬起脑袋，笑着询问埃夫先生："以你的吝啬，为什么会舍得给每个房间配一些硫黄？"

他刻意没用"节俭"这个更友好的词，语气里带着满满的嘲讽。

埃夫先生脸色本能一沉，显得不太高兴。旋即他收敛情绪，露出苦涩的笑容："旅馆的臭虫实在是太多了，不额外给硫黄，都没人住。"

是吗？只要价格足够便宜，缺钱的穷鬼们根本不在乎有没有臭虫……卢米安漫不经心地切了块香肠送入口中，咀嚼了一阵才道："为什么不请两个固定的清洁杂工，每天都打扫？那会有效减少臭虫的数量。"

"两个固定的清洁杂工每个月就得一百三十到一百五十费尔金，而每周做一次大清扫只需要十八费尔金。"埃夫先生心疼地侃侃而谈。

卢米安笑了："我的意思是，你为什么不自己做清洁杂工，带上你的孩子们？"那连每周十八费尔金的开支都能省掉。

埃夫先生露出了意动的表情，仿佛觉得这是一个好主意。过了十几秒，他才叹了口气道："可惜啊，我和他们还有别的事。"

什么事？卢米安没有多问，他已经确定这是一个纯粹的吝啬鬼。

埃夫先生看了卢米安一眼，斟酌着说道："我之前是每周给马格特二十费尔金，你想星期几要？"

卢米安嗤笑了一声："不用给我，每周再多做一次大清扫吧。"

埃夫先生略感愕然，但没有反对，毕竟大清扫只需要十八费尔金，而每周做两次的话，还能讲价。

卢米安吃完餐盘内的食物，转而问道："你知道504之前那个租客去了哪里吗？"

他指的是在查理房间内贴苏珊娜·马蒂斯画像的那个家伙，据说是城墙街、布雷达街、夜莺街这些地方的常客，后来不知为什么就搬走了。

卢米安之前问过费尔斯夫人这件事情，但没得到任何答案，毕竟费尔斯夫人只关心有没有交够房租，有没有弄坏房间内的东西，不在意租客们之后去了哪里。

埃夫先生愣了一下，望着盘中剩余的食物道："我不知道你指的是谁，我很少到旅馆来，不清楚哪个房间住着哪个人。"

这反应……像是有点心虚……卢米安微动眉毛，没再多问，看着埃夫先生将餐盘吃得干干净净，一粒米饭一滴酱汁都没有剩下。

等到埃夫先生离开，卢米安隔了近二十秒才走出旅馆，远远地缀着这位房东。

他一直跟踪到市场大道中段，看着埃夫先生进入一幢米黄色的六层公寓内。

从费尔斯夫人平时提到过的一些细节判断，这应该就是埃夫先生的家。

卢米安没急着上门"拜访"，毕竟有的事情还是夜深人静再做更方便，而且他还不确定官方非凡者们是否还在追查苏珊娜·马蒂斯的事情，是否也想从埃夫先生这里找点线索，如果双方不小心撞上，那就尴尬了。

那样一来，卢米安只能赶紧找附近的地缝钻进去。

在一盏盏亮起的偏黄路灯照耀下，他绕着埃夫先生住的公寓转了一圈，观察起周围的环境。

让卢米安印象最深刻的是，那幢公寓的斜对面，市场大道另外一侧，有一栋改造过的砖红色三层建筑。它有一个用根根柱子撑起的门厅，上方挂着一个招牌：老鸽笼剧场。

此时，那里不断有人涌入，内部时而传出鼓掌声和音乐声，显得相当热闹。

据卢米安所知，这是一家票价低廉、面向平民的戏剧剧场，在老实人市场区属于没竞争对手的那种。

是可以利用来摆脱追踪的优质场所……卢米安回想了下各种小说里发生在剧场内的那些故事，笑着越过街道，进了老鸽笼剧场的门厅。

这里贴着一些海报，描绘着正在或即将上演的剧目，以及过往的经典瞬间。准备实地探查一下怎么利用这个剧场的卢米安站在那里，认认真真地看起那些照片、图画和文字。

忽然，他在一个角落的海报上看到了熟悉的脸孔。

那是充当着背景板的某个龙套，金发白了许多，眼眸蔚蓝，胡须稀疏——正是他刚才跟踪的埃夫先生！

❖ 第九章 ❖
★ C H A P T E R 0 9 ★

扑杀水怪

埃夫先生还兼职戏剧演员，或者单纯只是爱好？卢米安疑惑地想道。

他的第一反应是，埃夫先生作为金鸡旅馆的老板兼房东，即使算不上富人，经济状况也能称得上宽裕，而且，他还有别的产业，不太可能去兼职戏剧演员。但记起埃夫先生对金钱的热爱和在支出上的吝啬，卢米安又不敢保证这家伙不会在没什么事情的时候去演个龙套角色，毕竟多少能赚点，又不浪费宝贵的时间。

反复确认那个龙套角色真的是埃夫先生后，卢米安将目光投向了那张海报的名称：《林中仙女》。

从配的文字来看，这是老鸽笼剧场的一出经典戏剧，每隔一段时间都会重新上演一次。其中，扮演林中仙女的女演员五官深邃，气质清纯中带着点魅惑，一双湖水色的眼眸既天真又圣洁。

但卢米安并没有觉得她有多诱人，因为她身上挂着树枝绿叶编成的手环、项链和腰带，头顶戴着点缀了不少花朵的桂冠，让卢米安一下就联想起了梦中扮演春天精灵的阿娃，以及放开青绿色长发后的苏珊娜·马蒂斯。

于他而言，这都不是什么愉快的回忆，尤其后者，排除掉被诱发的不正常欲望带来的扭曲视角后，完全称得上狰狞和恶心。

"夏绿蒂·卡尔维诺。"瞄了眼那位女演员的姓名后，卢米安从别的海报上寻找起其他线索。

最终，他发现埃夫先生参演了老鸽笼剧场三部戏剧，但都是作为配角中的配角出场，也就是即使他缺席，也能立刻拉个人顶替的那种。

卢米安若有所思地进了剧场，花费十个里克买了张门票。

老鸽笼剧场修建得还算正规，最里面是一个大舞台，有多盏煤气壁灯，有已经被提起来的厚厚帷幕，有蒸汽驱动的几种机械。舞台前方是一排排座椅，越往后越高，呈阶梯型分布。

卢米安拿着票根，找到自己的位置，坐了下来。

当前上演的戏剧是《公主和野兽》，部分演员穿得颇为大胆，略显暴露，完全贴近老实人市场区的普遍审美。

看了一阵，卢米安略感震惊地在心里感慨道："这就是特里尔的戏剧水准吗？这样的戏剧表演都只能窝在老实人市场区？歌剧院区那些剧场的水平究竟强到了什么程度？"

他对戏剧表演并不陌生，奥萝尔虽然喜欢待在家里，但待得久了也会有外出的冲动，她时而会去找普阿利斯夫人借小马骑，时而会和科尔杜村的老太太们闲聊，时而会召集小朋友，给他们讲故事，时而会带着卢米安到达列日城里看戏剧、歌剧、马戏团表演，或是去地下书市找找灵感。

而那些戏剧表演和老鸽笼剧场的比起来就像是小孩子在玩游戏。

当前台上的主要演员全部演技出众，无论表情、动作还是台词，都仿佛故事里的人物真正走到了这个世界中来，让本来只是来查探异常的卢米安都有点沉浸在他们的表演里，被野兽的自卑、狂暴、痛苦和公主的天真、善良、悲伤打动。

那几个主要演员随便拿一个出来，都能撑起达列日一个剧场。

等到戏剧落幕，卢米安才意犹未尽地站起身来，鼓了鼓掌。

他没发现那些演员有什么问题，趁每一幕休息去盥洗室时也未发现剧场本身有什么异常。

出了老鸽笼剧场，卢米安抬头望向斜对面的米黄色公寓，确认六楼几个窗户都有煤气灯偏黄的光照映出。

按照费尔斯夫人的说法，埃夫先生会自己在楼顶种一些菜以节约金钱，所以，卢米安推测埃夫先生一家住在公寓顶层，也就是六楼的某个房间内。

略作观察，卢米安的视线落在灯光最暗的那个窗口上。以埃夫先生的吝啬程度，他可舍不得多点一盏煤气灯。

卢米安随即找了个无人而黑暗的角落，盯着那个窗口，耐心等待起可能会出现的变化。

时间一分一秒地流逝，有个流浪汉路过此地，想以这个能挡风的角落作为今晚的睡床，但很快就看到了坐于阴暗深处的人影，只好快快离开。

这样的事情对卢米安来说，早已司空见惯，不为所动地继续等待着。

快到晚上十一点的时候，那个窗口颇为暗淡的灯光熄灭了。

又过了近一刻钟，穿着发白深色正装和栗色粗呢长裤的埃夫先生出现在了公寓门口。他警惕地左看右看，提着一盏电石灯，沿街边阴影到了十几米外的地下特里尔入口。

卢米安似乎变成了雕像，一动不动地看着埃夫先生和电石灯的光芒一同消失在那里。

几分钟后，见没有官方非凡者跟在埃夫先生背后，他站起身来，拍了拍衣物，穿过市场大道，抵达了那处通往地底，高处有遮挡物的石梯旁。

卢米安没尝试追踪，一是他没带照明工具，身上只有仪式魔法里使用的几根蜡烛，气味太过明显；二是他不知道埃夫先生实力怎么样，到地下特里尔又是要做什么，会牵扯到哪个层次的力量。

他退后几步，缩到街边一栋房屋的壁柱侧面，借阴影完成了隐藏。

又是一场不短的等待，当零点快要到来时，电石灯染着些许蓝色的光芒照亮了那处地底入口。埃夫先生的身影随之映出，拉得有点长。

他刚走完石制的阶梯，卢米安就拉低鸭舌帽迎了过去，低吼了一声："抢劫！"

卢米安是想以这种方式试探下埃夫先生的实力，如果他非常强，那一个抢劫者不会让他太过重视，以至于直接就下杀手，那样一来，卢米安也有逃跑的机会和空间，顶多受点伤，失去些金钱；要是埃夫先生未展现出足够的能力，那抢劫会转变成绑架，卢米安将在地下特里尔的某个角落里拷问这位房东，问他为什么隐瞒金鸡旅馆504房间之前那个租客的下落，问他为什么要半夜到地底世界。

听到抢劫这个单词后，埃夫先生浑身颤抖了一下。他颇为抗拒又极其不舍地掏出了棕色的皮制钱包，从里面拿出了一枚一费尔金的银币。

卢米安突然有了强烈的贪欲，只觉那枚银币表面的小天使浮雕和发散状排线是那样的有魅力。他难以自控地伸出右手，接过了埃夫先生递来的银币，然后转身就跑，如同真正的抢劫犯。

跑了五六步，卢米安醒悟少许，察觉到了异常："只拿到一费尔金的银币就逃跑，算什么抢劫犯？……等等，我为什么要抢银币？"

卢米安骤然清醒，依靠"舞蹈家"的柔韧性，强行扭转身体，停了下来。

他看到埃夫先生同样在狂奔。这位金鸡旅馆的房东穿过市场大道，奔入了老鸽笼剧场，本欲追赶的卢米安顿时放缓了脚步。

埃夫先生被抢劫后的第一反应既不是逃回家里，也不是去附近的市场区警察总局求助，他选择的去向居然是他家斜对面的老鸽笼剧场！

在他看来，那里有真正能保护自己的人？

卢米安若有所思地皱了下眉头，下一秒，又转过身体跑了起来，再次扮演起抢劫犯。

他担心埃夫先生找到那个能保护他的强者后，会追过来把那枚银币抢回去。

——以埃夫先生的吝啬，完全干得出这种事情！

而卢米安虽然不在乎一费尔金的银币，但如果因此被抓住，难免会暴露身份。一路跑出市场大道的过程中，他随手将那枚银币丢给了睡在街边的一名流浪汉。

当的一声，那名流浪汉睁开了眼睛，看见前方的路灯下静静躺着一枚银闪闪的"小可爱"。

回到乱街，卢米安取下鸭舌帽，脱掉外套，将它们抱在手里，调整回正常的行走速度。

经过刚才的试探，他确定埃夫先生有异常，具备超凡能力，但似乎不太擅长战斗，面对一个普普通通的抢劫犯都选择"给"一枚银币后逃跑。

"他让我突然很想占有那枚银币，贪欲强到了完全不顾原本目的，几乎失去理智的程度……"卢米安回味起刚才的遭遇。

这种感觉让他颇为熟悉。面对苏珊娜·马蒂斯时，他有过类似的感受，一次是被恐惧占据了身心，一次是被仇恨夺取了理智。

"能力的表现形式有点像啊……埃夫先生和苏珊娜·马蒂斯有一定的关系？504房间之前那个租客的下场恐怕不太好……'林中仙女'，树叶，树枝，桂冠……老鸽笼剧场也和苏珊娜·马蒂斯存在一定的关系？"

卢米安一边分析一边走回金鸡旅馆。一转入地下酒吧，他就看到查理端着杯啤酒，正和几个租客一起高声歌唱："我们穷人啊，睡在阁楼里……"

见夏尔回来，查理挣脱其他人的手脚，走到吧台位置，叹了口气道："你不知道我今天下午遭遇了什么，那个酒店经理喝了我两顿酒，却告诉我，受艾丽斯太太的事情影响，他不能让我当正式的侍者，只能做最低等的杂工。真是太可恶了，我怎么能这么倒霉？"

说到这里，查理一下愣住，喃喃自语起来："倒霉，倒霉……"连续几遍后，他愕然抬头，望向卢米安，看到了对方脸上露出的笑容。

查理之所以愣住，是因为他记起夏尔上午才提醒自己最近可能会遭遇一些不好的事情，下午他就失去了异常期待的工作机会，并且白白浪费了好多费尔金在请人喝酒上，这让本就不宽裕的他愈发有压力。

看着夏尔的微笑，查理不自觉压低了嗓音："你会占卜？"占卜得似乎还很准！

"我不是告诉过你吗？我猜的。"卢米安一点也不磕巴地说着假话。

当然，这也不完全是假话，只不过他是根据感应到的运势做出的猜测，就像做题时知道正确答案后来编过程。

查理一脸不相信，但也未作质疑，他颇为期待地问道："我的霉运现在是不是没有了？"

卢米安侧过脑袋，集中起精神，眼眸随之深邃了一点。他的表情逐渐凝重，越来越严肃。看到夏尔的反应，查理一颗心顿时扑通乱跳，紧张得嘴巴发干，问："怎……怎么了？"

卢米安抿了下嘴巴道："你最近会有一场灾难。"

查理的表情一下垮掉，脸色阵青阵白，不复刚才的红润。

卢米安笑了起来："开玩笑的，你最近虽然不会有什么好运，但也不至于太过倒霉。"

这表明苏珊娜·马蒂斯的问题即使还未得到彻底解决，一时半会儿也不会爆发。

查理有点不敢相信卢米安的话了："真的？"

"假的！反正你愿意相信就相信，不愿意相信我也没有意见。"卢米安要了杯苦艾茴香酒，不甚在意地笑道。

他这种态度反而让查理松了口气，于旁边的高脚凳坐下，喝了口黑麦啤酒道："我还以为是……是那件事情还没有真正结束。"

这也不是不可能……卢米安没再试图吓唬查理。

查理望着眼前的吧台道："你知道吗？刚才那一秒钟，我都想去做最低等的杂工，赶紧搬出市场区。"

卢米安瞥了他一眼："真要出事，你搬到哪里都逃不掉。"

查理一张脸顿时泛起难以掩饰的苦色。

卢米安随即补了一句："你还不如多去最近的永恒烈阳教堂，多做祈祷。对了，我今天和房东埃夫先生一起吃了晚餐，聊到504房间的时候，他表现得有点奇怪，好像知道在你之前的那个租客的下落，又不肯说出来。"

查理愣了几秒才明白夏尔指的是什么，他再次压低了嗓音："贴……贴那个女人画像的？"

卢米安缓慢但肯定地点了下头。

查理沉默了一阵，喃喃自语道："那个女人的事和埃夫先生有关？他知道那幅画像有问题？……我，我得把这件事情告诉那些人，我天亮就去最近的教堂，跟神父讲……"

不错，经过我几天的教导，比萨瓦觉那个路易斯聪明多了，一次就能听懂我的暗示……卢米安满意地端起酒杯，喝了口视觉效果极佳的绿色液体。

对老鸽笼剧场的具体情况，他没有任何了解，不清楚问题究竟严不严重，到了什么程度。想靠自己调查，没有一两周的工夫，根本搜集不到足够有用的情报，而且，即使搜集到了，也未必有那个能力处理。所以，还不如一开始就想办法提醒官方，让他们跟进。

187

查理下定决心后，看了眼正在调酒的帕瓦尔·尼森，见他没注意这边，遂低声询问起卢米安："他们要是问我从哪里知道的消息，我该怎么回答？"

"就说和我聊天时听到的。"卢米安坦然说道。

拜查理之前的"宣传"所赐，老实人市场区的警察们应该都知道金鸡旅馆成了萨瓦党夏尔的地盘，所以，夏尔和房东埃夫先生见个面吃吃饭聊聊天是必然会有的发展。

到时候，官方非凡者随便一打听，就会发现这是一件很正常的事情，不至于怀疑卢米安。

"好。"查理明显放松了不少。

卢米安又抿了口"绿仙女"，转而问道："你听说过毒刺帮哪几个头目？"

查理之前讲过，不管是萨瓦党，还是毒刺帮，或者另外几个较小的黑帮，头目们在老实人市场区都有一定的名声，能用来吓唬小孩。

"你想做什么？"查理的表情瞬间变得兴奋。

"找他们问点事情。"卢米安选了个最文雅最礼貌的说法。

查理因为看不到热闹而略感失望："除了马格特，我只知道两个，一个是'铁锤'艾特，他原本在老实人市场那边，最近几天常到乱街来；一个叫哈曼，没有绰号，我好几次看到马格特和他走在一起，对他很尊敬，嗯……他是一个光头。除了头目之外，我还知道毒刺帮的老大是个叫'黑蝎'罗杰的人，好像就住在市场大道哪个地方……"

能让马格特尊敬，那个哈曼无论在毒刺帮的地位，还是本身的实力，应该都高于马格特……而"铁锤"艾特是接手了磨坊舞厅和乱街地盘，所以时不时往这边跑？卢米安略作分析，将目标放在了"铁锤"艾特身上。

他打算这几天蹲守一下这个黑帮头目，摸清楚对方的行动规律和日常表现，如果之后找不到威尔逊，就考虑拿这人开刀。

喝完苦艾酒，卢米安和查理一起返回楼上。

还未靠近207房间，他就看见门口的地上放着一个木盒，盒盖上用黑色的颜料笔画了一个萨瓦党的标志，一枚子弹和一把短刀。

路易斯派人送过来的材料？卢米安弯腰拿起那个木盒，开门进了房间。

他打开盖子后，不出意外地看见了一块散发着鸟粪臭味的深色石头，和装在玻璃罐子内的一对血色眼珠、一个毒囊。

市场大道，在偏黄的煤气路灯照耀之下，金鸡旅馆的房东埃夫领着一个人，走到闭着眼睛睡觉的某个流浪汉旁边。

"我那枚银币就在这里!"他沉声说道。

跟在他后面的那个人望了眼黑暗里的流浪汉,开口问道:"是他抢劫了你?"

"不是。"埃夫回答得非常确定,"不管身高、体型,还是衣服,都不一样。"

"一个抢劫犯把抢到的钱直接丢给了流浪汉……这件事情确实有点问题。"站在路灯光芒边缘的那个人微不可见地点了下头,"我们得做好应对意外或者调查的准备了。"

埃夫嗯了一声,低声咕哝道:"要是他不把我的银币丢给流浪汉,我们能直接找到他。"

他能在一定时间内感应到曾经属于过自己的金钱和财物在哪里。

第二天上午,卢米安一直待在金鸡旅馆,翻阅着奥萝尔的巫术笔记。

因为他之后得长期蹲守、跟踪"铁锤"艾特等人,而他们总是下午出现,凌晨才回家,所以,他不得不把学习时间改到上午。

查理一大早就去了最近的永恒烈阳教堂,回来的时候不仅状态放松,而且脸带笑容,似乎既找到了依靠,又得到了表扬。

快到中午的时候,卢米安藏好巫术笔记,散步般来到市场大道,站在距离埃夫先生那栋公寓和老鸽笼剧场都不远的地方,想看看官方非凡者是否有采取行动。

这里一切如常,人来人往,无论是街边的商店,还是路过的马车,都未透露出发生过什么事情的征兆。

卢米安又观察了一阵,正准备就近找家餐厅填饱肚子,就看到埃夫先生出现在了远处。他依旧穿着那套洗到发白的正装和栗色的粗呢长裤,戴着一顶偏灰的宽檐圆帽,拿着一根黑色手杖,一步步走向自己居住的那栋公寓。

官方非凡者还没出现?卢米安略作思索,穿过市场大道,迎向了那位房东。

"中午好,埃夫先生,你这是去了哪里?"他笑着打起招呼。

埃夫先生愣了一秒,又警惕又畏惧地看了他一眼道:"我去警察局处理点事情。"

官方非凡者通过警察局传唤了埃夫先生,但实际负责询问的是有相应能力的人?卢米安大概明白了为什么。但令他不解的是,官方连埃夫先生拥有非凡能力都没有发现?

卢米安轻轻点头,微笑说道:"什么事情?也许我能帮上忙。"

"不用了。"埃夫先生拘谨又抗拒地回答道,旋即指了指那幢米黄色的公寓,"我得回家了。"

为了不引人怀疑,卢米安未尝试阻止,也没做更多的试探。他一边看着埃夫先生的背影一步步远去,一边微微皱起了眉头。

回忆刚才的对话过程，他没发现值得怀疑的地方，但又觉得某些细节怪怪的，有说不出来的感受。

卢米安下意识集中起精神，望向埃夫先生的背影，试图感应他最近的运势。

那运势比较正常，不好也不坏。但卢米安心中的疑惑却不减反增。

他昨天和埃夫先生共进晚餐的时候，习惯性感应过对方的运势——明明是有点倒霉的！

这才一天，运势就有了变化，中间究竟发生了什么事情？

卢米安转过身体，双手插兜，散步似的行走于市场大道。

"埃夫先生的运势竟然发生了变化……以他昨晚面对抢劫犯的表现，在假扮成警察的官方非凡者面前，不可能守得住自己的秘密……他们这是察觉到了异常，提前做了有针对性的准备？"

卢米安越想越怀疑自己昨晚"抢劫"埃夫先生的事情让他和他背后那些人有了警惕之心，但他不做尝试，又没法确认那位房东先生真的有异常。

考虑到老鸽笼剧场内的那位可能正盯着这边，卢米安放弃了上门"拜访"埃夫先生的想法，一路离开了市场大道。

他感觉必须尽快完成预言之术，以获得一些问题的答案了。

天文台区，地下墓园附近，那堆篝火旁。

卢米安看到了姿势略有些奇怪的奥斯塔·特鲁尔："怎么样，有搜集到我需要的材料吗？"

奥斯塔由衷笑道："都找齐了，猞猁的内脏、鬣狗的舌头、牡鹿的骨髓和灰茛苕，一共五费尔金，加上你答应的报酬是，是二十费尔金。"

按照约定，卢米安应该每种材料都给他额外的五费尔金报酬，但他想到这些材料加起来也才价值五费尔金，实在不好意思收满，自行打了个折。

卢米安倒是不介意，毕竟这节约了他大量的时间。当然，他也不会强行多给，按照奥斯塔的报价，给了总计二十费尔金的几张钞票。

那四样材料或盛放在廉价的玻璃器皿内，或直接用小木盒和布袋装着，卢米安一一检查完毕，收入了衣兜。他抬起脑袋，再次望向奥斯塔·特鲁尔："水怪的事情有更多的情报吗？"

奥斯塔点了下头："有。"他随即露出邀功般的表情，"为了帮你弄到更多的水怪情报，我还亲自去了那条地下河一趟，谁知道，那边的地又滑又难走，害得我摔了一跤。"

他边说边拉起了左边的袖子，小臂上有一块块明显的摩擦血痕。

难怪我刚才就觉得你的姿势不太正常……如果我不委托奥斯塔搜集水怪的消息，他是不是就不会受伤了？可我是在看见他最近会有一点血光之灾后才做的委托啊，我当时要是放弃了，会发生什么事情？卢米安莫名有了种宿命之感。

而且，他本人也在命运之中，他所感应到的运势是包含他本身意愿和行动的。

收敛住思绪，卢米安低笑了一声："我提醒过你小心一点。"

"呃……"奥斯塔一下愣住，这才记起夏尔让他这两天小心一点。

这么快就应验了？他的占卜能力未免也太强了吧？奥斯塔惊愕之余，开口问道："你当时就占卜出我这两天会受伤？"

夏尔究竟是什么序列的？不仅看起来非常能打，而且还擅长占卜！

卢米安笑了笑："不是占卜出来的。"

至于真正的原因，他闭口不言，任由对方猜测。

奥斯塔没敢多问，转而说起水怪的事情。"我整理过那些传闻，发现那条地下河出没的水怪有三种类型。第一种像是被淹死的人，身体浮肿，皮肤苍白；第二种似乎是异变的鱼类，不仅有接近人类高，而且浑身都是鳞片，不怕伤害；第三种是漂浮在水面的黑色头发，它们会突然伸长，缠绕住岸上的人，把对方拖下水。

"这些水怪都不是太强，针对人类的袭击常常失败，所以才会有那么多传闻流出。它们也不是经常能够遇见，每个月多的时候两三次，少的时候一次都没有，我昨天傍晚去探查了一阵，光摔倒了，什么都没发现。"

"以你的战斗能力，要是真的遇上，应该就回不来了。"卢米安嗤笑道。

奥斯塔讪讪一笑，未作回答。也就是传闻里那些水怪都不怎么厉害，他才敢在占卜后去。

卢米安现在疑惑的是，以那些水怪的表现，不管是两大教会，还是第八局，随便派一支非凡者小队过去，都能非常简单地完成清剿，为什么还任由它们活跃在附近？

如果说是那条地下河藏着更大的危险，那么那些遇到水怪的人应该都逃不掉才对。

念头纷呈间，卢米安将奥斯塔·特鲁尔给的那些材料取了出来，藏在附近两块石头的缝隙里。他这是担心之后如果遇上水怪，发生激烈的战斗，会让身上的易碎物品遭受损伤。

接着，卢米安又拿出一张五费尔金的纸币递给奥斯塔："水怪相关消息的报酬。"

他随即提上电石灯，按照奥斯塔的描述和隧道内的铭牌，往地下河方向走去。

奥斯塔犹豫了好几秒，突然站了起来，提着自己的电石灯，追赶卢米安。

听到脚步声，卢米安侧过身体，回望向他，用眼神表达出自己的疑惑。

奥斯塔堆着笑道："我和你一起去吧，也许能提供点帮助。"

"你?"卢米安丝毫没有掩饰自己带着点轻蔑意味的怀疑。

奥斯塔清了清喉咙，说出了实话："水怪也算有灵性的生物，你又不可能把它整个搬走，我……我想拿你不要的那些。"真遇到需要的人，说不定能卖个十几费尔金！

卢米安凝视起奥斯塔，等到对方有些不安，才笑着说道："你可以跟着，但我不会提供任何保护。"

他感应到奥斯塔当前的运势已没有血光之灾，甚至多了点小小的财运。也就是说，如果奥斯塔跟着他去了地下河，就代表这次狩猎行动大概率没什么危险，且会有所收获。当然，卢米安不敢保证自己这个选择不会带来运势的改变。

"没问题。"奥斯塔并不紧张，在他看来，自己只是远远跟着夏尔，真遇到了水怪会躲得更远，几乎不可能有什么生命危险。

因为奥斯塔确定要去，卢米安又凝视了他几秒，见运势未发生什么改变，他收回视线，提着电石灯，继续前行。

有这么一个人跟着，从某种意义上来说，也是好事。

有的时候，钓鱼是需要鱼饵的。有的时候，遇到强大的怪物追赶，不需要跑得比怪物更快，只要比所谓的同伴快一点就行！

两人一前一后，各自用电石灯照明，深入这片地下世界。

过了整整十几分钟，隧道内的空气变得非常潮湿，卢米安也隐约听到了哗啦啦的流水声。他举高电石灯，看了眼路旁的铭牌，拐入藏在黑暗深处的右侧道路。

没多久，前方有水光映出，染上了电石灯的辉芒。卢米安放慢了脚步，一点点靠近着那条地下河。它有五六米宽，高处是天然形成的石壁穹顶和一根根倒垂下来的钟乳石，水质颇为清澈，流淌于沟壑之间。除了些许苔藓，卢米安一眼望去，什么生命都没有看见。

奥斯塔已停下了脚步，远远看着那位危险的非凡者一寸寸搜索起岸边。

两人时停时走，始终保持着超过十米的距离。

一刻钟过去，卢米安什么都没有发现。

半个小时过去，还是如此。

就在前方道路变得狭窄时，卢米安眼尖地找到了一些痕迹。在靠近河水的地方，几块石头散落着，侧面皆沾着点泥土。

有人在这里挣扎过？卢米安心中一动，谨慎地靠拢过去，蹲了下来，将电石灯放到旁边，仔细观察起这里的环境。

没多久，他找到了两个脚印，找到了被拖曳的些许痕迹。可那些痕迹指向的地方，流水清澈，能见河底，没任何危险事物潜藏。

滴答，一点液体落在卢米安的后脖处，冰凉而黏稠。

卢米安瞬间产生了强烈的危险直觉，猛地抬头，望向上方。

一根根倒垂下来的钟乳石之间，攀爬着一团闪烁着灰白色光芒的身影。

它有着巨蟒一样的脑袋和长满鱼类鳞片的滑腻身体，原本应该是鳍的地方延伸出来了两条手臂和一条形似人类的腿。此时，这怪物正大张着嘴巴，露出一圈交错而锋利的白森森的牙齿，略显黏稠、散发着腥味的液体从它的嘴角滑落出来。

下个瞬间，这怪物从天而降，扑向卢米安。

蹲在地上的卢米安直接往后倒去，与此同时，他腰腹弹簧般用力，让右腿如鞭子一样向上抽出。啪的一声脆响，即将躺到地上的卢米安一脚踹中了半空中避无可避的怪物，将它踹向后方，飞往隧道另外一侧的石壁处。

砰！怪物直直撞到了墙上。卢米安猛地翻身站起，猎豹样扑向了目标。

那怪物刚刚从墙上滑落，棕黄冰冷的眼眸内就映出了卢米安的身影。卢米安探出双手，抓向它的手臂。怪物没有躲闪，直接张开手掌，迎了上去。

它每根指头都有尖利的鳞片长出，闪烁着幽蓝的色泽。突然，卢米安肘部一弹，手腕一翻，双掌已是抓住了水怪的腕部，不让那幽蓝的鳞片刺到自己。

紧接着，他右脚一伸，绊向怪物的独腿。

因为只有一条腿，水怪无法反抗，只能借着被卢米安抓住腕部，跳了起来，独腿向后，巨口在前，试图把猎物的整个脑袋都吞进去。

就在这时，卢米安松开双手，身体一矮，向前滚到了石墙旁边。

扑通！水怪摔在他的身后。

卢米安急速转身，抓住怪物的独腿，然后腰腹用力，将它抡了起来，砸向石壁。

砰！那怪物的脑袋凹陷了下去。

卢米安没有停止，一直将它抡在半空中，砸向柱子、砸向墙壁、砸向地面，砸得暗红的血液夹杂着淡黄的液体向四周飞溅。

砰砰砰的撞击声里，石壁出现了坑洼，水怪的脑袋逐渐破裂，里面的事物随之染上了血色。

十几米外的奥斯塔·特鲁尔看到这一幕，嘴巴微微张开，忘了合拢。

——好残暴！好厉害！

扑通，卢米安将完全失去生命气息，残破不堪的水怪丢到地上。

奥斯塔·特鲁尔对夏尔能解决水怪从来没有疑问，但他没想到的是，对方表现得会那么残暴，会那么轻松，就像一个大人在打小孩。

奥斯塔的心里再次泛起了之前那个疑问：夏尔究竟是哪条途径哪个序列的？

为什么又能打，又似乎拥有很强的占卜能力？

到处都是暗红和淡黄痕迹的区域中，卢米安蹲了下来，抽出仪式银匕，从砸开的伤口插入，切割起水怪的肉块，并将它们依次装入预先准备好的空木盒内。

连续装满两个盒子，收集好泛着幽蓝光芒的鳞片后，他拿出金属小瓶，接起不断溢出的怪物血液。

奥斯塔见状，一步步靠近水怪，于旁边等待。

没多久，卢米安站了起来，转过身体，向着来时的道路走去。奥斯塔·特鲁尔赶紧蹲下，收集起血液、鳞片和他认为灵性较为丰富的器官。

他时不时抬头，望向卢米安，发现对方越走越远，根本没有停下来等待自己的意思。

这让奥斯塔变得颇为紧张和慌乱。

毕竟从刚才的表现看，这个被夏尔轻松解决掉的水怪有不小的概率能轻松解决他，他要是一个人留在黑暗深处的地下河边，再遭遇一个被血腥味吸引来的怪物，那麻烦就大了！

匆匆装好切割下来的那些材料，奥斯塔不敢再停留，忍痛遗弃掉至少还剩十分之九的水怪尸体，紧随卢米安而去。

等两人的电石灯光芒消失在了道路尽头，这片区域重归黑暗，只有哗啦啦的水声永不停息地回荡着。

…………

不知过了多久，几个到地底寻找刺激的大学生提着烧煤油的马灯路过了这里。

他们看到石壁凹陷，略显破损，看到路面凌乱，不少破碎。

除了这些，一切都是那样的安宁和寂静，既没有水怪的尸体，也没有代表血液的斑点。

❖ 第十章 ❖
★ CHAPTER 10 ★
预言之术

告别奥斯塔·特鲁尔，卢米安乘坐公共马车，一路返回老实人市场区。

从金鸡旅馆207房间取了别的材料后，他提着电石灯，再次进入地下世界。

他的目的地是上次举行仪式的那个采石场空洞，他要赶在天黑之前制作好预言之术需要的神秘药水，今天夜里就到最近的医院、丁停厂房找一具刚死没多久的尸体。

从大致复刻地面布局的那一层不断往深处下行间，卢米安霍然放慢了脚步。依靠电石灯光芒，他看见略显湿润的道路上有一些较为明显和新鲜的脚印。

"很重的脚印……"卢米安观察了一阵，略感疑惑地无声自语道。

仅从脚印判断，他认为刚才经过的那个人体重超过一百公斤，或者肩负着重量不小的物品。

"会是谁？到地底做什么？走私犯？"卢米安有所猜测，但没打算追踪。

特里尔的地下世界人来人往，他要是每个脚印都不放过，只会累死自己。而且，对方和他无怨无仇，只要不影响到他接下来举行仪式魔法，就算准备杀人灭口，也和他没什么关系。

卢米安扭动旋钮，通过控制电石和水的反应速度，减弱火焰燃烧的剧烈程度，让光芒暗淡了不少。他这是担心脚印的主人就在前方不远处，感应到后面有明显的灯光在靠近。

走了一阵，卢米安忽然抽了抽鼻子。

他嗅到了一点略感熟悉的气味，那是仿佛能勾动男性欲望的香水味夹杂着一点偏橘子气味的芬芳。

回忆了几秒，卢米安很快锁定了气味的主人。

——"小婊子"简娜，那个"浮夸女"歌手！

这脚印是她的？不可能，她怎么会超过一百公斤？她又不是铁铸的！而且，这脚印明显属于男的……

卢米安思绪急转，有了猜测："要么是简娜擅长掩盖脚印，没留下相应的痕迹，要么是她被某个男的背在身上……两个人加起来超过一百公斤，这样想才比较正常……仅从脚印判断，那个男的在一米六五到一米七之间，走路姿势有点奇怪……"

想到这里，卢米安动了下眉毛。

他产生了好奇心，打算跟下去看看简娜到底出了什么事，或者说，她准备做什么事情。

要知道，这位"浮夸女"疑似和"红靴子"芙兰卡关系匪浅，她参与的事情说不定牵涉到萨瓦党的某个秘密。

于寻求"上位"的卢米安而言，这也许是一个机会。

卢米安思索一阵，又一次调低了电石灯的光芒，务求一旦将它关上，火焰就会快速熄灭。

他跟着那些脚印，走在隧道侧面的阴影里，时刻关注着远处，一有不对就弄灭灯光。

等到看见脚印愈发新鲜，就像刚刚才留下的，卢米安彻底熄灭了电石灯，循着记下来的道路，在黑暗里往前行去。

没多久，他抵达了一个岔路口，看见左侧石壁的尽头有些许染着蓝色的光芒溢出。

卢米安戴上黑色手套，近乎无声地朝那边靠拢。

石壁的尽头有一个不大的岩洞，灯光正是从那里透出来的。卢米安背靠石壁，藏于黑暗之中，略微前伸脑袋，望了过去。

岩洞中间较为平坦的地方，放着一盏造型粗犷的铁黑色电石灯。离它不远的光照较强之处，放着一条塞得满满当当的灰白色大型布袋。

布袋旁站着一个男人，他戴着蓝色鸭舌帽，穿着老实人市场区常见的棕色粗呢长裤和颜色更深一点的夹克，内里依稀是亚麻衬衣。

这男子呼吸有点粗重，身高接近一米七，侧脸消瘦，略显憔悴，褐色的眼睛里是毫不掩饰的欲望。

卢米安目光下移，发现这家伙都支起了帐篷。

他顿时腹诽了一句："要不要这么急啊？难怪走得那么慢，脚印轨迹也有点问题，被我追了上来。"

他愈发肯定，那个布袋内装的应该是"小婊子"简娜，她应该是遭遇了绑架犯兼强奸犯的袭击。

这时，那男子摘掉了头顶的鸭舌帽，喘着粗气将它丢到一旁。

他的长相彻底暴露在卢米安的眼中——淡黄的眉毛杂乱而稀疏，眼角略微下吊，鼻尖有点发红，嘴巴满是干裂的痕迹，脸色绝不算健康，有一种消耗过度的憔悴。

那男子蹲了下来，解开布袋，将里面的事物弄了出来。如卢米安所料，那正是"小婊子"简娜。

她习惯性盘起的棕黄头发已被打散，混乱地披在身上，眼睛紧紧闭着，周围是深深的黑影，她身上穿的是白色短上衣配米白色蓬松短裙，黑痣不知是尚未点上，还是于摩擦中被弄掉了。

那男子将简娜转移出来的过程中，时不时上手猥亵，呼吸粗重到哪怕卢米安不是"猎人"，也能清晰听见。

这欲望也太强了吧？很病态的样子……卢米安下意识闪过了这么一个想法。

既然遇上了，他打算顺手救一下简娜，那样一来，萨瓦党的老大之后要是决定新增一个头目，"红靴子"芙兰卡很可能会帮他说几句好话。

当然，救人不能急切，卢米安打算再观察一下，看那个家伙是不是有什么特殊的能力，竟然敢招惹萨瓦党的头目"红靴子"芙兰卡。

他准备在那个男人脱掉裤子后再动手，让对方顾此失彼。

可惜啊，没有远程武器，要不然不用这么麻烦……卢米安暗叹一声，打算回头让萨瓦党帮自己弄一把枪。

那男子双手上移，来到简娜的脸庞边，轻轻拍了两下。然后，他拿出一个金属小瓶，拧开盖子，凑到了简娜的鼻端。

阿嚏！简娜打了个喷嚏，睁开了眼睛。

她蓝色的眼眸内随之映出了那个男人的脸庞，她心中一惊，下意识就要挺身站起。

下一秒，她发现自己浑身无力，难以做出有效的反抗。

"该死的，狗屎，你想做什么？"简娜勉强骂道。

那男子露出了病态的笑容："你知道吗？我经常在台下看你唱歌，每次都恨不得把你的衣服和裙子扯掉，让你只为我一个人歌唱。"

简娜愤怒地骂道："你这个疯子，该被驴干屁股的混蛋！你死定了！萨瓦党会把你沉到河里的！"

那男子没有回应，褐色的眼眸散发出些许奇异的光芒。

简娜一张脸顿时变得潮红，呼吸也跟着粗重起来，她身体微微扭曲着，眼睛里写满了对自己反应的震惊。

"这样刚刚好，既有一定的反抗，又能不自觉地配合我……"

那男子满是期待地站了起来，飞快脱起自己的衣物、裤子和皮鞋。

"旁观"的卢米安看得心中一惊。

简娜的反应很不正常！这是遭遇了超凡能力的影响？特里尔是人是狗都有超凡能力吗？简娜被引动了欲望？这，这和苏珊娜·马蒂斯和埃夫先生的表现有点像啊……

卢米安心念电转，抽出仪式银匕，塞进右侧衣兜内，并保持刀尖向内，柄部抵着外层布料的状态。

他随即伏低了身体，从石壁处闪入岩洞内，于光芒照不到的地方悄然靠近那名男子。

那男子的注意力全部在简娜身上，他眼神狂热，脸带病态的笑容，一边解开皮带，脱着裤子，一边打量着简娜的身体。

刚脱离阴影范围，卢米安就如同猎豹，扑了过去。

眼里只有简娜的那名男子直至卢米安扑出阴影，才察觉到有人闯入岩洞，想要破坏自己的好事。

啪啪啪，卢米安快速欺到近处，手、肘、膝、脚连续进行攻击，掀起了一场狂风暴雨。

那男子颇有点手忙脚乱，顾不得提上裤子，但他的力气似乎不小，身体的抗击打程度也不弱，靠着两条小臂的连环格挡、双脚的不断小步退后、胸前躯干和小腿大腿对遗漏攻击的硬扛，竟没有被卢米安一下打垮。

他回过神来，褐色的眼眸飞快染上了一点幽绿，散发出奇异的光彩，映出了卢米安的身影。

卢米安瞬间有了不正常的强烈渴望，只觉躺在旁边艰难望着两人的简娜无比的诱人，浑身上下都写满了魅惑。

那种欲望如同被引爆的炸弹，一下填满了卢米安的身体，他放弃了攻击，眼睛发红呼吸变粗，侧过身体，扑向简娜。

"你他×的清醒点！"简娜察觉到异常，又气愤又恐惧地喊道。

然后，她就被卢米安压在了身上。

与此同时，卢米安感觉到右腰位置被某个硬硬的东西抵了一下。

是什么？他本能摸了过去，摸到了他刻意摆成刺向自身姿态的仪式银匕。

他旋即找回了点理智，隐约记起了自己之前这么做的目的。

下一秒，被欲望冲散了绝大部分理智的卢米安握住仪式银匕的柄部，顺势将它刺向自己的身体。

银白色的尖端顿时穿透衣物，没入了皮肤和血肉。

刺痛的感觉一下钻入卢米安的脑海，帮助他从强烈的欲望里找回了部分理智，恢复了一定的清醒。

他装作没有任何改变，依旧压在简娜身上，胡乱地蹭着摸着。

"你到底有没有用啊？连个变态都对付不了！"简娜试图用痛骂唤醒这唯一的帮手。

那男子见敌人已被欲望控制，忙捡起放在衣物内的匕首，扑到卢米安的身后，刺向他的背心。

这时，卢米安双手一滑，撑在简娜身体两侧的冰冷地面上。

他腰部用力一弹，右脚猛地向后炮了出去。

啪！那如同一根抽直的软鞭重重撞在那名男子的胯间。

喀嚓的破碎声里，那男子的脸色一下变得苍白，表情极为扭曲。

当啷！他的匕首掉落于地，他本人也跟着倒了下去，捂住受创位置，在那里滚来滚去，难以从极致的疼痛中挣脱出来。

卢米安没有浪费这个机会，翻身扑了过去，探出双臂，箍住对方的身体。他的右臂随之上移，抓住那名男子的脑袋用力一扭。

咔嚓！

那男子看见了自己的背部，再也不用为下身的疼痛苦恼了。

确认此人彻底死亡后，卢米安收回双臂，抽出仪式银匕，用随身携带、便于伪装的白色绑带简单处理了下伤口。

他根本不怕会因此感染，以"挑衅者"的体质，即使真的感染了，他也能撑到明天早上六点，他包扎伤口的主要目的是不让血液留在这个岩洞内。

躺在地上的简娜勉强撑起自己的身体，正好看见卢米安收回双手，那名男子扑通倒地。

"这就干掉了？"简娜瞳孔放大，又震惊又愕然地想道，以至于被激发的欲望都消散了不少。

她不是无知之人，能看得出来那个变态拥有怎样的实力和神奇，但对方连十秒钟都没撑到，就被那个英俊的乡下小子干掉了！

从双方发生接触到尸体倒地，也就八九秒的时间！

等卢米安包扎好伤口，拿起那男子脱掉的外套和衬衫走向简娜，她才回过神来，又疑惑又好奇地问道："你怎么会出现在这里？"她习惯性地又补了句玩笑，"你不会爱上了我，一直在跟踪我吧？"

卢米安呵呵笑了一声，蹲了下来，将简娜的双手背到了身后。

"你干什么？"简娜慌了。

她竭力做起挣扎和反抗，但身体还是没什么力气，被卢米安用那男子的衬衫轻松绑住了腕部。

紧接着，卢米安将颜色偏深的夹克套到简娜的头上，严严实实地遮住了她的双眼。

"狗屎，混蛋，变态，你想要干什么？"简娜又气又急又慌。

卢米安根本没搭理她，扯掉衬衫其余部分，揉成布团，塞入了简娜的耳中和嘴巴里。

"唔唔唔……"简娜说不出话了。她自暴自弃地想道：算了，就当被狗咬了一口，只要他不杀了我……

但她接下来什么都没有感受到，卢米安直接站了起来，离开她这边，走向那具尸体。

擦干净仪式银匕，做了下圣化后，卢米安绕着这处不大的岩洞走了一圈，制造出一堵灵性之墙。

然后，他跳起了招摄之舞。

——他这是打算以此通灵！

虽然相应的效果肯定比不上正常的通灵之术，毕竟招摄之舞的目的就不是为了通灵，但有总比没有强。

他的灵性与某种自然力量结合在了一起，向着四周散逸出去，但又被灵性之墙阻挡在了岩洞内。这样一来，就不会有别的怪异生物被引过来了。

时而癫狂时而扭曲的舞蹈里，卢米安看到了刚才那名男子的灵。他随即抽出仪式银匕，刺了一滴鲜血出来，用命令的方式让对方附到自己身上。

卢米安很快感觉到了一阵阴冷，体内则燃烧起不正常的、极度亢奋的火焰，这让他对女性充满了强烈的渴望。

居然还有这种影响？这就和当初口器怪物的饥饿一样？卢米安强行控制住自己不去望向被蒙住眼睛绑住双手的简娜，感应起自己多出来的一个"大脑"。

因为该名男子刚死没多久，所以那"大脑"内除了残留有渴望、痛苦、愤怒、仇恨等情绪和使用自身特质的本能，还有一些执念和印象最为深刻的记忆。

卢米安略作分辨，发现这变态拥有的能力和特质竟然比口器怪物多不少："诱发别人的贪欲；本身变得贪婪和吝啬，能感应到属于过自己又失去的物品；诱发别人的食欲；身体变得健康而有力；始终处在饥渴状态；总是在燃烧自己的精力，提升力量、反应、速度、敏捷和耐击打程度；利用眼神、语言和动作隐蔽地诱导目标产生一定的情欲；依靠直接的触摸和施展类法术能力让目标产生不同程度的情欲；配制迷药等事物；分辨不同人的荷尔蒙信息……"

第一个是埃夫先生用过的？这个变态和埃夫先生、苏珊娜·马蒂斯确实有一定关系……始终处在饥渴状态，难怪盯上了简娜，冒险绑架她，这算是负面效果吧？嗯，简娜很可能不是第一个受害者……

卢米安尚未选取任何一种特质，只能根据自身感应到的大概内容分析，无法了解更具体的能力情况。

他尝试着放大了那名男子印象最深刻的一段记忆，随即看到了一个舞台，舞台上站着一个穿白色圣洁长裙的年轻女子，她五官深邃，眼睛呈湖水色，清澈中泛起些许涟漪，看起来既天真又魅惑。

夏绿蒂·卡尔维诺……卢米安认出了这位女性，她是老鸽笼剧场最有人气的女演员。

与此同时，卢米安能感觉到那名男子变得兴奋，本就饥渴的状态愈发明显。但由于周围有不少观众，他没做出任何不当的行为，只是在那一幕戏剧结束后，匆匆去了盥洗室。

这段记忆到此结束，卢米安结束了招摄之舞，让那名男子的灵离开了自己的身体。紧接着，他又一次跳起招摄之舞，让对方再次回到自己身上。

这是因为每一次附身，他只能选择一种特质、一段记忆或者一点执念，无法更改。

卢米安这一次选的还是对方印象最深刻的少量记忆之一。下一秒，他看到了简娜，正在舞台上进行浮夸表演的简娜。

卢米安大概明白了是怎么回事，忍不住咬牙切齿地骂道："你就不能想点别的事情吗？满脑子都是女人，女人，女人！"

他放弃了通灵，遗憾自己还没到"受契之人"阶段，不能与对方签订长期借用一种能力的契约——那名男子的部分特质让卢米安很是眼馋，感觉在战斗里能发挥不小的作用。

"如果我能把这个灵养起来就好了……"卢米安叹了口气，承认自己拥有的能力办不到这件事情。

他随即解除掉灵性之墙，收起仪式银匕，走回简娜身旁，去掉了蒙住她眼睛的夹克和绑住她双手的衬衫。

简娜皱起眉头，取出塞在口中和耳朵里的布团，揉了揉被勒红的手腕，疑惑地看向正翻找变态衣物和裤子口袋的卢米安，试探着问道："你刚才为什么把我的眼睛蒙住，把我的耳朵塞住？"

"我这是在保护你，不该看到的不能看，不该听见的不能听。"卢米安一边半开玩笑地回应，一边找出了总计八费尔金的钱币和三个较为陈旧的金属小瓶。

简娜发现对方没有伤害自己的想法，嗤之以鼻道："这里能有什么不该看的，不能听的？难道你是在对尸体做那种事情……"

她声音越来越低，想起了某些知识，大概猜到对方是在用某种能力从尸体身上获取情报。

见卢米安正打量那三个金属小瓶，简娜顺势岔开了话题，回忆着说道："有个瓶子里的气体能让人昏迷过去，浑身都没有力气，我就是这么被他抓住的。还有一个瓶子里的气体味道很刺激，非常难闻，但让我醒了过来，靠，那个该被驴干屁股的变态！……我不知道剩下那个瓶子里有什么，也不确定另外两个哪个是哪个。"

卢米安蹲在那里，手拿那三个金属小瓶，望向简娜，笑着说道："我有一个办法确认。"

"什么办法……"简娜先是好奇，旋即因对方意味不明的笑容产生了一丝紧张和慌乱。

卢米安微笑回答道："你来帮我试一下哪个是哪个。"

"开什么玩笑？"要不是刚刚被对方救了一命，身体又处于较为无力的状态，简娜已经要骂人了。

卢米安一脸正经："如果是那瓶能让人昏迷的气体，你顶多再昏迷一次，我又不会对你怎么样——要是我真想怎么样，你现在也反抗不了。而且，确定哪瓶是哪瓶后，我还能用那瓶有刺激性的气体把你弄醒，让你恢复正常状态。要是你运气不错，直接就试到了那瓶有刺激性的气体，现在就能找回大部分力量。"

听起来还算有道理啊，再差也不会怎么样……简娜险些被卢米安说服。

她很快回过神来，磨着牙道："那要是另外一瓶呢？我们都不知道它究竟有什么作用！"

如果是毒气，现场可没有懂得治疗的人！

卢米安笑了，用嘲讽的口吻道："你是不是傻啊？瓶子内大部分是气体和大部分是液体在重量上有很大区别的！这瓶装的应该是液体。"

他从那三个金属小瓶中提起一个，略微摇晃了一下，清晰地听见里面有液体晃动的声音，旋即将它收入了自己的衣兜。

"这样啊……"虽然被嘲笑了一句，但简娜现在关注的重点全部放在了"试验"上，没有因此生气。

她犹豫了几秒，眼睛一闭，微仰脑袋道："你试试吧！"

卢米安把那个装着液体的金属小瓶放到裤子口袋内，只留了一个在手里。

他随即不慌不忙地将剩余的那个凑到了简娜的鼻端。

下一秒，他看见简娜悄悄地让眼睛睁开了一道缝隙。

卢米安笑了一声，拧动了盖子。

很快，极有刺激性的如同粪便发酵的气味钻入了简娜的鼻子，呛得她连打了几个喷嚏，眼泪鼻涕都仿佛要流出来了。

而每一声"阿嚏"都帮助她找回了不少力量，等卢米安拧上瓶盖，站起身来的时候，她猛地跳起，本能地活动了下手脚。

"看来我运气还不错！"简娜边整理衣物和裙子，边欣喜地自语道。直接就抽中了有刺激性味道的那瓶气体！

然后，她看见了卢米安充满调侃意味的表情。

简娜内心咯噔了一下，有了某种不好的预感。

她试探着问道："其实，你一开始就知道哪瓶气体是哪瓶？"所以才能那么准确地拿出装有刺激性气体的那个金属小瓶？

卢米安笑了起来，将手里的金属小瓶递给了简娜："你自己闻闻瓶盖。"

简娜狐疑地接过，嗅了嗅瓶子。那里残留着若有似无的气味，不算太刺激，也没什么效果，但足够难闻。

"另外一瓶没有味道。"卢米安笑着补充道。

简娜本就有点潮红的脸一下涨得通红。

这让她感觉自己刚才表现得就像一个傻子——先是相信了对方的话语，接着又咬牙参与所谓的试验！

她本已酝酿好的感激话语和各种想法瞬间被压回了肚子内。

卢米安没理睬气鼓鼓的简娜，将表面有一道划痕标记的金属小瓶和八戆尔金纸币收了起来。

虽然那名男子的某种能力可以让他感应到曾经属于过他又失去的物品在哪里，但他人都已经死了，卢米安根本不怕追踪。

至于剩下那个金属小瓶内的液体有什么作用，他打算找老鼠或者流浪狗之类的哺乳动物来试验一下。

做完相应的事情，卢米安指着那个变态的尸体，对简娜道："你仔细看下他的长相，记住他的样子，找人查一查他究竟是谁，他应该还有同伙。"

"好。"简娜快步走到那具尸体前，认认真真地记忆起那张脸孔。

看了一阵，想起刚才的事情，她怒火从心底涌出，抬起右腿，狠狠踹起尸体的胯部。

一下，一下，又一下！

"狗屎，变态，去你的，去你全家！"简娜尽情发泄着内心的情绪。

卢米安看得都有点幻痛，低下脑袋，清理起现场遗留的痕迹。

等简娜平复了情绪，他提着那条灰白色的大型布袋走了过去，一边将尸体和衣物塞进去，一边状似随意地问道："你是怎么被他抓住的？"

简娜理了理自己被打散的棕黄头发，简单扎了个马尾，有点咬牙切齿地说："我在微风舞厅旁边的一个巷子内碰到他，他说他很喜欢听我唱歌，希望我能给他签个名，他递过来的那张纸上就洒着那种没有味道的气体，我刚签完，整个人就觉得不对，失去了大部分力气。然后，他发动攻击，控制住了我，将那个瓶子凑到了我鼻子前面，再之后，我就昏迷了。"

"你也太没有警惕心了吧？"卢米安嘲讽道。

简娜不太服气："我好几次在唱歌的时候看到过他，非常肯定他确实很喜欢听我唱歌，要不然，我根本不会理睬他。而且，作为一个还没有出名的歌手，有人找你签名是，是一件很荣幸的事情……那种气体又没有味道！"

这让人怎么防备？

卢米安嗤笑道："我说的不是这个。可以明显地看出，那种气体弄在纸上会飞快散逸，必须在很短的时间内使用才会有一定的效果，也就是说，那个变态跟踪你有很长一段时间了，基本摸清楚了你的行动规律，否则他不可能精准地将你堵在没什么人的巷子内，并提前十几二十秒用那瓶气体熏染了纸张。你被人跟踪了这么久，都没有察觉吗？"

简娜一下沉默，时而咬牙，时而懊恼。

卢米安收回了视线，暗笑了一声。没察觉到也很正常，那家伙能分辨不同人的荷尔蒙信息。

要不是埃夫先生明显比刚才那个变态弱，应该没掌握情欲方面的能力，卢米安都认为自己已经暴露了"抢劫犯"的身份。

他将灰白色的布袋重新绑了起来，利用装着尸体的布袋进一步破坏起现场的各种痕迹，简娜见状，配合着做起相应的工作。

在处理痕迹上有不低的水平啊……卢米安望了眼简娜，有所怀疑地背上那条布袋，出了岩洞。

基于这件事情，以及简娜刻意没提自身在那个变态影响下的不正常表现，他认为这位"浮夸女"对超凡世界有一定的了解，甚至可能本身就是非凡者。而她的信息或者力量来源，大概率是萨瓦党那位"红靴子"芙兰卡。

于刚才躲藏的地方点燃电石灯，将它提在手里后，卢米安回头望了眼这条道路的深处。它呈下行趋势，远处一点光都没有，看不到任何东西，黑暗就像一张巨口，正等着猎物过去，将它们吞噬。

"你在看什么?"简娜好奇地问道。

她感觉这个叫夏尔的男人表现得神神秘秘的。

卢米安结束了凝望,笑着说道:"我在想,这么一直往下走会抵达哪里,第四纪那个特里尔?"

他真正想的是,刚才那个变态的能力和埃夫先生很像,如果两人是同伙,那他在地下世界挑选犯案场所时会不会习惯性地、下意识地靠近自己熟悉的地方,也就是那天晚上埃夫先生进入地底的目的地?

要真是这样,沿着这条路探索下去,或许能发现点什么。

简娜颇感失望地说道:"那可不是什么好地方。"

卢米安没再开口,沿来时的道路往地面走去,简娜想着自己的心事,提着那个变态遗留的电石灯,沉默地跟在侧后方。

快到大致复刻地面布局的那一层时,卢米安停了下来,用惹人嫌弃的口吻笑着问道:"需要送你到地面吗?"

"你不回去?"简娜颇感愕然。

卢米安动了动肩膀:"我得找个地方处理这具尸体。"

简娜点了点头,没有多问:"我自己可以上去,我来过地下。"

意思是,你有能力保护自己?卢米安目送简娜脚步轻盈地离开,再次在心里感慨——特里尔是人是狗都有非凡能力?

是特里尔有问题,还是我自己有问题,总是遇到类似的人?

他摇了摇头,背负那具尸体,一边处理脚印,一边往之前祈求恩赐的那个采石场空洞走去。

途中,他做了两次反跟踪,确认没人缀在自己后面。

抵达藏在地底的那处采石场空洞后,卢米安将装着尸体的灰白色布袋扔在了一旁,布置起祭坛。

他本来还打算夜里去附近某个医院的停尸房寻找新鲜的尸体,现在有更好的选择了!

弄好祭坛,点燃蜡烛,制造出灵性之墙后,卢米安拿出提前画好了相应符号的仿羊皮纸。纸上那些图案的主体是一个荆棘构成的圆环,周围散布着眼睛、曲线、由符号组成的自我缠绕的河流等图案。

在207房间里时,仅仅是勾勒它们,卢米安就消耗了不少灵性。

摆好那张仿羊皮纸,卢米安退后两步,望着点燃的两根蜡烛,酝酿起接下来要使用的咒文。

在这个仪式里，向自我祈求不能用"我！以我的名义"这个格式，得给自身设计一个三段式描述，假装那是一个来自灵界的生物。

这个描述可以用任何语句，不要求包含权柄，只要能在灵性之墙范围内完成精准定位。

卢米安张开嘴，用赫密斯语低沉地念道："科尔杜村的恶作剧大王，奥萝尔·李的弟弟，名为卢米安·李的存在……"

象征着祈求对象的那根橙黄色蜡烛的火光摇晃了起来，仿佛被无形的风吹动，除此之外，它既没有变得幽蓝，也未染上别的颜色，平平常常，和之前的样子没什么区别。

隐隐约约间，卢米安感觉自己的灵魂有了某种奇异的悸动，就像是听到了来自远方、直指精神体的呼喊。

他暂时没法做出响应，继续念出了后面的咒文：

"我向您祈求；

"祈求您赐予'预言药水'……"

在这个仪式魔法里，不能用"帮忙制造"等词语，准确的用词必须是"恩赐"或者"赐予"。

一个个赫密斯语单词吐出，卢米安的灵似乎受到震动，产生了一波波涟漪，带来了既拔高又眩晕的感受。

他上前两步，目光扫过水怪肉块、蜥蜴眼睛和灰茛菪草药等材料，拿起那张画满神秘符号的仿羊皮纸，将它凑到代表祈求对象的那团橘黄色烛火上。

等到仿羊皮纸被点燃，且置于充当祭坛的那块石头的天然凹陷内，卢米安又依次拿起郁金香粉末等材料，将它们撒入火光。

混杂出来的奇异香味很快弥漫于灵性之墙内，卢米安眼前也随之出现了一些幻觉。

他看到了原本画在仿羊皮纸上的各种神秘符号，它们凸显于虚空之中，不断地移动，不断地重组，不断地改变着整体的状态。

卢米安再次退后，望着祭坛上摆放的各种材料，用赫密斯语沉声说道：

"郁金香啊，属于宿命的草药，请将力量传递给我的咒文！

"……"

随着卢米安落下最后一个单词，于他灵内产生的阵阵涟漪重叠在了一起，让他有了一种只要伸出手掌，就能触碰到烛火的幻觉。

与此同时，他胸口感到些许灼热，耳畔隐隐有嗡嗡声响起，脑袋眩晕得像是被人提起来甩了十七八圈。

循着灵性的指引，卢米安伸出右手，隔空按向那朵烛火。

他的眼眸随之变得幽暗，他的灵性倾泻而出，与火光融合在了一起。

那烛火顿时膨胀开来，将整个祭坛照得既明亮又虚幻。

摆放在一起的各种"预言药水"材料"活"了过来，蠕动着聚合在一起，血色翻滚，暗影流淌，极为邪异。

卢米安努力维持着灵性的稳定供应，看到那些实体材料相继虚化，变成幻影，并以这种方式完成了重组。

染着些许银黑的暗红色幻影凸显到现实中，凝为一团幽暗的液体。这团液体的内部不断地冒着气泡，每个气泡炸开，都有银黑微光迸射而出，蛇般游走。

卢米安两步踏了过去，拿起放在祭坛上的一个金属小瓶，拧开盖子，将它凑到了那团液体的底部。

幽暗的液体飞快往内聚缩，流入了瓶内，差一点装满。

放好这瓶"预言药水"，卢米安调整起自己的精神状态。他一边平复灵的涟漪，一边回味着仪式的全部流程。

"要不是那个荆棘符号在一定程度上被激发，提升了我的位格，我刚才已经失败了，我根本没法做出响应……类似的仪式魔法我最多连续完成两个……"卢米安纷涌的念头逐渐沉淀。

那五个仪式魔法在祈求对象的要求上，最低也得是序列7，甚至必须是"受契之人"，卢米安这个序列8的"托钵僧侣"纯粹是假借体内污染的位格才能完成。相应地，他的灵性也就没法支撑太久。

结束仪式，收拾好祭坛，卢米安解除了灵性之墙，走到那条灰白色的布袋旁，将里面的尸体拖了出来。

他好心地把对方的脑袋扳回原位，将他的嘴巴弄开来。

带着点蓝色的电石灯光芒里，卢米安取出"预言药水"，拧开盖子，将那幽暗的液体全部灌入了尸体的口腔内。

它们没有第一时间顺着喉管渗透入内，而是如同积水，存留于口腔中。

忽然，卢米安感觉刮过这处采石场空洞的风变得阴冷了不少，电石灯的光芒也愈发幽蓝。

几乎是同时，他听到咕噜一声，看到那尸体嗦啦蠕动，将所有"预言药水"吞了进去。

下一秒，那赤裸的尸体坐了起来，周围染上了不正常的、难以被光照亮的黑暗。那张苍白憔悴的脸上，眼睛唰地睁开，原本褐色的眸子已经没有颜色，如水晶般透明。

透明眼眸的深处，似乎有层叠在一起的浓郁色块，有纯净高悬的光芒，有数不清的近乎无形的身影，有闪烁的水银色波光……

忍耐着刺入骨髓般的阴冷，卢米安平复了下心态，开口问道："来自因蒂斯共和国莱斯顿省达列日地区科尔杜村的前本堂神甫纪尧姆·贝内，一个月后将出现在哪里？"

这段时间，卢米安专门推敲过要问的三个问题。

问题的规则主要有四个：

一是必须是关于未来的情况，不能问某某某现在在哪里，以往做过什么；

二是描述必须足够精准，否则会出现答非所问的情况，就像纪尧姆·贝内这个名字，在因蒂斯别的地方也有不少，存在大量的重名，不将来自哪里限定到村庄一级，那具尸体很可能告诉你另外一个纪尧姆·贝内未来的命运；

三是不管尸体身前是哪国人，会不会对应的语言，他都将以描述问题的那种语言来回答；

四是一个问题只能包含一个需要回答的要素，不能以"将在什么时候什么地方"这种方式提问。

那尸体惨白的脸庞染上了一点阴绿，张开嘴巴，用因蒂斯语道："特里尔红公主区。"

这声音虚幻飘忽得仿佛来自另外一个世界，和逝者生前的嗓音截然不同。

只能把范围缩小到红公主区？卢米安略微皱了下眉头。

他其实能够理解，因为这不是向那些隐秘存在祈求来的"预言药水"，制作者本质上还只是一个"托钵僧侣"，效果自然不会很好。

卢米安提出了第二个问题："我和曾经在因蒂斯共和国莱斯顿省达列日地区科尔杜村做行政官管家的路易斯·隆德将在哪里重逢？"

他不提普阿利斯夫人，是不清楚她和"夜夫人"究竟是什么关系，担心位格太高导致预言失败。

尸体眼睛透明而无神地望着前方，再次用那种虚幻飘忽的嗓音回答道："特里尔老实人市场区市场大道。"

市场大道？这么看来，路易斯·隆德不是偶然路过那里……卢米安颇为欣喜地想道。

他沉吟之时，发现尸体透明眸子内映出的种种怪异景象正在逐渐变淡，连忙抛出了第三个问题。

"下个周五的晚上十一点到十二点，特里尔老实人市场区金鸡旅馆的老板埃夫先生会在哪里？"

之前，卢米安就是在这个时间段看见埃夫先生进入地底的，所以他想以这种方式问出对方目的地的具体情况。

而考虑到埃夫先生刚被"抢劫"过，去过警察总局，短时间内未必敢再次进入地底，卢米安将时间定在了下周的同一天同一时刻。

那具尸体很快做出了回答："特里尔老实人市场区老鸽笼剧场。"

说完，尸体啪的一声倒了下去，重新闭上了眼睛，身体散发出一股死亡多日的腐烂味道。

又去老鸽笼剧场啊……卢米安将尸体塞回了布袋，打算到地底更深处掩埋。

一栋米白色的三层建筑前，一个胡须拉碴的流浪汉被两名男仆堵在了壁柱旁。

"我，我现在就走。"他战战兢兢地说道。

这时，管家打扮的男人走了过来，一脸的惊喜："老爷，是你吗？老爷！"

"什么？"流浪汉很是茫然。

管家非常激动："你忘了吗？你是这里的主人，我们都是你的佣仆，你之前头部受了伤，忘记了很多事情，有一天突然就离家出走……好几个月了，我终于找到你了！你还记得这里，你又回来了！"

"我不是，我不是……"流浪汉对自己的过往记得清清楚楚。

可管家和两名男仆根本不听他解释，簇拥着他，将他带到了那栋建筑内。

"夫人，夫人，老爷回来了！"管家兴奋地喊道。

没多久，流浪汉看见了一名高雅美丽的女士。那女士穿着淡绿色的长裙，眉眼之间是化不开的成熟风韵。

她喜极而泣，扑到了流浪汉的怀里："你总算回来了，总算回来了！"

嗅到带着点乳意的香水甜味，感觉到凹凸有致的柔软身躯，那流浪汉试图分辩自己不是对方丈夫的话语涌到嘴边又被吞了回去。

他木然又迷茫地被带去洗了澡，被带到了餐厅，看到水晶吊灯下的丰盛晚餐：一打牡蛎，一锅嫩鸡肉，一盘牛肉炖梅干，一份板油布丁，一份沙拉，一瓶白丹霞葡萄酒……

与此同时，流浪汉还看到了挂在餐厅内的油画，其中一幅是肖像画，和他本人是有点相像。

难道真的是我？可我记得我经历过的每一件事情……和我长相相似的另一个人？流浪汉愈发迷茫了。

吃饱喝足，他被带到卧室，过了一阵，那位美丽高雅的夫人穿着丝质的睡裙走了进来。

她眼波如水地说道:"你还记得我的热情吗?"

流浪汉的呼吸顿时变得粗重,他难以自控地迎了过去。

两人相拥着倒在了床上,激情四溢。

这一刻,流浪汉开始相信自己真的是这栋房屋的主人,有美丽的妻子,有专业的管家,有众多的仆人。

哪怕原主回来,他也要让对方变成假的!

第十一章
CHAPTER 11
舞间谈话

卢米安回到地面，提着熄灭的电石灯，走入金鸡旅馆。

前台的费尔斯夫人一看到他，立刻就站了起来："夏尔，夏尔先生，布里涅尔男爵让你晚餐后去微风舞厅找他。"

布里涅尔男爵找我？有什么事情吗？卢米安点了下头。

微风舞厅，二楼咖啡馆。

卢米安相当随意地走到布里涅尔男爵对面，坐下来。他不仅没表现出恭顺谦卑的态度，而且连礼貌性的尊敬都缺乏，就像双方处在同一个层次。

这看得布里涅尔男爵身后的路易斯暗暗摇头。类似的人他见过太多，但最终的结局不是被萨瓦党顺势送到了警察总局，就是在某次火并里受了重伤，失去能力，不得不像狗一样摇晃尾巴来换取帮派的支持，有的甚至还因各种缘由死亡，被丢到地底世界的深处或装入木桶填满石头沉至塞伦佐河的河底。

"晚上好，男爵。"卢米安笑着打了声招呼。

布里涅尔男爵的脸上看不到一丝一毫的愠怒，他抽了口桃木色的烟斗，随意闲聊道："你下午去了哪里？"

"地底。"卢米安如同那具喝了"预言药水"的尸体，只回答对方问的问题，不做任何的发散。

如果"小婊子"简娜没有向"红靴子"芙兰卡那边隐瞒他杀掉变态救了自己的事情，那他现在的回答就是足够坦然的象征。

布里涅尔男爵怔了一秒，没有追问，摩挲着手里的桃木色烟斗道："我有件事情交给你做。"不等卢米安询问，他笑着解释道，"我很看好你，相信你能成为我们萨瓦党非常重要的一员，承担起足够关键的事务。但仅仅只有我的看好是不够的，你必须展现出让绝大部分人都佩服的实力，做出让他们都认可的贡献。"

绑在毛驴前面的那根胡萝卜？卢米安在心里嗤笑了一声，表面则故意虚了虚眼睛："什么事情？"

布里涅尔男爵放下桃木色烟斗，端起咖啡抿了一口，语气舒缓地说道："袭击毒刺帮任意一个重要成员，最好是重伤，当场杀死也可以。"

卢米安笑了起来："前两天你才告诉我要忍耐，不能把事情闹大，以免引发毒刺帮和我们的全面冲突。现在不担心会发生这样的事情了？不担心会被警察总局盯上了？"

虽然他本来就打算蹲守一下毒刺帮的"铁锤"艾特，但也不能被布里涅尔男爵当傻子一样对待。

布里涅尔男爵满意地点了下头："你比我身边这些人聪明多了。我这两天是在观察毒刺帮的反应，发现他们真的没有报复你的想法，至少暂时没有，这说明了什么？"

"说明他们很害怕我们萨瓦党。"卢米安开了句玩笑。

这真的是玩笑，如果毒刺帮害怕萨瓦党，根本就发展不起来，不可能成为老实人市场区的第二大黑帮。

布里涅尔男爵摇了摇头："在以往，他们必然会对等地施以报复，或是让我们萨瓦党付出更大的代价，而不仅仅只是支付医疗费用。还有，马格特死后，他们也只是表面上闹得很凶，实际并没有做出太过分的会引来警察强力打击的事情，更像是在制造混乱，想查出真正的暗杀者。

"连续的反常让我相信毒刺帮在预备做一件很大很大的事情，所以才这么隐忍这么克制。我不确定他们要做的事情是否会影响到我们萨瓦党，但绝对不能坐在这里等待答案。"

还算有脑子……卢米安勉强在心里夸了布里涅尔男爵一句。

他微笑着问道："你想让我杀掉他们的重要成员，再观察下他们的反应？要是他们还能忍耐，那问题就很严重了，必须主动地挑起全面冲突，逼迫他们暴露出问题？"

布里涅尔男爵哈哈一笑："我喜欢和聪明人聊天。怎么样，要接手这件事情吗？"

他虽然用的是询问的语气，但姿态、眼神和动作都表明这是命令。

要是卢米安不遵从，萨瓦党将不再向他提供庇护。

卢米安笑了一声："我需要毒刺帮所有重要成员的情报，包括姓名、长相、能力、特点、是否有直系亲属和妻子……"

这听得布里涅尔男爵身后的路易斯又惊又愕。为什么要问毒刺帮头目的家人情况，难道想利用他们？

特里尔各大黑帮间有一个未明确说过，但只要不是特殊情况大家都愿意遵守的潜规则，那就是不针对彼此没加入帮派的家庭成员。

这一是大部分人都有父母、妻子和儿女，真要毫无底线地残杀，他们每个都逃不了，会出现人人自危的情况；二是低层次的黑帮成员，没有对付他家人的价值，而到了布里涅尔男爵这个地位，家人的情况属于秘密，基本无人知晓，且不在老实人市场区；三是在黑帮里能有一定地位的人，基本可以称得上心狠手辣，用家人来威胁他们不会有什么作用，只会彻底地激怒他们；四是真要出现灭门惨案，必然会上新闻，惹怒警察总局的高层，引来强力打击。

所以，只有在灭掉某个势力的过程中，为了不留下仇恨的种子，为了震慑其他帮派，他们才会对付敌方头目的家人。这夏尔一上来就问毒刺帮重要成员的直系亲属和妻子是想做什么？

布里涅尔男爵凝视了卢米安几秒，缓慢露出了笑容："毒刺帮的老大叫罗杰，绰号'黑蝎'，住在市场大道126号。我不知道他有没有妻子，有没有直系亲属，就算有，也不在市场区，甚至可能不在特里尔。他掌握着一些邪恶的法术，拥有神奇的能力，哪怕是我，也不敢面对他。"

布里涅尔男爵以此告诉卢米安，"黑蝎"罗杰很强，最好不要打他的主意，否则死亡将是唯一的结局。

邪恶的法术……偏施法类型的非凡者？从罗杰镇得住马格特看，他至少是序列7，说不定还有神奇物品或者非凡武器……这种类型的非凡者如果身体不算很强，且没有特殊的保命能力，那还可以利用陷阱、近距离暗杀等办法来针对，但要是身体也不弱，近战还强，或者有莉雅那种纸人替死之术，我几乎没什么获胜的希望，除非用转运之术，提前改变他的运势，让他变得足够倒霉……卢米安的念头如闪电一样划过又飞快消失。

他点了下头道："其他人呢？"

布里涅尔男爵抽了口烟斗，不快不慢地说道："毒刺帮原本有四个很厉害的重要成员，在市场区只比我们弱一点，但马格特被你杀死后，顶上来的威尔逊很弱，他们的实力算是下降了不少。

"'黑蝎'罗杰的副手是'光头'哈曼，最早就是他和罗杰两个人来到市场区，开了磨坊舞厅，慢慢收拢了一批人，这才建立了毒刺帮。他很能打，非常能打，在这方面不比马格特弱，同时，他展现过一些比较奇怪的能力，比如，有的时候他能硬扛别人的刀砍，只受很轻的一点伤。比如，他会突然变得狂暴，就像吃了某种药物一样，比如，他可以让别人感到恐惧，嗯……他还有把涂抹着剧毒的刀。

"他非常残忍，没有家人，也没有情妇，但对女人很感兴趣，经常找毒刺帮管的那些站街女郎鬼混。他平时住在'黑蝎'罗杰的家里，找女人的时候会在市场区随便找一家比较干净的旅馆或者酒店。"

卢米安静静听着,逐渐产生了一个想法:针对"光头"哈曼,有一个效果很好的陷阱。不管哈曼是通过什么方式获得的强大防御,以至于被刀砍后只受一点轻伤,都表明他比较依赖于这方面的强项,在实战中会习惯性做出以伤换胜的行为。那样一来,我完全可以给他这个机会,只不过,到时候让他只受一点轻伤的将是"堕落水银"——轻伤也是会流血的!

布里涅尔男爵继续说道:"管着毒刺帮大部分舞女的是'矮脚烛台'卡斯蒂娜,她是费内波特人,被拐到特里尔做舞女,后来成了'黑蝎'罗杰的情妇。'矮脚烛台'是她当初做舞女时的绰号,形容她长得比较矮。"

卢米安回想了下矮脚烛台的模样,大概把握到了卡斯蒂娜的外形特征。

"卡斯蒂娜动手的时候比较少,但仅有的几次都表现出了很强的格斗能力,在面对不听话的舞女时,她冷酷、残忍,也许已经忘记了自己当初的痛苦。"布里涅尔男爵以绅士般的礼貌评价了一句,"她住在夜莺街19号那栋公寓,具体是哪一层哪一个房间,我们不清楚,她也经常会去'黑蝎'罗杰的家里。"

你有什么资格这么说?要不我们聊聊父亲欠债被逼死,自己到微风舞厅当歌手的那位?卢米安从来不相信黑帮会有真正的良心。即使他们表现得再仗义,再忠诚,再照顾朋友,那也只是一摊烂泥上点缀的几朵野花,他们的本质要从那些舞女、那些站街女郎、那些被高利贷迫害的普通人、那些被他们敲诈的小贩等受害者身上去寻找。

布里涅尔男爵介绍起最后一位毒刺帮头目:"'铁锤'艾特原本是我们萨瓦党的人,有胆量,有头脑,有身体,我同样很看好他,本打算向老大推荐他,结果他背叛了我们,加入了毒刺帮,很快就获得了非凡能力。我怀疑他服食的是'战士'途径的魔药,并且已经有序列8,这从他的身高又长了一大截,已经接近一米九,以及发生冲突时的表现可以推测出来。

"'铁锤'是形容他的拳头像铁锤一样坚硬和有力,他平时主要是赤手格斗,但手枪和短刀同样用得很好。他父母已经死了好几年,也没有兄弟、姐妹、妻子和孩子,他自己住在老实人市场旁边的石板街25号,那里有大量的毒刺帮成员。"

"格斗家"?死了会有非凡特性析出吗?卢米安点了下头,对布里涅尔男爵道:"我还需要他们大致的行动规律,另外再给我一把手枪、足够的子弹和一把能随身携带的武器,短刀、短剑、三棱刺或者斧头都可以。"

"没有问题,我让路易斯明天上午给你送过去。"布里涅尔男爵满意颔首。

目送夏尔走出咖啡馆后,路易斯压着嗓音道:"男爵,真的要让他去对付毒刺帮那几个头目吗?"

布里涅尔男爵笑了一声:"你刚才没听到我的解释吗?在这件事情上,我没有骗他。只不过嘛，毒刺帮那几个头目都不好对付，而且有了防备，他不管是艰难取胜，事后需要我们治疗和保护，还是遭遇失败，差点死掉，被我们救了下来，都能削弱他的桀骜，让他变得听话。"

路易斯愕然脱口："如果夏尔失败，被毒刺帮的人弄死了呢？"

布里涅尔男爵笑了笑道："我们萨瓦党哪年没有成员死掉？"

返回金鸡旅馆的途中，卢米安的心情相当好。

他之前就计划抓一个毒刺帮的重要成员，询问他们的力量来自哪里，与普阿利斯夫人信仰的那位邪神存在什么关系，结果现在，萨瓦党竟然让他去做类似的事情，完美吻合了他的目的。

这么一来，他不仅快速获得了几个目标的详细情报，节约了大量的时间，而且还能充分利用萨瓦党的资源，包括但不限于武器、人手和关系。

刚才卢米安都想问布里涅尔男爵索取炸药，看能不能想办法设置陷阱，将毒刺帮哪个头目直接炸上天。

最终，他没有这么做，一是感觉这太过嚣张，容易被警察盯上，而他本人属于经不起调查的通缉犯，二是真把目标炸得四分五裂了，他还怎么询问情况？

当然，他可以利用招摄之舞，配合灵性之墙，让逝者的灵附到自己身上，放大他们印象最深刻的那些记忆，但这完全不可控，鬼知道那些家伙的脑子里会不会像之前那个变态一样只剩下某种废料。而且，一次招摄之舞只能放大其中一段记忆，不是特别幸运的情况下，想找到有用的情报，可能得花费大量的时间，这和他尽快脱离暗杀现场的初衷违背。

卢米安原本打算对付的是"铁锤"艾特，但听完布里涅尔男爵的描述后，他觉得"光头"哈曼也是可以选择的目标。比起艾特，哈曼有非常明显的"缺点"，在猎人眼中可以利用来设置陷阱的"缺点"！

他拥有某种能提升自己身体坚硬程度的能力，好几次被人用刀砍中都只受了点轻伤。卢米安记得奥萝尔曾经说过，"擅于游泳的人容易溺水死亡"。这句话放到哈曼身上则可以变成"擅于用身体硬挡刀枪的人容易死于刀枪之下"，而卢米安有"堕落水银"这把诅咒之刃。

另外，比起经常一大群人来往、住在毒刺帮成员聚居地的"铁锤"艾特，时不时会独自出来找站街女郎、舞女歌手的"光头"哈曼显然更容易被暗杀，而且，比起"铁锤"艾特，他更靠近毒刺帮的权力核心，知道的秘密会更多。

但问题在于，"光头"哈曼显然实力更强，活捉对方、逼问情报的风险很大，如果真设置陷阱，用"堕落水银"对付"光头"哈曼，那卢米安就等于失去了可能的信息来源，只能等蒙苏里鬼魂"帮忙"干掉目标——至于附不附带家人，不是他关心的事情。

所以，狩猎"光头"哈曼和"铁锤"艾特各有优劣，各有难点，卢米安一时还做不出决定。他打算等明天上午布里涅尔男爵派人送来武器弹药和更详细的情报后，再考虑以谁为这次行动的目标。

刚走入金鸡旅馆的大门，卢米安就看见衣衫褴褛、头发花白、身有臭味、个子矮小的鲁尔和米歇尔夫妇拖着一条还算鼓胀的亚麻色布袋，往楼上走去。

"这是什么？"他穿过大厅，好奇问道。

这对老夫妻不是在苏希特蒸汽列车站卖假的"街头学院派美女"照片吗，怎么会带这么一大袋东西回来？

鲁尔停下拉拽布袋的动作，擦了擦额头的汗水，堆起笑容道："你不知道吗，夏尔先生？我们晚上还兼职做拾荒者，这些是我们捡来的、应该还有用的垃圾。"

得益于查理的"宣传"，他们夫妻也知道夏尔成为萨瓦党的头目，金鸡旅馆如今是这个年轻人的地盘了，所以不觉得夏尔询问自己的事情有什么不对。在他们看来，作为金鸡旅馆的保护者，夏尔先生肯定得了解这里的各方面情况，预防种种意外的发生。

做两份工作啊，虽然有一份工作是骗子……确实是各种垃圾的味道……卢米安捏了下鼻子，无声咕哝了两句，若有所思地问道："这些垃圾就堆在你们房间？"

"是啊。"鲁尔讨好般笑道，"我们每隔几天去一次垃圾处理场，那里有人回收各种各样的东西。呵呵，拾荒者虽然整天脏兮兮的，不太干净，但没有我们，整个特里尔都会到处散发着臭味，每个角落都会堆满垃圾。"

在特里尔，拾荒者是作为清洁工人的补充存在的。

难怪房间里有臭味传出，难怪身上一直很臭，也没洗澡的必要……卢米安一边缓步上楼，一边望了眼鲁尔、米歇尔多有皱纹的脸庞和略显佝偻的身躯，状似闲聊般问道："你们年纪都不小了，为什么还这么拼命赚钱？"

鲁尔和米歇尔夫妇同时怔住，带着笑容的表情隐约出现了点扭曲。

过了几秒，鲁尔又无奈又痛苦地笑道："就是因为年纪大了，才要这么拼命。我们在很年轻的时候就来了特里尔，做过各种各样的工作，有过一个孩子，但他没能长大……我们拿到过很多个月的薪水，但也只是刚够生活，等到我们发现自己的身体开始变差，力气越来越小，我们，我们忽然很害怕，不知道将来会怎么样。

"如果哪一天我们老到没什么力气，干不动常见的活计，我们该怎么办？在几个月内用完不多的存款，然后靠着教会和政府的慈善活动，过一天算一天，慢慢饿死自己？我，我不想这样……"

卢米安霍然想起了姐姐说过的一句话："现在的因蒂斯很残酷，辛苦劳动的人年迈后没有任何保障。"

被触动心事的鲁尔继续说道："还好，我们老了后，胃口也小了，吃得不多，睡得也少，能有更多的时间赚钱，还不需要考虑别的事情，可以把赚到的钱大部分都攒起来。以后，以后靠着它们，我们应该还能好好活几年……呵呵，其实，和大部分人比起来，我们算是幸运的，他们都没有活到我们这个年纪。"

他旁边的米歇尔太太随之露出憧憬的表情，说："等攒够了钱，我们就回奥尔米尔，买一块田种葡萄树，哪怕以后没什么力气了，也能雇人帮忙，反正我们花得也不多。"

奥尔米尔是香槟省的省府，是北大陆最出名的葡萄酒产地。

卢米安沉默地点了点头，看着这对年迈的夫妇将那袋垃圾拖到了楼上。

略作休憩，他重新用化妆品简单修饰了面容，换了身衣物，以亚麻衬衣、棕色背带裤和无绑带皮鞋配深色圆礼帽的打扮出了门，直奔磨坊舞厅。

既然"铁锤"艾特还是目标之一，那卢米安就需要亲自观察下他。

此时，夜色已深，磨坊舞厅内非常热闹，激烈的音乐节拍里，男男女女们在舞池内扭来扭去，尽情发泄着内心的苦闷。

卢米安担心被毒刺帮的人认出来，去吧台要了杯黑麦啤酒后就来到舞池旁边，一边跟随节奏摇晃身体，一边打量着四周。

没多久，他看到简娜出现在前面的半高木台上。她还是下午那身打扮，白色短上衣配蓬松短裙，暴露出胸口白皙的皮肤。这一次，那颗黑痣贴在了鼻梁中间——这代表放肆。

心理素质真好啊，下午才遭遇了那种事情，晚上就继续来工作……卢米安忍不住感慨了一句。

在他看来，简娜既然和"红靴子"芙兰卡相熟识，倒也不需要这么敬业。

有节奏的鼓点停了下来，舞池内的人们纷纷转身，喘息着望向简娜。

简娜一上来就是一个精彩的高音接花腔："欧内斯特，离我的妻子和烟斗远一点——！"

人们轰然大笑，似乎同时想到了某些事情。他们配合着动听又粗俗的歌声，轻轻晃动起身体。

简娜一边演唱一边高踢腿，时不时改变位置，给不同方向的观众抛个媚眼，然后浮夸地来个劈叉。

这个过程中，她的目光扫过了卢米安，愣了一秒，随即恢复了正常。

等到她唱完这首歌后，激烈的鼓点又一次敲响，而简娜没有去休息，直接跳入舞池，穿过陡然爆发的喊叫声、口哨声和试图挤向她的男人们，径直走到卢米安前面，笑着大喊道："英俊的狮子，来跳支舞吧！"

雄狮有一圈鬃毛，很像太阳的光辉，在因蒂斯常被用来形容有魅力的男子。

卢米安感觉简娜似乎有什么事情要讲，于是放下啤酒杯跳入舞池，和那个"浮夸女"面对面扭了起来。

当双方需要进行一个拥抱动作时，简娜直接扑到了卢米安的怀里，凑至他的耳边，低声笑道："你很有跳舞的天赋嘛……对了，我查出那个变态是谁了。他叫赫德西，之前住在金鸡旅馆的504房间。"

504房间？将苏珊娜·马蒂斯的画像贴在查理那个房间内的租客？卢米安一阵愕然。

卢米安之前还以为那个租客像查理一样，梦到了苏珊娜·马蒂斯，被慢慢吸干了精力，猝死在房间内，而旅馆老板埃夫先生负责将他的尸体隐蔽地转移到地下特里尔的某个角落。谁知，对方竟然成了拥有超凡能力的变态，依旧游荡于老实人市场区，将目标对准了一位位长相不错的女郎。

从赫德西死亡后很久都没有析出非凡特性这点，卢米安确定他的力量来自恩赐，且明显和苏珊娜·马蒂斯、埃夫先生同源。

也就是说，在贴上苏珊娜·马蒂斯的画像没多久后，赫德西不知发生了什么事情，成了"欲望母树"的信徒，并且在短短几个月内接受了两到三次恩赐，一下就拥有了相当不错的实力，掌握了不少神秘学手段。

对服食魔药晋升的非凡者而言，这是很难想象的速度，除非他们处在比较低的层次，又掌握了"扮演法"。

当然，在赫德西身上，恩赐也展现出了它不好的一面，受赐者会被力量影响，逐渐变得不像他自己，会在某些方面越来越极端，越来越偏激，时常做出正常人看来不够理智，可能招惹来灾祸的行为。

埃夫先生的吝啬，赫德西对女性的渴望，都属于这类。

卢米安怀疑几乎所有通过恩赐得到的力量，或多或少都带有类似的问题，毕竟它们会让受赐者慢慢向赐予者靠拢，出现相应的异化。

他之所以还没被"舞蹈家"和"托钵僧侣"的力量影响，是因为这并非直接来自以宿命为名的那位隐秘存在，而是源于他体内的污染，且经过了封印的过滤。而且，卢米安一直都在警惕这方面的事情，不仅不根据"舞蹈家"和"托钵僧侣"的特性来改变自己的行事风格和生活规律，以提升对力量的驾驭程度，有的时候还会故意反着来。

另外，他都是在提升了一个序列，有了初步的消化后再去获取对应的恩赐，务求让身上的力量保持住平衡。

"你怎么查出来的？"卢米安埋低脑袋，压着嗓音询问起简娜。

简娜一边随着节拍扭动起身体，一边借助巨大音乐声的遮掩，撇了撇嘴巴道："那个变态一看就离不开女人，他又不可能每天绑架一个女的，拖到地下，要不然早就被抓住了……啧，应该也有几个了，那帮无能的黑皮狗都没有发现吗？

"那平时他是怎么解决问题的呢？靠自己显然没法真正满足他，所以，我让芙兰卡找萨瓦党的舞女、站街女郎问了问，很快就有了答案……那个该被驴干屁股的变态怎么能有那么旺盛的精力，一天能来好几次！他怎么不去找那些有钱的老太太？双方都能得到满足啊！"

简娜颇显得意地讲述起自己的调查过程，以展现自身那颗聪明的脑袋——她对下午被卢米安愚弄，显得自己很傻的事情一直耿耿于怀。

确实啊，早在成为"欲望母树"信徒，获得恩赐前，赫德西就是城墙街、布雷达街、夜莺街这些地方的常客，获得恩赐后，那更是整个脑袋都装满了女人……卢米安发现简娜偶尔还是有脑子的。

他随即反馈了一个情报："那个变态不正常的欲望应该来自超凡力量的影响。"

"超凡力量……"简娜抬眼望了卜卢米安。

她还以为对方会装傻，就像在地下特里尔，双方都默契地没提赫德西展现的非凡能力一样，谁知他现在竟这样坦然地说出来了。

顿了一下，贴近卢米安跳着扭扭舞的简娜疑惑地低语道："为什么超凡力量能让他变成那样的变态？"

这和她认知里的超凡力量不太一样——在未失控前，顶多也就有一点点影响。

卢米安笑道："不正常的超凡力量。"

"难道我不知道它不正常？"简娜又一次被对方气到。

卢米安低笑了一声："至于为什么不正常，你回去问芙兰卡，要是芙兰卡也不知道，就让她去问老大。"

他之所以透露这方面的情报给简娜，是因为担心埃夫先生、苏珊娜·马蒂斯、赫德西等人的问题还有后续。要是官方非凡者们一直没调查出真相，他能依赖的外力除了K先生的手指，就只有萨瓦党的非凡者们了。

简娜呵了一声，不再聊这个话题，专心地和卢米安跳着扭扭舞。等到这一部分音乐快要结束时，她突然伸手，在卢米安胸前摸了摸。

"哈哈，身材不错嘛！"简娜笑着往后退开，转身走向舞池前方的半高木台。

她一副总算报复回来一点地底遭遇的模样，整个人都变得愉快了。

卢米安嗤笑了一声，离开舞池，重新端起那杯黑麦啤酒。

他一边听着歌，一边轻轻摇晃着身体，借势观察起磨坊舞厅各处的情况。

目光一扫间，他发现与自己同侧但更靠近表演台的地方聚集着一堆打扮各异、气质疑似黑帮打手的人，他们正簇拥着一名身高接近一米九的壮汉。

那壮汉和"巨人"西蒙有点像，肌肉块撑起了黑色的衬衣和正装，但下身穿的是帆布制成的耐磨损的深蓝长裤，配一双无绑带的黑色皮制短靴，整体搭配显得有些不协调。他褐色的头发一撮撮卷起，茂盛而杂乱，棕色的眼睛有点向两侧靠，五官普普通通，轮廓线条颇为刚硬，双手和双腿从正常的人体比例上讲都偏长了一点。

"铁锤"艾特……卢米安收回视线，认为这应该就是目标之一。

在特里尔，身高能接近一米九的人可不多。

这个距离下，卢米安并不担心"铁锤"艾特和他的手下会认出自己，毕竟整个舞厅的环境都偏昏暗，纯靠周围的煤气壁灯和上方一盏吊灯照明，方便大家跳舞时"交流"，只要不是特别熟悉或刚刚才见过的人，是无法辨认出对方的。再说，卢米安还做了一定的伪装，不过他没想到的是，简娜竟然能一眼就认出自己。

等简娜又唱完了一首歌，"铁锤"艾特带着那群手下，离开舞池，上了二楼。

卢米安继续着自己的观察，忽然，他看到门口进来一道熟悉的身影。

那是衣物洗到发白的金鸡旅馆房东埃夫先生，他蔚蓝的眼眸四下打量着，表情略显急切和担忧。

"他这是在找赫德西？那个变态下午出去后，再也没有返回，他们怀疑他出了意外，于是到各个舞厅、各个有站街女郎的地方寻找线索？"卢米安若有所思地收回目光，望向舞池内那一个个舞女。

根据赫德西的灵体呈现出来的种种特质，卢米安感觉埃夫先生比对方弱不少，应该只有相当于序列9的恩赐力量，集中在贪欲方面，或许还包含食欲；而赫德西大概率相当于序列8，小概率有序列7，卢米安更倾向于前者。因为他之前遇到的几个序列7能力都比较全面，不至于在他做好应对，挖好陷阱后，被一下就解决掉。

当然，要不是卢米安耐心观察，发现赫德西有引动别人情欲的能力，提前想好了对策，被很快解决的也许是他。

当时那个环境，如果没有简娜，他还能靠着自身取向来对抗一下影响，不至于彻底忘记敌人的存在，而有那个"浮夸女"在，他就很难克制住自己，必须依靠疼痛来唤醒自身。

卢米安用眼角余光看到埃夫先生陆续和一个个兼职站街女郎的舞女进行交谈，

然后被她们带着相同的鄙夷嫌弃神情骂走，心里就一阵好笑："这是假装谈价钱以询问赫德西的下落？结果本身太吝啬，总是将对方的报价砍掉一半甚至更多，于是被骂了？

"呵呵，之前查理还担心埃夫先生这个老鳏夫舍不得花钱找正规的妓女，染上一身的病，看来是他想多了，埃夫先生也舍不得花钱找不正规的站街女郎！恩赐力量的负面影响真是太强了……

"呃，如果那伙人里面有女的，并且和赫德西处在同一层次，拥有相同的恩赐能力，她们应该也会处于始终饥渴的状态，埃夫先生倒是不需要另外找站街女郎，呵呵，他只会恨自己是男人，都快不行了，还被强制引动欲望。

"难道那些女性最好的伪装是舞女和站街女郎？不对啊，要真有这样的女性，赫德西也不用出来祸害别人了……难道是原本处在这个层次的女性全部晋升或者死亡了，新的还没有补上？或者，他们的男女数量并不对等，赫德西属于被排斥的那个？"

卢米安思忖之间，乐队又奏响一段激烈的舞曲。唱完歌的简娜再次跳下半高木台，来到卢米安面前，邀请他跳舞，这让周围发出了阵阵嘘声。

卢米安知道简娜应该是又有事情要讲，故意左右转了半圈，挑衅了下那些发出嘘声的人。旋即他进入舞池，靠近简娜，跳起了扭扭舞。

简娜抬头望向他，笑吟吟地问道："你这个萨瓦党的人到磨坊舞厅想做什么？"

卢米安啧啧笑道："你不是觉得我喜欢你吗？我来这里当然是听你唱歌啊。"

简娜发出鄙夷的声音："你的目标是'铁锤'艾特吧？你想复制一次马格特的事情？"

"还算聪明。"卢米安用挑衅的口吻赞了一句。

简娜得意一笑："我可以帮你，给你提供重要情报。"

卢米安收敛起漫不经心的状态，若有所思地问道："你想要什么？"

简娜哼了一声，开口骂道："你是不是看不起我？我下午虽然没有说谢谢，但我不会忘记是你救了我。我对市场区各个舞厅都有了解，而且刚刚去见过艾特，聊了聊之后表演的事情，应该能帮到你。"

不等卢米安回应，她磨了磨牙继续说道："'铁锤'在二楼最靠里面的那个房间，靠金鸡旅馆方向，他身边有十个打手，四个在门口，一半内，一半外，两个在窗边，两个在沙发那里，两个始终跟在他的身后，他们都有枪——以前没这么严密过，也没这么多人，都是因为你弄死了马格特。

"那个房间附带一个盥洗室，里面没人，窗户只要完全打开，能勉强钻过一个人。从舞厅厨房的通风管道可以爬到二楼，避开守在楼梯内的那些人，然后你进入隔壁房间，从那里的窗台跳到盥洗室外面的一块凸起上，那很窄，必须身手足够好才能成功。"

听完简娜的描述，卢米安一边惯性做着扭扭舞的动作，一边略感愕然地反问："你怎么知道这么多？"

前面还好，既然简娜到二楼那个房间和"铁锤"艾特谈过之后表演的事情，那她对房间的布局和打手的位置有一定了解实属正常。但什么舞厅厨房的通风管道可以爬到二楼，什么从隔壁房间的窗台可以跳到那个盥洗室，什么对应房间的外墙上有一块凸起，这是一个唱庸俗歌曲做浮夸表演的地下歌手能够掌握的情报吗？她也没那个必要去了解啊！

简娜涂着黑色眼影点着假痣的脸上露出了得意洋洋的表情："你不用管我为什么知道，不该看的东西不看，不该听的事情不听，不该问的问题不问。"

她把卢米安下午说的话稍作加工返还给了对方，这让她相当开心。

只有试图潜入暗杀或是考虑过极端情况下要怎么逃脱的人才会注意这些细节，有目的地去做观察……简娜会是哪种？嗯，她对类似环境的探查能力不比"猎人"差多少啊……偏向暗杀的序列确实需要搜集环境信息……暗杀……卢米安心中泛起诸多念头，打算诈一诈简娜。

他笑着说道："原来你是'刺客'啊。"他在"刺客"这个单词上加了重音。

简娜表情一变，笑容凝固在了那里。

"你怎么知道的？"她愕然脱口。

"靠脑子。"卢米安微笑回答。

擅于观察环境的序列其实还有一些，他只是因为自己准备搞暗杀，且想起莱恩他们提过在因蒂斯中部和北部，尤其是特里尔，"魔女"是较为常见的一个途径，所以才大胆地猜简娜是"刺客"，反正错了也不会损失什么。

与此同时，卢米安在心里嘀咕起来："刚到特里尔没多久就遇到一个'刺客'，还救了她，这算是非凡特性聚合定律的一种体现吧？

"简娜肯定没到序列7，不是'女巫'，要不然就算被纸张上的迷药弄得没什么力气了，以她掌握的神秘学手段也能把赫德西吊起来打。'女巫'这个名字一看就很擅长法术和诅咒，奥萝尔的笔记上也是这么写的。她应该也不是序列8'教唆者'，哪有连续被我欺诈成功的'教唆者'……但也不能排除这个可能性，也许简娜以前更笨，靠着'教唆者'才提升了一些智商呢？而且，她主动给我提供'铁锤'艾特的情报，有一定的教唆嫌疑。

"呵呵，简娜本身是女的，倒不用担心以后服食'女巫'魔药会改变性别。她的魔药哪里来的？'红靴子'芙兰卡给的？这不会也是一位'魔女'途径的非凡者吧？芙兰卡如果只有序列8那还好，要是有序列7，是'女巫'……谁知道她以前是男是女，呃，而且她和简娜的关系，嗯……"

简娜沉默地回想了下自己刚才说的话，没发现哪里透露了自身的序列信息。想不明白的事情她决定不去多想，本着好意提醒了卢米安一句："你要是想在盥洗室内袭击'铁锤'艾特，一定要考虑清楚啊。我听芙兰卡说过，艾特是一名'格斗家'，比其他任何一个序列都擅长近距离战斗，纯粹靠身体就能让一些针对他的非凡能力效果减弱。

"你虽然也能打，但我觉得，你要是在盥洗室那种不够宽敞的地方和他打，大概率会被他，啧，当场打死。"

"女士，你这是在劝我，还是激我？看来你还是有点'教唆者'的潜质嘛。"卢米安有什么就说什么，并不只是腹诽。

他发现芙兰卡比布里涅尔男爵更了解"铁锤"艾特，提到了后者没有提的一个关键点，也就是艾特的序列。如果不考虑芙兰卡私下和"铁锤"艾特发生过冲突的可能性，那就是芙兰卡要么另有背景，要么比布里涅尔男爵更得到萨瓦党老大的信任，获得了更多的神秘学知识和序列情报。

简娜又是一阵愕然："你还知道'教唆者'？"

这还是乡下来的土佬小子吗，对超凡途径竟然有这么多的了解？芙兰卡说他被官方悬赏通缉，看来是被卷入过超凡事件？

"我知道的比你想象的多。"卢米安笑了笑。

说这句话的时候，他脑海里忽然回想起了一个不久前还属于他的称呼："神秘学文盲"。

收敛住瞬间有点悲伤的情绪，卢米安认真思考起简娜的提醒——

确实，"猎人"虽然也是擅长格斗和搏杀的序列，但如果排除掉陷阱、挑衅等能力，近身战斗肯定还是比不过名称上就体现了擅长领域的"格斗家"，尤其到时还是在封闭的、狭小的环境内，不能发挥本身的战斗智慧，难以完成以弱胜强的好戏。算上"舞蹈家"带来的柔韧性改变和许多超规格动作的应用，卢米安觉得自己也就能苦苦支撑，短时间内不会失败，想击杀"铁锤"艾特，只能寄希望于"堕落水银"，刺中一刀就跑。

但这样一来，和去搏杀"光头"哈曼有什么区别？那还不需要考虑十个黑帮打手和十把手枪的存在。

卢米安盘点起自己身上的物品，看有什么能在战斗里发挥作用：一千七百多费尔金……"堕落水银"……水怪的血液……水怪的毒鳞……让简娜浑身无力的迷药一瓶……能解除迷药影响的刺激性气体一瓶……不知道有什么作用的液体一瓶……那个变态遗留的匕首一把……仪式银匕……几根白色的绑带……

想着想着，卢米安脑海内有一个方案逐渐成型。

随着节律扭动着身躯的他略微低头，望向简娜："那个盥洗室大吗？"

"不大。"简娜做出了肯定的答复，"除开浴缸、马桶和洗漱台，也就能站四到五个人。"

也就是说，如果卢米安和"铁锤"艾特在那里做近身格斗，不会有其他人立足的空间。

"浴缸外面有帘子吗？"卢米安追问了一句。

"有。"简娜想了下道，"你身上有枪吗？我觉得用枪更好，更安全，更有把握。"

"没有。"卢米安摇了摇头。

"就这样你还想今晚就行动？"简娜嗤笑了一声，顿了一秒又道："如果你真的想今晚就干掉'铁锤'艾特，我可以把我的手枪借给你。"

"你身上还有手枪？"这次轮到卢米安愕然了。

他上看下看都看不出简娜身上藏着一把手枪。这位"浮夸女"上身是白色短上衣，领口开得很大，能隐约看到胸衣的那种，下身是米白色的蓬松短裙配略到膝盖的黑色长靴，而且，她跳舞的时候还会不断地高抬腿，不可能把枪袋绑在大腿内侧。

卢米安觉得，唯一能藏手枪的地方是那双靴子。

简娜以为夏尔是在问她为什么会随身携带手枪，又不屑又叹息般回答道："我是在市场区这种地方的舞厅表演，你以为那些黑帮混混都是好人吗，你以为他们就不会头脑发热想对我做点什么吗？那群狗屎每天都不想着好事，脑子被那根东西填满的时候，根本不会考虑我认识芙兰卡，和她关系很好……靠，要是威慑总是有用，就不会有那么多人犯罪了！"

说话间，简娜抓住一个鼓点，顺势半蹲下来，朝靴子内摸了一把。

她迅速站起，和卢米安贴在一起，边扭动身体，边抓住他自然下垂轻轻摇摆的手掌。

冰冷的金属质感和厚实的木头触感随即传入了卢米安的脑海。他不动声色地收回手，将那把枪塞入自己的裤兜。

完成了这件事情，简娜才继续说："它是我刚到市场区，还没认识芙兰卡之前，通过朋友，用大部分积蓄买的——那个该死的黑市商人还想让我陪他上床，被我踢中小腿，痛得他一直惨叫。"

时刻带枪防身啊……还算警惕，要不然，你在认识芙兰卡之前，就被那些黑帮流氓控制了，说不定还会兼职舞女或者站街女郎……

卢米安笑着回应："干得漂亮！"

简娜见伴奏的音乐开始接近尾声，不再说话。

随着鼓点停息，卢米安目送简娜走向表演台，自己也离开舞池，回到外面那一圈。

借着去盥洗室的机会，他检查和熟悉起简娜给自己的手枪。

那是一把很小巧的左轮手枪，枪管较短，适合随身携带和藏匿。它大体呈铁黑色，握把是由核桃木制成，共有六枚子弹。

把玩了一会儿手枪，卢米安发现了一个问题——他的射击经验不够多，之前用猎枪主要靠的是铅子的覆盖性发射。

"算了，我也没想过能一枪干掉'铁锤'艾特，可以击伤他削弱他就足够了，那么近的距离下，以我的握力和还算有一点的射击经验，再偏也偏不到哪里去……盥洗室那种环境内，只有一枪的机会，'铁锤'艾特不可能让我再开第二枪……"

卢米安很快下了决定，一出盥洗室就趁周围无人，向磨坊舞厅的厨房走去。沿途，他靠着眼疾手快，连续躲过了几个端着食物出来或将使用过的餐具送去清洗的侍者。

没多久，他靠近了厨房，看见里面乱糟糟的一片。

几个灶炉喷薄着偏黄的火焰，让这个不大的区域比外面热了好几度，每个人都汗流浃背，忙忙碌碌。

三个厨师套着白色围裙，做着不同的菜肴，时不时将它们倒入餐盘，用手指蘸一点汁水或拈一小块食物放入口中，品尝下味道，等做完这件事情，他们在围裙上随便一擦，就开始第二道菜的烹饪。

得到厨师许可的侍者则端起相应的餐盘往外面走去，他们的拇指时常会碰到菜肴或浓汤，自身则毫无所觉，一点也不在意。

几名帮厨围绕着厨师，或切菜，或处理鱼类，或清理其他食材，或倾倒垃圾，或递送调味品和别的事物，忙得根本停不下来。但不管他们再怎么努力，厨房还是显得很凌乱，地面之上、灶台周围、水槽附近都散落着不少菜叶、鱼鳞和果皮，满是油污。

还未洗过的那些餐具随意堆放在水槽内，层层叠叠，满是油光，两名洗碗女工一直站在那里，不停地清洁。

回荡在这里的主要是厨师和帮厨的骂声、喊声，非常热闹。

要是闭上眼睛，纯靠耳朵去听，卢米安恐怕会以为这里是一个乱糟糟的战场。

得益于这种状况，他轻松避开了忙碌的人们，来到存放各种食材的柜子旁边，然后借助挡板、把手、灰白色的煤气管道和自来水管道，一路噌噌爬到天花板上，钻入位于那里的通风管道。

强烈的油烟味一下刺入了卢米安的鼻子，差点没让嗅觉敏锐的他晕厥过去。靠着"托钵僧侣"对各种较极端环境的忍受能力，卢米安强撑着沿通风管道往前爬行，时而向上。

也就是十几秒的工夫，他从二楼一间盥洗室的上方探出了脑袋。确认这里没人后，卢米安轻巧跃下，快步来到门边，隐蔽地望向走廊两侧。

这里很安静，只楼梯出口守着两名黑帮打手，他们的注意力又全放在了从一楼上来的地方，根本不关注身后的情况。

卢米安松了口气，分辨了下目的地，猫着腰蹿到它的隔壁房间。

那里的门紧锁着，但难不倒卢米安，他用随身携带的半截铁丝捣鼓了几下就推开了那扇木门。

和简娜描述的一样，"铁锤"艾特那个房间附带的盥洗室没有延伸往外的窗台，只存在一个装饰性的凸起，勉强能让人侧着身体站立。

即使对"猎人"来说，要从这边窗台跳到那个凸起并稳稳站住，也是一件相当困难的事情。

幸运的是，卢米安还是"舞蹈家"，柔韧性夸张到不像人类。他略作观察，纵身一跃，右脚准确踩到了那个凸起上，左侧身体却有点失去平衡，往坠落的方向倒去。

关键时刻，卢米安身体如弹簧般一抖，反撞向那间盥洗室，并顺势用右手抓住窗框。

他就此站稳，侧身蹲了下来，只露出半个脑袋，悄然望向屋内。

第十二章
CHAPTER 12
袭杀"铁锤"艾特

盥洗室的门没有关上，不时有黑帮打手巡逻般经过。

卢米安耐心等待了一阵，摸清楚了规律，趁着盥洗室房门对应的那片区域暂时无人的机会，用赫德西的匕首撬开窗户，翻了进去。他不慌不忙、相当笃定地转身关上了那扇玻璃窗，然后才闪到浴缸尾部，借助悬挂在那里还没有展开的帘布遮挡住身体。

顺利完成潜入的卢米安将等下会用到的几样物品放到了更方便拿取的地方，并确认了它们各自的位置，免得慌乱之中拿错。接着，他如同雕像一样站在那里，倾听起外面那个房间的动静。

"铁锤"艾特时而询问舞厅经理最近的收益情况，时而怒斥手下几句，时而和头牌舞女调笑，并伴随着似乎很亲昵的动作。

过了一阵，舞厅经理和头牌舞女离开后，艾特好像站了起来，在那里缓慢踱步。

他对房间内的几名黑帮打手道："最近这几天，你们把手下的人全部放出去，在我们的地盘挨家挨户地'拜访'，务求下周的大选里，那位能够当选市场区的国会议员！"

哟，你们黑帮还干涉国会选举啊？卢米安既意外又不那么意外。

特里尔的黑帮如果背后没人支持是不可能发展壮大的，他们要么和警务部、警察总局的某些高层关系很好，要么得到了实权政治人物的庇护，要么属于大商人的"黑手套"，而大商人又必然和政府高官、教会上层、军队将领有一定的利益牵扯。

卢米安没想到的是毒刺帮背后那位竟然有野心争取国会议席，他原本认为对方顶多到市场区警务委员或者特里尔市议会议员这个层次。

因蒂斯是议会共和制，分选区选出议员组成国民公会，而国会委任总统和总理，总统和总理负责任命大臣们，当然，这必须得到国会的批准。国会还拥有立法权、宣战权和确定政府预算等权力，每一名国会议员都称得上实权人物。

当前，国民公会共有三百多人，十分之一来自原本的贵族，以前前王室索伦家族的成员为首，剩下的议席则按人口以及经济地位下分到不同的省和直辖区，也就是特里尔大区。

无论是人口数量，还是经济地位，特里尔在整个因蒂斯都首屈一指，分到的国会议席数量足有近四十个。这差不多四十个议席又下分到二十个选区，多的一个选区能有四五个议员，少的也至少有一个，而他们都是市议会的当然成员。

老实人市场区属于小选区，只有一个国会议席，谁要是当选，谁在这里就是最具实权最有影响力的人物。

当前，不管是执政的国家党，还是呼声最高的开明党，或是想要改变种种弊端的变革党，都在为下周的国会选举竭尽全力。谁要是能在国会拿到多数议席，就将成为新一届执政党，否则就得做出妥协和退让，和另外一个党派联合。

除了国家党、开明党和变革党，因蒂斯还广泛存在不满于当前体制，试图武力推翻这一切的皇帝党（崇拜罗塞尔的复辟者们）和烧炭党。

那些黑帮打手相继回应了"铁锤"艾特，表示不会有半点差错。但他们始终没提他们支持的是哪个党派的哪位候选人，让卢米安略感郁闷。倒是说出来啊！

叮嘱完选举这件事情，"铁锤"艾特对手下道："你们出去一下，我让你们进来再进来。"

这是要做什么？卢米安"旁听"得一阵诧异。

很快，那些黑帮打手离开了这个房间，只剩下"铁锤"艾特一个人。

卢米安没有行动，因为他仔细分析后认为，如果不用"堕落水银"，在盥洗室和"铁锤"艾特战斗比在外面更有针对性。

外面的房间变得相当安静，卢米安竭尽全力去听才勉强听到一些声音。那似乎是"铁锤"艾特在自言自语："邪恶之人的保护者……孕育神灵的女士……"

孕育神灵的女士？这听起来很厉害啊……艾特是在祈祷，向某位隐秘存在祈祷？好像一共有四句，还是五句描述？这和常见的三段式不一样……卢米安大概猜到了"铁锤"艾特在做什么。至于他祈祷的对象是谁，仅凭勉强听到的一半描述，卢米安完全无从推测，这不在他目前掌握的神秘学知识范围内。

隐隐约约间，卢米安感觉到外面的房间充满了恶意。对，是那个房间本身变得邪恶。

他屏住呼吸，收敛精神，不敢再听外面的动静。过了一会儿，那种感觉消散了，一切又回归了正常。

卢米安缓慢地吐了口气，活动了下手掌。这个时候，"铁锤"艾特让之前出去的手下又回到了房间内。

卢米安继续等待。

时间一分一秒流逝着，终于，他听到那最沉重的脚步声往盥洗室方向走来。这是属于"铁锤"艾特的脚步声，卢米安刚才已经分辨清楚。

他立刻掏出一个金属小瓶，上面有一道划痕标记的那个。接着，他拧开瓶盖，将事前就揉好的一个细长纸团塞入瓶口。

过了几秒，脚步声快临近盥洗室时，卢米安抽出纸团，重新拧好瓶盖。然后，他将那纸团一分为二，塞入自己鼻子。那如同粪便发酵般的臭味直蹿卢米安的脑海，刺激得他眼泪都快流下来了，右手本能地就要去把细长的纸团扯出来。

靠着强大的毅力和"托钵僧侣"对较极端环境的忍受能力，卢米安控制住了自己，一边表情扭曲，肌肉略显抽搐地站着，一边拿出了另外一个大部分是气体的金属小瓶，将它的盖子拧开。

哐当！"铁锤"艾特关上了盥洗室的房门，走到了马桶前方。这里一下成为半封闭的空间，只有房门缝隙和窗户缝隙有些许新鲜空气进来。

嗯，他有严重的血光之灾……卢米安一边看起对方的运势，一边悄然甩起那个敞开的金属小瓶，帮助里面无色无味的气体挥发出来，填充这个盥洗室。

这是那个变态赫德西制作的迷药，能让一名"刺客"在近距离下，即使只是嗅到散逸出来的些许味道，也会失去大部分力量的迷药！很适合盥洗室这种逼仄又半封闭的空间。

这就是卢米安针对"铁锤"艾特设置的陷阱！

当然，想让那些气体塞满盥洗室并在一定程度上发挥作用，还需要不少时间，毕竟这不是近距离嗅闻。卢米安接下来要做的就是不让"铁锤"艾特离开这个盥洗室，不让外面的人打开房门。

他将敞开的金属小瓶放在了浴缸边缘，拿出了简娜那把左轮，隔着帘布，瞄向马桶区域。

哗啦啦的水声还在继续，担心"铁锤"艾特有一定危险感应的卢米安只是略微分辨了下高度，就扣动了扳机。

砰！子弹穿过帘布，留下了烧灼的痕迹。

在此之前，"铁锤"艾特已是汗毛耸立，顾不得自己还在小便，猛地向着旁边倒了下去。

泛黄的液体溅得到处都是，那枚子弹擦着"铁锤"艾特的胳膊打在了墙上，反弹回来，差点命中卢米安。

一击未中的卢米安直接丢下手枪，抓住帘布两侧，猛地将它扯了下来，罩向"铁锤"艾特。

"铁锤"艾特还没有从紧缩带来的疼痛里恢复，就眼前一黑，被米白色的浴帘包裹住。他没有慌乱，一个翻滚，躲到浴缸旁边，然后双手抓住浴帘一拉，将它当成一件武器挥向前方。

　　噗的一声，卢米安重重砸来的拳头被束在一起的帘布带偏少许，未能打中"铁锤"艾特的头部。艾特趁势起身，并刺啦一声扯裂了裤子。他一记重拳挥出，如铁锤般砸向卢米安。

　　卢米安连忙抬臂一架，只觉对方力量奇大，自己竟有些无法承受。他不得不退了一步，以稳住自己的身形，而艾特一扳回局势，立刻就紧追而上，双手交替着出拳。

　　艾特仗着身高臂长，力量又胜过对方，没用任何技巧，就是直拳接直拳，宛若一枚枚炮弹轰向袭击者。直到此时，他才看清楚袭击者的模样——头发金中带黑，眼眸浅蓝明亮，鼻子处塞了白色的纸团，很是怪异。

　　夏尔？杀了马格特重伤威尔逊的那个夏尔？艾特先是一惊，旋即泛起喜悦之情。也不是那么强嘛，我完全能够击杀他！

　　盥洗室的空间非常逼仄，强忍着恶臭的卢米安仅是招架了这个近一米九的壮汉两拳，退了两步，就被逼到了紧挨着房门的地方。

　　此时，外面的黑帮打手听到枪响，纷纷奔了过来，其中一位握住把手，正向内推门。卢米安本就要躲避"铁锤"艾特低踢的左腿骤然向后一撩，重重蹬在门上。哐当一声，刚开了道缝隙的木门又重新合拢，差点撞到外面那个黑帮打手的鼻子。

　　那些黑帮打手见一时开不了门，全部拔出手枪，有高有低地瞄准了那扇木门，但又不敢真的开枪。

　　他们还算有点脑子，知道盥洗室很小，现在也不知道是谁堵在门口，要是盲目射击，很容易误伤甚至误杀"铁锤"老大，改变战局。

　　这个时候，卢米安借着后蹬房门那一脚，身体一矮，躲过了"铁锤"艾特的直拳，欺到对方身侧。拳、肘、膝、脚，他连续做出短打，每一下都务求在敌人完全发力前打断攻击。这就好像让一个习惯性用"嘿哈"之声吐气发力的格斗家每次都只能"嘿"，无法"哈"，发力才到一半就被对方主动迎了过来，强行挡住。

　　卢米安改变格斗策略后，双方的力量差距被极大地抹平了，他不仅扳回了一点局势，而且还借着自身柔韧性更强，能做出超常规动作的优势，尝试移动起身体，改变了位置。

　　没多久，背对盥洗室大门堵在那里的变成了"铁锤"艾特。

　　"铁锤"艾特担心手下们智商不够，于外面来一个齐射，将自己击毙，忙分心喊道："不要开枪！"

虽然被夏尔依靠技巧拉平了差距，但"铁锤"艾特一点也不沮丧，极有信心。只要他正常发挥，以盥洗室这个环境，他有足够的把握将对方直接打死，唯一的问题是需要时间。

当然，"铁锤"艾特也没有大意，他拳脚连续发力，试图将卢米安逼到靠近窗户的位置，给手下们留出开门入内的空间。他这是担心对方有一些非凡能力，如果能有人用手枪牵制一下也好帮助自己更快更好地解决掉敌人。

砰砰砰，乓乓乓，面对一位"格斗家"的全力攻击，卢米安虽然没有露出败相，但也感觉到了吃力。

这个过程中，"铁锤"艾特的眼睛余光不断地扫视着周围的情况，害怕对方预设了什么陷阱或埋伏着厉害的帮手。

他的目光扫过浴缸边缘，看到了一个敞开的金属小瓶。

那是做什么的？"铁锤"艾特刚闪过这么一个念头，卢米安已是露出讥讽的笑容，干艰难格挡中骂道："没用，的东西！还要等，外面的人，进来帮忙！"

嗡的一声，"铁锤"艾特的怒火炸开了。他再也顾不得其他，掀起了异常狂暴的攻击。

挑衅！卢米安在刚才那两句话里附加了挑衅能力！

面对狂暴的"铁锤"艾特，面对那力大无比的一记记锤击，卢米安苦苦支撑，时而靠着"舞蹈家"的柔韧性变换位置。不知不觉间，他被逼得贴近了镶嵌着窗户的那堵墙壁。

这给盥洗室的房门留出了打开的空间，但外面的黑帮打手担心猛力踹门会撞到"铁锤"老大的背部，只敢一点一点地试探着往内推。

就在这个时候，嗅觉仿佛被那股恶臭破坏掉的卢米安敏锐地察觉到"铁锤"艾特的力量变弱了，攻击的速度变慢了。

那个迷药发挥作用了！卢米安侧身一闪，扎稳脚步，以腰带臂，抖出拳头，发动了反击。

砰！

架住他这一拳的"铁锤"艾特手臂出现了明显的颤动，眼中流露出了惊愕和恐慌混杂的情绪。

为什么，为什么我的力气变弱了这么多？为什么我的反应也变慢了？

卢米安一把握到对方的状态，就连续两记直拳，强行打开了敌人的双臂。紧接着，他欺到近处，略微侧身，左肘用力，猛地撞向对方的胸口。

"铁锤"艾特没能反应过来，躲避不及，被一肘砸中，砸得昏头开裂，眼前发黑，胸口变闷。

卢米安没给他调整的机会，顺势弹正身体，让蓄势待发的右拳由下往上，轰在了猎物的腹部。

他从来没奢望过靠那瓶迷药能让"铁锤"艾特直接昏迷过去，毕竟对方纯靠身体和精神就能削弱一些非凡能力的效果，面对迷药应该也有不低的抗性。而且，盥洗室再小再半封闭，也是能装下浴缸、马桶和洗漱台的空间，会极大地削弱迷药的效果。

卢米安希望的是借助迷药，削弱"铁锤"艾特的战斗能力，让他的反应变得迟缓，力量变弱。

那样一来，胜利的天平就会不可遏制地倾斜！

噗！被一拳打中腹部的"铁锤"艾特本能地佝起身体，变得比卢米安还矮。

卢米安抓住这个机会，抬起双拳，猛地砸向他两侧的耳后。砰！不分先后的响声里，艾特眼前一黑，晕厥了过去。

这是有效打击加迷药的双重作用。

卢米安顺势下蹲，扶住了"铁锤"，让他的身体挡在自己身前。这是因为那群黑帮打手几秒前已经打开了盥洗室大门，但因为"铁锤"艾特始终背朝着他们，遮住了卢米安的身影，他们才没有开枪。

现在，他们看见高壮如巨人的"铁锤"老大被袭击者干脆利落地打晕了过去。

卢米安架着"铁锤"艾特，对门口那一群人微笑道："开枪啊？怎么不开枪？"

其中一名黑帮打手看到对方标志性的金中带黑的发色，看到那张颇为英俊的脸庞，骤然产生了一系列的联想。

"夏尔？你是夏尔？"他惊愕出声。

杀了马格特老大，将威尔逊老大从四楼扔下去的那个夏尔？萨瓦党的夏尔？他又来了？

卢米安敏锐地察觉到了那些黑帮打手瞬间强烈的恐惧，笑着拍了拍"铁锤"艾特的肩膀，帮他掸去了一些灰尘。然后，他扶着"铁锤"艾特，一步步向盥洗室门口走去。

与此同时他勾起嘴角，笑着说道："你们有两个选择。一，是现在退出这个房间，去找你们毒刺帮的老大求救；二，是被我一个一个杀死在这里。"

他一边说，一边前进，脸带笑容，目光冰冷地扫过每一名黑帮打手的脸庞，仿佛在想该以什么方式杀死他们。

那些黑帮打手被他看着，不由自主地开始颤抖，脑海内同时浮现出了一个相似的想法——反正"铁锤"老大已经被抓住，我们开枪也会伤害到他，还不如去向老大求救！

"嗯?"卢米安发了个鼻音,催促他们做出决定。

唰的一下,随着第一个黑帮打手转身逃出房间,其余人等也放弃了对峙。

等这里空无一人,卢米安无声地松了口气。

那帮家伙真要能冷静下来,狠下心,不被胆怯控制住脑袋,以盥洗室狭小的环境和那十把枪,足以将他射杀。

当然,这样一来,"铁锤"艾特也别想活着。

从这里到市场大道126号至少得跑四分钟……我必须在"黑蝎"罗杰他们出门前就结束拷问,留出足够的时间逃离现场,到微风舞厅找布里涅尔男爵……只有四分钟的时间……卢米安一边分析当前的情况,一边蹲了下来,将"铁锤"艾特靠在盥洗室的门板上。

然后,他卸掉了猎物的肩关节,将他的双腿用浴帘绑在了一起,并打开窗户,让两侧的风形成对流。

做完这一切,卢米安取下鼻子里的纸团,拿出那个装有恶臭气体的金属小瓶,将它凑到"铁锤"艾特的鼻端。

阿嚏!"铁锤"艾特打了个喷嚏,睁开了眼睛。

卢米安立刻收回那个金属小瓶,拧上了盖子,让对方保持在较为无力的状态。

"你想干什么?""铁锤"艾特看清楚面前之人后,又惧又急地问道。

卢米安抽出了来自赫德西的那把匕首,笑着说道:"有些事情想问你。"

"你可以直接来找我啊,不用这样。""铁锤"艾特本能地拖延起时间。

与此同时,他用眼角余光扫向房间四周,没发现一具尸体。而根据他和夏尔战斗的体会,对方不可能一口气杀光十名持枪打手,不让其中任何一个人逃走。在室内,即使是"铁锤"艾特自己,也不敢直面十把手枪的围攻,他或许能杀掉其中三四个,但自己也必然会死。他都这样,在他心目里和自身有一定实力差距,全靠阴谋诡计才能获胜的夏尔更加不行。

基于这样的现场情况,"铁锤"艾特相信那十名手下应该大部分都逃掉了,而他们之中肯定会有几位去向"黑蝎"老大求助。

想到这里,"铁锤"艾特燃起了强烈的求生欲望——只要我不激怒夏尔,能拖延六到七分钟,就有很大的希望被救!

"不这样,以我和你们毒刺帮的关系,怎么可能见得到你?"卢米安刻意营造出自己不是一定要杀人的假象,扬起手中的匕首道,"不要再说废话了,我问什么你就回答什么。你应该很清楚,我没什么耐心,如果你拒绝回答或是撒谎,我会立刻杀了你,大不了之后再去找'光头'哈曼问,反正你们毒刺帮知道那些事情的人还有不少。"

卢米安逼迫那些黑帮打手离开一是形势所迫，二也是有意为之。不让"铁锤"艾特感觉自己还有活下来的希望，怎么可能在短时间内不用神秘学手段就撬开他的嘴巴？

人有了生的希望才会更加恐惧死！

"铁锤"艾特当即回答道："好！"

他已经决定透露一些情报，并且会详细描述，争取撑过六到七分钟的时间。当然，他也考虑过夏尔会不会在最后时刻放弃询问，直接下手杀人，但除了配合，他已经没有别的办法，只能寄希望于自己提供的情报足够有价值，足够吸引夏尔，让对方舍不得不听完。

大概三分钟的样子……卢米安默算了下时间，开口问道："你见过路易斯·隆德吗？"

"铁锤"艾特犹豫了一下。

唰的一下，卢米安挥出匕首，刺向他的肩膀，鲜红的血液瞬间溢了出来。

"这是一个警告，最后的警告。"卢米安抽回匕首，平淡地告诉对方。

表情略显扭曲的"铁锤"艾特感受到对方的狠辣，感受到死亡的临近，内心一阵恐惧。他脱口而出道："见过！磨坊舞厅，还有很多地方，都贴着路易斯·隆德的通缉令。我在老大家里一看到他，就认出了他是谁。"

"铁锤"艾特觉得自己不能再用沉默和犹豫来拖延时间了，那会导致不可控的后果。撒谎同样如此，因为他不确定哪些问题是夏尔故意用来试探自己有没有撒谎的。相比较而言，较为累赘的描述和看似有价值的废话，更容易让对方接受。

果然……卢米安内心一阵欣喜。确认路易斯·隆德和毒刺帮的"黑蝎"罗杰有一定关系后，他这次行动的目的就算达成了，剩下的问题都是额外的奖励，有更好，没有也无所谓。

"他找'黑蝎'罗杰做什么？"卢米安进一步问道。

"铁锤"艾特摇了摇头："具体我不知道，只是听说，好像是路易斯·隆德效忠的那位夫人来了特里尔，想找我们毒刺帮协调一下各自的势力范围，免得发生冲突。这件事情是得到'月夫人'许可的，我们老大主要是对接细节。"

"'月夫人'？"卢米安没想到又冒出一位"月夫人"，他连"夜夫人"都还没搞明白是怎么回事。

"'月夫人'是我们'毒刺帮'效忠的对象。不，我们老大提过，她现在不是'夫人'，是'孕育神灵的女士'，必须经常向她祷告，我没有见过她，只有老大和'光头'见过。"

不是"夫人"……从"月夫人"变成了"孕育神灵的女士"……这是获得了更

多的恩赐，位格得到了进一步的提升？卢米安轻轻点头："'月夫人'和'夜夫人'是什么关系？"

"她们都属于一个叫作'夜游会'的组织，'月夫人'似乎是首领，至少是相当于首领层次的大人物。""铁锤"艾特将自己知道的情况添加一定的累赘描述后说了出来。

信仰那位隐秘存在的组织？卢米安将话题拉回自己最关心的领域："路易斯·隆德还会来找'黑蝎'罗杰吗？"

"他下周六或者周日应该会再来一次，看大家之前沟通好的事情有没有做到，要不要做一些调整，具体什么时候我就不知道了。""铁锤"艾特如实回答。

下周六或者周日我就能和路易斯·隆德在市场大道重逢了？过了周五，我常驻市场大道！卢米安心中一喜，瞬间变得兴奋。

他转而问道："'黑蝎'罗杰拥有什么样的力量？"

"他，他是'邪术师'。""铁锤"艾特不能地磕巴了一下，"我们老大自己说过，'邪术师'的本质是用生命来施展法术，可以是自己的，也可以是别人的，但好像得预先控制住。"

真是"邪术师"啊……真的很邪异很残忍……卢米安脑海里回想起了和"接生婆"的那场战斗。

见他一点也不意外，"铁锤"艾特分外庆幸自己没有撒谎，进一步说道："我只见他使用过几种法术，一种是奇怪的诅咒，一种是对血液的操纵，一种是让人虚弱的黑色火焰，还有一种是对尸体、鬼魂的影响，别的我就不知道了。"

至少还有一种是布置一个领地，让那里充满亡灵，帮助自己分担伤害，还能让自己诡异转移位置的能力……卢米安无声咕哝中，看着"铁锤"艾特，示意他继续往下说。

"铁锤"艾特硬着头皮道："我们老大还说，最近的事情要是能办好，他应该就可以获得更多的恩赐，成为'播种者'。"

说到这里，艾特颇为后悔自己当初没选择恩赐，而是挑了魔药晋升，否则也不至于被材料等因素影响，序列7遥遥无望。而恩赐则是只要做出了足够的贡献，身体又承受得住，就能获得更多。

"播种者"？象征丰收和生命？呃，普阿利斯大人还是普利特的时候弄出了大量的私生子，在达列日地区被数不清的人痛恨和仇视，以至于他的家族都不得不和他撇清关系，让他假装失踪……这是"播种者"的一种体现？当时，普利特被恩赐的力量影响，也有点控制不住自己？在"播种者"之后，他好像就改变了性别，那是"夫人"们对应的位格层次，还是"夫人"们前面的那一个序列？

卢米安一下有了很多的联想。

"铁锤"艾特看了看卢米安的表情，滔滔不绝地说道："'播种者'之后是什么我不清楚，我只知道威尔逊是'恶棍'，相当于序列9，哈曼是'园丁'，和我的实力差不多，但他对那些树啊花啊很了解，能制作一些具备神奇效果的药物，嗯……他有一种药水可以让皮肤短暂变得和树皮一样坚硬，我试过用刀砍他，他只是受了一点轻伤。他还有治疗一些病和刀枪伤的药。"

原来"邪术师"的前置是"园丁"，难怪那个"接生婆"一直用巨型剪刀当武器……还好问出了这个情报，我要是去暗杀"光头"哈曼，却不给他留出反应的时间，他根本不会用身体硬挡"堕落水银"……有针对性的情报真的很有用啊……卢米安在心里由衷感慨道。

"铁锤"艾特想了下又道："哈曼有次还说过，那些从树啊花啊里面诞生的精怪看到他会很害怕，因为他是'园丁'，负责修剪它们。"

他试图拖延时间，强行扯到了另外一件事情上："我们老大提过，在不被承认的至高存在里，不需要太过麻烦就能恩赐神性力量的只有三位，一位是我们信仰的'伟大母亲'，一位以欲望和树为名，一位好像是奇怪的雾气，而其他存在如果想恩赐具备神性的力量，必须举行非常庞大非常困难，而且很容易被发现和破坏的仪式。"

"欲望母树"？祂们和以宿命为名的那位存在有什么不同，为什么可以不用超大型仪式就能恩赐神性力量？呵呵，不知道"园丁"对上"堕落树精"会怎么样，遭受位格的压制？卢米安念头转动间，忽然转移了话题："你们支持的国会议员候选者是谁？"

"是开明党的于格·阿图瓦。"

"铁锤"艾特见时间已过去很久，内心越来越期待。那群混蛋要是跑得快一点，现在应该已经见到老大了！

正等着卢米安询问毒刺帮最近要做什么事情的艾特突然看见对方抬起右手，挥出了匕首。

噗的一声，那匕首插进他的太阳穴，搅了几下。

"铁锤"艾特嘴巴大张，满脸惊恐，眼神逐渐绝望和涣散。扑通，他倒了下去，失去了呼吸。

卢米安任由匕首留在"铁锤"艾特的头部，快速包扎了下自己身上的伤口，然后，收起别的事物，背起尸体，推开房间内的窗户，从那里跳了下去。

由于这里只是二楼，他稳稳落地，狂奔了起来。

卢米安没选择最直接的路线，而是绕到夜莺街，从那里跑向市场大道。

途中，夜色深暗，路灯偶尔才有，四周漆黑得仿佛能吞噬掉路上的行人。

花费两分多钟的时间，卢米安背着"铁锤"艾特的尸体，跑到了微风舞厅的门口。

守在那里的两名黑帮打手正想阻止，却认出了是夏尔的脸孔。于是，他们停了下来，任由对方入内。

二楼的咖啡馆里，路易斯拿着一摞纸、一把黑色的左轮、一根三棱刺和一个子弹袋走到布里涅尔男爵身旁："男爵，给夏尔的东西都准备好了。"是更多的情报和武器。

布里涅尔男爵点了点头："明天上午，你把它们送到金鸡旅馆。"吩咐完，布里涅尔男爵颇为期待地说道，"不知道他会给我们演怎样一出好戏，什么时候动手。你们说，他会选择'铁锤'艾特，还是'光头'哈曼，或者那个'矮脚烛台'……"

布里涅尔男爵话音未落，嗒嗒嗒的脚步声突然响起，由远及近，齐了上来。

守在一楼入口的黑帮打手脸露惊恐地对布里涅尔男爵道："夏尔，夏尔来了！他，他背着一个人，不，一具尸体！"

这时，卢米安出现在了楼梯口，他笑着走向布里涅尔男爵，脚步比平时重了不少。

"那是？"布里涅尔男爵又疑惑又凝重地望向夏尔背后那具尸体。

卢米安将那具尸体扔到地上，拍了拍手，微笑着说道："'铁锤'艾特。"

扑通的声音里，那具沉重的尸体重重砸在了地板上，也砸在了布里涅尔男爵和路易斯等人的心中。

布里涅尔男爵站了起来，望向卢米安脚旁的那具尸体，看见了茂盛而杂乱的褐色头发、偏长的双手双脚和巨大厚实的身躯。

——那正是"铁锤"艾特！

路易斯的瞳孔已然放大，不敢相信摆在咖啡馆地板上的尸体属于那个萨瓦党的叛徒。

晚餐之后男爵才把这件事情交给夏尔去做，而现在还不到十点！

更为重要的是，这边才整理好完整的情报和提高成功率的武器，还未来得及交给夏尔，他就把任务给完成了？

而且，"铁锤"艾特是真正的非凡者，比之前那个威尔逊更加强大，还不像马格特一样完全没有防备，身边总是跟着一群人。

结果，在男爵交代了任务后，他连二个小时都没有活过？这和去老实人市场买了一头猪回来杀掉有什么本质的区别？

即使是男爵亲自动手，也没这么容易和简单，甚至很可能失败！

路易斯的目光从尸体移到夏尔的脸孔上，仿佛此时此刻才真正认识这个乡下小子。

马格特被他杀掉，可以说是大意，没有提防，中了毒刀；威尔逊被他击败，可以说是那个家伙实力不强，又被堵在了房间内。但"铁锤"艾特是战斗能力不比男爵差多少的非凡者，又一直提防着随时可能发生的萨瓦党暗杀，绝不会有任何疏忽。

可这样的强者还是在短短几个小时内就被夏尔给干掉了！

他到底有多强？他的极限在哪里？和男爵比起来，究竟谁更厉害？

一连串的疑问难以遏制地在路易斯的脑海内闪过，他望向卢米安的目光不知什么时候已被畏惧填满。

其他打手同样如此。

布里涅尔男爵的视线不断地在"铁锤"艾特的尸体和卢米安的脸庞之间移动，似乎想看出对方作弊的痕迹。这对他自己来说都称得上困难的一个任务，就这样被卢米安·李轻轻松松简简单单完成了？如果"铁锤"艾特有那么好杀，早就想惩戒叛徒的萨瓦党怎么会让他活到现在？

这个家伙比我推测的更加可怕啊，无论实力、心智，还是行动能力、把握机会的能力，都不比我差……他身上应该藏着一些秘密，不像外表看起来这么简单……布里涅尔男爵勉强压住内心起伏的情绪，找回了往常引以为傲的清醒、理性和智慧。

他正要露出笑容，状若平常地夸卢米安·李一句，表示会把他对萨瓦党的贡献告诉老大，突然想到了一件事情。

布里涅尔男爵表情一凝，望着卢米安道："还有别人知道你杀了'铁锤'艾特吗？"

卢米安坦然回答："挺多的。"

布里涅尔男爵的脸色一下就变了，失去了那种文质彬彬、对任何事情都似乎很有把握的气质。这一刻，他只想怒骂卢米安——你脑子是不是被屎给填满了，有那么多人知道你杀了"铁锤"艾特，你还把他的尸体背到微风舞厅，背到我的面前来？

你你这个脑袋塞进屁股里的家伙难道没想过那些人会去通知"黑蝎"罗杰，没想过他会追杀到微风舞厅，做一次对等报复？你以为我能对抗"黑蝎"罗杰吗？我会被你害死的！

你现在应该去地下特里尔，找个角落躲起来！

趁着布里涅尔男爵平复呼吸，没有骂出声音，卢米安一脸放松地笑道："'铁锤'艾特的手下现在应该已经找到'黑蝎'罗杰了，只有男爵你这里才能给我提供足够的保护。男爵，你不是做好了毒刺帮有可能疯狂报复的准备，才让我去猎杀'铁锤''光头'和'矮脚烛台'三个人之一吗？"

布里涅尔男爵被对方的问题堵得满嘴都是苦涩滋味，一时竟不好让卢米安赶紧滚蛋。

针对毒刺帮可能会有的疯狂报复，他是提前想好了两个预案，有足够的把握让自己不陷入危险之中，至于"巨人"西蒙、"老鼠"克里斯托这些人被弄死，那不是好事吗？

但问题在于，他还没来得及做准备，没来得及启动预案啊！

他本打算明天上午把情报和武器送到金鸡旅馆后，再视情况决定该怎样应对，反正袭杀毒刺帮任何一个头目都不是简单的事情，没有好几天的时间恐怕连目标面都见不着。

谁知道，卢米安·李这个疯子才接了任务就去找"铁锤"艾特了，一点也不耽搁时间，不做事前侦察，不进行相应的物资准备，不等待真正机会的出现。更气人的是，那个家伙竟然还成功了！仅仅几个小时就把"铁锤"艾特干掉，还将尸体拖到了微风舞厅！

这还是人吗？

这就造成现在的他什么准备都还没有做好，一旦"黑蝎"罗杰来袭，他很可能得给"铁锤"艾特陪葬。

见布里涅尔男爵未作回答，脸色阴沉地不知在想些什么，卢米安心头就一阵暗笑。他把"铁锤"艾特的尸体背到微风舞厅，背到布里涅尔男爵的面前，可不是为了装酷耍帅，也不是为了震慑这名黑帮头目和他的手下。

——他的目的就是把"黑蝎"罗杰等毒刺帮的强者引过来！

布里涅尔男爵要是死了，他的位置就空出来了，需要一个有足够实力的人来坐，到时候，又能打又有贡献，又帮过"红靴子"芙兰卡的情人的夏尔肯定是最热门的人选！

至于自己会不会也被"黑蝎"罗杰干掉，卢米安倒是不怎么担心。

他的衣兜内可是装着K先生的手指！

K先生应该不会介意我改变他手指的用途，毕竟我这也是为了完成他的任务……卢米安悠然想道。反正苏珊娜·马蒂斯的威胁短时间内还不会到来，之后可以再找别的办法，说不定K先生见他任务完成得足够好足够快，内给他一根手指呢？

布里涅尔男爵脸色变换了几次后，推开身后的椅子，快步走向位于咖啡馆吧台位置的一个铁色机械保险柜。

他拧动旋钮，开始输入密码。

卢米安略感疑惑地看着，眉毛微不可见地挑了一下

布里涅尔男爵这是要拿什么东西出来？带上现金逃跑？或者说，他有封印物，平时不敢随身携带，怕负面效果太强，只能放在保险柜内？

很快，布里涅尔男爵打开保险柜，从里面拿出了两捆雷管——采石场那种地方经常使用的炸药。

想设置陷阱炸死"黑蝎"罗杰？有点难吧，那可是"邪术师"……卢米安没有询问，看着布里涅尔男爵走到靠近市场大道的墙壁旁边，推开两扇玻璃窗。

这位萨瓦党的头目将两捆雷管放在窗台上面，然后掏出火柴，唰地划燃。紧接着，他点燃一捆雷管，望了眼黑暗中的市场大道，扬手将炸药扔向道路中央。

路易斯等黑帮打手看得都傻住了，不明白男爵究竟想做什么。

卢米安念头一转，瞬间明白了过来，忍不住在心里赞了一句："很聪明嘛……"

轰隆！那捆雷管在市场大道正中爆炸开来，激得周围区域的玻璃哗啦作响。

路旁仅有的几个行人有的被吓住，摔到地上，受了点轻伤，有的则发出尖叫，捂着耳朵，慌乱地奔向附近可供躲避的地方。

布里涅尔男爵瞄了一眼，又点燃一捆雷管，扔向了没什么人的路中央——真要因此造成了伤亡，后续处理会很麻烦，他也不想因此被官方的某些人盯上。

轰隆！爆炸再次发生，同在市场大道的警察总局、永恒烈阳教堂、蒸汽与机械之神教堂都受到了波及，有了一定的反应。

微风舞厅和附近建筑内的人们都很慌乱，但又不敢出去。

布里涅尔男爵拍了下手，走回之前那张木桌，拉过椅子，坐了下来。他恢复了往常的姿态，微笑对卢米安道："现在没事了。"

警察们和神职人员们都被惊动了，肯定有一些会过来查看究竟发生了什么事情，其中很可能会混着官方非凡者，而和萨瓦党，和他关系都不错的警官也免不了上门询问。

这样的情况下，"黑蝎"罗杰哪还敢发动袭击？

他们不可能去赌官方非凡者不去关心爆炸的可能性，毕竟一旦赌输了，他们就彻底完蛋了！

卢米安没料到布里涅尔男爵在极短的时间内就想出了怎么逃过"黑蝎"罗杰袭击的办法，而且，仅仅是利用了手头拥有的那些物资。

这让他的图谋暂时宣告失败。

不愧是萨瓦党的"大脑"，危急时刻的反应和急智比马格特、"铁锤"艾特这些人强多了……卢米安暗自啧了一声，没管地上的"铁锤"尸体，走到布里涅尔男爵的对面坐了下来。

他回以笑容道："我到这里来寻求保护果然是非常正确的选择。"

听到这句话，布里涅尔男爵差点被一口唾液噎住。要不是他头脑足够出众，现在已经被连累，很可能死掉！

布里涅尔男爵缓慢吐了口气，望了眼地上的尸体，对路易斯等人道："把它拖到包厢里藏好，等下应该会有警官上来。"

等路易斯等人藏好尸体，布里涅尔男爵相当随意地询问起卢米安："我很好奇，你是怎么干掉'铁锤'艾特的？"

卢米安没有隐瞒，拿出那个已然空空如也的金属小瓶，放在面前的桌子上。

"这是什么？"布里涅尔男爵仔细打量了几秒。

"我下午不是去了一趟地底吗？"卢米安笑着说道，"遇到了一个变态，不小心把他干掉了，从他身上拿到了这瓶气体型迷药，还有对应的解毒剂。所以，我潜入'铁锤'艾特那个房间的盥洗室后，就喝了解毒剂，等着他进来，然后把迷药的瓶盖打开，和他近身搏斗，拖着他，不让他离开盥洗室，直到迷药发挥效果。"

布里涅尔男爵略一思索就确定了这个方案的可行性，满意点头道："盥洗室不大，气体型迷药很快就能把它填满，而且，那里应该还没有通风管道——以'铁锤'艾特的性格和对我们萨瓦党的防备，他不会让人有轻松潜入的机会。外面的枪手也不敢随便开枪，那有很大可能会误杀'铁锤'艾特，他们甚至连盥洗室的门都不一定能打开。"

布里涅尔男爵边想边说，仿佛亲眼所见。

一旁的路易斯等人听得暗自点头。被这么一分析后，他们发现夏尔于短时间内猎杀"铁锤"艾特之事也不是那么让人难以置信。

他确实找到了通往成功的道路，充分利用了手头的物资。这个方案下，只要格斗能力不比"铁锤"艾特差太多，都有不小的希望解决掉那个叛徒。

当然，整件事情要想成功，实力、运气、决断力、魄力和情报的搜集能力缺一不可。

这足见夏尔的恐怖，只是没有他们刚才想象得那么恐怖。

更让布里涅尔男爵赞许的是卢米安的头脑，只是有点不满他事成之后竟然把"铁锤"艾特的尸体背到了微风舞厅，差点给自己带来灾祸。

不过，布里涅尔男爵没有责怪对方的意思，平静下来的他觉得问题更多是出在自己身上。

"看来是我平时表现得太过自信，太有头脑，似乎任何事情都难不倒我，所以他才相信我能提供足够的庇护，不用害怕'黑蝎'罗杰……这还是我提议的行动，他认为我已经做好准备是很正常的想法。"

闲聊之中，时间一分一秒过去，没多久，守在一楼入口的萨瓦党打手上来，对布里涅尔男爵道："男爵，埃弗瑞特警司来了。"

"请他上来。"布里涅尔男爵起身，迎到了楼梯口。

特拉维斯·埃弗瑞特是老实人市场区警察总局的警司，是直接负责事务执行的最高级别警官之一，在他上面，是挂总警司衔的几位副局长和统管一切的本区警务委员。

布里涅尔男爵很喜欢和埃弗瑞特打交道。如果用罗塞尔大帝遗留的词语来形容，这是位标准的"好好先生"，不喜欢探究事情的真相，只希望大家都和气相处，不闹出大事。他非常擅于化解市场区几个黑帮之间的矛盾。

十几秒后，这位警官带着两名手下走入二楼咖啡馆。

他三十岁左右，身高接近一米七五，黑发剃得较短，蓝色的眸子外是一个比较大的黑框眼镜，下巴略微偏宽。

此时，他穿着黑色的警察制服，肩章以黑为底，镶嵌着银白色的、分成五瓣的鸢尾花，这代表警司。七瓣则是总警司，再往上则附加米白色的菱形方块。

特拉维斯·埃弗瑞特看着笑迎自己的布里涅尔男爵，脸色微沉地问道："刚才是怎么回事？可别说微风舞厅门口发生了爆炸，你却不知道是谁干的！"

"警司先生，您先坐。"布里涅尔男爵引着特拉维斯·埃弗瑞特来到刚才那张木桌旁，亲自给他拉出椅子，请他坐下。

卢米安可不想直面警官们，他害怕被戳穿通缉犯的身份，便伪装成和路易斯等人一样的打手，站在布里涅尔男爵的身后。

布里涅尔男爵拿起桃木色的烟斗，望着对面的特拉维斯·埃弗瑞特，表情略显凝重地说道："'铁锤'艾特死了，我担心'黑蝎'罗杰发疯，所以自己丢了炸药，把大家都引过来。警司先生放心，我刻意挑选了爆炸的位置，不会造成任何一个人的死亡，甚至连重伤都不会有。"

特拉维斯·埃弗瑞特抬起右手，推了推鼻梁上的黑框眼镜，指着对面的布里涅尔男爵道："你们啊！能不能不要惹这么多事！下周就是国会议员的选举了，你想让我们在未来五年的老板面前丢脸吗？

"我不管你们在想什么，也不想知道你们的目的是什么，我只想看到安宁平静的市场区。再来类似的事情，我会向艾默克先生建议，请第八局和两大教会的人一起成立联合调查组，专门处理你们萨瓦党！"

艾默克是特里尔的警务委员之一，负责老实人市场区。

特拉维斯·埃弗瑞特句句没提"铁锤"艾特之死，但句句都在以这件事情敲打布里涅尔男爵。

布里涅尔男爵笑着回应："警司先生，您可以放心，接下来的两周，我们将严格遵守法律，我现在只是担心毒刺帮那边……"

特拉维斯·埃弗瑞特点了点头，叹了口气道："罗塞尔大帝说过，大家和气相处才能发财，你们真要有什么争端，可以找我来仲裁啊。"他随即侧头，对身旁两名低阶警官道，"我们现在回去，找人盯住毒刺帮的几个头目，和他们谈一谈，让他们安分一点。"

说完，这位警司站了起来，张开双臂："赞美太阳！"

"赞美太阳！"布里涅尔男爵跟着站起。

目送特拉维斯·埃弗瑞特等人走入楼梯后，卢米安无声咕哝了一句："是不是稍微有点身份的人都喜欢把'罗塞尔大帝说过'挂在嘴边？我们这种下等人就不一样，该骂就骂，该用俗语就用俗语，一句话有没有道理又不是看谁说的……"

又等了近半个小时，布里涅尔男爵对卢米安道："'黑蝎'罗杰那些人应该都被盯住了，暂时没什么危险了。你现在可以回金鸡旅馆休息，明天上午十点半到这里来，我带你去见老大。"

"好的。"卢米安露出了笑容，"谢谢男爵。"

他旋即问道："按照规矩，'铁锤'艾特是我杀的，他身上的物品都应该归我，对吧？"

"没错。"布里涅尔男爵在这种事情上还是相当大方的，他示意路易斯把之前预备好的黑色左轮、子弹袋、三棱刺和那摞情报拿了过来，"这些也是你的。"

卢米安将枪袋挂在左边腋下，藏好别的物品后，走入放"铁锤"艾特尸体的那个包厢。确认了下没人跟着自己，他蹲了下来，解开尸体的衬衣。

那里有一团金红如朝云似晚霞的圆球，内部仿佛有一点点光芒在闪烁和游走。

这是"格斗家"的非凡特性！

卢米安欣喜地收了起来，又摸索起"铁锤"艾特的各个口袋，翻出了一百一十六费尔金十七科佩的钞票加硬币，以及一对钢铁铸成般带着几根锋利短刺的拳套。

对他来说，这可比狩猎马格特的收获要大，大很多。

返回金鸡旅馆的途中，煤气路灯间隔很远才有一盏，卢米安穿梭于交错的光影之中，感觉周围暗藏有一双双眼睛，正盯着自己。

"是'黑蝎'罗杰在驱使亡魂或者用别的非凡能力监控我，还是我太过警惕，产生了点幻觉？"卢米安一边咕哝一边抬起右手捏了捏两侧太阳穴。

他打开了灵视，什么都没有发现。

那种被盯着的感觉随之消退。

市场大道126号那栋带花园的三层建筑内，蓝色眼眸深邃而冰冷的"黑蝎"罗杰和长相英俊的"光头"哈曼从门外走了回来。

等待于这里的那十名毒刺帮成员同时感受到了压抑和恐惧，没有一个人敢说话，仿佛正直面酝酿之中的飓风。

过了十几秒，"光头"哈曼咬牙切齿地说道："那个夏尔太不把我们当回事了，萨瓦党还一次又一次挑衅，必须让他们付出代价！"

"黑蝎"罗杰也感觉自己被夏尔挑衅到了，他沉声说道："这件事情不能就这么算了！"

呼……他吐了口气，示意在场的其他毒刺帮成员全部离开。只剩下"光头"哈曼后，"黑蝎"罗杰才继续说道："但我们现在被警察给盯上了，很可能还有官方非凡者的身影，暂时没法报复。

"布里涅尔确实不简单，有脑子。等阿图瓦先生当选了国会议员，'月女士'将给我们新的恩赐，到时候，我会把布里涅尔的脑子挖出来，丢给那些流浪狗！

"这段时间也不能什么都不做，等盯我们的人没那么用心后，找个机会，把夏尔暗杀掉！萨瓦党能暗杀我们的人，我们也能暗杀他们的人！"

第十三章
CHAPTER 13
"红靴子"芙兰卡

金鸡旅馆，卢米安刚走到207房间的门口，就有所发觉，侧头望向不远处的阳台区域。

"出来吧。"他叹了口气道，"简娜女士。"

眼睛周围涂着眼影，鼻子中间点着黑痣，棕黄头发简单盘起的简娜从阳台阴影里走了出来。

她一脸好奇地问道："你怎么发现我的，你怎么知道是我？"

作为一名"刺客"，她能借助黑暗和阴影藏匿自己的身体，以往几次使用这个能力都没有被发现过，这还是第一次被人提前察觉。

卢米安嘴笑了一声："下次想暗杀某个人的时候，一定记得不要喷香水。"

提醒了简娜一句后，为了掩盖自身嗅觉的超常，他转而指了指207房间的门，半开玩笑地说道："我还以为你会自己开门进去，结果你竟然这么有礼貌地在阳台等，不像你啊。"

"我一直都很有礼貌！"简娜对自己被污蔑颇有点生气，缓了一下，她嘀嘀咕咕般说道，"你这个人又冷酷又阴险，又狡猾又奸诈，说不定在房间里埋了什么陷阱，就等着别人进去。"

说着，简娜瞥了卢米安一眼，愤愤不平地道："我想明白你为什么能猜到我是'刺客'了！你先是从我给的完美潜入路线产生了联想，然后刻意诈我！我当时要是冷静一点，你肯定会说'哈哈，开玩笑的'。"

"简娜女士，你的反射弧有点长啊。"卢米安笑了起来。

"什么女士、小姐，你也不是什么有礼貌的人，直接叫我简娜就行了。"简娜控制了下自己说脏话的冲动，好奇问道，"什么是反射弧？"

她感觉这不是什么好话，但又不知道不好在哪里。

小姐，你义务教育完成了吗？卢米安腹诽了一句，边打开房门边随口解释道："举个例子来说就是，你、芙兰卡、布里涅尔男爵和'铁锤'艾特同时听我讲了一个笑话,芙兰卡和布里涅尔男爵当时就哈哈大笑,而你过了一天才找到我说'哈哈,真好笑'。"

"你这个混蛋!"简娜总算确定自己刚才被嘲笑了。

她跟着卢米安走入207房间,疑惑地问道:"那'铁锤'艾特呢?他为什么没有笑?"

卢米安侧过脑袋,表情严肃地看了她一眼:"死人是不会笑的。"

简娜先是一愣,继而笑了起来,笑得略有点前俯后仰。

"你,哈哈,你这个家伙,哈哈,还真有点幽默感……"她一边笑,一边断断续续地说道。

卢米安点燃了房间内的电石灯,坐到睡床边缘,开口问道:"你来金鸡旅馆做什么?"

"我来要回我的枪啊!"简娜反手关上房门,拉过那张破旧的靠背椅,将它反过来放在自己身前,坐了上去,两边手肘顺势搁在了靠背上。

她两眼略有些放光,难掩好奇地说道:"你竟然真的干掉了'铁锤'艾特,比我想象得更加厉害啊!你先不要告诉我你是怎么办到的,让我猜猜。你……问过我那个盥洗室大还是不大,说明你想利用那里的环境……

"我想到了,我想到了!你身上有那个变态的迷药,它很适合用在盥洗室那种地方,那和鸽子笼差不多!天啊,我都能想象到'铁锤'艾特打着打着发现自己没剩多少力气的绝望表情,外面那些打手进不来,也不敢乱开枪……"

简娜越说越是兴奋,仿佛暗杀"铁锤"艾特的那个人是她自己一样。

"还算有点脑子。"卢米安勉为其难地夸了一句。

"呵!"简娜甩了下手,望着卢米安道,"我想不明白的是,你为什么没被迷药影响?提前闻了那瓶'屎'?效果能维持那么久吗?"

卢米安笑了:"我想起了一句话,你之前说的一句话——不该看的东西不看,不该听的事情不听,不该问的问题不问。"

简娜又气又恼,瞪了卢米安一眼,没有继续问下去。

卢米安掏出她那把小巧的左轮,隔空丢给了她。

简娜准确接住,低声笑道:"你都不敢走到我面前亲手还给我吗?"她咂吧了下嘴唇,啧了一声道,"我身上有什么东西让你感觉害怕吗?"

这一刻,她仿佛又找回了初见面时调戏卢米安的状态。

卢米安打量了她两眼:"你胆子也挺大的,穿成这样还敢在深夜进一个陌生男人的房间。"

简娜依旧是晚上表演的那身打扮,白色短上衣胸口露出了一大片皮肤,米白色的蓬松短裙则因为她岔开腿坐，未能起到很好的遮掩效果。

简娜故意捂着嘴巴，低低笑了两声："在地底，我都没什么力气反抗，你也没做什么，更何况现在。你真的还保留着童贞吧？要不要我帮忙，一个成熟的、美丽的姐姐带你认识成年人世界的美好？"

她一边说一边故意埋低了身体，让胸口更多地呈现在卢米安的眼前。

卢米安没有逃避，坦然看着。这种事情谁怕谁啊？

简娜未能得到期待的躲闪目光和涨红的表情，逐渐变得有些不自在。

她唰地坐直了身体，咕哝道："没意思，胆小鬼……"

下一秒，卢米安猛然站了起来。

简娜表情骤变："你要做什么？"

卢米安勾勒起嘴角，转身走向木桌："倒淡啤酒喝，你要来一杯吗？"

金鸡旅馆没有提供开水这个选项，租客们要么直接喝自来水，要么弄些淡啤酒当水喝。

"……不用了。"简娜悄然松了口气。

卢米安咕嘟咕嘟喝了几口淡啤酒，把话题拉回正轨："你怎么确定你年纪比我大？"

"我在芙兰卡那里看过你的通缉令。你好，还没满十八岁的卢米安小弟弟，姐姐我已经二十一岁了！"简娜逐渐有点得意。

"你的心理年龄是不是只有十二岁？"卢米安嘲讽了一句，转而问道，"你怎么会知道潜入那个房间的路线？"芙兰卡早就想暗杀毒刺帮的人？

简娜抿了抿嘴唇道："我已经搜集了快一个月的情报，就等着找个机会暗杀马格特，谁知道被你抢先了。"

磨坊舞厅之前归马格特管。

"你和马格特有仇？"卢米安问道。

"他没对我做过什么。"简娜略微垂下了眼帘，"我刚到市场区，在各个舞厅找机会时，认识了另外一个'浮夸女'歌手，她比我大几岁，很照顾我，还会纠正我的唱腔，帮我找演出的机会，一个多月前，她被马格特强暴了，我靠……他以为'浮夸女'的双腿都张得很开吗？后来，她离开了市场区，再后来，我听说她进了疯人院……那是我第一次去求芙兰卡，我想要获得超凡力量，想要帮她做点什么。"

卢米安沉默了几秒道："你看吧，做人不能犹豫，我当天上午决定干掉马格特，当天晚上就把他杀了。"

简娜又气又乐："每个人的风格是不一样的！"

卢米安岔开了话题："明天上午，布里涅尔男爵会带我去见老大，你知道他是什么样的人吗？"

简娜回想了一下道："我没见过他，只是听芙兰卡提过一些事情。他住在纪念堂区，很色，有很多女人，但不变态，喜好倒还挺正常的，每个都是芙兰卡喜欢的类型。

"他的职业是商人，蒸汽列车站旁边有个堆场是他的，附近的里斯特码头他也有不少股份，他还有货运公司和建筑公司，能给很多萨瓦人提供工作。你不知道，毒刺帮刚崛起的时候，萨瓦党和他们爆发过一场大冲突，堆场里的苦力、码头上的搬运工人全部来了，塞满了一条街，就和游行抗议一样！"

人不少啊，武装一下都能当支军队了……卢米安示意简娜继续往下说。

简娜把领口扯高了一点："芙兰卡说，他对人很和蔼，哪怕对方只是一个苦力。但你不要被他的外表骗了，他那么做的目的主要是让别人对他没什么防备，他很聪明也很阴险，经常把别人玩弄在掌心，你千万不要惹怒他，否则芙兰卡也救不了你。他很强，好像擅长使用火焰，还拥有一件神奇的物品。"

擅长使用火焰……"猎人"途径的序列7"纵火家"？不，芙兰卡说他很强，而芙兰卡大概率是"魔女"途径的序列7"女巫"，既然被她那样评价，那萨瓦党的老大很可能不止序列7……

毒刺帮的老大"黑蝎"罗杰也就拥有相当于序列7的恩赐，而"邪术师"还不一定能赢过"女巫"。芙兰卡明明可以自己做一个黑帮的老大，还甘愿当那位的情妇，不知是另有图谋，还是他的实力和背景确实都比芙兰卡要强不少？卢米安心念电转，开始分析起来。

简娜站了起来："你明天最好穿得有男人气一点，不要学布里涅尔男爵，老大喜欢攻击性更强，更像狼狗的手下。"

"这样啊……"卢米安嗤笑道，"我怕我攻击性太强。"

简娜翻了个白眼："是啊，明明被你救过，我有时候都忍不住想抽你！总之不要太过分了。"她将枪袋绑回了小腿，走向门边，毫不掩饰地打了个哈欠，"我回去了，唉，最近都不能去磨坊舞厅唱歌了……话说回来，你怎么还住在这么差的房间？"

她虽然住得也不算好，但比金鸡旅馆强多了。

卢米安笑道："这可是我的地盘。"

"呵！"简娜没再多说，进入没什么光照的黑暗走廊，消失在尽头。

卢米安洗漱完，躺到床上，边漫无边际地思考明天见萨瓦党老大的事情，边慢慢酝酿睡意。

第二天上午十点半，布里涅尔男爵在微风舞厅的二楼见到了卢米安。

卢米安今天穿得非常简单，一件亚麻衬衣配黑色马甲和棕色长裤，袖口高高挽到肘关节以上，头部则戴着一顶偏棕的宽檐圆帽，这让他看起来既随性又粗鲁。

布里涅尔男爵审视了几秒，没有多说什么，只是叮嘱了一句："见到老大后，能不说话的时候就尽量不要说话。"

"好。"卢米安抬手按了下头顶的宽檐圆帽。

布里涅尔男爵这次没带路易斯等人，自己领着卢米安下至一楼，上了早就停在门口的四座马车。

不到两刻钟，马车转入纪念堂区，停在一条相当安静的街道上。

这里的地势高于周围，房屋都是独栋别墅，以米白、米黄和灰蓝等颜色为主，前有草坪，后配花园，四周是上有尖刺的铁栅栏。卢米安扫了眼路牌，发现这里叫"泉水街"。

布里涅尔男爵带着卢米安来到泉水街11号，拉动了铁栅栏大门旁悬挂的绳索。没多久，一个明显有南大陆血统的男仆走了过来，拉开铁门。

"马丁先生在书房等你们。"这个肤色深棕的男仆略显倨傲地说了一句。

没给布里涅尔男爵和卢米安回应的机会，他转过身体，踏入了两块绿色草坪间可供三辆马车并行的水泥道路。

穿过草坪，卢米安和布里涅尔男爵抵达了那幢色调偏灰白的二层别墅。

别墅的大门已然打开，一位穿着黑色正装，戴着深色领结，作管家打扮的男子正等待于那里。

布里涅尔男爵加快了脚步，笑着说道："上午好，福斯蒂诺。"

"上午好，布里涅尔。"年过五十的福斯蒂诺微笑回应。

"这是马丁先生的管家，福斯蒂诺先生。"布里涅尔男爵跟卢米安介绍道。

卢米安和正常人一样问了声好，没做任何出格的举动。

福斯蒂诺点了点头，没有多说什么，领着两人穿过悬挂着华丽水晶吊灯，可以充当舞池的大厅，进入了一个摆满书架的房间。

沿途卢米安一直在观察环境，发现墙上悬挂的除了各种油画，还有单手剑、双手巨剑、铁锤、长枪、短弓等武器，而原本应该放花瓶、雕塑的半高木台被银白色的全身盔甲、马镫、胸甲等物品给占据了。

冷兵器的狂热爱好者？卢米安收回视线，跟着进入书房。

书桌后面，落地窗旁，站着一位身高近一米八的男子。

他头发呈因蒂斯最常见的黑色，鬓角略有几根银丝，外表年龄四十出头，五官深邃，眼眸比正常的棕色要偏红一点。脸颊有肉，但轮廓分明，脸上还未有明显的皱纹，整体气质较为亲和，像是那种还没有开口说话就会露出笑容的商人。此时，他穿着白色衬衣、黑色正装，未打领结或领带。

"上午好，马丁先生。"布里涅尔男爵的表情变得颇为恭敬。

等卢米安也问候过之后，加德纳·马丁笑着感慨道："这么年轻啊？我越来越能体会罗塞尔大帝说过的那句话了——英雄们往往在少年时期就有不同于他人的表现。我该叫你卢米安，还是夏尔呢？"

"夏尔吧。"卢米安貌似恭顺地回答。

加德纳·马丁一边从落地窗旁往书房中间走，一边态度和煦地赞道："短短一周的时间，你就击杀了两名序列8的非凡者，重创了一个序列9，我在你这个年纪都办不到这种事情。你有序列几了？"

"序列8，'挑衅者'。"卢米安坦然回答。

对于他的坦白，加德纳·马丁非常满意，点了点头道："我刚才的话说得还不够完善，我序列8的时候也完成不了你做的那些事情。很好，我们萨瓦党就需要你这样的优秀年轻人。"不等卢米安回应，他转而问道，"你从'铁锤'艾特身上有找到什么特别的东西吗？"

这位知道"非凡特性守恒定律"？看起来，他就算不清楚定律，也应该是知道人类非凡者和超凡生物一样，死后会析出非凡特性，或者遗留下可以用来调配魔药的某个部位、某种材料……卢米安略作思索，没有隐瞒，从裤袋内拿出了那团似朝云如晚霞的拳头大小的圆球："找到了这个。"

加德纳·马丁露出赞许的表情："非常好，你把它卖给我吧，你拿着也没什么用，一万八千费尔金怎么样？"

比K先生聚会里的一万五千费尔金多了不少啊……卢米安装出不知道这是非凡特性，不清楚具体价格的模样："它能值一万八千费尔金？"

卢米安旁边的布里涅尔男爵显然不太能理解那团外形奇异的圆球究竟是什么东西，竟让老大愿意用一万八千费尔金买下。"铁锤"艾特身上的东西？他用来晋升的材料？或者，非凡者也和超凡生物一样？

布里涅尔男爵瞬间有了很多个猜测。

他突然有点后悔昨晚为了维持体面，答应将"铁锤"艾特身上所有的物品都给夏尔。

"哈哈。"加德纳·马丁状似豪迈地笑了一声，"它确实很珍贵，但我也有多给你一些，这是你应该得到的奖赏。"

他随即侧过脑袋，对管家福斯蒂诺道："去拿一万八千费尔金现金过来，不要挑面额太大的那种。"

卢米安并不介意将"格斗家"非凡特性卖给马丁，毕竟他原本就打算去K先生的聚会里卖掉。他希望能筹钱买一件负面效果在自己可承受范围内的神奇物品，以弥补自身神秘学手段不足或伪装还不够完美的缺陷。

接过夏尔递来的"格斗家"非凡特性把玩了几秒后，加德纳·马丁对布里涅尔男爵道："夏尔虽然年轻，但已经为我们萨瓦党做出了足够的贡献，并且有着非常出众的实力，是时候让他承担起更重要的责任了。嗯……你管着借贷生意和市场大道另外几家商店，本身已经足够辛苦，让夏尔帮你打理微风舞厅吧，给他留一些人，让他不再只靠自己。"

布里涅尔男爵脸庞肌肉略微动了一下，强忍着内心的不满和失落道："好的，马丁先生。"

微风舞厅可是一只会下金蛋的母鸡，他根本不想让出去。如果不是马丁先生直接下达了命令，他会选择把市场大道别的生意丢给夏尔，并建议从"巨人"西蒙、"血手掌"布莱克那里调一些打手给对方。

卢米安察觉到布里涅尔男爵有些情绪，认为自己和他的关系已经出现了裂痕，没法再像之前那样较为自然地"坑"他了，将来说不定还会有摩擦和冲突！

加德纳·马丁又对卢米安道："你好好管微风舞厅，要是做得好，我会再给你一些更重要的生意。"

"谢谢您，马丁先生。"卢米安低下脑袋，假装愉快地回应。

返回老实人市场区的途中，布里涅尔男爵似乎已恢复正常，时不时和卢米安闲聊一些萨瓦党的事情，礼貌、客气、文质彬彬。

卢米安更在意的是那装满一个小布袋的一万八千费尔金——那都可以在天文台区买一间不大的公寓了！而换作达列日地区，这几乎等于一幢位置还算不错的别墅。

进了微风舞厅，路易斯等人迎了上来。

他们还没来得及说话，布里涅尔男爵已是抽了一口桃木色的烟斗道："路易斯，萨科塔，从今天开始，你们就跟着夏尔，微风舞厅现在由他来管。"

额头青肿痕迹已消退大半的路易斯和头发天然微卷、偏棕红色的萨科塔皆露出了既惊愕又茫然的表情。

他们知道夏尔这次会得到奖赏，但没想过他能接管微风舞厅，而且自己等人还被分配给了他——他是真正意义上的萨瓦党头目了！

布里涅尔男爵没管手下们的反应，笑着对卢米安道："在二楼给我留一个办公室，借贷生意需要。"

"好。"卢米安毫不在意。

简单做完交接，布里涅尔男爵就带着两名打手去处理借贷生意的一些麻烦了，卢米安则上到二楼，打算问问微风舞厅具体的经营情况。

路易斯凑到他身边，压着嗓音道："夏尔，不，头儿，'红靴子'在你的办公室。我不知道她是来找你还是找男爵的，你要不要去见见她？"

"红靴子"芙兰卡？卢米安轻轻颔首："我的办公室在哪里？"

路易斯赶紧领着新任老大，穿过咖啡馆，进入二楼的走廊，来到靠尽头的一个房间。

"就是这里。"他指了指那扇暗红色的木门。

卢米安点了下头，拧动把手，推开了房门。

首先映入他眼帘的是一双鲜艳的红色靴子，它们正架在棕色的木制办公桌上。顺着这双靴子往上是一条米白色的马裤，再向上则是袖口、领口皆绣着大量花朵枝蔓的白色女士衬衣和一件黑底白格的细呢上装。再往上是光洁修长的脖子，是红润偏薄的嘴唇，是笔挺秀气的鼻子，是飞入两侧鬓角的棕色眉毛，是明亮带笑的湖水色眼眸，是简单扎成高马尾的偏亚麻色长发。

"红靴子"芙兰卡正坐于原本属于布里涅尔男爵的可转动靠背椅上，将双脚搁在桌子边缘，仿佛这是她的领地。

卢米安走入房间，顺手关上了暗红色的木门，然后对"红靴子"芙兰卡道："你是来找男爵还是我？"

芙兰卡往后靠住椅背，把身体完全舒展开来。

唯一的问题是，这样一来，那张可转动的靠背椅略微向前翘起，椅子腿离开了地面，摇摇欲坠。

"你猜我是来找你还是找他？"芙兰卡的嗓音清澈如水，和她大气明丽的长相、气质以及穿着打扮截然不同，"加德纳原本只是想让你做布里涅尔的副手，看看你除了能打，还有没有负责某个生意的能力，我当时就跟他说，布里涅尔最近不太听话。"

奥萝尔说得果然很对，枕边人偶尔的一句话能起到非常重要的作用……卢米安有所明悟地点了下头。

在泉水街的时候，他就很奇怪，老大怎么会这么大方，竟然拿走布里涅尔男爵最重要的"财产"之一，交给自己这个新人？要知道，微风舞厅可是整个市场区最火爆的歌舞厅！

本打算嘲笑"红靴子"芙兰卡现在坐姿粗鲁如同男人的卢米安想到对方原本的性别未必是女的，又打消了这个念头，只是"啧"了一声："所以，我得感谢你？"

"那倒不用，谁让你救了简娜呢？"芙兰卡轻轻抖了抖搁在左踝上的右脚，笑着说道，"我来找你有两件事情，一是告诉你，我这个人对恩惠和仇恨的界限分得非常清楚，有恩必然会还，二嘛，则是警告你，不要打简娜的主意。"

她后面那半句话隐含的意思是，有仇也必然会报！

卢米安忍不住笑了一声："你是不是没有自信啊？你要是能让简娜对你忠诚，我做什么都改变不了她。"

要不是为了隐瞒自己知道"魔女"途径会让男人改变性别这件事情，卢米安肯定会嘲笑对方："你的自信是不是建立在那根东西上的，一旦没有了，就这么缺乏安全感，还跑来警告我一个无关之人？你把简娜当成什么人了，那么容易就变心，哈哈，我知道了，简娜是不是只当你是好朋友，从来没有视你为唯一？"

芙兰卡脸上的笑容逐渐消退，她唰地收起双脚，站了起来。她只比卢米安矮一些，身高接近一米七五，这在因蒂斯的女性里相当少见。

"红靴子"芙兰卡绕过办公桌，来到卢米安面前，翘起嘴角道："你要是缺女人，我可以把我手下的几个头牌舞女介绍给你，要是瞧不上她们，我怎么样？"

她一边说一边伸手勾住了卢米安的下巴，然后逐渐下移，越来越低。

卢米安一颗心平静得如同无风吹过的湖水，他一想到这位女士以前可能是个男的，就什么欲望都没有了，只剩下抗拒。他唰地伸手，抓住了芙兰卡的右掌，笑着说道："我怕被老大沉到塞伦佐河的河底。"他旋即转移了话题，"你是男的也行，女的也可以？"

芙兰卡收回了手掌，直起身体，笑吟吟地说道："我原本只喜欢女孩子，可后来试过一次才发现，和男人也不错，有不一样的感受。人生并不长，为什么要自我局限呢？放开一些不必要的限制，多做尝试，你能获得更多的乐趣，体验到完全不同的人生。"

这么看来，你以前真的是男的，现在是序列7的"女巫"？后面那句话怎么那么耳熟？卢米安一边陷入思索，一边回应芙兰卡："我现在对简娜没有任何特殊的感情，也不打算有，我有太多重要的事情需要去做。"

"很好。"芙兰卡迈开脚步，走向门口。

就在她探掌握住把手时，卢米安终于记起了自己为什么会觉得她刚才说的那句话非常耳熟——在他的梦中，奥罗尔提过！

她说过，卷毛狮狮研究会一位成员喜欢"刺客"，喝了对应的魔药，但在"女巫"序列时陷入了犹豫和挣扎，不知道该不该改变自己的性别，而另外一名卷毛狮狮研究会的成员劝他"人生苦短，何妨一试"。

这相当于芙兰卡那句话的凝练缩写版！

卢米安心中一动,看着"红靴子"芙兰卡修长的身影,沉声说道:"人生苦短,何妨一试?"

芙兰卡放在把手上的右掌停止了拧动,整个人就仿佛被雷劈了一样,僵直在那里。过了几秒,她猛地转身,盯着卢米安的眼睛,急声问道:"你究竟是谁,代号是什么?"

这反应……看来我猜对了!卢米安先是一阵欣喜,旋即心情一暗:"我是'麻瓜'的弟弟。"

见夏尔准确说出了卷毛狒狒研究会其中一名成员的代号,芙兰卡舒了口气道:"我不知道你姐姐有没有提起过我,我的代号是'袖剑',和她同属于一个隐秘组织。不,她肯定提过我!要不然你不会知道那句话……这叫什么事!"

卢米安闭了闭眼睛道:"她没说过你的代号和身份,是因为我选了'猎人'途径,她提醒我相邻的'魔女'途径会带来性别的改变时,用你的遭遇举了个例子。"

"所以,你真的知道啊……"这个瞬间,芙兰卡恨不得找个下水道入口钻进去。

虽然她已经适应了现在的身体,并战胜了自我的局限,哪怕和男人做那件事情也很自然很享受,但前提是没人知道她以前的性别。

一想到夏尔这个家伙知道自己这个原本是男人的女人沉迷于和男性上床,她就忍不住产生一些危险的想法:"死人能保守秘密……死人会忘记这件事情……死人不会嘲笑我……"

过了几秒,芙兰卡缓慢地吐了口气道:"你最好忘记这件事情,如果你不是'麻瓜'的弟弟,我会让你永远消失。"

说到这里,她展望起未来,以表现自己铁血真男人的那一面:"我告诉你,'猎人'途径也会改变性别,这是我付出很大代价才获得的情报。和'魔女'不同,'猎人'是由女变男,大概在序列4,到时候,我就转途径到'猎人',恢复男人的身体!"

这样啊,"猎人"代表雄性,"魔女"代表雌性?难怪是相邻的途径……卢米安收敛起心情,笑了一声:"到时候,你怎么面对曾经有过亲密关系的那些男人?"

芙兰卡露出得意的笑容,说出了自己构想很久的计划:"我会给他们喝'女巫'魔药,如果本身是非凡者,又不能跳到'魔女'途径,我就找人把'女巫'非凡特性做成神奇物品,戴在他们身上,到时候,嘿嘿……"

女士,你多少是有点变态了……卢米安没敢再刺激"红靴子"。这家伙感觉什么事情都做得出来!

如他预料,芙兰卡威胁起他:"我再强调一遍,你最好忘了这件事情,也不要打简娜的主意,否则,否则我会把你抓起来,强行灌你'女巫'魔药!虽然序列7不是可以跳途径的节点,但也只是危险性更高,不一定会半疯或者失控。"

想象了下那样的画面，卢米安赶紧点头，郑重承诺："你是我姐姐的朋友，我肯定会帮你保守秘密。"

芙兰卡放松了下来，询问起卢米安："'麻瓜'呢？她也来特里尔了？她现实是不是一个大美女啊？"

卢米安沉默了下去，隔了好几秒才嗓音低哑地说道："她过世了。你应该看过那些通缉令，她在那场灾难里……"

芙兰卡张了张嘴，却没能吐出任何一个单词。她走回卢米安身旁，拍了拍他的肩膀，用这个动作表示安慰。

缓了一会儿，芙兰卡抹了下眼角道："变成女人后，我的泪腺好像也发达了……我真的不敢相信'麻瓜'就这样离开了我们，每次聚会时，她都是那样的温柔、耀眼、幽默、善良，即使我从来没看见过她真正的样子，也相信她一定很漂亮，很漂亮……"

已平复了情绪的卢米安望着芙兰卡道："'袖剑'女士，我想请你暂时隐瞒这件事情，不要告诉你们那个组织的其他成员，这可能会影响到我调查那场灾难背后的真相。"

芙兰卡略带点鼻音地回答道："没问题。"

卢米安看着芙兰卡泛起点波光的湖水色眼眸，斟酌着问道："你和我姐姐最近一年见过几次面？"

"一次，怎么了？"芙兰卡疑惑反问。

卢米安追问道："她有表现出什么古怪迹象，或者接触哪个不正常的成员吗？"

"没有。"芙兰卡摇起了脑袋，"就是正常的聚会，分享神秘学知识，买卖物品。我和她属于不同的小组，她在'学院'，我在'圣殿'，很多聚会并不重合。"

卢米安没再多问，本着能薅一点羊毛是一点的心态道："'袖剑'女士，我在学习我姐姐留下的巫术笔记，但很多都看不明白，可以向你请教吗？"

"可以啊。"芙兰卡报上了自己的地址，"我住在白外套街3号那栋公寓的顶层，601房间，你可以在……在简娜表演的时候来找我，每天晚上，只要我没去泉水街，或者到各个舞厅转一转的话，都在家里。还有，别叫我的代号了，平时直接喊我芙兰卡。"

怎么弄得我们好像在背着简娜偷情一样……卢米安腹诽了一句，疑惑地问道："芙兰卡，你背后有那个隐秘组织，自身实力也不弱，为什么还会加入一个黑帮？"

芙兰卡笑了起来，故意眨了下左边眼睛："秘密。"

送走"红靴子"芙兰卡后，卢米安带着路易斯和萨科塔两个手下返回咖啡馆，坐到了布里涅尔男爵平时常坐的那个位置。

微风舞厅的经理勒内已等在那里。他四十多岁，脸庞消瘦，不知是操劳过度，还是天生如此，浅黄色的发际线竟然像鲁恩人那样后退得厉害。

这位是由萨瓦党老大加德纳·马丁直接指派的经营者，不过他对卢米安的态度还是相当尊敬，露出讨好的笑容道："夏尔先生，您希望了解一下舞厅的情况吗？"

"好。"卢米安伸手接过了勒内递过来的那摞报表，认认真真翻看起来。

站在他后面的路易斯和萨科塔再次有了不认识这位头目的感觉：他一个从乡下地方来的年轻小子，竟然能看懂那么复杂的财务报表！换作他们两个，只会头晕眼花，想要睡觉。

这是又能打又有文化？路易斯将目光从那摞自带"超自然效果"的报表上收了回来。

勒内趁机做起介绍，以帮助新来的"上司"更好地掌握微风舞厅的经营情况。

"非周末的时候，我们每天收入在一千二到一千八百费尔金之间，到了周末，这个数字最高能达到五千费尔金，正常也有四千……

"去年的总收入是六十四万五千四百二十五费尔金三十七科佩，今年从目前的趋势看，有一定的增长，但不是太多……

"这需要养十二个打手、四个酒保、六个侍者、三个厨师、六个帮厨、三个杂工、三个洗碗女工、四个清洁工人、一个侍者领班、三个财务人员、三个酒水和食材采购员、一个车夫……他们的平均年薪是一千费尔金，我们还免费提供午餐和晚餐，总计花费五万三千费尔金。

"作为经理，我的年薪加年底的分红大概有七千费尔金。

"根据我们和'红靴子'的约定，会为每个舞女提供底薪，每天一费尔金……她们和客人达成交易后，我们会抽取百分之三十……交易一般是在舞厅上面两层的房间里进行，如果要出去，需要提前把费用支付给门口的打手或者侍者领班……

"葡萄酒、香槟、啤酒、白兰地、糖酒、苦艾酒等酒精饮料和不同口味的汽水、冰块，以及各种食材的成本大概是每年十二万费尔金……

"这栋房屋是我们买下的，不需要再额外支付租金……

"加上马匹饲养费用、场地维护费用、瓦斯费、自来水费、歌手和乐队的费用等其他开支，我们一年的成本大概是二十三万费尔金……

"剩下的四十一万费尔金里面，老大会拿走二十万费尔金，和警察总局各位警官搞好关系也需要十万费尔金。最终，夏尔先生您能够自由支配的约有十一万费尔金，这包含您个人的开销、枪支弹药的补充、给手下们的奖赏、对牺牲者和受伤者的抚恤……

"可惜的是，市场区这些人的收入都不是太高，否则我们在酒精饮料上赚到的钱会更多……"

卢米安边看报表边听着勒内讲述，脑海内对微风舞厅各方面的情况逐渐有了较为清晰的印象。

他不由在心里感慨道：一个掌控着不错生意的黑帮头目赚得可真不少啊！

据他看过的报纸、杂志和姐姐奥萝尔搜集的各种资料素材显示，当前的因蒂斯，一位共和国的部长年薪也才十万费尔金，虽然政府还免费提供住房、家庭日用布制品、银餐具和两辆私人马车，但他们的仆人费用和宴会开支都得自己负责。

当然，卢米安也得时不时给手下们奖赏，为可能的冲突预留一笔抚恤金和军火费，只不过他不需要住得太好，也不用请仆人，更没举行宴会的需求。

四舍五入，他约等于一个部长了。唯一的区别是，部长们拥有的不光是明面上的收入。

而一个苦力年薪大概七百费尔金，一个吃住在雇主家的女佣年薪约四百八十费尔金，一个建筑工人年薪只有一千费尔金，那些技术工人每年也才挣两千五百费尔金，一个高级工程师的收入则是每年一万到二万费尔金之间。

果然，赚钱的"捷径"都写在了法典里……难怪布里涅尔舍不得这个舞厅……卢米安想起了姐姐说过的一句话。

只要他省着点花，且较为爱护手下，不让他们冲锋陷阵，每年剩下来的钱足够买序列6的魔药配方甚至相应主材料！

等到勒内说完，卢米安点头问道："为什么要给舞女们底薪？"他不是舍不得，只是好奇。

"我们萨瓦党的舞女都归'红靴子'管，她要求我们必须支付底薪，且不能强迫那些舞女接活，她们愿意少赚就少赚，愿意饿死就饿死。"勒内解释道，"除了'红靴子'手下的舞女，还有被借贷生意那边的人控制的女郎，这些人以前都是布里涅尔男爵管，没什么冲突，现在该怎么协调？"

卢米安脑海内闪过了一个又一个念头，最后竟觉得"红靴子"芙兰卡和姐姐奥萝尔在某些方面有点像。

这是因为她们同属于那个隐秘组织？但要是换成奥萝尔，她肯定不会这么处理，她会组织那些舞女反抗，她会尝试建立地下学校教导她们知识，给她们寻找新的出路……如果是我呢，我会怎么做……

沉思了片刻，卢米安抬起脑袋，对勒内和路易斯等人道："暂时先这样，不做任何变化。勒内，这段时间，你帮我和警官们打交道，等我熟悉了现在的位置，再和他们好好聊一聊。"

更改好两个机械保险柜的密码,并按照之前的规矩将其中一个的密码告诉经理勒内后,卢米安在午餐前返回了金鸡旅馆。

他直接上到五楼,敲响了查理的房门。

查理刚就着淡啤酒啃了一根长棍面包,就看到夏尔出现在门口。他欣喜地问道:"你这两天去了哪儿?都没到酒吧喝酒。"

卢米安不答反问:"有一个工作的机会,你要不要考虑?"

"什么工作?"查理正烦恼于不多的积蓄日渐减少,而新的工作还看不到希望。

卢米安笑着说道:"去微风舞厅做侍者怎么样?不用加入萨瓦党,每个月应该有七十费尔金,小费归你。但你应该也知道,市场区这些人根本不会给小费,除非你变成女的,愿意和他们上床。嗯……也有一些女客人会找侍者做那种事情,你在这方面是有经验的,不需要我多说。"

"微风舞厅?"查理睁大了眼睛,"你已经得到布里涅尔男爵的信任了?"

都可以安排人到微风舞厅当侍者了,还不需要加入萨瓦党!

卢米安笑了:"不需要布里涅尔男爵同意,微风舞厅现在是我的。"

"啊?"查理怀疑起自己的听觉。

卢米安微笑解释道:"我干掉了'铁锤'艾特,萨瓦党的老大把微风舞厅交给了我。"

"这样啊。"查理先是恍然大悟,旋即惊愕脱口,"你把'铁锤'艾特也杀了?"

卢米安点了点头:"这件事情不要告诉别人,我怕警察找麻烦。"

查理一时说不出话来,隔了几秒,他嘟嘟囔囔道:"毒刺帮那些家伙是不是该去附近的教堂祈祷一下,看能不能转运?自从你来了市场区,他们的头目就一个接一个地死掉,我都不敢想象他们现在是什么样的心情。"

"好主意。"卢米安赞了一句。

要是毒刺帮的头目们真敢去永恒烈阳或者蒸汽与机械之神的教堂祈祷,那这个黑帮就不复存在了。

当然,在路易斯·隆德再次拜访前,卢米安并不希望他们做出这种蠢事。

查理想了一会儿道:"好,我下午就去微风舞厅,应该找谁?哈哈,我很少去舞厅,因为没有钱,现在可以每天都去了。"

"找经理勒内,就说你是金鸡旅馆的租客。"卢米安简单回了一句,目光移向侧面。

那里有两个清洁女工在做打扫,其中一个初看有五十岁出头,但仔细观察却感觉只有四十多岁。她原本是亚麻色的头发,但戴了一顶明亮的金色假发,涂着眼影和脂粉,这遮盖住了她细细的皱纹,却无法改变她的憔悴。

"这是?"卢米安询问查理。

查理啧啧解释:"你还不知道?我们吝啬的房东先生改变了自己的性格,不再每周只请人打扫一次,而是选择雇两个清洁女工每天工作一上午。你说说,你说说,这是不是非常大的奇迹?只比我那次可以转运差一点!"

刚看完微风舞厅财务报表的卢米安脑海内瞬间闪过了一个清洁女工的薪水:每月七十到八十费尔金。但那是从上午忙到晚上,这种只工作半天的顶多四十五费尔金。

"请两个只做半天的清洁女工,一个月不会超过一百费尔金。而每周固定请人做一次大扫除,是每次十八费尔金,埃夫先生又答应过我,把清扫增加到一周两次,也就是说,一个月得花一百五十费尔金的样子。这哪里是改变了?这是精打细算!"卢米安嗤笑了一声。

他怀疑要不是一个清洁女工只用半天的时间根本完成不了整个旅馆的清扫,没人会接这样的工作,埃夫先生肯定不会雇两个。

"是吗?"查理抓了下自己的头发,他的计算能力完全跟不上卢米安的话语。

等那两名清洁女工转入没有租客的房间,拍起那里的臭虫,卢米安用下巴指了指那个方向:"为什么有个戴假发画眼影的?"哪有清洁女工是这个样子?

查理压着嗓音道:"我问过了,她叫艾洛蒂,她说她以前是个戏剧演员,习惯性这么打扮自己,现在也这样。没人知道她说的是不是真的,我在白天鹅酒店当侍者的时候,听那些帮厨说过,很多妓女年纪大了,被人嫌弃后,只能干洗碗女工、清洁女工这种活计……"

卢米安回想了下艾洛蒂的长相,感觉她年轻的时候应该还算不错,至于她以前是戏剧演员还是站街女郎,和清洁女工这个身份没有任何关系。

告别了查理,卢米安到一楼餐厅随便吃了点东西,然后乘坐公共马车前往林荫大道区。

他要去告诉K先生——你给的任务完成了!

❖ 第十四章 ❖

★ CHAPTER 14 ★

头目事务

登上公共马车前，卢米安特意花费六个里克买了一本《通灵》杂志，让自己看起来像是去舍尔街19号参加神秘学爱好者的聚会。

他这是担心自己进入萨瓦党老大加德纳·马丁的视线后，会被人暗里跟踪一段时间，确认他究竟有没有问题。虽然他可以采取一些反跟踪的办法来尝试摆脱也许会有的盯梢，但这不是更惹人怀疑吗？

相比较而言，一个刚来特里尔因偶然机会踏入超凡途径的乡下小子渴望获得更多的神秘学知识，于是购买了《通灵》等杂志，时不时参加上面刊登的各种神秘学爱好者聚会，是更令人信服的故事。

从本质上来讲，这确实是真的。

存在问题的唯一一点是，那个神秘学爱好者聚会的召集者是K先生，而这位的背后有一个隐秘组织。

要是加德纳·马丁的人真调查到了这一步，就让他们和K先生打一架看看谁更厉害！

作为科尔杜村的恶作剧大王，卢米安一直都很喜欢看热闹。到时候，他会根据战斗的结果调整之后的选择，反正大方向不会改变——那就是遵循"魔术师"女士的吩咐，混入K先生背后那个隐秘组织。

行驶的马车上，卢米安翻看起手中的《通灵》杂志。这一期的主题是"密契"。

和卢米安本能的认知不同，"密契"的"契"代表的不是"契约"，而是"契合"，是通过某种方式让自身的精神与特定的隐秘存在一点点契合，获得对应的精神体验，得到一定的神秘学知识。

《通灵》杂志在多篇文章的"编者按"里都强调，这是一种非常危险的行为，除非能确定密契的对象可以信赖，不带恶意，否则不建议尝试，那会带来非常恶劣、非常严重的后果，包括但不限于性格异变、罹患精神疾病、被恶灵附身、失去理智、当场死亡等。

"原来是这样……"卢米安瞬间理解了奥萝尔巫术笔记内的某些内容。他原本是从"契约"的角度来学习那几段，但怎么都没法理解，现在换了个思路后，大概明白是在讲什么了。

卢米安低头望向手中的《通灵》杂志，在心里赞了两句："比我想象的有用，我还以为全是编造出来哄骗神秘学爱好者的。嗯……虽然也有很多常识性的错误，不像是真正进入了超凡世界且做过很多研究的人写出来的，但对一些概念的解释还是相当有水平，非常贴近正确答案的，有的甚至还能给我点启发……"

夸赞之中，他犯起了嘀咕："从K先生就住在《通灵》杂志总部大楼的地底区域看，这几本神秘学杂志的编辑部和投稿作者之中不会真有非凡者存在吧？他们先写一篇正确的文章出来，再故意把里面的许多概念和常识都改错？"心念电转间，卢米安暗自嘶了一声，"从这个角度看，这期的文章和编者按，组合起来并不是在教授正确的密契仪式，而是在警告，警告某些胡乱尝试密契的人！不，不一定是胡乱，更可能是被某些心怀恶意的人刻意引导……莫非已经出了好几起涉及密契的事故？"

这一刻，卢米安再看手中的《通灵》杂志，已不再关注具体的单词。他甚至感觉上面全是用血淋淋文字写成的警告："停止！不要再举行任何密契仪式！"

神秘学世界真的充满危险啊……卢米安闭了闭眼睛，由衷感慨道。在神秘学领域待得越久，他越能体会到姐姐当初的无奈和挣扎。

他合拢那本比正常杂志便宜两里克的《通灵》，将目光投向马车的车窗外。

抵达林荫大道区舍尔街后，卢米安做了一次反跟踪，以展现"猎人"的本能。接着，他进入《通灵》杂志社总部，按三长两短一长的节奏敲响103房间的门。和上次一样，他被领到地下室，见到了K先生。

K先生还是套着带巨大兜帽的黑色长袍，脸庞全部被阴影所遮盖。

坐在红色靠背椅上的他凝视了卢米安几秒，嗓音低哑地开口问道："这次有什么事？"

"K先生，我已经完成了你给的任务，成为市场区萨瓦党的头目，负责管理微风舞厅和金鸡旅馆。"卢米安笑着说道。

K先生轻轻颔首："很好，你做事的风格我也很喜欢。接下来，你需要做的是获取加德纳·马丁的信任，让他真正地认可你。"

这一次，K先生没再提"报酬"和"任务"这两个单词，直截了当地下达了命令，似乎已经将卢米安视为自己的下属。

获得老大的信任？卢米安先是一愣，旋即涌现出了强烈的疑惑和不安。

他记得很清楚，K先生给任务时并未指明让自己加入萨瓦党，而是用"任意"来修饰黑帮！可现在，后续是被萨瓦党的老大真正认可！

"如果我当初没选布里涅尔男爵，而是从别的黑帮下手，K先生今天会给出什么样的任务？或者说，他非常笃定我会加入萨瓦党？他凭什么笃定？"

一个个念头在卢米安脑海内泛起，让他想起了最近发生的一些事情。

"我刚杀掉那个变态，拿到那瓶迷药，布里涅尔男爵就让我去对付毒刺帮的头目，让那件物品派上了用场……这会不会太巧合了？

"类似的事情还有一些……我偶尔会感觉周围的阴影里有人在盯着我，但又没发现任何证据……难道，这一切都是K先生安排的？如果我没选萨瓦党，经过几次事件后我也会被'安排'进萨瓦党？"

卢米安越想越是毛骨悚然。他再看向K先生时，已然失去了那种将对方当成薅羊毛对象的心态。

除开"魔术师"女士等少数几位，这也许是自己遇到过的最强的非凡者！让自己不知不觉就遵循着他的心意做事！

心念电转间，卢米安低下脑袋道："是，K先生。"他摆出了下属的姿态。

与此同时，他想到了"红靴子"芙兰卡。这位隐秘组织卷毛狒狒研究会的成员既有背景，又有实力，却要混在一个黑帮里给老大当情妇，显然是另有目的。

她的目标也是接近加德纳·马丁？这位牵扯到了某件很重要的事情里，或者涉及某个很关键的秘密？卢米安尝试着做起猜测。

K先生状似满意地点了点头："我很高兴你能认清楚自己的位置，放心，我从来不会吝啬奖励。"

"你最近是不是没有去过任何一个教堂祈祷？"他改变了话题。

"我是一个通缉犯！"卢米安记起了"魔术师"女士的叮嘱，愤恨地说道，"而且，那些神灵根本不会拯救我们！"

K先生低笑道："不是不会，而是不能，祂们的力量没法覆盖到所有的信徒，没法为每一个人遭遇的灾难提供帮助。这有很多原因，但归纳之后只有一个——弱小是原罪。

"你是否有兴趣了解我信仰的主？祂代表着这个世界的真实，祂至高无上，祂神恩如海，祂创造一切，祂毁灭一切，祂是力量本身，也是我们自己。"

见卢米安一时沉默，K先生没有逼迫："你不需要现在就回答我，这段时间好好想一想，想一想究竟谁能拯救我们，谁能在这个越来越危险和疯狂的世界里给我们提供庇护。等你确定信仰祂，你将正式成为我们之中的一员，用不了多久，你的实力也会获得很大提升。"

"我会好好考虑的。"卢米安低声回答。

K先生转而问道:"你还有别的事情吗?"

已调整好心态的卢米安本着"问一问又不会损失什么"的想法道:"在完成任务的过程中,如果遇到危险,我可以使用您那根手指吗,该怎么使用?"

K先生状似点头般道:"你拿出来就行了。"他言下之意是可以使用。

"要是用掉了它,我之后该怎么面对苏珊娜·马蒂斯的威胁?"卢米安进一步询问道。

K先生沉默了几秒:"用掉那根手指后,你来这里找我,我再给你一根。"

你的手指确实是消耗品啊……卢米安想了下又道:"我把'铁锤'艾特的非凡特性卖给了加德纳·马丁,得到了一万八千费尔金,现在想买一件增加我神秘学手段的神奇物品,或者能帮我更好伪装的那种,不知道K先生您这里有没有?"

K先生没立刻回答,仿佛在思索合适的选择。过了一会儿,他对卢米安道:"下周星期四晚上,你到这里来挑选。"

卢米安露出了笑容:"谢谢您,K先生。"

背靠组织的感觉真的不赖,哪怕现在还只是非正式成员。

回到老实人市场区,卢米安先将K先生的手指放在金鸡旅馆207房间,然后前往微风舞厅,打算在那里找一个干净的房间,召唤"魔术师"女士的信使,将任务的进展汇报给她,看她是否会提供一些有用的反馈,比如,K先生是怎么让那些事情以较为巧合的方式发生的。

傍晚时分,卢米安刚走到微风舞厅门口,守在那里的两名黑帮打手就迎了过来:"晚上好,头儿。"

依旧是白衬衣配黑马甲,高挽袖口,满是年轻气质的卢米安笑着点了下头。

路易斯和萨科塔一直在等着这位新头目回来,看见他走入舞厅,立刻就离开吧台,堆起了笑容。

"头儿,您为什么不带着我们?这样您会缺少保护啊!"路易斯用这种方式表起忠心。

卢米安好笑回应:"你们保护我?我真担心遇到什么事情,你们被打死,我还得给抚恤金。"

路易斯讪笑道:"我知道头儿您很厉害,一个人就能搞定'铁锤'艾特、'恶狼'马格特,但不是有句俗语吗,双拳难敌四手,而且我们都是有枪的,枪法也还不错。"

双拳难敌四手?这不是罗塞尔大帝说过的话吗,怎么变成俗语了?也是,奥萝尔还怀疑很多脏话也来源于罗塞尔大帝,但没人考证过……

卢米安分别看了外形像个硬汉却一脸谄媚笑容的路易斯，和头发棕红微卷，身材结实粗壮，嘴唇偏厚的萨科塔一眼，轻轻颔首道："我让你们跟着的时候可以跟，没让你们跟的时候就帮我看着舞厅，谁敢捣乱，直接开枪。嗯……哪里有靶场？"

"舞厅地下就是。"路易斯指了指脚底下，"其他头儿的人也会过来练枪，但子弹必须自带。"

"很好。"卢米安满意点头。他缺乏较为有效的远程攻击手段，对练习枪法有较为迫切的需求。

路易斯又问道："头儿，金鸡旅馆那边环境太差了，您要不要搬到舞厅来住？二楼有好几个房间可以让您挑选，或者，您可以直接住布里涅尔男爵原本用来临时休息的那间。"

他急切地展示着自己的态度，毕竟他和萨科塔以前算是布里涅尔男爵的心腹，要是得不到新头目的信任，说不定会被打发去做守门等事情。那样一来，不仅地位会下降，会被关系不和睦的那些萨瓦党成员欺负，而且收入也将显著减少。

卢米安想了一下道："带我去看下那些房间。"这正好用来举行召唤"魔术师"女士那位信使的仪式。

卢米安暂时没打算退掉金鸡旅馆那个房间，他的想法是，之后每天晚上，打发走路易斯和萨科塔两个贴身保镖后，就在微风舞厅二楼和金鸡旅馆207房间之中随机挑选一个睡觉，最大程度地规避来自夜晚的袭击。偶尔，还可以把在白外套街租的那个安全屋也放入备选。

他感觉毒刺帮应该不会轻易放过自己这个连干了他们三个头目，极尽挑衅之能事的人，等到官方的压制稍微松懈一点，他们大概率会做出暗杀等报复行为——卢米安非常肯定对方有被挑衅到，因为他的魔药进一步消化了，再有一两个月，就能考虑晋升"纵火家"的事情了。

卢米安本人其实不太担心被"黑蝎"罗杰等毒刺帮头目暗中袭击，他身上有K先生的手指这件物品，连相当于序列5非凡者的苏珊娜·马蒂斯都有不小的希望挡住，更何况还没成为"播种者"的"黑蝎"罗杰等人？

他只是怕一旦真的爆发战斗，K先生留不住手，把"黑蝎"罗杰给干掉了。那样一来，路易斯·隆德肯定不会再出现，线索就断掉了。

上了二楼，穿过咖啡馆，进入走廊，看了一圈后，卢米安指着更靠近自己办公室的那个房间道："就它吧。"

那房间摆放着相对古典的各种家具，铺着暗红色天鹅绒织成的四件套，打扫得非常干净，甚至还有一张放着垫子的安乐椅。

"头儿，需要把这些布制品都换成新的吗？"路易斯讨好地问道。

和他比起来，萨科塔更为沉默。

"不用。"卢米安找了个借口，打发两名贴身保镖守到了从咖啡馆进入二楼走廊的大门位置，自己则反锁房门，坐到靠窗的宽大木桌前，书写起给"魔术师"女士的信。

信里，他先强调自己已完成K先生的任务，初步得到了对方的信任，被他传教，有望加入他背后那个隐秘组织，然后询问要不要真的向K先生的主祷告，这是否会导致自己被那位存在注视，最后，他提了提最近做的事情，指出某些巧合让自身不安。

整整齐齐折好信纸，卢米安布置起祭坛，制造出了灵性之墙。

完成召唤仪式后，他望着染上了幽蓝色泽的烛火，于阴森寒冷的环境里等待。

没多久，那个小臂高的"玩偶"浮现在了火光上方。

穿着淡金长裙的它用没有焦点的浅蓝眼眸扫了一圈，抬起右手，捏了捏小巧苍白的鼻子："好臭！好臭！这里还没有之前那个地方干净！"

"这里不是很干净吗？"卢米安愕然环顾了一圈，"都没有臭虫，而且刚打扫了一遍。"

信使依旧捏着自己的鼻子，嗓音虚幻而飘渺地说道："这里的地底埋着些老骨头！它们又脏又臭又恶心！"

说完，这金发"玩偶"抓起那封信，唰的一下消失了。

它一秒钟都不愿意多待！

地底的老骨头？卢米安略感疑惑地复述起信使的话语。

他记起微风舞厅好像是建在原本的教堂附属的墓地上的，而那些尸骸、骨灰都被迁到地下墓穴内了。萨瓦党买下这栋建筑后，感觉还是有点阴森，害怕有一些尸骨残留在地底深处，于是特意弄了一个白色头骨堆成的圆球雕像放到门口，并刻上了相应的铭文。从信使的反应看，卢米安怀疑这里的地底真的还有尸骨埋葬，并且年代相当久远。

"圣罗伯斯教堂把原本墓地的尸骸和骨灰迁到地下墓穴时，应该不会刻意遗留一些，除非他们也没发现，他们也不知道……难道原本的墓地之下还隐藏着一个墓地，属于第四纪的墓地？所以，信使的反应才那么大？嗯……暂时不用管地底那些老骨头，这么多年下来，微风舞厅都没什么异常之事，总不能我一来就出问题吧？"卢米安思忖之间，结束掉仪式，收拾起祭坛。

他坐到安乐椅上，轻轻摇晃起来，等待着"魔术师"女士回信。

过了一阵，天色完全黑了下来，卢米安考虑起是让路易斯他们直接把晚餐送到房间内，还是自己到咖啡馆或者吧台享用。

突然，一片叠成方块的纸张从天而降，落到了他的身上。

这一次，那个玩偶信使索性连面都没有露，足见它对微风舞厅整体环境有多么厌恶。

以后还是在金鸡旅馆或者那个安全屋召唤吧……卢米安展开信纸，认真阅读起来。

做得很不错，看来你已经得到了K先生的欣赏，被他初步认可。接下来，你按照他的吩咐去做就行了，到了必要的时候，我会提前告诉你真正要达成的目的。

你可以假信K先生说的那位存在，反正你身上已经有两位存在的痕迹，再多一位也不是什么太大的问题，我只是担心会比较挤。

哈哈，上面那句话是在开玩笑，真正的处理办法是：可以假信，但每次去见K先生，参与相应祈祷前，向我主祈求天使的庇佑，你应该已经掌握了相应的仪式魔法吧？如果没有，就翻你姐姐的巫术笔记。

平时，记住，平时绝对不能回想那位的尊名，哪怕已经打乱了顺序，除非你确定自己当时已得到天使的庇佑。

我知道，有的事情，越是不让回想，越是忍不住去回想，你可以试着在下次治疗时向你的心理医生寻求这方面的帮助，也就是说，你得把假信那位的事情拖到下次治疗后。

巧合嘛，应该有多方面的因素，反映在不同的事情上。

第一，你体内封印的污染来自以宿命为名的那位存在，宿命一听就和命运有关，会在一定程度上给你的命运带来扰动，让你遇到一些"注定"会遇到的人和事。

第二，K先生应该做过一些安排，通过派人潜藏于阴影里监视你，给那些黑帮头目一点小小的心理暗示等方式实现，这让我怀疑他是"观众"途径的序列6"催眠师"或者序列5"梦境行者"。但根据你之前的描述，他还拥有"公证人"的能力，所以，他大概率是"牧羊人"，这是"秘祈人"途径的序列5，而这条途径正属于K先生信仰的那位存在。"牧羊人"能放牧好几个非凡者的灵魂加特性，从而使用他们的能力，这让每一位"牧羊人"都非常强大，站在中序列的顶端。

第三嘛，来源于聚合定律和我之前提过的排斥相聚猜测，相信我，不出意外的话，你还会在短时间内遇到更多的邪神信徒，更多的猎人和魔女。

好好努力，"权杖七"。

"牧羊人"？听起来很强大啊……我已经又遇到一个"猎人"，外加两个"魔女"了……卢米安用摩擦灵性的方式点燃了"魔术师"女士的回信。

看着纸张燃烧的灰烬飘散于眼前，卢米安又一次想起了K先生给自己带来的压迫感。

"原来'牧羊人'的核心是'放牧'，通过放牧其他非凡者或者超凡生物的灵魂加特性，使用他们的能力。这样一来，资深的'牧羊人'肯定都没有短板，无论近身战斗，远程攻击，还是各种神秘学手段，他们都很擅长……

"其实，'受契之人'有点像是'牧羊人'的缩水简化版，每一份契约只能对应一种能力，序列低的时候，签订契约的数量还有很大限制，从口器怪物看，大概率是不超过三份，最理想也就五份，一旦没选好能力，甚至连持枪的普通人都未必打得过，这不像'牧羊人'，放牧一个非凡者就可以拥有他的很多能力，不存在废掉的情况……

"当然，到了本堂神甫那个层次，签订的契约多达十几二十份，又是不一样的体验了，而且，契约的对象往往是灵界生物，它们的能力各种各样，非常奇怪，会让初次遭遇的非凡者们很不适应……"

卢米安越想越感觉K先生恐怖。

收敛住种种念头，他站了起来，暗自感慨了一声：难怪"魔术师"女士认为K先生能对抗变成了恶灵的苏珊娜·马蒂斯……

出了房间，卢米安走到路易斯和萨科塔面前，平淡地说道："让厨房准备晚餐吧。"

"头儿，您想吃什么？"路易斯抢在萨科塔之前问道。

卢米安对微风舞厅附属咖啡馆的餐单毫无印象，想了下道："来一份套餐，你们一起吃。"

"好的。"路易斯示意萨科塔去通知咖啡馆的侍者。

卢米安坐到了布里涅尔男爵最喜欢的那张桌子旁，拿起了今日份的报纸。摆在最上面的是《特里尔报》，其下依次是《改革家报》《人民喉舌》《行动报》《因蒂斯日报》《人民之友》等大报。

卢米安忍不住侧头，好笑地询问起路易斯："布里涅尔平时看的都是这种东西？"他还是一个关心国家大事的黑帮头目？

路易斯望了望另外一边的萨科塔，笑着回答道："他不看这些的，只是告诉我们，不能得罪了那些记者和报社，有影响力的报纸能订就订，时不时再花钱轮流登一则微风舞厅的广告，说这里有大量的火热舞女。他平时看的是最下面那三份报纸和杂志。"

不得罪报社和记者啊……也是，如果《特里尔报》上登一则市场区出现大型黑帮的新闻，那萨瓦党第二天就得完蛋，那些老爷还是要脸的……卢米安又学到了一点知识。

他随即抽出了最下面的报纸和杂志，它们分别是《小说周报》《男士审美》和刊登特里尔各种绯闻流言、时新笑话的《鬼脸》杂志。

这不比什么《改革家报》《行动报》有意思？卢米安拿起《小说周报》，读起最新的连载。

他随口问道："订这些报纸的钱和广告费是从哪笔账里走的？"

路易斯想了片刻，想得额头沁出了冷汗都未想出答案，这时，萨科塔说道："从和警官们打好关系的那十万费尔金里扣。"

卢米安满意地点了下头。不影响他这位萨瓦党新任头目的收益就行！

没多久，咖啡馆侍者端上了一份食物，有洋葱碎肉鸽、熏黄道蟹、热竹鸡肉馅饼、炖羊脑、炖小牛肉片、烤牡蛎配香草，还有两种沙拉、猩红奶酪以及烤杏仁酱，再配了一杯红白蓝三色利口酒和一瓶赤霞葡萄酒。

各种香味混杂在一起，钻入卢米安的鼻端，让他的唾液分泌得更加旺盛。

"不愧是特里尔，一个普通咖啡馆的套餐就有这么多道菜，这要是在鲁恩，只有煎牛排、豌豆炖嫩羊肉那几种选择……"作为纯正的因蒂斯人，卢米安依据从各种报纸杂志、民间笑话得来的印象嘲讽了鲁恩的美食一句。

他端起那杯三色利口酒，轻轻抿了一口，指着桌子两侧的靠背椅道："一起吃吧。"

"头儿，您吃好我们再轮流吃。"路易斯略微弯腰，笑着说道。

卢米安未作劝说，享用起到特里尔后的第一顿大餐，而且还是免费的。

不得不说，微风舞厅的厨师水平还是相当不错的，吃得他频频点头。

这里面，他最满意那份炖羊脑，在使用了好几种香料的情况下，羊脑的腥味、膻味都被巧妙化解，只剩下细腻如罗塞尔豆腐的口感和浓郁诱人的香味。

卢米安喝掉了那杯红白蓝利口酒和三分之一瓶赤霞葡萄酒，然后示意路易斯和萨科塔可以轮流用餐了，自己则又拿起《小说周报》和《鬼脸》杂志。

在《鬼脸》杂志上，卢米安看到了一个熟悉的名字：迪瓦尔。那是发明迪瓦尔肉汤的餐厅老板，他后来有了钱，发了财，搬到了歌剧院区。

《鬼脸》杂志刊登了发生于最近的一件逸事：迪瓦尔疯狂迷恋上了来自鲁恩的戏剧演员兼特里尔交际花佩尔乐，为她花了不少钱。然而在佩尔乐私人住宅举行的宴会里，佩尔乐当着十几名客人的面，赤裸着身体，躺在巨大的银盘内，由仆人们端了上来。这让迪瓦尔的心破碎了，他试图自杀，没能成功。

这真假存疑的消息看得卢米安一时不知道该感慨特里尔人玩得真花，还是嘲笑鲁恩人根本不那么保守，到了因蒂斯很快就会被同化，抑或讥讽迪瓦尔作为一个特里尔人，都四十多岁了，竟然还那么纯情。

有的时候，看到这些匪夷所思的新闻，卢米安都会忍不住怀疑这里面有非凡者扮演的需要在内，或者是某些邪神信徒无法自控的表现。当然，如果不是特里尔人本身就有类似的倾向，很多事情确实没有问题，那些家伙早就被揪出来了。

等到路易斯和萨科塔都用完晚餐，卢米安领着他们下到一楼。

晚上的舞厅相当热闹，简娜站在半高木台上，于乐队的伴奏里唱着一首旋律轻快的歌曲，下方的人们则男女相拥，踏着不断回旋的舞步。

卢米安望了一眼就收回了视线，走向门口。

"头儿，我们去哪儿？"路易斯问道。

卢米安笑了一声："你是头儿，还是我头儿？我去哪里需要向你报告吗？"

路易斯的表情顿时僵在了脸上，他看了看沉默的萨科塔，忽然觉得那样也不错。

"我，我只是关心接下来要做什么事情。"他强行解释道。

卢米安一边在看门打手的问候里走出舞厅，一边笑道："需要你们知道的时候，我会告诉你们的。"

卢米安一路走回了金鸡旅馆，但未直接去207房间拿K先生的手指和那把左轮，而是转入了地下酒吧。

他还未来得及环顾这里的情况，就听见了查理热情洋溢的声音："你们知道吗？夏尔现在有了一个绰号，'狮子'夏尔！"

"那是'小婊子'简娜取的，你们有没有见过她？我敢打赌，你们这辈子都没见过那样漂亮的女人，她有火辣的身材和美艳的脸孔，每一个听她唱歌的人都想为她改变自己的信仰，而这样的女人看上了夏尔，主动邀请他跳舞，和他贴在一起，扭来扭去！噢，舞厅的灯光都很昏暗，你们可以想象他们发生了什么事情……"

卢米安沉默，忽然有了一种自己成为《鬼脸》杂志某则文章男主角的感觉。

他身后的路易斯和萨科塔又替头儿尴尬，又有些担忧。他们尴尬的是小圆桌上演讲的那个家伙很可能是在帮头儿吹牛，担忧的是那如果是真的，头儿不就等于给"红靴子"芙兰卡戴上了绿色的帽子吗？而那样一来，麻烦就大了，芙兰卡不仅本身很强，而且还是老大的情妇！

拿着一支啤酒的查理看到了卢米安，笑容瞬间凝固。他跳下小圆桌，来到卢米安身前，咳嗽了一声道："嗨，夏尔，你不介意我讲你的艳遇吧？"

"你怎么知道的？"卢米安不答反问。

查理笑道："外面很多人都知道，是从磨坊舞厅流传出来的。"

也就是说，毒刺帮的人都知道我刺杀"铁锤"艾特前和简娜跳过两次舞了？也是，当时我只是简单伪装了一下，连发色都没有改，还挑衅了周围的人，他们事后回想起来，结合"铁锤"艾特之死，肯定能认出我……简娜作为"红靴子"的亲信，应该会被他们怀疑，也许会成为之后的报复对象……倒是不用太担心她，她有"红靴子"提供保护，芙兰卡作为经验丰富的非凡者和实力强大的魔女，在这种事情上不会疏忽大意……卢米安有所明悟地点了点头。

他笑着对查理道："你尽管讲。"

这件事情流传得越广，越能引起"红靴子"的重视，让她在毒刺帮可能的报复上不抱侥幸之心。

卢米安转而问起查理："你怎么没去微风舞厅？"

查理堆着笑容道："那个叫勒内的经理让我明天正式去上作，每个月给我80费尔金。"

两人闲聊间，卢米安看见吧台位置坐着自己隔壁的邻居，那位落魄的剧作家加布里埃尔。他依旧顶着那头乱糟糟油腻腻的棕发，戴着较大的黑框眼镜，穿着发白的亚麻衬衣和黑色背带裤。

"怎么了？"卢米安告别查理，走过去问道。

正在喝淡绿色苦艾酒的加布里埃尔侧头看了他一眼，苦涩笑道："我的剧本又被退回来了，那些经理根本没有看！我已经投了几十家剧场了，没有一个人愿意看。"

几十家剧场……卢米安心中一动，状似不经意地问道："你有把剧本投给我们市场区那家老鸽笼剧场吗？"

"有。"加布里埃尔叹了口气道，"他们的经理也拒绝了我，说他们剧场的剧本都是自己写的，或者找人定制的。"

卢米安顺势坐了下来，开口问道："他们的经理是谁？"

加布里埃尔喝了口苦艾酒道："迈普·迈尔。他是一个很有野心的剧场经理，想让老鸽笼成为特里尔最出名的剧场，他就可以凭借这样的成就拿到因蒂斯荣誉军团勋章。"

因蒂斯荣誉军团勋章最早来自罗塞尔大帝还是执政官的年代，它被设立来取代旧王室的封爵制度，直到罗塞尔自称"恺撒"，又将它废除，重新捡起了公爵、伯爵、男爵、骑士那一套。后来，因蒂斯共和国成立，再次构建了荣誉军团勋章，颁发给为共和国做出过卓越贡献的军人和平民，它不局限于军事领域，还包括各个行业，是当前因蒂斯共和国的最高荣誉，每位获得者都相当于旧时代的骑士。

一些画家、作家、演员、记者和雕塑家都曾经获得过因蒂斯军团勋章，为后来者们树立了很好的榜样。

卢米安在梦中编故事时，骗科尔杜的村民们，说奥萝尔要去特里尔接受荣誉军团勋章，也不是完全没有道理。奥萝尔如果能成为因蒂斯的"佛尔思·沃尔"，成为整个北大陆最顶级的畅销作家，并在艺术成就上得到因蒂斯文学院的一定认可，那是真有希望争取荣誉军团勋章的。

"人要是没有梦想，和用盐腌制的咸鱼有什么区别？"卢米安笑了一声，觉得那位叫迈普·迈尔的剧场经理听起来挺正常的。

这让他认为老鸽笼剧场里存在异常的不是大多数人，仅仅是与金鸡旅馆房东埃夫先生关系密切的一到几个人。

和加布里埃尔闲聊几句后，卢米安领着路易斯和萨科塔上了二楼，让他们留在207门外。他反手关上房门，将枪袋挂在左边腋下，藏好子弹袋，然后于外面披了一件深色的夹克。

紧接着，卢米安将K先生的手指从枕头底下取出，塞到了右侧衣兜内。

至于"堕落水银"、来自赫德西的匕首、可以帮人清醒的刺激性气体和不知用途的液体，他一直都随身携带着，而那把三棱刺，他暂时用不上，就放到了木桌的抽屉内。

做完这一切，卢米安弯腰从床底拖出棕色的行李箱，把奥萝尔的巫术笔记全部放了进去。

有了身份的变化和进一步得罪毒刺帮后，他觉得有必要把这些巫术笔记藏到更安全更隐蔽的地方，也就是他在白外套街租的那个安全屋内。这些东西对他来说，一是属于奥萝尔遗留的线索和知识，二是具备无可替代的纪念价值，需要好好保护。

至于日常的学习，他会预先抄录一部分放在金鸡旅馆或者微风舞厅，等都掌握了，确认没有问题了，再到安全屋抄录几页出来。

拒绝了路易斯帮忙提行李的好意后，卢米安一路返回微风舞厅，进了靠近办公室的那个房间。

他拿出最近这段时间在看的那本巫术笔记，将它摊开于书桌上，提起暗红色的吸水钢笔，在一摞厚厚的白纸上做起抄写。抄着抄着，卢米安感觉这太枯燥太没有意思了，忍不住转动念头，寻找起能帮助自己偷懒的办法。

很快，他有一个主意——把之前代写举报信的那只兔型灵界生物召唤出来，让它帮自己抄笔记！

"那家伙虽然没什么脑子，傻乎乎的，但胜在足够听话，抄写的速度也极快，而且还能原样复刻笔迹……那样一来，我只需要提供灵性，就可以边看报纸杂志，边等着它帮我把作业写完，不，把笔记抄好……"卢米安略作斟酌，放下钢笔，准备起召唤仪式。

能偷懒的事情为什么不偷懒？

在科尔杜村的时候，他每天完成姐姐布置的作业和出的卷子时，都会认真思考该怎么样才能偷懒。他教雷蒙德和阿娃他们认识单词，也在一定程度上抱有这方面的想法，希望他们成长起来后能帮自己写作业。可惜的是，双方的知识积累差距太大，没有几年的工夫根本弥补不了。

很快，卢米安布置好了祭坛，圣化了仪式银匕，构建了灵性之墙。

嗅着弥漫而出的柑橘和薰衣草香味，他望着偏黄的烛火，用古赫密斯语道："我！"

下一秒，卢米安改用了赫密斯语：

"我以我的名义召唤：

"徘徊于虚无之中的灵，可以沟通的友善生物，能写因蒂斯文的弱小者……"

烛火迅速染上了阴绿的色泽，膨胀到足有人类脑袋大小。

随着卢米安念完了剩余的咒文，一道透明模糊的身影从烛火内钻了出来。它身高近一米九，长着牛的脑袋和人类的身体，套着棕色的毛皮衣物。

不是那只兔子啊……也是，符合我召唤咒文描述的灵界生物应该有很多很多，每次响应召唤的是谁完全随机……卢米安略感失望又带着一定期待地指着那本巫术笔记道："你帮我抄写它。"

那透明模糊的"牛头人"轻轻颔首："好。"

它立刻坐了下来，拿起那根暗红色的吸水钢笔，抄写起奥萝尔的巫术笔记。

不错啊，比那只傻兔子聪明多了……卢米安颇为欣喜地想道。

他正要坐到女乐椅上翻看报纸和杂志，突然感觉有点不对。

那"牛头人"的速度也太慢了吧？这都过了十几秒了，一个单词都还没有抄好！不，它才写了两个字母！

"你能快点吗？"卢米安试探着问道。

"这已经是我最快的速度了。""牛头人"如实回答。

卢米安无言以对。这还不如那只傻兔子呢！那家伙好歹是个神秘学打字机，不用一分钟就能抄完一页！

卢米安下意识想结束仪式，送走"牛头人"，再召唤新的灵界生物，但考虑到后续来的大概率也是"奇葩"，又心累地放弃了。

等到召唤仪式自然中止，那"牛头人"才抄写了半页。

卢米安揉了揉自己的太阳穴，决定还是亲自上阵。

一口气誊写了三页后，他听到房门被人咚咚敲响。

"什么事情？"卢米安合拢笔记，放下钢笔，起身走到门边。

外面的是路易斯，硬汉外形的他压着嗓音道："头儿，'巨人'西蒙来了。"

"他来做什么？"卢米安记得"巨人"西蒙是管着夜莺街几家舞厅和酒吧的萨瓦党头目，疑似"战士"途径的非凡者，大概率有序列8。

路易斯摇了摇头："不知道。"

卢米安转而问道："他上次找布里涅尔是商量什么事情，好像弄得不太愉快？"

"'巨人'西蒙一直很不喜欢男爵，因为男爵管着微风舞厅。"他下意识用了男爵这个称呼，见卢米安没有介意，便继续详细地说了说，"微风舞厅的收益比他所有的舞厅加酒吧都多，他都在酒吧里开赌场了！"

"他上次来找男爵，是希望男爵不让一部分比较漂亮的舞女到这边来，转去夜莺街，男爵说，舞女都是'红靴子'在负责分配，你找'红靴子'商量，我没有任何意见。但是夜莺街那边做一次的价格很低，漂亮的舞女们都不爱去。"

卢米安记起查理说过，在夜莺街只用五十二科佩就能找到一些便宜的"小猫咪"，那才差不多半费尔金，而微风舞厅这边，舞女们如果遇到慷慨的客人，能把价格谈到十费尔金，正常也能有三到五费尔金。这还是市场区整体收入都不高的情况下，换作红公主区的城墙街，一个长相不赖的女郎得好几十费尔金。

"巨人"西蒙是眼馋我接手了微风舞厅？卢米安轻轻颔首，略感疑惑地问道："我有件事情不太理解，为什么微风舞厅的利润能有那么高？"

路易斯笑道："我们的酒大部分都来自'老鼠'克里斯托，没有税，成本很便宜。还有，我们不用交房租。"

负责走私生意的"老鼠"克里斯托？卢米安大概明白了缘由。

他走出房间，穿过走廊，进了咖啡馆。

"巨人"西蒙依旧套着绷得较紧的黑色正装，淡黄的头发紧贴着脑袋。此时，他将头顶的宽檐圆帽放到桌上，自己站在窗边，抽着一根卷烟。

跟着他的多名黑帮打手则分散于四周，和萨科塔等微风舞厅的人遥遥对峙。

看到卢米安过来，"巨人"西蒙摁灭手中的卷烟，故作豪迈地笑道："夏尔，你都得到老大认可，接管了微风舞厅，怎么不请我们这些兄弟喝酒？"

西蒙一边说一边迎向了卢米安，他超过一米九的身高衬托得已经一米八的卢米安颇为矮小。

卢米安抬头望了眼"巨人"西蒙偏大的鼻子和坑坑洼洼的脸孔，笑着说道："我这个人有社交恐惧症，不好意思去找你们……哟，个子真高啊，不愧是'巨人'，比'铁锤'艾特都要高一些。"

他这两句话潜藏的意思是,大家自己过自己的,你不惹我,我也不惹你,否则,我能杀掉"战士"途径序列8的"铁锤"艾特,也能干掉你。

"巨人"西蒙没听懂前面那句话,但后面那句带的挑衅意味,他还是能够品读得出来,这让他脸色一沉的同时打消了对"狮子"夏尔的轻视。

这不是一个纯粹的打手,笑脸和殷勤不会起到太大的作用!

"巨人"西蒙指了指布里涅尔男爵经常坐的那张桌子:"我有事情找你。"

卢米安相当随意地坐了下去,望着对面的"巨人"西蒙道:"什么事情?"

"巨人"西蒙浅蓝的眼睛扫过了卢米安身后的路易斯和萨科塔:"他们不是布里涅尔的人吗,你竟然还让他们跟着你?换作我,已经让他们去守舞厅的门了。"

路易斯和萨科塔被"巨人"西蒙说中了心结,一时都有点忐忑地望向卢米安。

卢米安听得想鼓掌,很感谢"巨人"西蒙给了自己这么一个收买人心的机会。虽然他不可能真正地信任路易斯和萨科塔,毕竟他又不是真的想当黑帮,但他也不希望哪天会被人从背后连开数枪。

卢米安笑道:"什么叫布里涅尔的人?我也曾经是布里涅尔的手下!我们都是萨瓦党的人,都是老大的人,只要我一直忠于老大,就不用担心他们两个会背叛我!"

路易斯和萨科塔听得频频点头,对夏尔的心胸和气度满是佩服之情:是啊,布里涅尔男爵是改变了我们在萨瓦党的地位,给了我们很大的信任,但我们始终是萨瓦党的成员,不可能做出背叛老大的行为,而让我们跟着夏尔听他吩咐的是老大!

"巨人"西蒙被卢米安的话语噎住,隔了几秒才道:"你是忠于老大,但有的人未必,布里涅尔这个人很有野心。"

你觉得布里涅尔男爵对老大不是那么忠心?"袖剑",呃,"红靴子"芙兰卡也说布里涅尔男爵最近不太听话……卢米安忽然觉得加德纳·马丁这位萨瓦党老大有点惨——最得力的手下不那么忠心,最喜欢的情妇另有目的,刚提拔的新人又是其他组织派来的间谍……

见没法支开路易斯和萨科塔这两个经常跟着布里涅尔男爵,对各方面事务都有一定了解的打手,"巨人"西蒙干脆把话题拉回了正轨:"我来找你是想聊一聊舞女底薪的事情——妈的,我们为什么要每天给那些婊子钱,哪怕她们一个客人都没接到?

"芙兰卡太霸道太过分了,仗着自己是老大的情妇,竟然让老人同意了这么一件根本不合理的事情!我们是黑帮啊,又不是慈善组织,蒸汽在上,给那些婊子发钱的时候，我都以为自己是神父！

"我还好，每天只用给几个里克，你们微风舞厅是每天一费尔金，植物园区的纺织女工每天也才一点五费尔金，她们可是从早忙到晚！"

在特里尔，雇女工的花费大概是雇男性工人的百分之五十五到百分之七十，心狠一点的，不怕被查，敢找童工的，更是只需要付出成年男人百分之十五的薪水，甚至可能更低。

难怪芙兰卡手下的漂亮舞女都不愿意去夜莺街，那边价格便宜，底薪也低……你怎么也学芙兰卡和简娜骂人啊，脏话是会传染的吗？奥萝尔偶尔发疯，骑马大喊的时候，好像也这么骂过……卢米安故意没去理睬路易斯使的眼色给的暗示，笑着问道："你想怎么做？"

"巨人"西蒙保持着愤怒的表情："我、你、布莱克一起去找老大，一定要让他改变主意，让他好好管一管芙兰卡！其他黑帮有哪个是给舞女底薪的？"

这是欺负我刚刚接手微风舞厅，什么都不懂，怂恿我去反抗老大？呵呵，奥萝尔说过，早起的虫子被鸟吃，爱出头的乌鸦被枪打……卢米安抬起双手，笑着捏起两侧指关节："没用的，芙兰卡是老大的情妇，老大肯定听她的，你要想让老大改变主意，只有一个办法，那就是你来做老大！"

这种话是能当着这么多人的面说的吗？卢米安背后的路易斯和萨科塔等人吓得差点伸手捂住自己头目的嘴巴。

"巨人"西蒙也有点受到惊吓："你胡说什么？"

跟着他的打手们大部分都显得战战兢兢。

"我的意思是……"卢米安突然抓住桌子边缘，将它掀向了"巨人"西蒙！

哐当！桌子倒地，上面摆放的杯子摔成了碎片。

"巨人"西蒙早已离开位置，后退了两步。他沉着一张脸，在手下们纷纷按住左轮时，望向卢米安道："你要干什么？"

卢米安站在翻倒的木桌后，一脸愤怒地骂道："你这坨狗屎，眼睛里还有没有老大？竟然敢找我私下串通，逼迫老大更改命令！你是不是真的想当老大啊？老大的命令，好的要执行，不好的也要执行，有什么问题可以去和老大沟通，但绝对不能串通起来逼迫他！"

这样的质问直指"巨人"西蒙的用心，让他既不敢发怒，又没法再继续怂恿夏尔。

他吐了口唾液道："他妈的，你脑子是不是有病啊？我什么时候想逼迫老大了，我只是说大家一起去找老大聊聊，告诉他给舞女底薪这件事情真的不合理，让我们有了很大的负担！"

说完,"巨人"西蒙挥了下手,摆出一副"和你夏尔难以沟通"的表情,然后转身就走。

目送他带着他的手下一路进入楼梯口,噔噔下楼后,卢米安心里暗笑了一声:真是谢谢你啊,等到明天,不,今天夜里,老大应该就知道夏尔对他忠心耿耿了!

卢米安这是骤然发现了取信于加德纳·马丁的机会,于是果断表演了一番。

他装作愤懑地吐了口气,收敛住表情,指了指一片狼藉的地面,对路易斯等人道:"收拾一下。"

卢米安话音刚落,就看见楼梯口的阴影里走出来一个人,正是之前在舞厅内表演的简娜。

今天的简娜穿得不是那么暴露,玫瑰色的长裙被骨撑支起,宛若一朵倒挂的鲜花。她棕黄的长发于脑后简单地扎了个髻,大部分柔顺地披了下来,蓝色眼眸周围的黑影也不像之前那么浓和深,让她失去了部分堕落的魅惑,多了些清丽的感觉,而那颗黑痣贴在了左脸脸颊中间,这代表优雅。

望着简娜,卢米安笑了一声:"市场区的人能欣赏这种风格?"他指的是简娜现在这种不太暴露、不够"婊子"的风格打扮。

简娜略显得意地笑道:"偶尔这么来一次效果还不错,芙兰卡说过,有的时候,越是让男人感觉得不到,越是让他们喜欢,妈的,我无法理解这种心态。"

"有什么事?"卢米安望了眼正在收拾的几名侍者,重新找了张桌子坐下。

简娜坐到了他的对面,笑吟吟地说道:"我是来谈下周演唱费用的,之前是一个晚上十首歌,四费尔金,再拿三分之一扔到舞台上的钱。但我最近,好像比前面几个月更受欢迎了!"

卢米安想了下道:"你是不是被毒刺帮怀疑,不能去他们那些舞厅唱歌了?"

"去他们的,说到这事我就气!你就不能好好伪装一下吗,那么容易就被人认出来,还连累到我!"简娜颇为生气地回应。

卢米安笑了笑:"从今天开始,你还是每晚十首歌,但费用提到十费尔金,扔到舞台上的钱,你可以拿三分之二。"

这听得卢米安身后的路易斯一阵心疼:虽然"小婊子"不是每晚都来唱歌,但每周来的次数也不少,这么算下来,微风舞厅每年要少赚两千多费尔金!不过,"小婊子"在头儿袭杀"铁锤"艾恃的事情上似乎帮了很大的忙,为此丢掉了毒刺帮那边的演唱机会,每年损失的也有一千多费尔金。

简娜非常满意。十首歌十费尔金的演唱价格加三分之二的分成,在地下歌手这个圈子里是最顶级的待遇了。

她笑着说道:"我下周只能来三天,周五到周日的晚上。"

"去其他区的舞厅找机会?"卢米安随口问道。

简娜摇了摇头:"不是,我哪有那么多时间演唱?我还有别的事情。"

"你的职业不是地下歌手吗?"卢米安略感好奇地问道。

"这是兼职,兼职!"简娜强调了一句,笑嘻嘻地说道,"我的主职是'狮子'夏尔和'红靴子'芙兰卡的共用情妇!"

听到这个玩笑,路易斯差点被吓到腿软。

他印象中,"红靴子"芙兰卡是个嫉妒心很强的人,那些试图占"小婊子"便宜的男人都被她教训过。

头儿要是真和"小婊子"成了情人,肯定得承受"红靴子"的怒火!

这家伙还有别的身份?卢米安念头一转,若有所思地问道:"简娜是真名,还是假名?"

那种兼职的地下歌手往往都会给自己取一个假名,免得影响到另外的工作。

简娜勾起了嘴角,眨了下眼睛道:"你觉得呢,夏尔先生?"

她刻意在夏尔这个名字上发了重音,意思就是你用的不也是假名?

说完,简娜站了起来,身体前倾,越过木桌凑到卢米安的耳畔,压着嗓音道:"我听完了你和'巨人'西蒙的对话,有个诚恳的建议——越是缺乏忠心的人越是喜欢把忠心挂在嘴边,你表演得太过火了,嘿嘿。"

简娜随即直起身体,颇为得意地转过身体,走向楼梯口。终于轮到她"指导"夏尔了!

是吗?卢米安边琢磨边望着简娜的背影道:"你今天没喷香水?"

简娜唰地转身,神情间满是喜意地问道:"所以你没发现我上楼?"

"你觉得呢,简娜女士?"卢米安笑了笑,用简娜刚才的话语回应了她。

"滚!"简娜抬了下手,恨恨转身,返回了一楼。

第十五章
另一个角度

卢米安思索了几秒,敲了敲面前的桌子,对路易斯和萨科塔道:"给我一杯茴香苦艾酒。"

作为微风舞厅的"保护者",他在这里的吃喝都是不用花钱的。想到舞厅的利润大部分得交给老大和用来收买警官,他就更不想节省了——再苦不能苦了自己,尽量委屈一下老大!

卢米安喝了两杯带着苦涩滋味和迷幻感觉的淡绿色液体,在微风舞厅一直待到快零点。

他站起身来,对路易斯和萨科塔道:"我去睡觉了,你们等到舞厅关门自己回去。如果有人闹事,直接扔出去,打不过就把所有人召集在一起,敢于开枪。放心,出了什么事情我来负责。"

他没讲的半句话是:我要是负责不起,那就让老大来烦恼。

微风舞厅每天要营业到凌晨两点,上午十点半到十一点左右开门。

"是,头儿。"萨科塔和路易斯齐声回答。

回到卧室,卢米安又待了一刻钟,才提上装着奥萝尔巫术笔记的棕色行李箱,挤出窗户,从二楼跳了下去。

他稳稳落地,一路行于阴影当中,从市场大道转入白外套街,进了之前租下来的那个安全屋。

藏好巫术笔记,放了点硫黄驱虫后,卢米安离开房间,拐到白外套街后面的巷子,打算绕去金鸡旅馆,今晚在那里睡觉。

走了十几步,他看见了堆在一处街垒旁的垃圾。拾荒者和清洁工人要等到明早才来清理,现在,那里成了老鼠、蟑螂、苍蝇和流浪狗的乐园。

看见老鼠和流浪狗,卢米安霍然想起了一件事情——他从变态赫德西那里获得的三个金属小瓶里还有一个未确认用途。

正好试一试……卢米安微不可见地点了下头。

他凭借出众的身手、超常的反应、敏捷的动作和极强的观察能力，很快踩住了一只毛发灰黑的老鼠，然后蹲了下来，掏出那个略沉的金属小瓶，将没有气味也没有颜色的液体灌了一些到"猎物"的口中。

那只老鼠迅速发出了吱吱吱的叫声，除此之外，毫无异常。

"以那个变态的风格，我还以为是催情药水，现在看起来不太像啊……也是，那个变态本身就拥有激发欲望的非凡能力，不需要额外备一瓶效果重复的药水……"卢米安松开右脚，看着那只老鼠逃到别的老鼠旁边，这里凑一下，那里挤一下，吱吱吱个不停，但没有别的动作。

奇怪……卢米安看了半天还是无法做出判断。

突然，他背后响起了一道清澈如水的声音："你在做什么？"

卢米安唰地转身，看见了从巷子尽头的阴影里走出来的"红靴子"芙兰卡。她还是红色靴子、米白色马裤、女式衬衣配黑白格细呢上衣，偏亚麻色的头发简简单单地扎了起来。

你怎么在这里？卢米安本打算这么问，但立刻记起芙兰卡就住在白外套街3号，只好坦然回答道："做个实验。"

"什么实验？""红靴子"芙兰卡颇为好奇地走了过来，湖水色的明亮眼眸扫过那群老鼠，笑了一声道，"你姐姐教你用老鼠做实验品的？"

"你是想说小白鼠？"卢米安感觉和芙兰卡交流非常轻松，很多词语都不需要额外解释。

他转而说道："简娜没告诉过你，我杀掉那个变态后，拿到了三个金属小瓶吗？其中一瓶装着能让人昏迷的气体，杀'铁锤'艾特的时候用完了，一瓶是它配套的刺激性气体，还有不少。另外一瓶是液体，我不知道有什么作用，拿这些老鼠试试。"

芙兰卡露出了恍然大悟的表情："原来是那个变态留下来的东西。"她旋即有点期待地问道，"会不会是催情药水？"

你怎么和我一个想法，女士？卢米安略感好笑地指了指还在吱吱乱叫的那只老鼠："看起来不是。你好像有点失望啊？"

芙兰卡没有掩饰自己的情绪，叹了口气道："是啊，真是催情药水，那该多有趣啊。"

"如果真是催情药水，你想用来做什么？"卢米安突然有点怀疑芙兰卡想对简娜做点什么。

芙兰卡瞥了他一眼："你是不是在心里诋毁我，觉得我没有道德底线？我主要是想试一试是什么感觉，有多好的效果。如果是催情药水，我会自己喝一点，也会让加德纳喝一点，他的那些情妇要喝也可以……你这个未成年人懂不懂什么叫调情，什么叫情趣啊？"

卢米安一时无言以对，隔了几秒才道："你们特里尔人玩得真花。"

"我不是特里尔人。"芙兰卡反驳了一句，"但我赞同你说的这句话。"

她侧头望了眼卢米安手中的金属小瓶："我帮你看看有什么作用吧？"

"你不怕危险？"卢米安略感愕然。要知道，这瓶液体目前还不确定是不是慢性毒药或者诅咒媒介！

芙兰卡呵呵笑道："你果然需要补一补神秘学知识。我是打算占卜，'女巫'也有不弱的占卜能力。"

奥萝尔的巫术笔记上没提，只记载了"女巫"魔药会导致男人变性，并推测每一名"女巫"都擅长法术……嗯，擅长法术的，占卜应该都不弱……卢米安将那瓶液体拿给芙兰卡。

芙兰卡走到巷子边缘，停在了一栋五层房屋的后面。她伸出右手，在暗淡无光的玻璃窗上来回虚抹了几下。

与此同时，她用赫密斯语轻声诵念起什么，即使以卢米安的听力，也只能隐隐听到几个单词："灵性"……"询问"……"答案"……

几秒之后，那扇玻璃窗变得幽暗而深邃，仿佛能通向未知的神秘世界。

芙兰卡退后了一步，举起那个金属小瓶，改用因蒂斯语道："它里面的液体有什么作用？"

玻璃窗的深处，一道仿佛从河底透出，带着明显苍老感的声音回答道："诱发倾诉欲望。"

芙兰卡点了点头，道了一声谢，结束了这次占卜。

等那扇玻璃窗回归了原本的状态，她转身对卢米安道："应该是类似'吐真剂'的药水。"

"吐真剂？"卢米安反问了一句。奥萝尔没探讨这个名词。

芙兰卡随口解释道："就是让人说真话的药剂。一个人的倾诉欲望一旦被诱发，再配合审讯者的提问，虽然会有很多的废话，但很难撒谎，说的应该都是自己内心想讲的。"

倾诉欲望……和那个变态别的能力类似，都涉及人类的不同欲望……不愧是"欲望母树"的恩赐……对我这种不擅长通灵和占卜的非凡者来说，这玩意儿很有用啊……卢米安接过了芙兰卡递回来的金属小瓶。

芙兰卡左右看了一眼，笑吟吟问道："你为什么跑到白外套街来做实验？你的活动范围不是应该在市场大道和乱街吗？"

卢米安没有隐瞒："我在这边租了个安全屋放我姐姐的巫术笔记，怕被人针对的时候弄坏。"

"很谨慎。"芙兰卡赞许点头，"你姐姐有你这样的弟弟是一件很幸运的事情，我以前也有个弟弟，又傲慢，又爱显摆，又没什么实际能力，我每天都想教训他……"

说着说着，芙兰卡沉默了下去，低头望了眼自己那双红色的靴子。

以前有，意思是现在没有了？卢米安敏锐地察觉到了芙兰卡没有表达的那层意思，一下明白了对方的情绪为什么会突然低落。

隔了几秒，芙兰卡重新勾勒出笑容："你姐姐应该也很信任你，否则不会把我们那个组织的事情告诉你，虽然我们没有特意强调过不能把研究会相关告诉家人，但几乎没谁透露，毕竟……"

芙兰卡又一次沉默，笑容变得苦涩。

毕竟什么？卢米安虽然不解，但没有询问，只是简单解释了下奥萝尔那么做的原因："我们当时身处灾难之中，不知道谁会死，谁能活下来，所以，姐姐把一些隐秘的事情告诉了我，希望将来能派上用场。"

"理解。"芙兰卡点了下头，调整好情绪，笑着说道，"我还以为你到白外套街是为了找我，迫不及待地想补习神秘学知识。"

"太晚了。"卢米安已经感觉到了疲惫。

芙兰卡噗噗笑道："我又不会对你做什么，和一个知道自己原本性别的人做那种事情，太……太疯狂，太羞耻了。"

是吗？我怕你适应之后，会觉得有羞耻感更加刺激……卢米安怀疑能被"人生苦短，何妨一试"说服的芙兰卡会做出更多出人意料的事情。

告别了这位魔女，他返回了金鸡旅馆。

一直到周四，老实人市场区都没什么事情发生。晚上八点，卢米安又一次来到林荫大道区舍尔街19号，见到了位于地下室内的K先生。

K先生指了指身后捧着银盘的三名侍者道："一共三件神奇物品，价格都在一万五千到两万费尔金之间，你自己挑选。"

卢米安刚进入地下室的时候，就注意到了三个银制餐盘上放的物品。它们分别是一只看起来很普通的白色手套、一副显茶色的金边眼镜、一颗好似由黄金制成的纽扣。

见卢米安正在打量这三个神奇物品，坐在红色靠背椅上的K先生嗓音低哑地开始介绍。

"那只手套叫'马戏团'，能给你提供一些不强但相当独特的神秘学手段，包括刮起一阵风、制造一片雾气、用突然爆发的闪光影响目标的视线、通过触碰让敌人受到冰冻等。它还能打开绝大多数的门，不需要使用钥匙，还能带着你直接穿过坚实的墙壁。

"这符合你对神秘学手段的需求，但你要记住，哪怕你只是将它带在身上，也会导致你较为频繁地迷路，而某些时候，迷路会带来不幸的遭遇。

"价格，一万八千费尔金。"

像是奥萝尔巫术笔记里提到过的"学徒"途径的序列8"戏法大师"……那些能力虽然都不强，但如果作为辅助，搭配着陷阱或者我的近身战斗、手枪射击来使用，某些时候说不定会有奇效……

卢米安对"马戏团"手套的正面效果还是相当满意的，这能有效地弥补他神秘学手段不足，遇到特定场景毫无反抗之力的短板。

但负面效果也真的很严重，对擅长追踪、辨认道路的"猎人"来说，较为频繁的迷路就意味着彻底失去了自身的一大强项，并随时可能遭遇不幸的事情。而且，就算不佩戴，即使只是塞到衣兜内，也会让卢米安受到影响。

K先生略微侧过身体，望向那副茶色的金边眼镜，对卢米安说道："你还记得上次聚会里那幅画吗？"

画？卢米安一下回想起了那幅让自己仅是看到就头晕眼花的油画。那幅画据说是某位非凡者死前画的，用色艳丽，图案古怪，场景迷幻，仿佛作画者死前已经彻底疯掉。

"记得。"卢米安点了下头。

K先生继续说道："那幅画的主人死后，他的非凡特性掺杂着古怪的力量与他的眼镜融合在一起，形成了一件相当独特的神奇物品。它能让佩戴者看到原本看不到的事物，偶尔能从某种程度上洞见这个世界的真实……"

听到这里，卢米安脑海内油然浮现出奥萝尔说过的那句话——不该看的不看，不该听的不听。

他忍不住在心里腹诽道："这副眼镜不就是完全相反的操作吗？略等于自杀利器！这和我的两个需求一点关系也没有啊……"

K先生看了卢米安一眼，低哑的嗓音回荡在不大的地下室内："从另一个角度看到这个世界，看见众多原本看不到的事物后，佩戴者会充满画画的冲动和渴望，而这样产生的每一幅画作都带有一点超自然效果，比如，你画出来的如果是一片大海，会让目睹者出现轻微溺水的情况。

"同样的，你应该能够想到，当你不是在画布，而是在自己脸上用各种化妆品作画时，你能获得很好的伪装效果，并让每一个试图仔细观察你脸孔的人遭受暗示，在一定时间内相信那就是你真正的模样。

"记住，画上'新'的脸孔后，绝对不能再照镜子，否则你自己也会认为那就是真正的你，然后，从外到内，身心一点点异变，逐渐成为另外一个人。与此类似，不能一直维持那张新的脸孔，超过三个小时后，你的自我认知也会缓慢被它影响，直至你彻底相信你就是它，它就是你。"

听起来像是"心理医生"途径的催眠和暗示，但其他方面又完全不同……结合那位作画者的死亡，这不会有哪位邪神遗留的力量或者气息吧？卢米安飞快分析起那件神奇物品可能的超凡领域。

K先生将目光投向了那副茶色眼镜："它的主人原本是一位'律师'，所以，它还能帮助你通过语言、动作或一系列流程，在一定程度上扭曲目标的想法、认知和结论。

"它的负面效果你应该已经能够猜到，看见不该看见的东西和在没有足够保护的情况下洞见世界的真实，都会让你遭遇未知的危险，也许有一天，你将会像那位作画者一样诡异死去，只留下一幅难以解读的画作。

"价格，一万五千费尔金。"

对应的是序列9的"律师"啊？贵在附带的古怪力量？嗯，这没体现出"律师"完整的能力，奥萝尔的巫术笔记上可是说"律师"们都拥有非常出色的口才和思辨逻辑，擅于发现规则的漏洞和对手的薄弱之处，从而创造出利于自身的情形，获得最终的胜利。他们还能通过语言、动作和预设的流程影响目标的判断、想法和结论，另外，他们非常擅长利用秩序的力量……卢米安将相应的神秘学知识在脑海内过了一遍。

至于"律师"特质的表现，比如怎么利用秩序的力量，他完全不知道，因为奥萝尔也不清楚。

综合来看，那副茶色的金边眼镜充分满足了卢米安做出更好伪装的需求，并且还能提供一些需要提前准备，但不像"托钵僧侣"五个仪式魔法那么麻烦和复杂的神秘学手段。

唯一的问题是，它真的太危险了！

卢米安斟酌一阵，没做决定，等着K先生介绍那颗好似由黄金制成的纽扣。

很快，K先生低哑的嗓音再次响起："它叫'耀斑'，来自一位死去的'祈光人'。它能让你以歌唱的方式带来勇气和力量等额外的增益，能让你感应到不死生物和邪异污秽之物的存在，并使用太阳领域的一些法术和仪式，非常适合用来对付死灵和亡魂等目标。

"戴上它后,你会渴望歌唱,会难以忍受黑暗和寒冷,会不自觉地向往阳光和温暖,如果超过两刻钟你还未将它取下,你将成为永恒烈阳真正的信徒,虔诚地赞美太阳。

"价格,两万费尔金。"

能解决我没法对抗死灵亡魂的问题,负面效果还算能够承受……问题在于,能针对的目标太受到限制……卢米安陷入沉思,一时不知该挑选哪件物品。

他的理智告诉他应该选"耀斑"和"马戏团"之一,但他总是下不定决心。他更喜欢那副茶色的金边眼镜,它满足了他两方面的需求。

如果他只在进行伪装和要画具备一定超自然效果的画作之前佩戴,并挑选好足够安全的环境,就能有效规避掉大部分的负面影响,不至于看到不该看见的东西和所谓"世界的真实"。

也就是说,那不是一件必须始终佩戴的物品,卢米安能自行决定使用的场合。而这样一来,他就可以像跳招摄之舞一样,预先制造灵性之墙,将异常的事物排除在外。

想到身上的封印,想到宿命的"巧合",想到时不时还得跳招摄之舞,卢米安就带着一种欠债多了反而不那么发愁的心态道:"我要那副眼镜。"

K先生似乎有些诧异于他的选择,隔了几秒才道:"你确定?"

"确定。"卢米安拿出装满钞票的小布袋,从里面数了整整一万五千费尔金出来。

K先生没再劝说,嗓音低哑地笑道:"你比我预想中更疯。"他似乎很欣赏。

让侍者收下那一万五千费尔金,并将那副茶色眼镜交给卢米安后,K先生点了点头道:"你现在可以试一试,我这里足够安全。"

卢米安摩挲起镜框,发现这明明是金属制成的东西,却有种奇怪的橡胶感。

就叫你"窥秘眼镜"吧……卢米安想到了姐姐所在的超凡途径。

下一秒,他将那副茶色的金边眼镜架到了鼻梁上。

几乎是同时,他从不同的角度看见了多个不同的画面,有斑驳的天花板,有角落里的一点点血污,有他原本应该看不到的K先生背影,有守在门外走廊内的侍者们……

卢米安还看到了一团黑暗,看到了一片阴影,看到了不知来自何处的注视,看到了藏在阴影内的脸庞。那蓬松的黑发、清秀的容颜、深陷的眼窝、幽暗的眸子和看不出年龄的皮肤都被兜帽遮住了,只有以从下往上的角度才能看见。

那是……那是K先生的脸?卢米安忽然有所明悟。

来自不同视角不同位置的画面充斥于他的脑海,让他难以遏制地感觉到眩晕,整个人的状态越来越不对,产生了想把这一切画下来的渴望。

卢米安连忙摘下了"窥秘眼镜",眼前所见顿时恢复了正常,而画画的冲动还残存于他的胸中。他吐了口气道:"还能承受。"

K先生简单提醒了一句:"尽量在熟悉的、安全的场合使用。"

告别K先生,出了《通灵》杂志社的总部,卢米安乘坐马车返回老实人市场区。

途经纪念堂区的时候,他想到了一件事情:"我得准备一些画布、画笔、颜料……虽然我只会画简笔画,而且还画得不好,但画的质量和画附带的超自然效果应该没有任何联系,说不定越扭曲越丑陋,效果越好……"

一刻钟后,提前下了马车的卢米安找到了一家卖油画相关物品的商店。

刚听完价格,他就忍不住反问道:"什么?一百六十费尔金?一卷画布就要一百六十费尔金?"

卢米安回到金鸡旅馆的时候还在感慨那些作画工具的昂贵。

查理到微风舞厅做侍者拿的月薪在同层次的人里已经算得上不错,可他不吃不喝两个月才能买得起一卷画布!

在卢米安的印象里,不少画家都穷困潦倒,没想到他们竟然还能承担得起画布、画笔、颜料、木架、人体模特等一系列的开支。

也许就是这些才让他们穷困潦倒,有的必须靠家里资助才能活下去?卢米安关上房门,将手中那堆物品放在了木桌上。

他最终放弃了画布,挑最便宜的画笔、颜料和纸张等必需品买了一些,反正他又不是真的要当画家,想要参展,只要有个载体能把通过"窥秘眼镜"得来的超自然力量缝合上去就行了,至于易不易碎,颜料好坏,会不会褪色,画得怎么样,那都是无关紧要的问题。

就这样,也花了卢米安整整三十费尔金。

调了一盘有多个色彩的颜料,铺开了还算柔韧的白纸后,卢米安圣化了仪式银匕,在207房间内制造出了一圈灵性之墙。

他打算试一试能画出什么东西来,有什么效果。

而根据"魔术师"女士的信使对金鸡旅馆的反应,卢米安认为这里应该不存在太大的异常,也就是臭虫多了点,像什么苏珊娜·马蒂斯的问题源头大概率在老鸽笼剧场某处或者地底某个空洞内。

缓慢地吐了口气,卢米安掏出茶色的金边眼镜,架在自己的鼻梁上。

转瞬之间,他有了天旋地转的感觉,整个人仿佛倒了过来,从天空坠向地底深处。

这个过程中,卢米安看见了倒立的旅馆,看见了以类似姿态在房间内和地下酒吧里活动的租客们，看见了正不断往地底延伸的石头、泥土和树根，看见了缩在角落的老鼠和随处可见的虫豸。

他越坠越深，承受着失重带来的恶心。下一秒，他看到了巨大的棕绿色根系，它向着四面八方伸展开来，连接着远方，扎入虚无。

"呕……"卢米安产生了严重的干呕反应，只觉还未消化的晚餐已涌到喉咙口。

他忙取下了"窥秘眼镜"，忍住呕吐的冲动，带着画画的渴望，拿起画笔，蘸上颜料，在白纸上唰唰勾勒起来。

他逐渐变得精神，灵性不知不觉延伸到了画笔的端部。

几分钟过去，卢米安停了下来，打量起自己的"杰作"。

"这画的什么玩意儿？"最初的瞬间，他难以遏制地冒出了这么一个想法。

略作辨识，他勉强认出来自己画的是什么：一个灰蓝色的三角形房子、长在屋顶的绿色大树和点点泥浆般的暴雨。

凝视了几秒，卢米安突然感觉手背有些发痒，忍不住挠了一下。这一挠，他看见皮肤立刻变得红肿，全身上下都痒了起来。

"画的超凡影响？"卢米安心中一动，移开了视线。

与此同时，他活动起身体，想靠衣服和皮肤的摩擦抚平那种瘙痒，但没什么作用，逼得卢米安还是伸手挠了几下。

而随着他不再注视那张小孩涂鸦般的"油画"，痒的程度逐渐减弱，最终消失。

"果然是画的问题。"卢米安舒了口气，暗道了一声。

这个时候，他心中那种想要画画的冲动已经不见了。

他旋即背过身去，琢磨起细节："必须注视那幅画至少三秒，才会浑身发痒……在战斗里，这很难派上用场啊，我总不能把它贴在我脸上吧？如果预设陷阱，倒是能发挥一定的作用……不知道有没有不需要别人注视就能发挥作用的画？"

斟酌了一阵，卢米安决定再做一次尝试。他又戴上了"窥秘眼镜"，有了和刚才近乎一致的体验。不同之处在于，他还看见了深沉的黑暗，看见了仿佛在黑暗里行走的一道道身影。

干呕声里，卢米安取下茶色的金边眼镜，抽出新的纸张，拿起画笔。

这一次，他没有任由内心的冲动发挥，不是全凭本能作画，而是努力地去想自己希望得到什么，竭力让画出来的东西靠近脑海内的事物。

两者综合之下，卢米安画了一轮金红色的太阳，而围绕太阳的那圈辉芒五颜六色，赤橙黄绿青蓝紫都有。

等到他落下最后一笔，207房间骤然温暖了一些，盘踞于附近的阴冷随之消散。

"好像能有简单的驱除鬼魂效果……"卢米安不是太有把握地做出判断。

他坐到睡床的边缘，认真观察起变化。

随着时间的流逝，那种让人有些躁动和不安的温暖开始慢慢减弱。

卢米安试着将那幅画折叠起来，背面朝外，温暖的感觉立刻消失，而画里灵性流逝的速度随之放缓到了几乎难以察觉的程度。

"这样应该能保存差不多两个月……打开使用最多维持三天……嗯，这就像是制作非凡武器的另类方法……"卢米安一边回想一边简单估算了一下。

而连续画了两幅画，对他的灵性造成了不小的负担。

略作休息，卢米安做起第三次实验。这一次，作画工具换成了化妆用具。

戴好"窥秘眼镜"，承受了一阵旋转着坠入地底的感受，看见了藏于周围阴影里的几道模糊身影后，卢米安放下那件神奇物品，就着被电石灯光芒照得宛如镜子的玻璃窗，往脸上涂抹起不同东西，勾勒起各种线条。

和第二次尝试一样，他竭力让化妆的方向被自身控制，但又时不时遭遇本能的影响。

"镜"中的卢米安逐渐变得憔悴，眉毛显得杂乱，颧骨略微高耸，嘴唇变厚少许。这让他仿佛看见了一个陌生人，等到"描绘"结束，他赶紧移开视线，拉上了帘布。

收起"痒""太阳"这两幅画和桌上摆放的种种物品后，卢米安决定出门验证下效果。

他一路来到微风舞厅，看见了正做着浮夸动作并高声歌唱的简娜和将几杯酒精饮料送到了舞池边缘的查理。

那些打手都没有理睬卢米安，没谁称呼他头儿。

卢米安心里有了点底，走到查理身旁，拍了下他的肩膀，笑着说道："晚上好！"

白衬衣配黑马甲的查理转过身体，微笑问道："晚上好，先生，您要喝点什么吗？"

卢米安故意问道："你不认识我了？"

查理一阵愕然，睁大眼睛，就着距离较远的煤气壁灯光芒仔仔细细打量了他几秒，随即迅速露出笑容，惊喜喊道："是你啊！赞美太阳，我们有多久没见了？等我，等我没那么忙了再来找你！"

查理随即指了指吧台，挥了下手，告别而去。

"这小子，演得还挺像嘛。"卢米安颇为满意地笑道，"竟然没认出我是你的老板！"

他收回目光，靠近简娜表演的舞台，等着对方唱完那首满是下流词汇的歌曲。

简娜刚一结束，捡完台上的铜币和银币，走了下来，卢米安就迎了过去，热情洋溢地喊道："你唱得真好！我能请你喝杯酒吗？"

简娜顿时露出了警惕的表情。

被那个变态赫德西偷袭后,她对任何一个试图靠近自己的观众都不敢有丝毫的大意,担心又遇上什么不好的事情。

她仔细打量了卢米安的脸庞几秒,堆出了隐藏抗拒的浮夸艳笑:"我得为下一首歌保护我的嗓子!帮我多喝一杯!"

简娜一边抛媚眼一边靠近守在舞台旁边的两名黑帮打手,寻求他们的帮助。

对于这位疑似头儿和"红靴子"情人的"浮夸女",两名黑帮打手都不敢得罪,同时上前,挡在了卢米安和简娜之间。

简娜趁机脱离,去了靠近吧台的休息室。

临走之前,她望了卢米安的发色一眼,又认真观察了他的脸庞一阵,咕哝着自语道:"这也成为时尚了吗?"

卢米安愉快地收回了视线,转去通往咖啡馆的楼梯口。

"你上去做什么?"守在那里的两名黑帮打手拦住了他。

很尽职嘛……卢米安笑道:"喝咖啡啊!"

认真观察了卢米安几秒,那两名黑帮打手让开了道路。

进入咖啡馆,看了眼没什么事情做的路易斯和萨科塔,卢米安拐到了盥洗室。

他没敢看镜子,直接用自来水洗了洗脸,搓了几下,然后才慢慢卸起妆。等到完全卸掉后,他望向镜子,看见映出来的那个自己脸色苍白,很是疲惫。

对灵性的消耗还是挺大的……之前还画了两幅画……卢米安平复了下状态,走出了盥洗室。

路易斯目光一扫,惊喜地站了起来:"头儿!你什么时候回来的?"

"刚才。"卢米安指了下走廊方向,"我先休息了。"

"好的,头儿。"路易斯和萨科塔都没敢问为什么。

卢米安进了房间,强撑着洗漱完,倒在床上,很快睡着。

梦中,他似乎又在体验那种从半空一路坠向地底的难受。

不断坠落中,下方的泥土突然裂开,出现了一片燃烧着的海洋,它由赤红的火焰组成!

灼烧和刺痛同时传入了卢米安的脑海,他唰地睁开眼睛,坐了起来,喘起粗气。

此时,房间内一片黑暗,非常安静,只有些许绯红的月光透过帘布,洒在靠窗的书桌上。

"为什么会做那样的梦?就跟真的一样……"卢米安缓了过来,检查了下身体状态,没发现有什么异样之处。

可刚才的梦里,他和又戴了一次"窥秘眼镜"没太大的区别,而且还看到了更多的东西。

思索了一阵，卢米安怀疑是连戴三次"窥秘眼镜"后，负面影响有所残留，然后遇上了微风舞厅这个埋着老骨头的环境，于是在梦里有了一定的体现。

"看来这里的地底真的有问题啊……"卢米安无声感慨了一句，翻身下床，披上外套，打算换个地方睡觉以验证自己的推测。

此时，夜色很深，微风舞厅都不再有灯光透出，卢米安沿着路边的阴影，一路回到了已锁上大门的金鸡旅馆。

这难不倒卢米安，他没试图拍门喊醒脾气不太好的费尔斯夫人，绕到侧面，沿着自来水管道，噌噌爬入了位于二楼的阳台。

在207房间，卢米安一觉睡到了早晨六点，中途只零星做了两个短梦，都很正常。

"果然是微风舞厅地底深处的老骨头引发了我身上残余的'窥秘眼镜'力量……"卢米安又欣喜又有点失望地坐了起来。

他原本打算每天用"窥秘眼镜"制作一到两幅带有超自然力量的图画，积攒下来，以备未来可能出现的需求。但现在看来，"窥秘眼镜"不能用得太过频繁，至少得等到之前的负面影响全部消退才能再次尝试，否则日积月累之后，很可能会发生一些很恐怖很诡异的事情，最终让他像留下眼镜的那位"律师"一样离奇死去，只遗留一幅异常效果长久不消的古怪油画。

"今晚再到微风舞厅睡觉，用做不做那种梦来判断负面效果是不是彻底没了……之后，短时间内不能连续戴超过两次……这都是K先生没有提到的细节，嗯，还是得自己用了，体验过了，才能直观了解……"卢米安精神抖擞地起床，到盥洗室完成了洗漱。

时间尚早，清晨显得很是安静，几乎没有争抢盥洗室的事情发生。

费尔斯夫人时不时会上来，检查每一层的水表，看是否有人浪费自来水。

——金鸡旅馆和帝国供水公司签订的合约是每天供水不低于二百五十升，不超过五百升，每年一百费尔金。

卢米安慢悠悠地去了白外套街的咖啡馆，尝试了萨布雷曲奇和形似牛角面包但更加松软的布里欧修面包等较有特色的食物，接着找地方锻炼。

他回到金鸡旅馆的时候，看见穿着亚麻衬衣、黑色长裤的查理坐在门外台阶上，一口肉饼配一口苹果酸酒。

"这么早?"卢米安笑着问道。

微风舞厅可是半夜两点才关门，现在还没到早上八点半。

查理一时不知道该赶紧起身，问候老板，还是和往常一样相处，犹豫了片刻后才站了起来，讪讪笑道："再睡一阵又得准备去舞厅了。我觉得不能老是这样，总得有点不用睡觉不用工作的时间，要不然，我会感觉，感觉……"

微风舞厅最早是上午十点半开门。

"感觉没有自己的人生，像是一台专门用来工作的机器？"卢米安帮查理补齐了后面的话语。

"对对对！"查理深表赞同，"你真有文化啊！有的时候，你根本不像黑帮，呃，不像萨瓦党的头目，更像是一个文明人！"

如果没出意外，我现在应该在纪念堂区某所大学读书，闲暇的时光和同学们结伴到地下特里尔冒险……卢米安心情一暗，转而集中精神，凝视起查理。

这是他用来观察苏珊娜·马蒂斯的问题是否还存在，什么时候会爆发的工具。

"你，你在看什么？"查理被看得有点惊慌，"有看出什么问题吗？"

最近运势还算正常，比较平稳……卢米安放下心来，笑着抬起右手，朝查理背后挥了一下："上午好，苏珊娜！"

查理唰地转身，眼睛瞪得极大，不放过任何一处细节。几秒后，他吐了口气，半侧身体，挤出笑容，对卢米安道："你又在开玩笑了。"

那个名字是他最近挥之不去的噩梦。

"我这是在锻炼你的心理承受能力啊，这样一来，真要再出点问题，你不至于惶恐慌乱，想不出办法。"卢米安语重心长地拍了拍查理的肩膀。

快到十点半的时候，他回到微风舞厅。

刚一进门，路易斯和萨科塔就迎了上来，异口同声地说道："头儿，有事情！"

"什么事？"卢米安微笑问道，仿佛看不出两名手下的焦虑和不安。

路易斯望了眼楼梯口，压着嗓音道："'红靴子''巨人''老鼠'他们都来了，应该是有很严重的事情发生。"

"每一个头目都来了？"卢米安回想了下自己最近做的事情，没发现有得罪萨瓦党所有头目的地方。

这几天他很安分！

"对。"路易斯重重点头。

卢米安毫不在意地上到二楼，看见了芙兰卡等人。

芙兰卡换了双颜色更暗更深的红色靴子，穿着浅色长裤和特里尔最近比较流行的、用来搭配裤子的深色短裙，外面披了件更偏男士的正装。

她将右腿翘起，搁在左腿上面，笑吟吟地望着走过来的卢米安。

她右边是穿正装戴礼帽的布里涅尔男爵，左侧是一个身高不超过一米六、脸庞瘦削、留着两撇老鼠须的男子，这男子套着深棕的短上衣，发色呈灰黑，颇为浓密，眼眸墨蓝，带着点焦急。

"'老鼠'克里斯托。"布里涅尔男爵相当客气地帮卢米安介绍了一下，随即又指着对面一名男子道："'血手掌'布莱克。"

布莱克棕发蓝眼，脸型偏圆，三十岁出头的样子，笑容和煦，看起来完全不像是黑帮头目。他穿着更接近正装的衣物，两只手掌偏大，骨节分明，夹着一根正在缓慢燃烧的雪茄。

"大家上午好啊。"卢米安拖过一把靠背椅，坐在距离那张桌子近一米的地方，摆出我才是这里主人的姿态。

"巨人"西蒙看了他一眼，抽了口香烟，吐出灰蓝色的烟雾道："克里斯托遇到点麻烦，需要我们帮忙。"

"什么麻烦？"卢米安将目光投向了"老鼠"克里斯托。

这位可是微风舞厅利润丰厚的重要功臣。虽然他卖的走私酒肯定有加价，但仅是没有税这一点，就比特里尔那些酒水批发商店的价格便宜很多，而且，克里斯托卖的还有很大一部分是私酿酒，由他贴上比较知名的牌子和产地。

外形神似老鼠的克里斯托咬了咬牙道："我有批货在地底失踪了。送货和押货的人也不见了，妈的，我弟弟也在里面，他的老婆和孩子现在正在我家里哭！"

在地下特里尔出了事？走私分成背货的人和提供武力的人？也是，奥斯塔·特鲁尔说他以前帮人背过地下书籍，嗯，地下特里尔没法使用马车等东西，只能靠人来背……卢米安轻轻颔首，转而问道："什么货？"

"一批红酒和白兰地，还有一些'黑鱼'。""老鼠"克里斯托忍不住拍了下桌子，"妈的，那条路线走了很多次了，之前都没有出过事，也没遇到过那群鬣狗。"

鬣狗指的是专门查走私生意、负责地底秩序的采石场警察。

见卢米安略有点不解，布里涅尔男爵随口解释道："'黑鱼'指的是枪。"

在黑帮最赚钱的五种生意里，私酿酒产业链是第二暴利的，军火生意由于需求太小，赚得最少，而最暴利的赌场生意在市场区并不是那么火爆，因为这里的人们收入都不是太高，能榨出来的钱相当有限，比起还得动脑子的赌博，忙碌了一天的那些人宁愿喝点便宜的酒，扭扭身体，找个漂亮舞女发泄一下。

至于贩卖精神类药品，则是特里尔警务部严厉打击的行为。在市场区警察总局多次警告后，微风舞厅已经没有类似的事情，但"巨人"西蒙管的夜莺街舞厅偶尔还会出现几起。

卢米安望着"老鼠"克里斯托道："有怀疑对象吗？"

"没有。"克里斯托颇为懊恼地说道，"该死的，那条路线非常隐蔽，除了我和我的人，市场区没谁知道。"

他顿了顿，说出了自己的来意："我想请你们帮我去那条路线找一找线索，用你们最擅长的手段。我自己已经走了一遍，但没什么收获。"

不等卢米安开口，"红靴子"芙兰卡点了点头道："我们两人一组分批去，免得地上出了什么事没人管。嗯，我和夏尔一组，我正好有事情找他聊聊。"

"巨人"西蒙的目光在芙兰卡和夏尔之间来回移动了几次，终于想起夏尔疑似睡了芙兰卡的情妇，给她戴了一顶绿色的帽子。

趁机找夏尔麻烦？"巨人"西蒙微不可见地点了下头，对"血手掌"布莱克道："我们两个一组。"

布里涅尔男爵随即望向"老鼠"克里斯托："我陪你再走一次。"

（未完待续）

❖ 后记 ❖
EPILOGUE
说点事情

> 编者按：本篇后记原载于《宿命之环》网络连载原文第二部"逐光者"第三十四章之后，对应位置大致为本书第六章的前半部分。

这段剧情的主框架写出来了，总算可以说一下了。

查理这个人物的原型来自奥威尔的《巴黎伦敦落魄记》，我最开始看这本书，主要是想找一些关于贫穷和饥饿的细节，毕竟我小时候虽然家庭条件不算太好，但也只是窘迫，还没到饥饿和穷困的程度，要想写得真实，需要从各种报告文学、新闻采访、人物传记里汲取营养，嗯，剩余的参考资料后面一并提及。

翻看《巴黎伦敦落魄记》的过程中，我读到了那个以为自己拜的是圣人谁知是妓女结果真的转运没有饿死的真实故事。我第一反应是，我去，这太有灵异感、诡异感了吧，一种细思极恐的味道，这要是再接上妓女本身的问题、后续的厄运，不就是一个标准的"诡秘世界"故事吗？

等我故意复刻这个桥段写出来的时候，绝大部分读者也产生了这肯定有问题的想法，和我一模一样。

而这也符合我希望将历史上真实发生过的事件和超凡体系结合在一起，以达到真中有幻，以真带幻的写作目的。这一点，从《诡秘之主》开始，就是这样，但那个时候，可能是及时提到了人物原型，或者用的都是大家耳熟能详的历史，比如伦敦大雾霾事件，所以，没人说什么。

我最开始只是把拜妓女的故事作为参考素材，没有一定要用的想法，直到我细化外神相关设定，查"莉莉丝（Lilith）"词源的时候，看到了一则资料——

在叙利亚地区的传说里，有七个情欲之灵，有男有女，一个女的叫莉莉丝，一个男的叫莉林，剩下五个也都是"Li+XXX"的名字，它们能与人梦交，使人筋疲力尽，备受折磨，之后会因为占有欲，视自己为受害者的妻子或者丈夫，然后出于嫉妒去危害对方的另一半——出处是《巫师：一部恐惧史》第107页。

看到这里，我的想法是：梦交，情欲，占有欲，嫉妒……母树，你还说不是你的人！

将情欲之灵加上树精概念作为母树途径的序列5之后，我也有了怎么处理拜妓女那个素材的灵感，有了后续情节怎么发展的思路，于是决定用上。

我最初是打算化用这个素材的，免得被人一眼看出来源自哪里，但一想这样不对啊，这样会被人认为是我编出来的，这样不就等于剽窃了别人的人生吗？我需要的是直截了当地让人看出来这来自哪里，这一能明显地致敬，不至于让人误解，二能让读者发现原来这是真实的历史事件，细思极恐，这和我写作的目的吻合。

基于这个想法，我才尽力原样复刻那个拜妓女的段子，并引出因情欲之灵导致妻子或者情人死亡，本身差点被杀的后续剧情。我本来打算的是写出母树所属序列，提及创作目的时不至于剧透后，再一并标注来源，结果给一些读者造成了困扰。

至于查理被富婆包养，拿到钻石项链这点，其实和《巴黎伦敦落魄记》没什么关系，虽然里面有类似的桥段，但最后是被富婆以钻石项链被偷报警抓进去为结局的。我写这段剧情，一是玩一下流行的"富婆，饿饿，饭饭"梗，二是需要给查理一个情人，要不然就没法引出情欲之灵的嫉妒，三是，呃，你们没看出来吗？这段的内核本质上是莫泊桑的《项链》啊，为了一个虚假事物受尽苦难，最后才发现虚假的讽刺内核。就因为是《项链》，所以我才用的是钻石项链，而不是改成别的贵重物品，和《巴黎伦敦落魄记》区分开来。

顺便提一下，莫泊桑晚年的《奥尔拉》真的有精神病人呓语的味道，如果不是他比爱手艺（洛夫克拉夫特）年代早，我都怀疑他是不是遭了克苏鲁。

"查理"这个名字的来源也是《巴黎伦敦落魄记》，但不是拜妓女的那个人，而是另外一个，因为我喜欢他说话的口吻、语气和那种热情，所以，只是取其风格，而不是具体内容、语句，当然，为了让大家看得出来，我把手短的特点也加了上去。

至于贫困老夫妇卖明信片这个，《巴黎伦敦落魄记》里是有相关描述，但只有短短一行文字，没有足够的细节，不能满足我想写"老无所依"的想法。直到我后续在别的资料里看到"街头学院派美女"的定义，看到不少人卖假黄图真明信片的介绍，看到警方打击摄影师和地下版画商的记载，我才决定把这个素材用上，挖掘一下背后的故事，延伸出我个人的推测和想法。

很多人拿《巴黎伦敦落魄记》来说事，可能不记得奥威尔在第一部分最后说过的话吧："如果谁有时间，不妨为其中一个人写个传记，这将是很有趣的事"。我个人不会不自量力真去写文学经典里人物剪影的传记，只是借这个壳来讲自己的故事，来承载更多的想法。

其他还用到的都是一些展现饥饿、贫困的真实细节，我就不多说了，对了，拍脸蛋制造红润感这个细节，我原本打算和另外一本资料的某个细节对应着来写的，那样才有对比感，才有讽刺感，但没有塔罗会带来的人物视角自然转移，只能遗憾放弃了。

那个未用到的细节是，拿三（拿破仑三世）时期，某个公爵被骗子所骗，长期服食含砒霜的药物导致死亡，而他的目的是让自己肤色变得更白。这和穷人靠拍脸蛋制造红润感就形成了非常好的对比。嗯，出处应该是《印象巴黎》，讲印象画派出现和发展的，里面也有不少有趣的人物历史性细节，之后可能会用上。

还有，后面应该还会用到《巴黎伦敦落魄记》里面一个人物原型，原文也只有短短一句话，但我觉得那背后有很多很多的故事，让人辛酸和感慨的故事，等写完了再告诉大家是哪个。

我个人的习惯是直接引用原句或者稍微改了一下的句子，会直接标注在章尾，借用人物原型、物品原型和历史事件的，则会在每一卷最后的总结里一并提及。要不然，真要都标上，有的章节能标十几二十个。毕竟到现在为止，出现的每一个菜品和酒类名称、传说故事、城市细节、魔法仪式、民俗文化、风土人情，都是有出处的。

比如，傻瓜仪，那个时代巴黎真是遍地乐子人；比如，那个愿意嫁给死刑犯能让他得到赦免的故事出处是《巴黎咖啡馆史话》。这里面还提到，有个罪犯虽然被人求婚，但看到对方丑陋，于是对行刑人说"兄弟，赶快吊死我吧！求你了"——"颜狗"死于看脸的真实案例。

嗯，第一卷里面的很多传说、谚语都来自《蒙塔尤》这部作品，这是研究某任教皇遗留的审讯记录的历史书籍，真实展现了法国南部蒙塔尤村的人文风情和生活细节，本堂神甫这个人也是从里面摘取的人物原型，所以我才说你们法国人啊，太风流了！

在第一卷总结的时候，我本来想捣《蒙塔尤》的，但因为出门在外用手机码字，又比较赶，结果遗漏了，我当时想说的是，朋友们，第一部很多东西不是在玩梗啊，比如九牛拉棺真的不是在调侃东哥的九龙拉棺，那是蒙塔尤地区真实的历史传说，人类的想象力有的时候是有点像的。

最后，大致列一下参考资料吧：

《蒙塔尤》

《金枝》

《巴黎伦敦落魄记》

《印象巴黎》

《巫师：一部恐惧史》
《巴黎咖啡馆史话》
《悲惨世界》
巴尔扎克的《农民》《高老头》
《奥尔拉》
《君主与承包商》
《甜点里的法国史》
《法国大革命中的群众》
《从黎明到衰落：西方文化生活五百年，1500年至今》
《法国人民：四个世纪，五个地区的历史》
《法国美食之旅》
《地下墓穴：巴黎的地下史》
《美国人在巴黎》
《法国工人运动史》
《巴黎陷落：围城与公社1870-1871》
《法国甜点里的法国史》
《巴黎，19世纪的首都》
《法国旧制度时期的地下文学》
《维多利亚时代的惊悚故事》
《巴黎公社：世界上第一个无产阶级政权》
《过去的钱值多少钱》
《法国里昂工人起义》
《巴黎、伦敦、纽约与十九世纪城市人口想象》
《法国农村史》
《法国文人相轻史》
《点亮巴黎的女人们》
《威卡魔法》
《西方神秘学指津》
《塔罗全书》
《当神秘学来敲门》
《内在的天空：占星学入门》
《黄金黎明》
《系统神学》

《中世纪的女巫》

《如何正确阅读一本中世纪的食谱》

《维多利亚和爱德华时期的建筑》

《海明威的巴黎》

《在底层的人们》

《中世纪欧洲经济社会史》

之后如果没有再刻意提及，出处应该都在以上这些书里，笑。

——首发于 2023 年 5 月 13 日